L'été des Secrets

ANGELA PETCH

Traduit de l'anglais
par Marion Boclet

City
Roman

À la mémoire
de Paul Francis Sutor

Publié pour la première fois par Bookouture,
une marque de Storyfire Ltd. Sous le titre *The Tuscan Secret*.
Photo de couverture : © Leonardo Baldini/Arcangel

ISBN : 978-2-8246-2061-9
Code Hachette : 49 3598 6
Collection dirigée par Christian English & Frédéric Thibaud
Catalogues et manuscrits : city-editions.com

Dépôt légal : Juin 2022

Quant'è bella giovinezza
che si fugge tuttavia !
Chi vuol esser lieto, sia :
di doman non c'è certezza.

LORENZO DE' MEDICI (1449-1492)

Que la jeunesse est belle
Qui fuit pourtant !
Que celui qui veut être heureux le soit :
On ne sait pas de quoi demain sera fait.

LAURENT DE MÉDICIS (1449-1492)

Prologue

Une chouette hulule et j'entends, au loin, des loups hurler dans les Alpes de la Lune. Je les imagine serrés les uns contre les autres sur la crête, gueule levée pour pousser leur chant mélancolique, avec les étoiles scintillant derrière eux dans le ciel nocturne d'un noir bleuté. Je sais que même si je fais tout mon possible pour me rendormir, les souvenirs m'assailliront. C'est un schéma auquel je ne peux échapper.

Il n'y avait qu'un seul enseignant dans notre école de village, et nous étions trente-trois élèves, de tous âges, entassés dans une unique salle de classe. En hiver, un poêle à bois nous réchauffait, et en été, toutes les fenêtres, installées en hauteur dans les murs pour éviter toute distraction, étaient grandes ouvertes pour laisser entrer l'air de la montagne.

Je suis fils unique ; j'ai toujours rêvé d'avoir un petit frère, mais le ventre de ma mère ne s'est plus jamais arrondi après ma naissance. J'ai donc pris sous mon aile le garçon plus jeune que moi qui partageait mon pupitre, guidant sa main pour former les lettres sur l'ardoise, le protégeant contre les petites brutes dans la cour de l'école. Nous partagions nos simples *merende*[1] – des en-cas constitués de poires séchées ou d'un quignon de pain de la veille.

1. Collations.

Plus tard, quand nous avons été plus âgés, après l'école, nous sommes allés camper tous les deux dans une grotte, où des salamandres se cachaient dans les parois fraîches qui scintillaient dans la nuit. Nous nous levions tôt pour voir les oiseaux migrateurs passer au-dessus des Pics des Moines, avançant à pas feutrés pour ne pas faire craquer les marrons et les feuilles rousses et dorées sous nos pieds. Et une fois que nous sommes devenus frères d'armes, cette amitié de longue date nous a été utile face au danger. Le combat contre le mal.

Des années plus tard, alors que je n'arrive pas à trouver le sommeil, je me rappelle comment j'ai grimpé jusqu'à la grotte cette nuit-là, prenant soin de contourner les postes des sentinelles. Je suis passé si près que j'ai entendu les chuchotements gutturaux. Je voulais le trouver assis sur un rocher, à attendre que le soleil se lève au-dessus de la splendeur de nos montagnes violettes. Était-ce de la folie d'espérer une seule journée de paix ? Nous avions appris des choses sur la Grande Guerre, à l'école : comment les Allemands et les Britanniques avaient conclu une trêve le jour de Noël et joué au football, leurs tranchées formant les limites improvisées de leur terrain. Je priais pour qu'il soit là-haut, à regarder la brume enveloppant nos montagnes, cachant la brutalité en contrebas. Était-ce un trop fol espoir ?

Sans quitter le sentier, je me suis arrêté à côté d'un énorme rocher, une odeur de chair pourrie me soulevant l'estomac. Un corps était étendu, face contre terre, en travers de mon chemin, à moitié caché dans les feuillages, les mains sous la tête comme si l'homme dormait. Je l'ai retourné, la peur au ventre, mais malgré la moitié du visage emporté, j'ai vu que ce n'était pas lui.

Tandis que je reprenais la direction de notre village occupé, où nos humbles maisons avaient été changées en casernes et en emplacements de canons, j'ai entendu ses cris de douleur – que je n'oublierai jamais. Ils provenaient de l'école du village. De la lumière tombait de l'une des fenêtres à barreaux, en hauteur dans le mur. Combien de fois avais-je, enfant, levé les yeux vers cette fenêtre depuis la salle de classe, pour regarder les pointes de deux cyprès qui oscillaient librement dans la brise, regrettant de ne pouvoir être dehors, sur les coteaux herbeux ? Je suis monté sur un seau pour regarder à l'intérieur, mon pied a glissé, le seau métallique a roulé avec fracas dans la nuit, et les chiens se sont mis à aboyer.

Les gardes qui se sont rués dehors pour me maîtriser appartenaient à mon propre peuple, ce qui rendait les choses mille fois pires. C'étaient des hommes et des garçons avec lesquels j'avais grandi, dévoyés par des opinions politiques malavisées, vêtus d'uniformes de la milice. Ils m'ont traîné à l'intérieur tandis que je me débattais, jurais et crachais au visage de ces traîtres.

Ils l'avaient torturé. Attaché avec du fil métallique à une chaise trop petite pour un adulte, les genoux relevés, exposant ce qu'ils avaient fait à ses parties génitales. J'ai fait un mouvement brusque en avant, vers lui, mais ils m'ont retenu fermement. Par bonheur, il s'était évanoui ; sa tête ensanglantée pendait en avant comme s'il priait.

Un homme au regard malveillant s'est penché vers moi pour me dire que c'était mon tour, maintenant. Je n'arrivais pas à croire à son ignominie. On m'a fait asseoir à une table, et il a donné un grand coup de marteau pour me clouer les doigts. J'ai hurlé de douleur et j'ai regardé fixement par la fenêtre, détournant les yeux de sa chemise noire éclaboussée de sang. Serrant les dents pour supporter la douleur, j'ai regardé les cyprès, refusant de croire que je ne serais plus jamais libre d'aller chasser avec mon jeune ami ou de prendre la fille que j'aimais dans mes bras.

1

Février 1999

Par un après-midi lugubre dans le nord de Londres, Anna, qui a passé deux mauvaises nuits, s'octroie une journée sous la couette. Elle écoute les migrants journaliers qui rentrent du travail, dans la rue, en dessous, se réjouissant de ne pas être dans cette foule.

La vie lui paraît chancelante. Elle a perdu son travail ; sa mère est morte récemment. Jamais deux sans trois, dit-on, et elle se demande ce qui va encore arriver.

Alors même qu'elle commence à s'endormir, on sonne à la porte. Elle soupire, murmure « J'arrive, j'arrive », se dégage du nid qu'elle s'est fait dans sa couette, et va ouvrir la porte de son appartement au deuxième étage.

— Un colis pour vous, mademoiselle.

Le jeune livreur la regarde de la tête aux pieds avec un petit sourire en coin tandis qu'elle resserre sa robe de chambre autour d'elle. Elle prend le colis, lui claque la porte au nez, traverse la cuisine, et allume la bouilloire électrique.

C'est un colis volumineux. Il s'agit de quelque chose qu'elle attendait mais qu'elle avait chassé de son esprit. Lors de la lecture du testament de sa mère, la semaine précédente, le notaire lui a dit qu'en plus de cinquante mille livres, elle lui avait laissé un dossier contenant divers documents. Harry et Jane, son frère et sa sœur, avaient reçu tout le reste. Tandis que Peregrine Smythe, de l'office notarial Smythe & Sons, dans son costume à fines rayures froissé d'un tailleur de Savile Row, débitait son discours d'un ton monotone, Anna avait regardé une mouche prise au piège se cogner contre la vitre. De temps en temps, elle avait jeté un coup d'œil à son frère et à sa sœur, tous deux plus âgés, assis en face d'elle, songeant que Harry était devenu gros et chauve et que Jane était démodée et vieux jeu, avec sa coiffure impeccable rendue rigide par la laque. Elle ne s'était jamais sentie proche d'eux. Ils étaient assez âgés pour être eux-mêmes parents quand elle était née, enfant surprise arrivée alors que sa mère avait près de quarante ans, bouleversant ainsi la dynamique familiale.

Elle se prépare une tasse d'Earl Grey, et retourne au lit avec le colis. Dans le papier d'emballage se trouve une boîte en carton, dont le couvercle est maintenu par un vieux lacet, sur lequel elle tire. Dedans, il y a une enveloppe en papier kraft sur laquelle est écrit son nom, de la main de sa mère, ainsi que des carnets, des liasses de papiers roulés et retenus par un élastique usé, et un bout de tissu plié.

Elle retire de l'enveloppe une feuille de papier à lettres ligné, bon marché et à l'ancienne, avec une gerbe de violettes imprimées sur le coin supérieur gauche. Sa mère lui avait écrit en anglais. Quand elle parlait cette langue, elle avait un accent prononcé, mais elle la maîtrisait à l'écrit.

Willow's End,
16 août 1997

Ma très chère Anna,
Quand tu liras ces mots, tu auras déjà assisté à mon enterrement. Peut-être quelques larmes auront-elles été versées, mais j'espère que cela aura aussi été une occasion joyeuse, avec ma musique italienne préférée à

l'église et une *spaghettata* ensuite, mon plat traditionnel préféré de spaghetti accompagnés d'une sauce toute simple.

J'imagine que des anecdotes ont été partagées. La famille aura peut-être évoqué mon côté soupe au lait et mes affreuses fautes en anglais. Que les gens aient été gentils ou sévères avec moi, qu'il en soit ainsi. *Pazienza !* comme nous le disons. J'ai eu du mal à apprendre la patience.

J'ai tant de choses à te dire. Peut-être est-ce lâche, comme façon de faire – de tout t'écrire au lieu de t'avoir dit les choses en face. C'était difficile de savoir ce qui valait mieux. Si j'avais raconté ce que j'ai traversé pendant la guerre, cela aurait pu avoir des conséquences cataclysmiques. *Cataclismica, disastrose...* Ce sont presque les mêmes mots en italien. Il y a de nombreuses similitudes, mais tant de différences, aussi, entre les Anglais et les Italiens, comme je l'ai découvert en venant vivre ici.

Quand les médecins m'ont dit que mon cancer était inopérable, j'ai décidé de mettre de l'ordre dans mes papiers et de rassembler tous mes fragments de souvenirs en désordre, griffonnés çà et là au moment où j'en éprouvais le besoin. Appelons cela une sorte de journal intime. Lors de la lecture de mon testament, le notaire t'aura annoncé que tu allais recevoir ces papiers. Peut-être as-tu eu la sensation d'être tenue à l'écart. À part l'argent, Harry a Willow's End – je sais qu'il saura entretenir cette vieille baraque pleine de courants d'air, il l'a toujours adorée et s'y plaisait beaucoup quand il me rendait visite, et elle ira de pair avec son nouveau poste de chef d'entreprise. Jane a mes bijoux. Elle adorait se déguiser quand elle était petite.

Et toi, tu as cette boîte contenant mes griffonnages. Mes perles de mémoire, je te les lègue. J'espère que, quand tu en auras fini la lecture, tu comprendras que je n'ai jamais eu l'intention de te donner le sentiment d'être exclue, ma chérie. Certains détails ont peut-être été oubliés au fil des ans. Je n'ai pas tenu un journal au jour le jour, alors il y a quelques blancs. Je n'ai jamais été capable de parler ouvertement de ma vie, mais maintenant, je me sens le devoir de le faire. Et la seule façon de le faire est ce journal intime.

Lis-le quand tu auras le temps. Fais-en ce que tu voudras. C'est l'héritage que je te laisse.

Ta Mamma qui t'aime.

Anna se laisse aller en arrière contre ses oreillers, intriguée mais aussi en colère contre sa mère parce qu'elle était si énigmatique. Elles avaient toujours eu des relations compliquées. Sa mère était passionnée, et avait tendance à être dramatique. Parfois, elle serrait sa fille dans ses bras, mais à d'autres moments, elle était distante, peu démonstrative : sa personnalité avait deux facettes. Cela lui ressemblait bien de faire allusion à des événements cataclysmiques.

Anna se rappelle quelque chose qui s'est passé quand elle avait environ six ans. Elle avait ouvert la porte du salon, où Ines, sa mère, écrivait, assise à son bureau, et elle lui avait demandé :

— Quand est-ce que tu vas avoir un autre bébé ? Je n'ai personne avec qui jouer.

Ines avait fermé d'un coup sec le journal dans lequel elle écrivait et s'était retournée pour prendre sa petite fille dans ses bras.

— Mamma est trop vieille pour tout ça, maintenant, avait-elle dit, déposant un baiser sur la joue d'Anna. Et où trouverais-je plus d'amour à partager ? C'est toi qui as tout, mon petit *tesoro*[1] !

Anna s'en souvenait très bien, car c'était rarissime que sa mère emploie des termes d'affection avec elle, surtout quand Harry et Jane étaient là.

Son frère et sa sœur s'occupaient de leur côté. Ils étaient bien plus âgés qu'elle, et ne se rendaient pas compte de leur manque de sensibilité quand ils la taquinaient. « Tu étais un accident, une grosse erreur », lui avait un jour dit Jane, d'un ton désinvolte ; et Anna l'avait pris à cœur. En grandissant, elle s'était sentie moins aimée qu'eux, et la plupart du temps, elle avait eu le sentiment d'être gênante, seule pendant de longs moments tandis que son frère et sa sœur, déjà adultes, allaient danser ou allaient au cinéma avec des amis.

Étrangement, elle s'était sentie plus proche de sa mère quand celle-ci était à la maison de repos de Claremont, où elle était morte. lorsque Ines était désorientée, Anna savait comment l'apaiser.

— Parle-moi de ta vie en Italie avant de venir en Angleterre, Mamma, lui demandait-elle, en partie par curiosité pour un aspect de sa vie dont elle connaissait peu de choses, en partie parce qu'elle s'était aperçue que cela calmait sa mère de parler de son identité italienne.

Parfois, Ines acceptait, mais Anna n'arrivait pas à suivre ses histoires décousues, pour la plupart. Parfois, elle refusait de parler, se contenant de rester assise à regarder les jardins et la mer, à travers la fenêtre. Lors de l'une des dernières visites d'Anna avant la mort d'Ines, celle-ci, fatiguée, s'était mise à utiliser un dialecte qu'Anna n'avait pas réussi à comprendre. Cela ne la dérangeait pas que sa mère soit silencieuse. Il y avait assez de place pour elles

1. *Trésor.*

deux dans son silence, et elles restaient alors assises main dans la main, Anna laissant sa mère vagabonder dans ses pensées. Parfois, un bruit ou une odeur semblait déclencher un souvenir, et elle se mettait à parler d'un événement comme s'il venait juste de se produire. Une moto passait par exemple sur le front de mer, et c'était comme si elle était replongée dans le passé.

— Les autres sont allés en ville, aujourd'hui. Il fait trop chaud pour danser, mais les Allemands sont dans la vallée voisine, maintenant. Ils vident les hameaux…

Anna entrait dans son jeu.

— C'est vrai, Mamma ? Et après, que s'est-il passé ?

Cependant, parfois, elle avait eu le sentiment d'être indiscrète, à écouter des confidences intimes, des choses personnelles qui auraient dû rester secrètes.

— S'ils apprennent la vérité, je vais avoir de gros ennuis, mais c'était tellement torride… Mon chemisier me collait à la peau, mes cheveux flottaient à la surface de l'eau comme des herbes aquatiques. Il me tenait serrée dans ses bras…

Anna ne répondait pas. Elle changeait de sujet ou allait chercher la boîte de photographies de sa mère dans sa table de chevet et elles regardaient les photos de famille ensemble.

Certains après-midi, alors que sa mère restait assise, là, les larmes coulaient sur ses joues, et Anna les essuyait avec douceur. Ines se cramponnait à sa fille.

— Il est revenu, Anna, il est revenu… mais je ne t'abandonnerai jamais. Tu es une bonne petite fille. Mon don du ciel.

Tout en feuilletant les liasses de papiers, Anna se rappelle qu'elle ne comprenait pas ce qui se passait dans l'esprit embrouillé de sa mère quand elle prononçait ce genre de phrases bizarres. Quel dommage qu'elle ait semblé éprouver tant d'amour pour elle à la fin de sa vie, presque comme si elle ne pouvait plus contenir ses émotions réprimées, des émotions qu'Anna aurait aimé connaître dans sa petite enfance.

La sonnerie stridente de son téléphone portable la fait sursauter, l'arrachant au passé et la ramenant brutalement au présent.

— Anna ! Je suis désolé de ne pas t'avoir appelée hier soir… J'étais submergé de travail. Mais pourquoi tu ne m'as pas attendu ?

Elle n'a pas envie de rassurer Will, son petit ami. Elle n'a pas envie de lui dire que, cette fois encore, elle en a eu assez de l'attendre au restaurant, alors même que les regards pleins de pitié que lui lançaient les serveurs tandis qu'elle buvait son vin à petites gorgées, essayant de faire durer son unique verre jusqu'à ce qu'il arrive enfin, lui étaient insupportables.

— Je peux venir maintenant ? demande-t-il. Je suis dans un taxi. Je serai là dans, disons, un quart d'heure…

Elle jette un coup d'œil à sa montre. Il est 17 h 30. Quelques semaines plus tôt, elle aurait dit oui, mais elle ne se contente plus de ces soirées grappillées avec Will ou de ces plans de dernière minute, comme s'il ne pensait qu'après coup à lui consacrer du temps.

Il baisse la voix. Le chauffeur de taxi écoute sûrement la conversation de son passager célèbre, dont on voit régulièrement les traits distingués dans l'émission *Channel 4 News*.

— Je pourrais rester toute la nuit, chérie.

— Je ne me sens pas très bien, aujourd'hui, Will, j'ai une grosse migraine, ment-elle. Je te rappelle bientôt.

Elle n'a pas l'énergie d'argumenter, et elle raccroche sans lui laisser le temps d'essayer de la persuader, puis elle éteint son téléphone et le jette sur le lit, à côté de l'épaisse liasse de papiers de sa mère. Elle n'est pas vraiment sûre de se sentir capable de lire les mystérieux documents. Sa mère n'a jamais vraiment voulu parler de sa vie en Italie de son vivant ; cela semble un peu étrange qu'elle choisisse de le faire d'outre-tombe, par le biais de son journal intime et de notes énigmatiques. Y a-t-il dans le placard un cadavre dont Anna devrait connaître l'existence ?

Elle retire de la pile la feuille du dessus. Sa mère a écrit abondamment, et l'encre a coulé et son écriture est difficile à lire, par endroits. Une autre note, rédigée en anglais, est agrafée sur le devant de la feuille.

Anna, j'ai tenu un journal intime quelque temps, pendant la guerre. Je n'aurais pas dû. Si les mauvaises personnes l'avaient trouvé, il y aurait eu des représailles. Je ne l'avais pas relu depuis des années, et maintenant que je le fais, j'ai peine à croire que j'en étais la jeune auteure. J'espère que tu arriveras à me comprendre, parce que certains termes sont dans un italien qui n'a plus cours. N'oublie pas que tout ceci s'est passé il y a un demi-siècle… Que les temps ont changé !

Parcourant les quelques premières lignes écrites de la main de sa mère, Anna comprend qu'elle va rencontrer des difficultés. Sa mère lui a appris quelques rudiments d'italien, mais les trois enfants ont eu l'anglais pour première langue. Elle se lance, butant sur les mots une phrase sur deux, et il devient bientôt évident qu'elle va avoir besoin de se procurer un bon dictionnaire. Elle n'en a qu'un tout petit, dans une édition de poche, et elle se contente donc d'essayer de deviner plusieurs mots.

Elle n'a pas les idées claires. Elle a la tête qui tourne, face à la tâche que sa mère lui a confiée. Des pages et des pages d'italien à traduire, et dans quel but ?

Alors qu'elle se glisse sous sa couette bien chaude, elle pense avec tristesse qu'elle aurait été bien moins déconcertée si Mamma lui avait parlé davantage quand elle était en vie ; mais elle ne l'a pas fait, et maintenant, elle est partie, laissant derrière elle un trou bien plus grand qu'Anna aurait jamais pu imaginer. Il lui faut un bon moment pour s'endormir, et quand elle y parvient enfin, elle rêve que sa mère est encore auprès d'elle, derrière un voilage gonflé, remuant les lèvres, articulant silencieusement des mots qu'Anna ne comprend pas.

2

Il fait nuit quand Anna est réveillée par la longue plainte d'un klaxon. Elle jette un coup d'œil hagard au réveil. À sa grande stupéfaction, elle a dormi près de vingt-quatre heures d'affilée.

Le colis de la veille est tombé de son lit. Divers papiers, carnets et enveloppes se sont éparpillés sur le sol – certains d'entre eux, numérotés au crayon de couleur rouge. Le numéro 1 est une grande enveloppe en papier kraft. Le numéro 2 est un cahier d'exercices abîmé. Au lieu d'être lignées, les pages sont découpées en petits carrés, comme du papier millimétré. Elle se rappelle avoir écouté sa mère expliquer qu'en Italie, on utilisait différents types de cahiers en fonction des années scolaires, et avoir ri quand elle avait décrit les blouses et les énormes nœuds que les enfants – y compris les garçons – portaient à l'école primaire. Ines lui a appris quelques mots simples d'italien quand elle était petite, mais jamais en présence de son père. Il devenait fou furieux s'il l'entendait parler une autre langue que l'anglais.

— Tu vas tout mélanger ! Combien de fois dois-je te le répéter, bon sang ? criait-il, rouge de colère.

S'ensuivait une dispute. Il y avait toujours beaucoup de cris. Anna se réfugiait tout au bout du jardin et grimpait dans le hêtre pourpre, ou se cachait sous l'escalier, serrant son ours en peluche contre sa poitrine.

Assise en tailleur sur son lit, elle reprend sa tentative de traduction des écrits de sa mère.

Rofelle, 8 septembre 1944

Il est encore dans l'étable. Mamma a préparé une assiette de pâtes supplémentaire, avec des courgettes que nous avions mises en conserve au printemps dernier, et, à la nuit tombée, elle m'a dit de mettre mon foulard et d'emporter un seau de grain pour les poules, au cas où quelqu'un me verrait et me demanderait ce que je fais dehors à cette heure tardive. Je sais qu'elle est terrifiée à l'idée que quelqu'un découvre que nous abritons un *Inglese*, mais elle dit que nous devons le faire, sinon il mourra.
Nous sommes tous terrifiés. La semaine dernière, nous avons entendu dire qu'ils avaient abattu les Benucci parce qu'ils ne voulaient pas quitter leur maison. Les Allemands ne les avaient prévenus qu'un jour à l'avance. Les pauvres vieux, ils ont refusé de partir ; ils n'avaient nulle part où aller, de toute façon, et la vieille *signora*, percluse de rhumatismes, n'aurait pas pu aller bien loin à pied.
Ils sont cruels, ces *Tedeschi*. Nous avons peur, mais Capriolo dit qu'ils ne briseront pas notre détermination. Nous l'appelons par ce nom parce que la Resistenza nous a dit et répété de ne pas l'appeler par son vrai nom. Sa famille sera exécutée s'ils découvrent sa véritable identité. Il a pris le nom d'un chamois, agile et vif, gambadant en altitude. Le nom de Capriolo me vient naturellement, maintenant, mais il me tuerait s'il savait que j'écris ces mots. Si je ne le raconte à personne, je vais exploser, alors je le dis à mon journal, que je cache derrière la pierre branlante dans la niche de ma chambre. Personne ne le trouvera jamais. Et s'ils le trouvent, ils croiront que c'est mon vieux cahier de classe.

Anna met plus d'une heure à traduire ce passage ; et elle n'est pas sûre d'en avoir vraiment compris le sens exact, ni de savoir quoi penser. Elle a beau essayer, elle ne parvient pas à imaginer sa mère en jeune paysanne, ni à l'associer à cette voix du passé. Qui est Capriolo ? Et qui est l'Anglais qu'ils cachent ? Se pourrait-il qu'il s'agisse de son propre père ? Ce seul court passage a soulevé tant de questions ! Anna se demande ce qu'elle va bien pouvoir découvrir d'autre dans le journal de sa mère.

Il y a tant de pages auxquelles s'attaquer ! Elle feuillette le journal et tombe sur plusieurs passages datés d'après guerre, mais elle préférerait tout lire dans l'ordre chronologique. Si elle veut en apprendre davantage sur ses parents, il vaut mieux qu'elle ne mélange pas les événements. Elle finit par arriver à la conclusion que tout ce qui est écrit en italien devra être traduit par quelqu'un.

Dans un grand livre relié en vélin, elle trouve deux ou trois autres pages écrites en anglais. Alors qu'elle l'ouvre, une feuille tombe de la couverture, sur laquelle elle reconnaît l'écriture de sa mère.

Anna,

Ces quelques pages représentent une petite partie de l'histoire de ton père. Je les ai trouvées dans son cabanon en triant ses affaires. Te souviens-tu que c'était un endroit où nous ne nous aventurions pas ? Le sacro-saint repaire de ton père !

Je ne savais pas qu'il y passait son temps à écrire. Je croyais qu'il y allait simplement pour nous échapper, sous prétexte de réparer je ne sais quoi.

J'ai tout lu, et je crois qu'il a écrit cela après la guerre. Ton papa n'a jamais tenu un journal, contrairement à moi. Il avait beaucoup bougé et n'a jamais vraiment parlé de ce qu'il avait enduré. Ce n'était une période facile ni pour lui, ni pour moi.

J'ai décidé d'ajouter ceci à mes propres écrits, pour remplir les blancs de notre histoire. On dit que chacun a un livre en lui, mais ce que tu t'apprêtes à lire est la vérité et non de la fiction. Et je crois que notre histoire mérite d'être racontée. La guerre projette encore sa grande ombre sur nos vies, même s'il s'est écoulé plus de cinquante ans.

Cela m'a attristée de lire les mots de ton père. Pendant un moment, ils m'ont ramenée à l'époque où nous sommes tombés amoureux l'un de l'autre. C'est fou comme les choses peuvent changer ! Que de saletés la vie peut mettre en travers de notre chemin !

Mamma

Anna trouve étrange de lire ces mots : « l'époque où nous sommes tombés amoureux ». Elle ne revoit ses parents qu'en train de se disputer, et, à vrai dire, elle a toujours eu un peu peur de son père. L'un de ses souvenirs d'enfance, très net, l'a toujours hantée : celui d'une autre sorte d'occupation dans son cabanon, différente de l'écriture et de la réparation de meuble d'occasion. Elle avait environ neuf ans, à l'époque. Exceptionnellement, il n'avait pas fermé à clé la porte du cabanon, cet après-midi-là, et elle s'était faufilée à l'intérieur pour jeter un coup d'œil. Un magazine était ouvert sur l'établi, à la page de la photo d'une femme, jambes écartées, seins nus. Anna n'avait pas compris les « images indécentes », et rester bouche bée ne lui avait pas semblé correct. Sortant du cabanon à reculons, elle avait trébuché, s'était écorché le genou, et avait poussé un cri de douleur. Son père, qui était en train de sarcler le jardin potager, avait levé les yeux de sa tâche et s'était rué vers elle, avait hurlé et lui avait tiré l'oreille.

— Je croyais t'avoir dit de ne jamais entrer là-dedans !

Il lui avait donné une grande tape sur l'arrière de sa jambe blessée. Elle avait remonté l'allée en courant, et était rentrée dans la cuisine en pleurant. Sa mère faisait du repassage tout en écoutant de la musique à la radio.

— Ma chérie, que se passe-t-il ?

Elle avait débranché le fer à repasser et l'avait posé sur le côté de la table de la cuisine.

— Tu es tombée ? Fais-moi voir ça…

— Je le déteste, je le déteste !

Sa mère l'avait prise sur ses genoux et avait essuyé ses larmes avec le coin de son tablier.

— Allons, raconte-moi ce qui s'est passé, *tesoro.* Ne pleure plus… Je ne peux pas comprendre ce que tu me dis si tu pleures.

À ce moment-là, son père était entré avec fracas dans la pièce, et avait pris la boîte métallique posée sur le buffet, dans laquelle on conservait de la petite monnaie.

— Tu pourris cette môme. La prochaine fois que je la trouve dans mon cabanon, je lui flanque une telle raclée qu'elle ne pourra plus s'asseoir pendant une semaine.

Il avait enfilé sa veste.

— Ne m'attendez pas pour souper. Je sors, et je rentrerai tard.

Là-dessus, il avait claqué la porte derrière lui.

Elles l'avaient écouté s'éloigner en tapant des pieds dans l'allée, puis Ines avait soupiré et serré Anna plus étroitement contre elle.

— Ne t'en fais pas, nous allons nettoyer ce pauvre genou, et ensuite, nous prendrons un dîner spécial – rien que toi et moi. Nous allons manger des spaghetti, et de la glace en dessert !

Ines avait serré sa fille dans ses bras, et Anna avait écouté le tic-tac de l'horloge de la cuisine tandis que sa mère la berçait doucement.

— Je le pensais, avait sangloté Anna. Je le déteste. Il est toujours tellement en colère… Je crois qu'il me déteste aussi.

— Chut, ne dis pas ça…

Ines avait défait les tresses d'Anna et les avait refaites soigneusement tout en cherchant ses mots.

— Ton papa ne te déteste pas. Pas du tout. Parfois, c'est la vie qu'il déteste… Comment puis-je t'expliquer ? Allons, sois une grande fille, écoute bien ce que je vais te dire et essaie de comprendre.

Elle avait soulevé Anna de ses genoux et était allée chercher des oignons, du céleri et des carottes à émincer pour la sauce.

— Viens m'aider à préparer le repas. Nous allons avoir une petite conversation.

Ensemble, elles avaient préparé la sauce traditionnelle, et maintenant, chaque fois qu'Anna mange des pâtes au *ragù*, elle associe toujours ce repas à l'étrange conversation de ce jour-là. Après coup, elle s'était sentie moins enfant, comme si sa mère avait essayé de lui donner un aperçu de ce que c'était qu'être adulte.

— Papa n'a pas toujours été aussi grognon… mais la guerre l'a changé, tu comprends. Il se passe des choses horribles, pendant les guerres. C'était difficile pour tout le monde, mais les jeunes soldats ont vu les choses cruelles que les gens font en temps de guerre. Nous devons essayer de comprendre ses accès de colère. Allez, maintenant, mets la table, et nous mangerons.

— Quelles choses cruelles, Mamma ?

— Des choses trop cruelles pour en parler, ma chérie.

C'est la seule fois où la mère d'Anna avait évoqué ce que son père avait vécu pendant la guerre. Par la suite, elle n'en avait plus jamais parlé.

L'enfance d'Anna avait été remplie de cris, de claquements de portes, de disputes houleuses et des querelles continuelles de ses parents. Il y avait des silences maussades pendant les repas, puis des instants volés où sa mère la prenait brusquement dans ses bras, la câlinait, et les mots italiens déferlaient alors comme si elle ne pouvait plus les contenir. Toutefois, cela ne se produisait que rarement, et seulement quand son père n'était pas là.

Une fois, elle avait cueilli les fleurs rouges de ses haricots d'Espagne pour les offrir à sa mère, et elle les avait mises dans un vase, sur la table de la cuisine. Son père avait été furieux.

— Quelle enfant stupide, stupide ! avait-il hurlé. Maintenant, à cause de toi, ils ne donneront pas de fruits ! Il n'y aura pas de haricots cette année...

Il lui avait mis une gifle et l'avait envoyée au lit sans manger.

Il n'était jamais là pour jouer avec elle, contrairement aux pères des autres enfants ; il n'y avait pas de parties de cricket sur la pelouse de derrière, ni de chahut sur le tapis du salon. Quand il rentrait à la maison après s'être absenté pendant de longues périodes, il se plaignait du bruit. Son refrain était toujours le même :

— Je ne m'entends pas penser, ici ! On pourrait avoir un peu de silence ?

Le père d'Anna était mort subitement, d'une crise cardiaque, quand elle avait dix ans, et elle n'avait pas eu le droit d'assister à son enterrement. Il avait disparu de leur vie, peu après leur arrivée à Willow's End.

— Nous allons repartir à zéro, avait dit sa mère, rangeant la photographie de son père qui avait été posée sur le piano et en époussetant la surface.

On aurait dit qu'elle le chassait de ses pensées.

L'écriture dans le livre moisi est lisible, précise, les lettres, toutes petites et très droites, très différentes des fioritures artistiques de la mère d'Anna. Son père était un homme méticuleux, il réprimandait les membres de sa famille chaque fois qu'ils laissaient traîner leurs affaires dans la maison.

— Tu n'es plus dans l'armée, Jim, lui faisait remarquer sa mère d'un ton sec quand il redressait les couverts et les verres sur la table mise pour le souper, ou quand il passait un doigt sur le dessus d'une porte pour vérifier s'il y avait de la poussière.

Les souvenirs de sa mère font reparaître ses propres images d'enfance, et ravivent des émotions qu'elle n'a pas dérangées depuis longtemps. Elle prend les papiers et, avec un profond soupir, reprend sa lecture.

Campo Fontanellato, près de Parme
2 septembre 1943

Ma jambe blessée continue à faire des siennes, mais Bob dit que grimper sur le lit du haut est une bonne physiothérapie. Il faut que je récupère de la force dans cette maudite jambe pour quand nous quitterons cet endroit. C'est l'heure de la sieste et tout est calme pour environ deux heures. On est au début du mois de septembre, mais il fait encore chaud et les cigales font un raffut de tous les diables. Couché ici, sur la couverture rêche, j'examine les fresques du plafond de la pièce de cette villa dans laquelle nous sommes consignés. Des chérubins nus me rendent mes regards, ainsi que des vierges aux seins nus munies de harpes, entourées de guirlandes de fruits frais, de gros nuages blancs et d'arabesques de rubans. Un décor tentant pour un dortoir d'hommes frustrés claquemurés ensemble depuis des mois.

Cet endroit est mieux que le dernier trou. Ici, le *comandante* italien parle un peu anglais, et il nous accorde nos colis de la Croix-Rouge.
Il y a des barreaux aux fenêtres. Ma dernière sortie fut de courte durée. J'ai fait semblant d'être malade pendant trois semaines et de délirer, et on m'a conduit à l'hôpital du coin. Comme l'un de mes symptômes imaginaires était la diarrhée, j'allais aux toilettes plusieurs fois par nuit, et les gardes ont fini par s'habituer à me voir faire des allées et venues d'un pas chancelant entre mon lit et les toilettes. Une nuit, je suis sorti par la fenêtre des toilettes, mais c'était sans compter sur la maçonnerie délabrée du rebord qui s'effritait, et je suis tombé lourdement dans la rue, en dessous. J'ai gagné une nuit de liberté dans un caniveau, à rêver de rejoindre mon régiment. C'était une nuit pénible, mais qui m'a prouvé qu'une évasion était possible. J'en garde cette jambe droite estropiée en souvenir. Naturellement, le *comandante* n'a pas voulu me renvoyer à l'hôpital, et je présume que cette putain de jambe est tordue pour de bon, maintenant.

— Quelle est la première chose que tu feras quand tu seras libre ? demandé-je à Bob.
Il me répond par un grognement. Il a le nez dans un livre, comme d'habitude. Il y a quelques livres écornés au camp, que nous faisons circuler selon un système assez équitable. Bob les a tous lus trois fois.
C'est un intellectuel, un rêveur cultivé, qui porte des lunettes rondes étincelantes. Il planifie notre prochaine évasion et nous apprend des expressions allemandes. Nous pensons pouvoir passer pour des Allemands, hors d'ici, car nous avons presque tous les cheveux blonds et la peau claire, comme les « Teds ». (Les Fritz, pour vous

et moi – les Ritals les appellent les *Tedeschi*.) Inutile d'essayer de passer pour des Ritals. Nous sommes trop grands, pour la plupart.

— Bob ! dis-je encore. Quelle est la première chose que tu feras quand tu retourneras à Blighty ?

Il pose son livre. Ces derniers temps, nous avons de plus en plus ce genre de discussions bêtes – probablement à cause des rumeurs. Il y a un ou deux mois, nous avons entendu des cris de joie et des hourras s'élever dans le quartier des gardes. Puis l'un d'entre eux, appelé Joey, même si son vrai prénom est Giuseppe, nous a dit :

— Mussolini a été destitué. *Il Duce* n'est plus notre dirigeant !

Il a fait un geste obscène avec son bras.

— Les *fascisti* sont *finiti* !

C'était vers le 21 juillet, et depuis, nous n'avons entendu que dalle. Le projet d'évasion est en suspens.

L'officier supérieur britannique (OSB) nous convoque régulièrement à des réunions.

— Nous devons nous serrer les coudes dans le calme, dit-il. Nous ne voudrions pas qu'il y ait des prisonniers de guerre évadés partout, peinant dans la campagne italienne.

L'atmosphère au sein du camp a changé. Les Italiens ont couvert tous les slogans fascistes de peinture. Ils sont plus amicaux, et l'OSB nous a dit que nous serions bientôt libres. Nous attendons que les Ritals signent l'armistice. Jusque-là, nous restons des prisonniers de guerre. Le jeu de patience est énervant.

Je demande encore à Bob :

— Alors, qu'est-ce que tu feras ?

— Je mettrai des vêtements propres, et je mangerai une assiette de saucisses avec de la purée et une sauce aux oignons bien épaisse. Et je prendrai un bon bain chaud, en dépassant les dix centimètres d'eau autorisés par le rationnement, j'espère.

J'acquiesce.

— Des vêtements propres, et plus de foutus poux.

Nous sommes devenus experts dans l'art de nous débarrasser de ces saloperies pendant la sieste. Quand nous nous sommes plaints au *comandante*, il a haussé les épaules comme le font les Ritals. Il a écarté les mains, paumes vers le haut, nous a dit que tous ses hommes souffraient du même problème, et d'arrêter de nous plaindre.

— Je ne peux rien y faire, *signori*. *Niente*. C'est normal. Mes hommes aussi subissent ce désagrément.

— Des vêtements propres et une femme douce aux formes généreuses, dis-je.

Bob jette une chaussette sale par terre.

— Ne commence pas, Jim !

Nous sommes interrompus par des pas précipités dans l'escalier qui conduit à notre dortoir, et les Ritals entrent en trombe dans la pièce, brandissant leurs fusils.

— *Fuori, fuori, fuori tutti*... Tout le monde dehors !

Les hommes allongés dans les lits superposés poussent tous des grommellements et des gémissements plaintifs.

— Taisez-vous, les gars !

— On ne peut pas piquer un roupillon tranquille, ici ?

Bob parle aux gardes. Il parle un italien passable, de même que l'allemand.

Les Ritals sont encore plus excités que d'habitude, gesticulant et criant.

— Que se passe-t-il, Bob ?

— Apparemment, ils ont enfin signé avec les Alliés. Nous ne sommes plus prisonniers. Ils ouvrent les portes et coupent le barbelé à l'arrière du terrain d'exercice. Nous sommes libres de partir.

Ils échangent tous des poignées de main avec les gardes, puis ils repartent, descendant l'escalier avec fracas, poussant des cris de joie.

Au début, c'est l'euphorie, puis un silence de stupéfaction s'installe. Quelqu'un essaie d'ouvrir la porte. Ce n'est pas un mauvais tour : elle est vraiment ouverte. Quelqu'un d'autre trouve les clés de la cuisine, et nous faisons un festin impromptu de pain frais et de fromage accompagnés de vin vinaigré. C'est Noël en septembre, même si le vin est infect.

Notre OSB tape du poing sur la table et se lève. C'est un brave type, même s'il aime employer de grands mots pour montrer qu'il a de l'instruction.

— Messieurs ! C'est le moment de mettre nos plans à exécution. Il y a un risque d'attaque imminente des Allemands contre le camp. Aucun d'entre nous ne veut être emmené en Allemagne. Même si les Italiens devraient nous défendre, j'envisage une contre-attaque allemande plus violente. Par conséquent, je propose de mettre des sentinelles sur le toit en terrasse. Au premier signe d'une approche allemande, le clairon sonnera l'alarme et nous marcherons en bon ordre jusqu'à un point au sud du village. Le *comandante* m'a fourni un itinéraire, et j'ai besoin de six volontaires pour m'accompagner en reconnaissance. Pendant ce temps, messieurs, je suggère que nous restions vigilants. Rebouchez ces bouteilles de vin infect et préparez-vous à partir. Ne prenez que l'essentiel, dans un sac de petite taille. Nous devons voyager léger, et vite. Notre itinéraire passera au nord des Apennins en direction de la Suisse – et la route sera difficile.

Je monte l'escalier en boitillant, tandis que Bob grimpe les marches quatre à quatre. Nous rassemblons rapidement quelques articles de première nécessité.

Nous ne recevons nos colis de nourriture de la Croix-Rouge qu'épisodiquement, mais les Ritals percent toujours les couvercles des boîtes de conserve, car ils savent qu'elles peuvent être utiles en cas d'évasion. Bob et moi avons mis au point une recette pour avoir les protéines et les vitamines essentielles. Ça a un goût effroyable. Nous avons mélangé de la graisse de bacon, des raisins secs, du cacao, de la margarine et du lait concentré, et nous avons fait fondre le tout pour en faire des barres. Dans des boîtes de crème antiseptique Germolene, nous avons caché de l'argent emballé dans de la Cellophane. Nous avons obtenu cet argent des gardes qui nous ont acheté nos clopes. Je mets quelques barres énergétiques dans mon sac à dos, ainsi que des chaussettes en laine.

Les gens de chez nous seraient surpris d'apprendre qu'en Italie, les températures peuvent descendre bien en dessous de zéro en montagne. Je prends le pull-over de rigueur et, à la dernière minute, un carnet dans lequel je glisse une photographie de ma petite amie, Phyllis. L'absence rend le cœur plus tendre, et je ne serais pas mécontent d'être en sa compagnie à l'heure qu'il est. C'est dommage que maman et papa ne l'aiment pas. Bob a fabriqué une boussole avec un vieil insigne et une épingle à nourrice aimantée, qui s'avérera utile pour retrouver notre chemin. Nous en avons tous les deux ras le bol de la prison et de l'inactivité forcée, et nous avons hâte de pouvoir à nouveau nous rendre utiles. Cela va nous faire drôle de nous retrouver sur les routes après avoir été enfermés avec une bande d'hommes, c'est sûr, mais nous aspirons à la liberté et sommes prêts à faire face à toutes les éventualités, alors qu'il en soit ainsi. Go ! comme disent les Yankees.

3

Anna cherche d'autres témoignages de son père mais n'en trouve pas. Elle se dit que c'est dommage que ce soit tout ce qu'il ait écrit, et se demande pourquoi. C'était un homme compliqué, et en lire davantage lui aurait peut-être permis de combler certaines lacunes et de mieux le comprendre. Elle reste assise un moment, à regarder fixement les feuilles à lignes, l'écriture soignée, l'encre passée, les mots qui ont redonné vie aux événements. Les enfants ont une imagination sans bornes, songe-t-elle, mais ils n'ont pas l'expérience de la vie nécessaire pour comprendre ce que les adultes traversent. Elle ne se souvient de son père que de son point de vue d'enfant. Elle se demande ce qu'elle pourrait apprendre de plus à son sujet, si tant est qu'elle puisse apprendre quoi que ce soit, et quelle boîte de Pandore pleine de souvenirs elle risque d'ouvrir. Elle sait que son père était un prisonnier de guerre évadé quand il a rencontré sa mère, mais cette époque de la vie de ses parents n'a jamais été évoquée. Au lieu de cela, ils avaient pour habitude de décrire les pénuries dues à la guerre et d'obliger leurs enfants à finir tout ce qu'il y avait dans leur assiette, en leur rappelant la chance qu'ils avaient.

— On ne pouvait pas se permettre d'être difficile, quand j'étais petite, disait sa mère quand Anna faisait la dégoûtée devant du foie ou du bacon. Quand tu ne mangeais pas ce que tu avais dans ton assiette, quelqu'un d'autre le faisait et tu n'avais plus rien jusqu'au repas suivant.

Leurs parents leur parlaient des tickets et des cartes de rationnement, du fait qu'ils avaient déclaré Harry comme végétarien quand il était bébé pour recevoir de plus grosses portions de fromage, mais Anna n'avait jamais entendu parler des combats.

Même si le récit de son père se lit comme une bande dessinée d'aventures, son cœur martèle sa poitrine car elle sait qu'il s'agit d'événements bien réels. Le père soucieux et solitaire dont elle se souvient, flottant dans son cardigan et sentant la cigarette, est à l'opposé de l'image du jeune prisonnier de guerre effronté évoquée par ses notes.

Elle songe à la tendance des jeunes à croire qu'ils seront jeunes éternellement et que les vieux ont toujours été vieux. Elle sait bien que c'est une idée ridicule, mais elle n'a jamais imaginé ses parents comme des jeunes gens. Maintenant qu'elle a eu un aperçu de leur passé, d'une époque dont elle a si peu entendu parler, sa curiosité est piquée. Que s'est-il réellement passé au cours de ces années de guerre ?

Si l'on ne doit pas parler des événements au sujet desquels sa mère et son père ont écrit, s'ils sont trop cataclysmiques, comme l'a dit Mamma, alors pourquoi lui léguer ces écrits à lire ? Anna rassemble les différents documents, bien décidée à en découvrir davantage. Elle se demande si son frère et sa sœur pourraient lui donner plus de détails – étant beaucoup plus vieux, ils doivent sûrement se souvenir de quelque chose.

Elle compose le numéro de téléphone de Jane, laisse sonner pour laisser à sa sœur le temps de traverser sa très grande maison.

— Anna, comment vas-tu ? Quelle surprise ! Que me vaut cet honneur ? Deux fois le même mois, avec l'enterrement et cette horrible réunion chez le notaire. Tellement déprimant !

Anna ignore l'ironie typique de sa sœur. Elle entend des assiettes qui s'entrechoquent tandis que Jane s'affaire dans sa cuisine, elle l'imagine en train de vider le lave-vaisselle avec ses gants en caoutchouc Marigold, le téléphone coincé entre l'oreille et l'épaule. Cela l'agace que Jane ne puisse pas prendre la peine de se concentrer totalement sur leur conversation, mais il ne servirait à rien de le lui dire : elle n'aurait jamais gain de cause. Elle se contente donc de lui parler des documents.

— J'ai commencé à parcourir le journal de Mamma. La première partie est en italien et me dépasse, hélas, mais…

Jane l'interrompt.

— Pourtant, je croyais qu'elle n'arrêtait pas de jacter en italien avec toi… J'aurais cru que tu serais presque bilingue. C'était très grossier, quand vous vous y mettiez… Je me sentais tenue à l'écart.

— Je n'ai que quelques notions d'italien, alors son journal intime est un peu trop compliqué pour moi. Je vais le faire traduire.

— Tu vas te donner cette peine ? Il doit être plein d'élucubrations décousues. Tu sais comment était maman, vers la fin… Quand j'allais lui rendre visite dans cette horrible maison de retraite puante, elle racontait toujours n'importe quoi, et Harry m'a dit que ses propres visites étaient une perte de temps totale. Elle ne le reconnaissait jamais, et il mettait une journée entière à y aller avec la circulation épouvantable sur la M25. Il n'en pouvait plus. Plus j'y pense, plus ça me fait sortir de mes gonds. C'est tellement injuste ! Il hérite de Willow's End, et toi et moi, nous nous retrouvons avec une pile de vieux papiers et des vieux bijoux sans valeur…

Anna écarte le téléphone de son oreille tandis que les phrases de sa sœur s'allongent et que sa voix se fait plus forte, et elle décide de ne pas réagir. Jane n'est presque jamais allée voir leur mère à la maison de retraite, mais Anna ne relèvera pas.

— Anna ! Tu es toujours là ?

— Oui, Jane. Je t'appelais seulement pour savoir si les parents t'avaient parlé de la guerre. Mamma a inclus à ses papiers quelques pages écrites par papa. Au sujet de l'époque où il était prisonnier de guerre. C'est génial, on dirait une aventure de *Boy's Own*. Et si j'ai bien traduit, Mamma était engagée auprès des partisans.

Jane a un ricanement railleur. Anna s'aperçoit que la conversation ne mène à rien, et elle se demande si elle pourrait en tirer davantage de Harry ; mais il est souvent difficile à joindre, toujours occupé à gérer ses placements immobiliers, et souvent à l'étranger. À en juger par la façon dont son tour de taille s'élargit, il doit dîner dehors fréquemment, aux frais de la société.

Soudain, la sonnerie retentit chez Jane, et celle-ci met un terme à leur conversation frustrante.

— Je dois y aller. Viens dîner, samedi, et reste dormir. Harry et Cynthia seront là. Tu pourras parler à ton cher frère de l'Italie, et je ne serai pas obligée de parler autant à cette effroyable Cynthia. Il faut que je file, j'ai des invités qui arrivent pour jouer au bridge.

Là-dessus, elle raccroche, et, pendant quelques secondes, Anna écoute le bourdonnement vide à l'autre bout du fil, puis elle referme le clapet de son téléphone portable. L'histoire de leurs parents doit cacher plus de choses qu'ils ne le soupçonnent.

Le lendemain, assise devant l'un des miroirs du salon de coiffure pour son rendez-vous régulier, elle explique à André qu'elle en a assez de ses cheveux.

— Fais-en quelque chose, je t'en prie. N'importe quoi. J'ai envie de changement.

Il passe les doigts dans ses boucles brunes et elle le regarde faire la grimace dans le miroir, ce qui ne lui remonte pas le moral.

— Ça fait une éternité que j'essaie de te convaincre de les couper, Anna. Cette coupe ne met pas tes traits en valeur, elle cache tes beaux yeux pétillants. Il faut aussi souligner ces pommettes. Et si j'éclaircissais un peu tout ça ? Avec une touche de cuivre et d'auburn. Et je pourrais les dégrader un peu derrière ? Tu vas adorer.

— Vas-y ! dit-elle.

Il entame son bavardage habituel.

— Tu as quelque chose de prévu ce week-end ? Tu prévois déjà les vacances ?

Puis il s'arrête et la regarde, dans le miroir.

— Qu'y a-t-il, mon chou ? Tu as l'air triste.

En temps ordinaire, elle se cache derrière un magazine bourré d'articles sur les derniers mariages de célébrités, mais aujourd'hui, elle est contente d'avoir l'occasion de parler à André.

— Ça se voit à ce point ? Désolée.

— Oui. Allez, Anna, dis-moi tout ! Défoule-toi sur moi, si je puis dire. C'est ce que tout le monde fait. Tu sais, je pourrais écrire un best-seller, plein de détails de baise de banlieue et de potins comme on n'en fait plus. Le problème, c'est que je ne sais pas écrire !

Elle rit et il prend ses ciseaux pour commencer à couper ses longs cheveux.

— Un sourire ! Voilà qui est mieux. Maintenant, racontemoi tout. Tu sais ce qu'on dit : un problème partagé est à moitié réglé.

— Ma mère est morte il y a environ deux semaines, et maintenant, j'ai perdu mon travail et ma vie est sens dessus dessous, lâche-t-elle.

— Oh, mon chou ! Pas étonnant que tes cheveux soient ternes et sans vie.

Il la regarde avec l'air de se faire sincèrement du souci pour elle.

— Quand ma chère maman est morte, je ne savais plus quoi faire de moi. Si Marcus n'avait pas été là, je me serais jeté d'une falaise, je ne plaisante pas.

Quand elle lui parle du journal que sa mère lui a légué et qu'elle lui raconte ce qu'elle a commencé à lire, il arrête ses coups de ciseaux et, les mains sur les hanches, la regarde intensément dans le miroir.

— Waouh ! C'est absolument génial, mon chou. Comme c'est palpitant !

Il fait un pas en arrière, contemple son œuvre, fronce légèrement les sourcils en voyant un ou deux cheveux rebelles sur sa nuque, puis il se remet à manier les ciseaux.

— Tu vas aller en Italie pour voir où tout ça s'est passé ? C'est fascinant ! Une mère dans le mouvement des partisans ! C'est comme un de ces vieux films à la télé qu'ils ressortent pour les après-midi d'hiver… J'adore !

— Pour être honnête, je n'avais pas pensé à aller en Italie.

— Et pourquoi pas ? Qu'est-ce que tu attends ? Tu ne travailles pas, en ce moment. Tu n'es pas mariée, si ? Tu n'as pas d'enfants, pas d'attaches… Vas-y, bon sang ! Tu aurais bien tort de t'en priver. À ta place, je mourrais d'envie d'en savoir plus. Je décamperais à toute allure. Oh, veinarde, tous ces beaux mecs et ces vêtements sublimes ! Gucci, Versace… Et la nourriture ! À se damner.

Tout en parlant, il continue à lui couper les cheveux à petits coups de ciseaux, plus vite que jamais. Les cheveux bruns d'Anna tombent sur le sol du salon de coiffure. Elle espère qu'il est concentré sur ce qu'il fait.

— Tu pourrais y aller pour une sorte de… Comment dit-on ?

Il agite ses ciseaux tandis qu'il cherche ses mots.

— Congé sabbatique ! Une chouette petite piaule dans la campagne toscane… Tout ce vin, et toutes ces couleurs magnifiques, terre de Sienne, ocre brun…

Il lève le miroir pour lui montrer son nouveau look, le tournant de sorte qu'elle puisse voir sa coiffure sous tous les angles.

— Et voilà, madame ! Qu'en penses-tu ?

Il avait raison : la coiffure l'a considérablement rajeunie, elle a l'air d'avoir vingt ans plutôt que trente-trois. Avant, ses cheveux, qui lui arrivaient juste sous les épaules, tombaient mollement, et elle les attachait en chignon pour aller au travail. Maintenant, elle a un carré plongeant. Elle adore. Elle se lève, se jette à son cou et lui dépose un baiser sur la joue.

— Tu es un faiseur de miracles, André ! Tu ne peux pas savoir à quel point tu m'as aidée.

Elle ne fait pas allusion à sa nouvelle coiffure ; il lui a donné une idée brillante. Il n'y a véritablement aucune raison pour qu'elle ne puisse pas aller passer du temps en Italie. Elle loue l'appartement dans lequel elle vit actuellement, alors il lui suffira de donner son préavis et de demander très gentiment à Jane si elle peut entreposer ses quelques possessions dans l'une de ses chambres d'amis. Elle a l'héritage de sa mère : cinquante mille livres, un peu moins après déduction des impôts, et elle peut piocher dedans pour subvenir à ses besoins en attendant de trouver un autre travail.

Elle envoie un nouveau baiser à André alors qu'elle quitte le salon, le cœur plus léger, puis elle descend d'un pas rapide l'escalier du métro, avec le sentiment nouveau d'avoir un but. Assise dans le wagon, elle prévoit ce qu'elle dira à Will quand elle le verra, un peu plus tard.

Quand Anna a commencé à travailler au sein de l'agence immobilière, c'était censé n'être que temporaire. Elle avait l'intention de réfléchir sérieusement à sa carrière, une bonne fois pour toutes, et peut-être de postuler à nouveau pour la formation d'enseignante qu'elle avait entamé des années plus tôt et abandonnée. Depuis, elle était passée d'un poste à un autre, dans l'espoir de trouver ce qu'elle avait vraiment envie de faire ; mais elle avait alors rencontré Will, et sans qu'elle s'en rende vraiment compte, un mois à l'agence s'était étendu sur deux ans, car ce travail lui permettait de rester à Londres et d'être près de lui.

Cela faisait moins de trois semaines qu'elle avait commencé quand ils s'étaient rencontrés. Il était entré dans son bureau et, même si elle avait eu l'impression de l'avoir déjà vu quelque part – ses traits taillés à coups de serpe, ses cheveux poivre et sel, ses yeux bleus hypnotiques lui disaient quelque chose –, elle ne l'avait pas reconnu. Elle ne regardait jamais *Channel 4 News* ; sinon, cela aurait fait tilt. C'était l'une des premières choses qui lui avaient plu chez elle, il le lui avait dit par la suite : le fait qu'elle ne s'était pas rendu compte qu'il était célèbre. Il avait trouvé cela rafraîchissant. Être apprécié pour ce qu'il était et non pour sa notoriété était nouveau pour lui.

Elle lui avait fait visiter un appartement au dernier étage d'une villa de l'époque édouardienne, et Will lui avait tout de suite plu, leur différence d'âge le rendant d'une certaine manière encore plus séduisant à ses yeux.

— Discutons tranquillement de cette vente autour d'un bon dîner, ce soir, lui avait-il dit.

Ils n'avaient toutefois pas évoqué l'appartement. Au lieu de cela, il lui avait parlé de son mariage raté et de son divorce, qui avait été prononcé une fois que ses trois enfants avaient quitté le nid familial. Il se préparait pour l'étape suivante de sa vie, la retraite, et il avait peur de vieillir.

À son tour, elle s'était surprise à se confier à lui ; elle lui avait raconté comment elle avait failli se marier avant l'âge de vingt-cinq ans, comment elle était presque allée jusqu'à l'autel : l'église était prévue et la réception, organisée, il ne restait que quelques détails au sujet des fleurs et du plan de table à finaliser. Son fiancé lui avait dit, dans une lettre qu'il avait glissée sous sa porte, qu'il avait changé d'avis, qu'il n'était pas prêt pour le mariage, qu'il ne le serait peut-être jamais. Elle avait eu d'autres petits amis depuis, mais dès qu'une relation menaçait de devenir sérieuse, elle y mettait un terme. Chat échaudé craint l'eau froide, disait-elle en guise d'explication. Je ne promets rien.

Des mois s'étaient écoulés sans qu'elle ait d'homme dans sa vie, et elle avait été heureuse comme cela ; mais Will avait comblé un besoin en elle. Elle appréciait leurs sorties occasionnelles, pour dîner ou aller à des concerts. Il se montrait toujours galant : il ouvrait les portes pour elle, lui tirait sa chaise au restaurant. Par le biais de son travail au sein de Channel 4, il avait rencontré de nombreuses personnes intéressantes, et il était doué pour raconter de bonnes histoires. Il était infiniment plus palpitant que sa solitude et ses dîners réchauffés au micro-ondes et mangés devant la télévision.

C'était un partenariat simple. De temps en temps, le doute l'assaillait, et elle se demandait si c'était par paresse qu'elle restait avec quelqu'un dont elle n'était pas follement amoureuse uniquement parce qu'il était charmant et qu'il était doué au lit, mais elle était experte en l'art de chasser de son esprit ce genre d'inquiétude. Un jour, elle avait vu une photo de lui avec une femme séduisante dans un magazine. Quand elle lui avait demandé de qui il s'agissait, il lui avait répondu que c'était son ex-femme, Tricia, qu'il la voyait encore pour prendre des nouvelles des enfants et l'aider à gérer ses finances. Elle avait été surprise de l'élégance de cette belle femme aux cheveux argent ; et, à vrai dire, elle était jalouse parce qu'il éprouvait toujours le besoin de la voir.

Will a réservé leur table habituelle au restaurant Chez nous, une table nichée dans un renfoncement. Elle arrive un peu en avance et commande un verre de pouilly fumé bien frais. Elle s'assied et attend, grignote un petit pain du bout des dents, se demandant combien de retard Will aura ce soir. L'établissement est bien rempli pour un mardi soir. Elle se demande combien de temps au total il l'a fait attendre.

— Désolé, Sooty, dit-il en arrivant, se baissant pour lui déposer un baiser sur les lèvres. J'avais un reportage à terminer. Un gros scoop sur Blair est sur le point d'éclater.

Il l'avait surnommée Sooty après l'un de leurs premiers dîners en tête à tête. Son mascara avait coulé, laissant des traces noires sous ses yeux, quand ils avaient couru du restaurant jusqu'à leur taxi sous une pluie battante. Elle se demande combien d'excuses différentes elle pourrait compiler au « registre des retards » qu'elle établit mentalement. Ce soir, elle trouve irritant qu'il ne fasse pas plus de cas d'elle ; et son agacement est en grande partie dirigé contre elle-même, parce qu'elle l'a supporté pendant si longtemps.

— Tu as quelque chose de différent, dit-il en retirant son manteau et en s'asseyant en face d'elle. Ce sont tes cheveux. Miam, miam ! Ils sont beaucoup plus courts, non ?

Elle se tapote l'arrière de la tête.

— J'aime bien, dit-elle. C'est libérateur, en quelque sorte. J'avais besoin de changement.

— Oh là là, voilà qui est de mauvais augure…

Il rit et prend le menu.

— Tu as déjà commandé ?

— Non ! répond-elle d'un ton catégorique. Je t'attendais.

Il jette un coup d'œil rapide au menu, puis appelle le serveur.

— Quel est le plat du jour ?

— Nous avons un excellent veau. Les moules sont très bonnes aussi… et le bœuf bourguignon également.

— Le veau, nous allons prendre le veau, dit Will, fermant le menu d'un coup sec. Et apportez-nous une bouteille de châteauneuf, comme d'habitude.

En temps normal, Anna laisse volontiers Will prendre les choses en main et commander pour elle, mais pas ce soir.

— Pas de veau pour moi, dit-elle. Je vais prendre le poulet, et une salade.

Si Will est surpris, il ne fait aucun commentaire.

Ils restent assis en silence, à boire l'excellent vin à petites gorgées, tout en piochant des olives noires dans le bol qui est apparu pendant qu'ils attendaient leur repas.

Elle promène son regard sur la pièce. Deux jeunes gens sont enlacés, assis côte à côte plutôt que l'un en face de l'autre comme elle et Will. Le jeune homme a passé son bras autour de la jeune femme, et ils partagent une assiette de hors-d'œuvre. De temps en temps, il lui murmure quelque chose à l'oreille, et elle rit, les yeux agrandis par… par quoi ? Anna se le demande. L'excitation, ou la stupéfaction ravie devant ce qu'il suggère ? Elle lui donne un petit morceau de calamar au bout de sa propre fourchette et il le mordille tout en la regardant droit dans les yeux. Anna détourne le regard. La scène est trop intime. Combien de temps leur phase concupiscente durera-t-elle ? Auront-ils encore des affinités après quelques premières semaines passionnées ? Ou forment-ils tout simplement un couple parfait ? Une telle chose existe-t-elle seulement ?

Will joue avec son verre de vin.

— Que se passe-t-il, Anna ? Tu es à des années-lumière d'ici. Tu m'en veux d'être arrivé en retard ?

— J'ai l'habitude, répond-elle, reportant son attention sur l'homme qu'elle a tant désiré par le passé. Je te l'ai déjà dit. Je ne suis pas dans mon assiette et j'ai plein de choses en tête.

— Tu es indisposée ? Tricia était toujours très irritée quand c'était son cas.

— Je ne souffre pas du syndrome prémenstruel, si c'est ce que tu veux dire, et j'aimerais beaucoup que tu ne me compares pas à ton ex.

Il tressaille, déconcerté par sa réaction.

— C'est la perte de ta mère, n'est-ce pas ? Pauvre Sooty, tu devrais te laisser le temps de faire ton deuil.

Comment une même personne peut-elle à la fois être aussi sensible et manquer à ce point de considération ? se demande Anna. Elle fait un effort pour se montrer plus aimable.

— Mamma m'a laissé son journal intime. Il est arrivé de l'office notarial l'autre jour, et j'ai commencé à le lire. C'est ce qui me préoccupe, je suppose.

— Je pourrais y jeter un coup d'œil et te donner mon point de vue de journaliste. On ne sait jamais, tu pourrais obtenir un contrat d'édition.

— Merci, Will, mais non, il n'est pas publiable. C'est une foule de bouts de papier sans aucun ordre précis. Il y a même un morceau de tissu sur lequel elle a écrit. Et c'est en italien.

— Tu es sûre que ce n'est pas quelque chose que ta mère a griffonné quand elle a perdu la boule ? Elle est restée dans cette maison de retraite un moment, n'est-ce pas ? Les vieilles personnes font des choses insensées. Je serai bientôt comme ça.

Il a un petit rire nerveux, et elle se demande s'il espère qu'elle le contredira.

— Enfin, toi, ravissante jeunette, avec ta nouvelle coiffure sexy, dit-il, baissant la voix, j'ai l'impression de devoir réapprendre à te connaître… de la tête aux pieds. J'ai hâte que nous soyons chez toi.

Elle se laisse aller en arrière sur sa chaise.

— Pas ce soir, Will.

Il y a une pause tandis que le serveur pose leurs assiettes devant eux et leur sert à nouveau du vin, avant de disparaître en direction de la cuisine.

— Je suis tombé en disgrâce, n'est-ce pas ? demande Will.

— Je songe à aller en Italie pendant quelque temps, dit-elle abruptement.

— Quelle idée formidable ! Tu as besoin de faire une pause. Je pourrais peut-être prendre quelques jours et te rejoindre. Un peu de soleil en hiver me ferait du bien, à moi aussi… Mange, ma vieille ! Tu n'as pas faim ?

L'appétit coupé, elle chipote.

— Si tu n'as pas l'intention de manger ça, dit-il, pointant sa fourchette sur son assiette, j'en veux bien. Je meurs de faim ! L'économie protège du besoin, hein ?

— Je ne vais pas en vacances, Will, insiste-t-elle. Je serai partie deux ou trois mois. Pour voir d'où venait ma mère. Je n'y suis jamais allée. Et…

Elle s'interrompt, ne sachant pas comment s'expliquer.

Il écarte son assiette et lui prend la main, finissant sa phrase pour elle.

— Et tu as besoin d'être un peu seule.

Elle le regarde, déplorant qu'il se montre aussi compréhensif. Cela aurait été bien plus simple s'il y avait eu des éclats de voix.

— Cela faisait un moment que je m'attendais à ça, pour être honnête, dit-il, lui caressant la main. Je me suis souvent demandé ce qu'une belle jeune femme comme toi trouvait à vieux croûton comme moi.

Elle ne relève pas non plus cette dernière remarque, et il lui lâche la main. Il boit d'un trait le reste de son vin, dont une goutte tombe sur sa chemise, et elle regarde la tache rouge s'étaler.

— Quand pars-tu ? demande-t-il.

— Bientôt. Mon bail se termine dans un mois. Je n'ai plus de travail. Cela semble être le bon moment.

— Cela me fait comme un choc.

— Nous pourrons rester en contact et nous donner des nouvelles de temps en temps, Will... mais il faut que je parte.

— Je suppose que tu dois faire ce que tu as à faire, comme on dit, mais je ne veux pas que tu disparaisses complètement.

Il y a un silence gêné. Il demande l'addition et insiste pour appeler un taxi et la raccompagner jusque chez elle.

Ils restent assis chacun de son côté sur la banquette arrière, et elle est contente qu'il n'y ait pas beaucoup de circulation et que le trajet ne prenne qu'un quart d'heure. Malgré tout, cela la stupéfie de penser qu'ils avaient, à une époque, toujours quelque chose à se dire.

— Disons-nous bonne nuit ici, lui dit-elle à la porte de son immeuble. Je suis fatiguée, Will.

— Bonne nuit, ou au revoir ?

Elle marque un temps d'arrêt.

— Les deux, je présume.

Ils restent l'un en face de l'autre sur le trottoir pendant quelques secondes, puis il s'avance et lui dépose un baiser sur le front.

— Donne-moi des nouvelles, chère enfant, dit-il, avant de tourner les talons et de remonter dans le taxi.

Elle lève une main pour esquisser un signe tandis que la voiture noire redémarre et s'écarte du bord du trottoir.

Alors qu'elle monte l'escalier en direction de son appartement, elle se dit qu'expliquer la situation à Will avait été beaucoup plus facile qu'elle l'avait imaginé.

4

Jane vit seule dans une maison de style Tudor avec cinq chambres, dans une région du Surrey que les agents immobiliers, dans leur jargon, décriraient comme un quartier des plus prisés.

Quand le mari de Jane, Charlie, l'avait quittée près de dix ans plus tôt pour un homme, Anna n'avait pas été surprise. Elle s'était souvent étonnée de leur mariage, se demandant ce que le doux Charlie trouvait à sa despote de sœur. Jane était revenue seule de vacances en famille à Madère, et avait annoncé que Charlie était en quête de nouvelles aventures à l'étranger. Charlie, en revanche, n'avait pas eu le moindre scrupule à être franc et à déclarer publiquement son homosexualité. À Noël, il avait envoyé à tous ses proches une lettre joyeuse dans laquelle il expliquait qu'il avait rencontré l'amour de sa vie, Santos, et décidé de rester à Madère pour l'aider à diriger un hôtel de caractère fabuleux à Funchal. Il était follement heureux (si on lui passait l'expression). Leurs fils, Stephen et Julian, ayant presque fini leurs études et étant pratiquement indépendants, il estimait qu'il était temps qu'il commence à vivre sa vie, et il s'était donc séparé de Jane. Tout le monde était cordialement invité à venir lui rendre visite n'importe quand. Anna avait accepté son invitation et avait passé des vacances parmi les meilleures de sa vie, mais Jane et Harry l'avaient chassé de leur vie.

Anna prend un taxi pour aller de la gare jusque chez Jane. Deux lions de pierre montent la garde sur le porche, qui est également flanqué d'une paire d'obélisques de lauriers taillés. Aucune mauvaise herbe n'ose pointer son nez dans les parterres de fleurs. La maison familiale est grande pour une personne seule, mais Jane n'est pas disposée à déménager. Les amis avec lesquels elle joue au bridge vivent à proximité, et il y a une longue rangée de boutiques luxueuses et une épicerie fine populaire accessibles à pied. Elle peut aisément se permettre de se faire aider pour entretenir la maison et le jardin, grâce à la pension généreuse que lui verse Charlie.

— Entre, entre, tu laisses pénétrer le froid ! Nous sommes en train de prendre l'apéritif dans le salon.

Sa sœur l'attire dans l'entrée et ajoute à voix basse :

— Dieu merci, te voilà ! C'est impossible d'avoir une conversation sensée avec cette femme, et manifestement, Harry a déjà bu un ou deux verres avant de venir.

Harry et sa troisième épouse, Cynthia, sont assis à une extrémité et à l'autre du salon aux fauteuils recouverts de chintz. Elle a les jambes croisées et feuillette un magazine illustré de luxe, *House and County*. Elle a bien vingt-cinq ans de moins que Harry, qui en a cinquante-deux, mais elle est tellement maquillée que cela camoufle son âge. Anna se demande s'il y a chez elle quoi que ce soit d'authentique. Même ses seins paraissent anormalement gros pour son corps frêle. Elle jette un coup d'œil à Anna quand celle-ci entre dans la pièce, esquisse un vague mouvement de sa main aux ongles manucurés pour lui faire signe. Harry s'extirpe tant bien que mal d'un fauteuil inconfortable couvert d'un tissu Colefax & Fowler, renversant un peu du gin tonic contenu dans son verre sur le tapis clair. Il a l'air soulagé de voir Anna. L'atmosphère est glaciale, et Anna se demande quel est le sujet de leur dispute, cette fois.

— Donne-moi ça, Harry, dit Jane, fondant sur lui, pour lui arracher son verre des mains et le déposer sur un dessous-de-verre, sur une desserte, hors de sa portée.

Jane a hérité du type grand et maigre de leur père, bien que sa taille ne soit plus aussi fine qu'autrefois, mais Harry et Anna ressemblent davantage à leur mère. Harry aurait pu être très beau, avec ses traits de Latino ténébreux, mais il a pris du poids au cours des quelques dernières années, et il aime un peu trop le vin.

— Viens par ici, petite sœur... Serre ton vieux frère dans tes bras !

Tandis qu'il l'écrase contre sa bedaine, l'odeur d'alcool qui imprègne son haleine accable Anna.

— Nous étions en train de parler de Willow's End, nous avions une petite conversation...

Il prend soin d'articuler ses mots et parle lentement, à la façon de quelqu'un qui cherche à tout prix à ne pas montrer qu'il a trop bu. Il indique Cynthia.

— L'endroit ne lui plaît pas, pas du tout. Que faire ? J'entrevois des batailles à l'horizon.

Cynthia décroise les jambes, tire sur sa jupe minuscule pour la faire descendre le plus possible, et croise de nouveau les jambes.

— Il y a des tas de pièces et c'est plein de courants d'air, dit-elle. C'est plus une charge qu'un atout. La maison a besoin de beaucoup de travaux, d'une rénovation totale, même, à mon avis. Je crois que Harry ferait mieux de l'abattre complètement et de tout reconstruire, mais il a l'idée farfelue d'aller vivre dans ce trou.

Anna ne peut pas imaginer Cynthia vivant dans une maison des années 1930 pleine de coins et de recoins et de courants d'air, et elle est surprise d'apprendre que Harry en a envie, quant à lui. Elle le voyait pourtant déjà tout détruire au bulldozer et faire tenir une demi-douzaine de maisons luxueuses sur la pelouse de derrière.

— Eh bien, j'en ai assez de vivre dans un appartement en ville ! Tout ce verre et tous ces espaces décloisonnés… On n'a aucune intimité. C'est comme être dans un maudit aquarium géant.

Il cherche son verre du regard et s'approche des tables gigognes.

— Je me disais simplement que ce serait une idée géniale de retaper la baraque et d'essayer de vivre à nouveau dans une vraie maison, avec des pièces séparées, comme il se doit. Une petite salle à manger confortable. Une chambre d'enfant, peut-être.

Il regarde Cynthia avec un grand sourire, oscillant légèrement sur ses jambes.

— Qu'en dis-tu, Cyn ? Le bruit de petits pas rapides et légers pourrait-il te tenter ?

— Tu peux toujours rêver, Harry !

Cynthia jette le magazine sur la table basse.

— Je dois aller aux toilettes, annonce-t-elle avant de quitter la pièce, lui faisant bien comprendre que toute conversation au sujet d'éventuels enfants est terminée.

Harry la regarde s'éloigner, vacillant sur ses talons hauts, et il essaie de détendre l'atmosphère avec une plaisanterie.

— Remarque, les seuls petits pas rapides à Willow's End pour le moment sont ceux des souris, ah, ah ! C'est bien dommage !

Anna a un élan de compassion pour son frère. Elle sait que ses filles lui manquent. Sa deuxième femme, Melissa, a la garde de leurs jumelles, et elles sont au pensionnat, alors il ne les voit pas souvent. Pendant les vacances scolaires, elles prennent des cours de tennis ou partent en voyage « aventure » pour ne pas être dans les jambes de Melissa.

Jane revient dans le salon avec un plat de viande, juste à temps pour éviter à Anna d'avoir à faire des commentaires. Elle ne se sent pas qualifiée pour donner à Harry des conseils matrimoniaux, et elle se dit avec ironie qu'aucun d'entre eux n'a été particulièrement heureux en amour.

— Où est passée Cynthia ?

Jane regarde le fauteuil dans lequel Cynthia était assise.

— Le déjeuner est prêt. Ce n'est pas grand-chose, mais cela va refroidir si nous ne mangeons pas tout de suite. Passons dans la salle à manger !

Anna sait ce que c'est que pas grand-chose pour Jane : sa sœur est un cordon-bleu et elle aime exhiber ses talents. Ils ont le privilège de manger du pâté en terrine fait maison, puis de la longe de porc farcie accompagnée de légumes grillés. Cynthia mange du bout des dents, poussant avec sa fourchette une rondelle d'aubergine dans son assiette, et Anna se demande quel nouveau régime elle suit. Le repas aide Harry à dessoûler, et, pendant que Jane est dans la cuisine, Anna l'interroge.

— Sais-tu quoi que ce soit de l'endroit d'où venait Mamma, en Italie ? J'ai commencé à lire les papiers qu'elle m'a laissés, et je me rends compte que je ne sais absolument rien de ses origines – ni de celles de papa, d'ailleurs.

— Rofelle, tu veux dire ? demande-t-il, se laissant aller en arrière sur sa chaise, s'essuyant la bouche avec sa serviette de table damassée. La dernière fois que j'y suis allé, c'était avant ta naissance. Je devais être adolescent, à l'époque. Réfléchissons… C'était il y a plus de trente ans. Mon Dieu, que le temps passe vite !

Cynthia soupire, hausse les sourcils, s'excuse et quitte la table.

— Je vais fumer dehors. Je ne veux pas de dessert.

Anna la regarde ouvrir la porte-fenêtre et s'asseoir sur un banc en fer forgé, sur la terrasse. Elle fouille dans son sac à main Mulberry et en sort un téléphone portable. Ses ongles rouge vif brillent tandis qu'elle commence à taper un message, et la fumée de sa cigarette monte en spirale dans le soleil hivernal.

Harry la regarde d'un air mélancolique, à travers la fenêtre.

— Elle est toujours au régime… Elle va finir par dépérir, un de ces jours.

Il prend la bouteille de vin et se sert un autre verre, puis il en propose à Anna, mais elle couvre son propre verre de la main.

— Non, merci, Harry. Parle-moi de Rofelle.

— Un endroit absolument minable. Primitif ! Je suis sûr que papa n'aimait pas non plus, et je crois que nous n'y sommes jamais retournés en vacances. Je me souviens de leurs effroyables disputes à propos des vacances là-bas. C'est à peu près à l'époque où il a fait sa dépression.

— Je ne savais pas qu'il avait fait une dépression, s'étonne Anna.

— Oh oui, c'était une période horrible. Il a fait un séjour à l'hôpital, mais maman n'a jamais voulu que qui que ce soit le sache. Les gens de leur génération étaient comme ça. Ils ne parlaient pas des choses, ils ne se confiaient pas, pas comme on le fait aujourd'hui.

— Il a passé quelque temps dans un camp de prisonniers, dit Anna. Sa dépression avait peut-être un rapport avec ça… et puis, il a été blessé juste avant l'Armistice, et cela l'a ralenti quand il était en cavale. Tous ces événements étaient vraiment stressants…

— Le pauvre vieux ! dit Harry, vidant son verre. Ça me fait penser à un vieux film de guerre. *L'Évasion italienne.* Mieux vaut lui que moi !

— Bonté divine, Anna ! Heureusement que tu ne travailles pas en ce moment, dit Jane en revenant dans la salle à manger. Tu n'as vraiment que cette histoire en tête ! Comment donc pourrais-tu te concentrer sur un travail ?

Elle prend un saladier en cristal contenant du tiramisu sur le buffet, et le pose sur un dessous-de-plat, puis elle jette un coup d'œil à travers la fenêtre.

— Changeons de sujet ! C'est bien trop déprimant de parler de la guerre, dit-elle d'un air absent.

Elle émet un *tss-tss* ! désapprobateur en voyant Cynthia.

— Mais que fait-elle dehors ? Elle va attraper la mort dans cette tenue légère !

Elle tape au carreau et fait signe à Cynthia de rentrer. Cynthia lève la main pour indiquer qu'elle en a encore pour cinq minutes. Tout en servant le dessert, Jane demande :

— En parlant de Rofelle, tu te souviens, Harry, qu'il n'y avait qu'un lit pour une personne dans cette chambre minable que nous étions obligés de partager ?

— Oui. Tu m'y faisais dormir par terre. Comment pourrais-je l'oublier ?

— C'était vraiment répugnant qu'ils s'attendent à ce que nous dormions dans le même lit. Enfin, franchement ! Tu devais avoir dix-neuf ans, puisque j'en avais seize. Je m'en souviens, parce que je me rappelle parfaitement m'être sentie exclue à la rentrée, en septembre : toutes les autres filles parlaient sans arrêt des vacances fabuleuses qu'elles avaient passées cet été-là, et ma seule pensée, c'était que j'avais seize ans et que je n'avais toujours pas reçu mon premier baiser. Pour rien au monde je n'aurais laissé qui que ce soit à Rofelle me toucher ! J'étais tellement contente que nous n'y soyons jamais retournés…

Anna écoute son frère et sa sœur évoquer des souvenirs de leur jeunesse, d'une époque où elle n'était pas encore née, comme si elle écoutait l'histoire d'une autre famille – une famille dont elle ne ferait pas partie. Ils racontent des anecdotes sur l'épouvantable plomberie italienne, sur une vieille dame qui se servait d'un vieux balai en guise de canne et dont ils étaient persuadés qu'elle était une sorcière, sur un petit garçon qui allait au bar tous les jours, les cheveux grouillants de poux. Les commentaires fusent entre Harry et Jane. C'est assez intéressant, mais Anna veut en apprendre davantage sur leurs parents. Quand Jane commence à débarrasser, elle l'aide à rassembler les couverts.

— Vous ne trouvez pas bizarre qu'ils n'y soient jamais retournés ? Mamma n'y est pas non plus allée toute seule ? demande-t-elle, touchant le bras de sa sœur, comme pour l'empêcher de mettre un terme à la conversation.

— Pas que je sache, répond Jane. Je ne sais même pas si on a encore de la famille là-bas. Pour être honnête, ça ne m'intéresse pas vraiment. C'était affreusement ennuyeux pour nous, à l'époque, et ce n'est vraiment pas le genre d'endroit où j'aurais choisi d'emmener des adolescents en vacances.

Harry tend à nouveau la main vers la bouteille de vin.

— Il y a de l'eau à table, l'admoneste Jane.

Il l'ignore et se sert un grand verre de merlot, finissant la bouteille.

— C'est pour accompagner le fromage, ma vieille. Du moins, si le plateau de fromages fait son apparition un jour…

Il fait un clin d'œil à Anna tandis que Jane prend le stilton et le cheddar fort sur le buffet et les pose à portée de main de son frère.

— Pas étonnant que tu souffres de la goutte ! Je ne comprends pas comment Cynthia peut te supporter, vraiment, je ne le comprends pas…

Anna se dit que Cynthia ne va peut-être pas continuer à le supporter bien longtemps. Elle est toujours dehors, et continue à écrire des messages sur son portable.

Anna décide de faire part de ses projets à son frère et à sa sœur.

— Je vais aller passer deux ou trois mois en Italie, dès que j'aurai mis toutes mes affaires dans des cartons. Justement, Jane, je voulais te demander si je pouvais te les laisser quelque temps. Je veux aller voir les endroits mentionnés dans le journal de Mamma.

Jane et Harry regardent leur petite sœur comme si elle était folle. Harry est le premier à briser le silence.

— Qu'est-ce que tu vas bien pouvoir faire là-bas ? Comment vas-tu te débrouiller financièrement ?

— Je ne sais pas encore, mais l'agence m'a versé des indemnités de licenciement… et puis, il y a les cinquante mille livres que Mamma a léguées à chacun de nous.

— Cela ne durera pas éternellement. J'aurais cru que tu t'en servirais pour effectuer un versement initial sur un bien immobilier plutôt que pour partir te la couler douce en Italie… Je peux t'aider, si tu veux, dit Harry en prenant un gros morceau de stilton.

— Non, merci. Je suis décidée à y aller.

— Allons, Anna ! Quelle est la vraie raison de ton départ ? Ça ne marche pas entre toi et ton joli cœur ?

Anna trouve que Harry est très mal placé pour faire des commentaires là-dessus. Elle ravale une remarque sarcastique, mais s'indigne quand même.

— Will n'a rien à voir là-dedans… et cela ne te regarde pas, d'ailleurs.

Jane intervient.

— Je n'attacherais pas trop d'importance à ce journal intime, si j'étais toi. Maman n'avait plus toute sa tête, sur la fin, tu sais. Je crois que tu vas perdre ton temps.

— Mis à part ce journal… Je veux dire, même s'il n'avait jamais existé, essaie d'expliquer Anna, vous n'éprouvez pas la moindre curiosité au sujet du passé de Mamma et de *Papà* en Italie ? En fin de compte, nous sommes à moitié italiens. Nos racines toscanes ne vous intéressent-elles pas ? Mamma parle d'événements majeurs dont elle n'a jamais voulu parler, de quelque chose qui s'est passé pendant la guerre. N'avez-vous pas envie de savoir de quoi il s'agit ?

— Non ! répond aussitôt Harry. Absolument pas… et, pour ma part, je me sens britannique jusqu'au bout des ongles. Nous avons été élevés ici, nous avons fait nos études ici, nous parlons anglais chez nous.

— Je ne vois vraiment pas l'intérêt, acquiesce Jane. Tout ce dont je me souvienne, ce sont des disputes formidables quand papa était encore en vie chaque fois que quelqu'un parlait de l'Italie. C'est peut-être légèrement différent, pour toi… Au moins, maman t'a enseigné un peu d'italien, mais nous, nous n'en parlions pas un mot, et toute la famille jacassait à n'en plus finir. Nous n'y comprenions rien. Il n'y avait rien à faire à Rofelle, à part manger des quantités de pâtes qui faisaient grossir et aller se rafraîchir dans la rivière, qui était pleine de têtards, de serpents et de Dieu sait quoi d'autre !

Elle fait la grimace à ce souvenir.

— Je n'y mettrai plus jamais les pieds. Je ne me sens pas du tout italienne. Ça ne m'intéresse pas.

Anna se rend compte qu'il est inutile d'essayer d'expliquer son besoin d'aller en Italie à son frère et à sa sœur, et qu'ils ne lui apprendront pas grand-chose de plus au sujet de Rofelle. Elle va devoir se contenter de partir pour l'Italie et de découvrir l'endroit par elle-même.

5

Avril 1999

L'avion atterrit à Pérouse de bonne heure, dans le soleil matinal. Le tout petit aéroport est entouré de champs dans lesquels, çà et là, se dressent encore quelques malheureux tournesols à la tête tombante. Sur la piste, devant le modeste hall d'arrivée, deux hommes en combinaison orange vif agitent les mains en parlant, discutant de quelque chose qui pourrait être extrêmement important comme aussi futile que ce qu'ils ont mangé au dîner la veille au soir. Ils s'interrompent pour regarder une jolie Italienne descendre de l'avion devant Anna. Alors qu'ils observent la jeune femme de la tête aux pieds, Anna se demande si elle n'exagère pas très légèrement le balancement de ses hanches en se pavanant sur le tarmac dans son jean moulant et sa veste en cuir.

Anna a l'impression d'avoir été propulsée sur scène, dans un décor de théâtre, avec les montagnes au loin en toile de fond. Le contraste entre l'aéroport très fréquenté de Stansted et cet endroit tranquille est saisissant. Elle songe que cela aurait été beaucoup plus facile d'avoir sa mère à ses côtés, de voyager en sa compagnie et de lui poser des questions au sujet des partisans. Enfin, cela aurait-il vraiment fait une différence ? Ines se serait-elle confiée à elle ?

Apparemment, il n'y a que dans son journal intime qu'elle a pu parler librement.

Anna a réservé une voiture de location pour faire le trajet jusqu'à San Patrignano, un village près de l'endroit où sa mère est née, et où elle a trouvé, sur Internet, une chambre dans un petit *agriturismo*[1], une maison d'hôtes à la campagne. C'est agréable d'être au volant d'une voiture italienne, et de faire semblant d'être italienne : un pas vers l'intégration à la culture locale. Elle tripote le bouton de l'autoradio et trouve une station qui passe des ballades italiennes, mais elles sont si souvent interrompues par des publicités qu'elle finit par éteindre et se contente d'admirer le paysage.

Un peu plus d'une heure plus tard, elle quitte la deux-voies très fréquentée qui passe entre les champs de tabac pleins de pousses vertes, et prend la route de montagne qui relie Sansepolcro à Rimini. Sur les versants inférieurs, les cultivateurs ont taillé les oliviers. Il y a des tas de feuilles d'un gris argenté autour des troncs noueux, comme des jupons abandonnés. La route grimpe progressivement, et au col de Viamaggio, Anna gare la voiture de location sur une aire de repos et prend des photos de la vallée, où un grand lac scintille au soleil. Il se pourrait très bien que ce soient les montagnes où son père s'est caché et battu pendant la guerre, où, dans chaque repli de terrain et chaque massif forestier, menaçait le danger et guettait la mort. Elle a un frisson d'excitation tandis qu'elle se tient là, dans le vent qui murmure dans l'herbe couchée sur le flanc de la montagne. Dans le fossé profond, à côté de la voiture, il reste encore des plaques de neige, et les pâquerettes s'ouvrent à la lumière du soleil, qui fait de son mieux pour réchauffer les coteaux.

1. Ferme.

Elle se remet en route et exerce bientôt son italien pour la première fois, lorsqu'elle s'arrête pour demander son chemin à un vieil homme qui empile des bûches sur le bas-côté. Il la regarde d'un air soupçonneux, jette un coup d'œil à la plaque minéralogique de la voiture, puis lui indique comment se rendre à l'*agriturismo.* Elle est ravie d'avoir réussi à communiquer dans la langue de sa mère. Son père leur avait interdit de parler italien à la maison, à cause d'une théorie très répandue dans les années 1950 et 1960, selon laquelle apprendre deux langues était déroutant pour des enfants, qui finissaient par ne maîtriser ni l'une ni l'autre. Anna se dit soudain que cela a dû être très dur pour sa mère de ne pas pouvoir chanter à ses bébés des berceuses en italien, ou leur raconter des histoires dans sa propre langue, et elle décide d'apprendre le plus d'italien possible au cours de son séjour. Elle estime le devoir à sa mère.

*

La propriétaire de l'*agriturismo* Casalone est Teresa Starnucci. Elle doit avoir à peu près le même âge qu'Anna, elle a un petit visage mutin et des cheveux noirs coupés court. Elle fait entrer Anna.

— Bienvenue dans notre maison d'hôtes, dit-elle dans un anglais hésitant.

Anna répond en italien.

— Je vous en prie, parlez-moi en italien. J'essaie de m'améliorer.

Un sourire de soulagement illumine le beau visage de Teresa. Elle lui serre la main et passe à l'italien.

— Ouf ! Dieu merci ! Nous avons appris l'anglais à l'école, mais c'était difficile, pour moi. Quand Francesco arrivera, tout à l'heure, vous verrez qu'il parle très bien l'anglais. Si nous rencontrons des difficultés, il pourra nous servir d'interprète. Permettez-moi de vous faire visiter ! Dites-moi si je parle trop vite.

Anna est ravie de constater qu'elle comprend presque tout ce que lui dit Teresa en lui faisant visiter l'ancienne ferme magnifique, et elle se sent à l'aise en sa compagnie, même si elles viennent juste de se rencontrer. Elle apprend que le père de Teresa est né dans la maison, et que celle-ci appartient à la famille depuis plus de cent ans. Deux ans plus tôt, ils ont décidé de la restaurer avant qu'elle ne tombe en ruines. Personne n'y avait habité depuis plus de trente ans, car la mère de Teresa, une fois mariée, avait préféré aller vivre dans un appartement moderne, au village. De nombreuses familles du hameau en avaient fait autant, et jusqu'à récemment, il n'y avait qu'un couple de personnes âgées qui habitait là de façon permanente.

— ... mais notre génération estime que c'est important de sauver cette partie de notre histoire avant qu'il ne soit trop tard, poursuit Teresa. Nos parents se sont d'abord dit que nous étions fous de vouloir vivre dans un vieux bâtiment, mais quand ils ont vu que nous le modernisions, avec le chauffage central et des salles de bains neuves, ils ont trouvé que nous faisions quelque chose de bien. Nous espérons que d'autres jeunes suivront notre exemple et redonneront vie au village.

Grâce à ses épais murs de pierre, la ferme conserve la chaleur en hiver et reste fraîche en juillet et en août, quand le soleil dessèche la campagne. Dans la salle à manger trône une imposante cheminée, assez grande pour que l'on se tienne debout dedans, dans laquelle la grand-mère de Teresa faisait toute la cuisine, autrefois. Aux murs sont accrochés de vieilles casseroles et de vieux ustensiles en métal.

Anna suit son guide, traverse la salle à manger et monte un escalier jusqu'à un palier où tout est rutilant. Les murs blanchis à la chaux sont impeccables. Teresa s'arrêta devant la première porte.

— Voici votre chambre, avec salle de bains attenante.

Sur la porte, une plaque de bois porte le nom « Ortica ».

— C'est une plante qui pousse n'importe où, explique-t-elle. Nous en utilisons même dans certaines de nos recettes.

Elle montre à Anna une photo d'ortie et lui dit qu'ils ont associé aux chambres les thèmes de plantes qui poussent aux alentours et dans les bois.

— Je vous laisse défaire votre valise et vous installer confortablement. Si vous avez besoin de quoi que ce soit, venez me trouver. Je ne serai pas loin.

Anna est enchantée de sa trouvaille. Le bâtiment a été restauré avec beaucoup de goût et d'attention aux détails. Aux petites fenêtres de sa chambre pendent de simples rideaux de lin, ornés de dentelle faite à la main dans la région, d'après ce que lui a dit Teresa. Un lit double en fer forgé, fabriqué à la forge de la petite ville de Badia Tedalda, un peu plus haut dans la montagne, est placé sur une mezzanine.

La vue sur les montagnes majestueuses qui entourent le hameau est à couper le souffle. Les versants inférieurs sont très boisés, traversés par endroits de bandes de prés d'un vert plus clair. Plus haut, elle distingue le contour d'un village perché de manière précaire sur un pic, les toits de ses habitations sortant de la brume comme les cheminées d'un paquebot en mer. Anna ouvre grand les volets et respire profondément l'air pur, impatiente de se réveiller dans cette chambre, de commencer sa journée avec cette vue, dans cet écrin de verdure où sa mère a grandi.

Elle se demande si elle va réussir à retrouver l'étable et les autres endroits mentionnés dans le journal. Existeront-ils toujours, après tout ce temps ?

La table à manger devant la cheminée est dressée pour quatre personnes, avec une nappe blanche et des couverts étincelants, et elle est ornée de petits bouquets simples de primevères.

— Pouvons-nous nous asseoir avec vous, ce soir, Anna ? demande Teresa en arrivant de la cuisine avec une corbeille à pain. Vous êtes notre seule cliente, et nous espérions que cela ne vous dérangerait pas.

Anna est fatiguée, et elle aurait préféré prendre un repas rapide et se coucher tôt, mais elle aime l'ambiance décontractée de la petite maison d'hôtes, et elle ne veut pas offenser son hôtesse.

— Bien sûr, répond-elle, mais ne vous attendez pas à ce que j'arrive à vous suivre : mon italien est très mauvais.

— Deux semaines ici, avec nous, et vous serez pratiquement bilingue ! Votre accent est déjà très bon.

— Ma mère était italienne.

— Ah, cela explique vos cheveux bruns ! Vous pourriez presque passer pour une Italienne.

— Jusqu'à ce que j'ouvre la bouche…

— N'exagérez pas ! dit Teresa en riant.

Un homme entre dans la salle à manger avec deux bouteilles de vin dans les mains. Il est sec et nerveux, un peu plus grand qu'Anna, et a une tignasse noire parsemée de gris. Une petite fille le suit.

— Teresa, j'ai apporté ces bouteilles de sangiovese… Je crois que ce sera bien avec le menu de ce soir.

Il s'incline légèrement pour saluer Anna, et pose les bouteilles sur une desserte.

— Anna, je vous présente Francesco, dit Teresa.

Il lui serre la main avec fermeté, puis il fait avancer avec douceur la petite fille qui se cache derrière lui.

— Et ce petit ouistiti est ma fille, Alba, dit-il.

L'anglais de Francesco est bon, et Anna détecte un léger accent américain. Elle remarque qu'il a dit « ma fille », excluant ainsi Teresa, et se demande s'il n'est pas un peu macho. La fillette se glisse à nouveau derrière son père, les yeux baissés. Elle est fluette et très pâle. Il est difficile de lui donner un âge exact, mais elle doit avoir environ huit ans. Elle met son pouce dans sa bouche et reste derrière Francesco, se cramponnant à sa chemise.

— *Ciao*, Alba, dit Anna.

Elle se penche pour être à la hauteur de l'enfant, mais celle-ci ne répond pas. Anna décide de ne pas lui prêter trop d'attention, se disant qu'elle sortira de sa coquille quand elle sera prête à le faire, mais Alba reste silencieuse tout au long du repas, mangeant du bout des dents et se contentant de hocher ou de secouer la tête quand Francesco et Teresa s'adressent à elle.

Les hors-d'œuvre semblent tout droit sortis d'une nature morte : des fleurs de *zucchini* farcies, de petits carrés de *crostini* surmontés de tomates épicées, du pâté de foie, un condiment crémeux à base de fleurs de pissenlit, des feuilles de laurier grillées surmontées d'ovales de fromage fondu. Tout a été préparé délicatement et minutieusement, avec des produits de la région. Le plat principal, d'une belle couleur rose, est un succulent risotto aux cassis. Anna n'avait encore jamais rien goûté de tel.

— On croirait un repas sorti d'un conte de fées, dit-elle. Merci ! *Grazie !*

— Pourquoi avez-vous décidé de venir passer vos vacances dans la région ? demande Francesco alors qu'ils terminent le repas par une panna cotta garnie de fruits des bois. Nous n'avons pas l'habitude d'accueillir des touristes étrangers ici, dans un endroit si reculé.

Il parle anglais avec assurance, son emploi d'expressions idiomatiques indiquant que son niveau dépasse largement celui d'un débutant.

Anna parle un peu de ses parents, du journal intime, et de son désir d'en apprendre davantage sur le passé de sa mère. Francesco l'écoute attentivement, tout en versant du limoncello dans trois verres à liqueur.

— Quel était son nom de jeune fille ? Tout le monde connaît tout le monde, ici.

— Ines. Ines Santini.

Teresa a le souffle coupé.

— C'est un nom très courant, par ici ! Il y a plein de Santini dans notre quartier.

Elle quitte momentanément la salle à manger et revient avec un annuaire, qu'elle feuillette jusqu'à ce qu'elle trouve une longue liste de Santini.

— Si vous allez au *comune*, vous devriez pouvoir en apprendre davantage sur la famille de votre mère. Francesco pourrait peut-être vous y conduire, demain matin… Je lui ai demandé d'aller chercher les formulaires destinés aux clients.

— Oh, j'ai oublié de te le dire, Teresa ! intervient Francesco. Je ne pourrai pas, demain. On m'a demandé de faire un saut au travail, je dois donner un cours pour le professeur Tosti.

— Encore ?

Teresa tape du poing sur la table.

— Ils n'arrêtent pas de te demander de le remplacer ! J'espère que tu seras payé, cette fois.

— Teresa ! fait-il d'un ton d'avertissement. Ne recommence pas. Je n'ai pas l'énergie pour ça. Tu ne comprends pas, de toute façon… Cet homme est malade.

— Cet homme est incompétent. Ils auraient dû le virer il y a bien longtemps.

Francesco se lève, et les pieds de sa chaise raclent le sol de *cotto*[1]. Gênée d'être témoin de ce qui est manifestement une prise de bec habituelle, Anna se lève pour s'en aller.

— Je vais vous dire bonsoir, maintenant. Je suis très fatiguée, la journée a été longue.

Francesco s'apprête lui aussi à partir.

— Il est temps pour Alba aussi d'aller au lit, dit-il. Il y a école demain, jeune fille !

Il la prend dans ses bras et s'en va sans rien dire à Teresa : ni « Merci pour le repas », ni « À plus tard », ni « Bonne nuit ».

Un macho italien typique, gâté pourri, pense Anna quelques minutes plus tard, dans sa chambre, tandis qu'elle se déshabille pour aller se coucher. Par ailleurs, il est évident qu'il n'avait pas envie qu'elle aille à la mairie avec lui ; elle ne croit pas à son excuse.

Cependant, elle ne s'attarde pas bien longtemps sur la soirée, même si elle se réjouit brièvement d'avoir découvert que le nom de jeune fille de sa mère est encore répandu dans la région. Peut-être rencontrera-t-elle des parents avec lesquels elle pourra parler d'Ines.

La journée a été longue. Il n'y a pas le bruit de la circulation londonienne pour la déranger, pas de musique bruyante dans un appartement voisin. Tout ce qu'elle entend comme elle pose la tête sur le lin frais de la taie d'oreiller, c'est le bruissement doux du vent qui joue autour du vieux bâtiment de pierre. Elle s'endort immédiatement.

1. *Terre cuite.*

6

Anna a oublié de fermer les volets la veille au soir, alors elle est réveillée de bonne heure par le soleil qui inonde la chambre. La vue sur les montagnes, se découpant sur le ciel comme l'épine dorsale couverte de piquants d'un dinosaure endormi, est bien trop engageante pour qu'elle traînasse au lit. Elle enfile un jean et une polaire, passe une main dans ses cheveux, maintenant courts, et sort sans faire de bruit pour ne réveiller personne.

Elle suit un sentier étroit et très emprunté qui descend devant la maison. Plus tard, il y aura des mûres à cueillir dans les buissons épineux, mais pour le moment, seuls les cyclamens, aux feuilles marbrées de blanc, se montrent entre les pierres sur les bords du chemin. L'air matinal est frais, et elle est contente d'avoir mis sa polaire chaude. La crête des montagnes est saupoudrée de neige, ce qui lui rappelle que ce n'est encore que le début de la saison. Elle entend un bruit d'eau et, après avoir pris un virage, elle voit une rivière qui éclabousse bruyamment un barrage à poissons, sous un pont.

En fin de compte, elle n'est pas la seule lève-tôt : Francesco est en train de pêcher au barrage. Non loin de là, Alba est accroupie devant une petite flaque, dont elle agite l'eau avec un bâton.

Pour ce qui est de l'excuse minable du cours de bonne heure, pense Anna, *il aurait pu se contenter de me dire qu'il n'avait pas le temps de m'accompagner.*

Il lui fait un signe de la main et l'appelle. Alba continue à s'amuser sans prêter attention à elle. Anna se demande quelle explication Francesco va lui sortir, ce matin. En fait, elle préférerait continuer sa promenade, mais elle ne veut pas paraître impolie.

— Vous n'avez pas bien dormi ? lui demande-t-il comme elle s'approche de lui.

— Comme une souche, répond-elle en italien.

— On dit *comme un loir*, en italien, dit-il en riant, traduisant l'expression en anglais.

Cela l'agace qu'il n'ait pas l'air de vouloir faire l'effort de l'écouter s'essayer à l'italien. Elle le regarde ramener la ligne de manière experte et la lancer de nouveau, à un endroit plus profond du bassin.

— C'est une belle journée qui s'annonce, dit-il. Je me suis dit que j'allais contribuer au menu de Teresa. Ces petits poissons sont délicieux, frits, avec de l'ail et du persil haché. Avec un peu de chance, je lui attraperai aussi des truites.

Elle renonce à parler italien et indique Alba, qui joue au bord de l'eau.

— Apparemment, elle n'aime pas non plus traîner au lit le matin.

La petite fille construit une tour de cailloux, les posant soigneusement en équilibre les uns sur les autres, par ordre décroissant.

Francesco jette un coup d'œil à sa fille.

— Ce sont nos petites habitudes. Elle aime passer une demi-heure avec moi avant le petit-déjeuner. Quand il ne pleut pas, nous allons nous promener, ou nous venons ici, au bord de la rivière, avant que le bus scolaire ne passe la prendre.

— C'est une enfant très calme, dit Anna, repensant au dîner de la veille.

Il a un rire sans joie.

— Oui, très calme… Je donnerais cher pour l'entendre faire un peu de bruit !

Elle le regarde d'un air interrogateur.

— Alba a décidé de ne plus parler, explique-t-il. Les médecins ont diagnostiqué un mutisme sélectif. Cela fait près de six mois que ça dure, maintenant. Elle est têtue comme une mule.

Le bruit de l'eau qui jaillit par-dessus le barrage empêche leurs voix de parvenir à l'enfant, qui s'est éloignée un peu en aval. Anna demande donc à Francesco pourquoi Alba a décidé de cesser de parler, essayant d'imaginer à quel point cela doit être difficile de garder le silence pendant si longtemps. Des années plus tôt, quand elle était encore dans une école de religieuses, celles-ci avaient imposé à toutes les filles une retraite silencieuse, mais Anna n'avait pas réussi à tenir un après-midi entier sans parler. Six mois de silence, c'est autre chose.

— Nous ne sommes pas sûrs de comprendre pourquoi elle fait ça, répond Francesco, mais ce que nous savons, c'est qu'elle n'a pas prononcé un mot depuis la mort de sa mère.

— Mais je croyais que Teresa était sa mère ! s'étonne-t-elle.

— Teresa est ma sœur. Je loge avec elle ici, dans la maison familiale, dans l'espoir que la tranquillité du lieu soit bénéfique à Alba. Peut-être que le fait de vivre loin de Bologne, où nous habitons en temps normal, lui permettra de commencer à oublier. Je travaille à l'université, là-bas, mais j'ai pris un congé.

Anna est embarrassée. Elle a tiré des conclusions hâtives, supposé que Francesco et Teresa formaient un couple et qu'Alba était leur fille, lunatique et gâtée.

— Je suis désolée. Je suis tellement maladroite…

— Pourquoi ? Vous n'y êtes pour rien. Vous, les Anglais, vous n'arrêtez pas de vous excuser !

Il se baisse pour ouvrir un récipient en plastique contenant des vers, en prend un et l'accroche à l'hameçon d'une autre canne à pêche.

— Vous savez, c'est une bonne chose de pouvoir parler. Tout le monde prend des pincettes, avec moi, comme si j'étais un bibelot en porcelaine, qui se casserait en mille morceaux si quelqu'un faisait la moindre allusion au passé.

Il lance la seconde ligne, qui fend l'eau, et dont le bouchon retombe tandis que des ondulations se propagent à la surface. Anna attend, sentant qu'il a envie de lui dire autre chose.

— Ma femme, Silvana, est morte dans un accident de voiture. Alba était aussi dans la voiture, mais elle s'en est sortie indemne… du moins, physiquement.

— La pauvre petite ! Qui sait ce qui peut se passer dans sa petite tête ?

— Exactement ! Qui sait ? Ce n'est pas difficile de comprendre pourquoi elle s'est repliée sur elle-même, comme elle l'a fait. Il me faudrait quelque chose de magique pour la libérer de son silence et l'arracher à sa souffrance. Je croyais que venir ici serait utile, mais nous sommes là depuis Noël, et rien n'a changé. L'ironie du sort, c'est que Silvana aurait exactement su quoi faire. C'était une excellente mère.

Il commence à ranger ses cannes à pêche et sort un panier de l'eau. Une demi-douzaine de poissons sont pris au piège dedans, mais il les relâche dans le courant.

— Mieux vaut les laisser partir. Ils ne suffiraient pas à faire un festin, de toute façon.

Il passe à l'italien pour appeler sa fille.

— Viens, Alba ! C'est l'heure de se préparer pour aller à l'école.

La fillette se redresse et, à l'aide d'un bout de bois flotté, fait tomber la tour de cailloux qu'elle a soigneusement construite. Sautant ensuite d'une pierre de gué à l'autre, ses boucles rebondissant au rythme de ses mouvements, elle les rejoint au barrage.

— Nous allons devoir te retirer ces collants mouillés à temps pour prendre le bus. J'espère que Teresa en a des propres à portée de main.

Elle glisse sa main dans celle de son père. Elle n'a toujours rien fait pour montrer qu'elle a vu Anna, pas même un sourire. C'est comme si son père était la seule personne présente.

— Donnez-moi les cannes à pêche, dit Anna. Comme ça, vous pourrez vous concentrer sur Alba.

Il lui confie le matériel avec un sourire, un sourire transfigurant complètement son visage, qui semblait jusque-là figé dans un froncement de sourcils, puis il hisse sa fille sur son dos, et ils reprennent le chemin de l'*agriturismo*.

Le soleil matinal a maintenant été remplacé par une brume qui descend soudain des montagnes en tournoyant, sans prévenir. Elle reste en suspension dans l'air, s'accroche aux branches des sapins comme des brins de coton. La veille, il faisait plus de quinze degrés, mais aujourd'hui, maintenant que le soleil est caché, on dirait qu'il en fait quatre.

— Il fait un froid glacial, dit-elle tandis qu'ils remontent le sentier. Je vais devoir m'acheter des vêtements plus chauds.

— Nous sommes à la montagne, ne l'oubliez pas. Le temps peut changer subitement.

— Mon père a mentionné cela dans ses écrits. Je crois que cela a eu un impact sur les combats, dans la région.

— C'est sûr, et je crois que c'est l'une des raisons pour lesquelles nos *partigiani*[1] étaient si utiles : ils connaissaient le coin et les conditions météorologiques. Quand nous irons à l'office de tourisme, vous en apprendrez peut-être davantage. Ils essaient de noter le plus de détails possible en vue d'une exposition.

— Mais je croyais que vous deviez donner un cours, ce matin.

— Il a été annulé. Je suis libre, finalement.

Anna se demande si le cours a vraiment été annulé, ou si Francesco a simplement changé d'avis.

— Si cela ne vous dérange vraiment pas, dit-elle, cela m'aiderait beaucoup que vous veniez avec moi. Mon italien n'est vraiment pas brillant au-delà des bases nécessaires pour faire des courses ou demander mon chemin, et…

Elle hésite, se demandant s'il est trop tôt pour demander de l'aide à cet homme.

— … je veux vraiment comprendre ce que mes parents ont vécu.

— Je vous ai dit que j'étais libre.

Elle n'arrive pas à le cerner : tantôt irritable, tantôt charmant. Elle s'était apprêtée à lui demander son aide pour traduire le journal intime, mais maintenant, elle hésite.

Ils font le reste du trajet en silence, et elle admire le paysage. Elle n'arrive pas à imaginer un si bel endroit ravagé par la guerre. Elle se demande si des soldats sont allés jusqu'à la rivière, s'ils ont foulé le sentier qu'ils empruntent en ce moment même. Elle éprouve un profond sens de l'histoire et, pour la première fois de sa vie, une sorte de sentiment d'appartenance.

1. Partisans.

Egidio, le directeur de l'office de tourisme, a des yeux marron pétillants et un visage buriné qui pourrait bien raconter une ou deux histoires. Il est ravi d'avoir une visiteuse qui manifeste un intérêt pour la collection d'écrits des vieilles personnes de la ville. Il explique que ces archives ont été recueillies par les élèves de l'école pour marquer le passage à l'an 2000. Il commence par parler lentement, mais il prend peu à peu de la vitesse, jusqu'à ce qu'elle soit obligée de lui demander de se répéter. Francesco traduit les détails qui lui échappent.

— C'est tellement important qu'ils connaissent leur passé, lui dit Anna. Pouvez-vous lui expliquer à quel point je regrette que ma propre mère ne m'en ait pas dit davantage avant de mourir ? J'ai la sensation qu'il me manque une partie de moi-même parce que je ne connais pas son passé. Pouvez-vous aussi lui dire que je lui suis reconnaissante de partager toutes ces informations avec moi, et que je ne veux pas donner l'impression d'être fouineuse ou indiscrète ?

Francesco fait part au vieil homme de ses craintes, et ce dernier prend les mains d'Anna dans les siennes, se tournant pour inclure Francesco dans ce qu'il a à dire.

— D'après ce que vous nous avez dit de votre mère et de votre père, je ne vous considérerai jamais comme indiscrète. Vous êtes pour ainsi dire l'une des nôtres. N'est-ce pas, Francesco ?

Francesco acquiesce d'un hochement de tête et explique à Anna :

— Egidio a rassemblé ces écrits parce qu'il croit fermement que ces histoires ne devraient jamais être oubliées, et je suis totalement d'accord avec lui. Et puis, vous avez le droit de connaître l'histoire de votre propre famille. Maintenant, venez voir l'exposition d'Egidio. Il est très fier de cet office de tourisme, qu'il dirige avec l'aide d'autres bénévoles.

Ils entrent dans une salle annexe. Là, une vitrine contient un sanglier empaillé, et une tête de loup est fixée au mur. Sur des étagères sont exposés des serpents conservés dans du formol dans de grands bocaux qui ont autrefois contenu des olives, et dans des vitrines plus petites se trouvent des fossiles découverts dans la roche, au bord de la rivière, dans la montagne. Dans le coin le plus éloigné de la pièce, se trouvent des souvenirs de guerre : un vieux casque en métal, une ceinture à munitions, une rangée de médailles épinglées à une planche. Francesco lui montre un panneau sur lequel sont accrochées des photographies sépia de la ville pendant et après la guerre. Anna scrute les visages granuleux, se demandant s'il est possible qu'elle ait un lien de parenté avec l'une des personnes posant sur la place du village : des dames vêtues de longues jupes de laine, avec des fichus sur la tête, des hommes aux jambes arquées et aux longues moustaches, certains avec un fusil de chasse à l'épaule, tous prenant un air très sérieux pour le photographe.

— Avez-vous le temps de manger un morceau et de faire une visite surprise ? demande Francesco. Il y a un endroit que je veux vous montrer... Nous pourrions acheter de quoi faire un pique-nique avant d'y aller.

— Et le temps ? C'était très brumeux, tout à l'heure.

Il montre du doigt la fenêtre du musée.

— Regardez...

Le soleil se montre à nouveau et le ciel sans nuages est d'un bleu limpide engageant.

— Mais ça ne va pas encore changer ?

— Ça va aller, la rassure-t-il.

Elle s'incline devant sa connaissance de la région, ravie de se lancer en compagnie de quelqu'un du coin. Anna remercie encore Egidio de lui avoir montré ses précieux documents, puis ils lui disent au revoir.

Ils traversent la place en direction d'un tout petit supermarché, devant lequel est garé un malheureux caddie. Le magasin n'est pas assez grand pour accueillir des caddies, ni même pour accueillir plus de quatre clients à la fois, et elle se demande à quoi il sert. Francesco lui explique que c'est un point de livraison pour les achats des personnes âgées qui ne peuvent pas aller faire leurs courses par elles-mêmes. Elle sourit à la pensée du contraste entre ce magasin et les camionnettes de livraison de supermarché en Angleterre.

Quand elle entre dans la boutique, ses narines sont assaillies par un mélange d'odeurs : jambon, salami, savon, fromage. Francesco lui présente la commerçante, perchée sur un haut tabouret derrière le comptoir. Quand elle bouge pour attraper un grand fromage sur l'étagère derrière elle, Anna remarque qu'elle est frêle et qu'elle a besoin du tabouret pour se soutenir. *Le caddie dehors sert aussi probablement de déambulateur*, pense-t-elle.

Du pain *ciabatta* frais, un sachet d'olives noires, deux tranches de *pecorino*, deux pommes, et une bouteille de vin constituent son premier pique-nique en Italie.

*

La Fiat Panda de Francesco cahote sur un chemin de terre qui monte de plus en plus haut dans le massif montagneux en face de Badia Tedalda.

— Nous appelons cet endroit L'Alpe della Luna, les Alpes de la Lune. Peu de gens y vivent encore, et de nombreuses légendes et histoires de fantômes en parlent. Pour moi, il y a une atmosphère spéciale ici.

Il raconte une histoire qu'il a apprise à l'école primaire. Au Moyen Âge, le jeune comte Manfredi de Montedoglio et une belle paysanne, Rosalia, étaient tombés amoureux, ce que désapprouvait la famille du comte. Un soir, alors qu'ils étaient seuls tous les deux, à se murmurer des mots d'amour sur un balcon, Rosalia lui dit que s'ils faisaient l'ascension de la montagne en face d'eux et touchaient la lune, tous leurs souhaits seraient exaucés. Ils avaient pris la route, et on ne les avait plus revus ; et maintenant, quand la lune était pleine, on pouvait parfois entendre le galop de deux chevaux dans les sommets et voir des silhouettes, mains tendues vers la lune argentée.

Anna rit, charmée par l'histoire d'amour que Francesco vient de lui raconter.

— Eh bien, que ce soit ou non une histoire vraie, je l'adore… et il y a souvent un fond de vérité dans le folklore, sinon, on ne continuerait pas à raconter de telles histoires après tout ce temps.

— C'est vrai !

Il lui adresse un sourire, un sourire qui métamorphose son visage fermé, et elle a envie de lui dire qu'il devrait sourire plus souvent, mais elle se retient.

Il se gare, tire sur le frein à main, et lui montre la vue. Elle comprend d'où vient le nom Alpes de la Lune : des étendues de forêt impénétrables sont interrompues par des amoncellements rocheux gris-brun déchiquetés comme des bords de cratères. Il indique deux sommets qui font plus de mille quatre cents mètres de haut, et sont couverts de neige fraîche. Le paysage est d'une beauté spectaculaire, mais a quelque chose de sinistre. Elle prend une photo, puis regarde l'image sur son nouvel appareil numérique.

— Je vois pourquoi vous trouvez que c'est un endroit spécial, mais il est difficile de capturer l'atmosphère dans une photo.

— C'est un endroit à conserver en mémoire. Maintenant, remontons dans la voiture, je vais vous emmener dans un restaurant tel que vous n'en avez encore jamais vu.

— Où avez-vous appris à parler anglais comme ça ? Pas uniquement dans un manuel, j'en suis sûre.

— Je vous le dirai pendant le déjeuner.

Ils reprennent la route et montent encore dans la montagne. Anna est hypnotisée par la vue. Tout au long du trajet, ils ne voient pas âme qui vive, et elle a la sensation qu'ils sont seuls au monde. Enfin, Francesco gare la voiture dans une clairière, près d'une aire de pique-nique clôturée. Il l'emmène vers des rochers un peu plus loin, et écarte des branches fines pour révéler l'entrée étroite d'une grotte. Ils se glissent dedans et arrivent dans une salle assez haute pour s'y tenir debout.

Les yeux d'Anna s'accoutument à l'obscurité ; seul un mince rai de lumière pénètre par un trou dans le plafond de la grotte, cerclé de noir. Il explique que celui-ci a été causé par les feux qu'ont allumés des gens venus s'abriter ici. Façonné par l'homme à même la paroi de la grotte, un abreuvoir recueille un filet d'eau qui s'infiltre à travers la roche. Elle a le souffle coupé quand il braque sa lampe électrique sur de magnifiques stalactites torsadées qui pendent comme des lustres de verre.

— Cet endroit a été utilisé par les bûcherons et les paysans du coin, mais pendant la guerre, les résistants se sont réfugiés ici aussi, dit Francesco. Je me souviens que mon père m'a dit qu'il avait dû dormir ici, une fois. L'année dernière, quand les gardes forestiers, *il corpo forestale*, ont débroussaillé ce coin, ils ont découvert une réserve de munitions au fond de la grotte. Ils ont décidé d'arranger un peu l'endroit et d'en faire un site touristique, mais c'est trop loin de la route pour que la plupart des gens s'y aventurent. Je me suis dit que cela pourrait vous intéresser. Qui sait ? Votre père s'est peut-être même mis à l'abri ici.

— C'est exactement ce que j'étais en train de me dire. Cela m'a donné la chair de poule ! Cet endroit est vivant, plein des fantômes du passé…

Elle frissonne et touche la paroi de la grotte du bout du doigt, essayant d'imaginer son père en train de se cacher derrière l'abreuvoir. Aurait-il été seul ? À quelle distance se serait trouvé l'ennemi ? Aurait-il été terrifié ?

— Prenons notre pique-nique dehors, sur une table, suggère-t-il en la guidant hors de l'obscurité. Je crois que nous avons besoin de soleil.

— Et comment ! dit-elle, contente qu'il semble comprendre, sans pour autant commenter ou s'immiscer dans ses émotions.

Ils déballent leur simple festin à la table offrant la meilleure vue, et Francesco débouche le vin, puis il lève son gobelet en plastique en direction des sommets.

— Je propose un toast aux montagnes et aux secrets qu'elles recèlent… et un toast à votre santé aussi, Anna. Bienvenue dans le pays de votre mère !

Ils cognent doucement leurs gobelets l'un contre l'autre, et, pendant qu'il coupe des tranches de *ciabatta*, elle lui demande où il a appris à parler si bien anglais.

— En Afrique. Après avoir fini mes études à l'université, je suis allé en Tanzanie pour participer à un programme de recherche sur les lycaons au Serengeti. Il était dirigé par un jeune couple d'Américains.

— Je suis perdue. Un Italien en Afrique travaillant pour des Américains ?

Il rit.

— Vous entendrez parler du système de *raccomandazione* tôt ou tard.

Elle a un air perplexe.

— C'est une question de survie, Anna. Souvent, dans ce pays, l'important est *qui* on connaît et non *ce* qu'on connaît ! L'Américain en question est mon cousin, c'est ce qui m'a permis d'avoir cette expérience. Nous autres, Italiens, atterrissons partout dans le monde, vous savez ! Après la guerre, les gens ont émigré en masse pour trouver du travail, et c'est comme ça que mon oncle s'est retrouvé à Boston.

Il coupe davantage de *ciabatta*, lui en tend une tranche généreuse, et poursuit :

— La Tanzanie a été une expérience inoubliable. C'est un pays vraiment extraordinaire… J'adorerais y retourner un jour et le faire découvrir à Alba.

— Je n'ai jamais quitté l'Europe. Je rêvais de voyager, autrefois… Vous savez, ce sentiment qu'on a quand on est jeune ? Quand on croit que le monde nous appartient ? Qu'on peut l'enlacer et saisir toutes les opportunités ?

Il rit.

— Mais vous êtes encore jeune ! Le monde vous attend, Anna.

Il désigne sa tête.

— C'est ce qu'il y a là-dedans qui compte.

Elle l'aide à remballer les restes de leur repas, puis marche jusqu'à l'extrémité de l'aire de pique-nique et s'imprègne de la vue sur les montagnes.

Il lui semble que, tout autour d'elle, les creux profonds et les vallées recèlent une grande richesse historique. Francesco a aiguisé sa curiosité avec ses anecdotes divertissantes. Si seulement les montagnes pouvaient parler, ou si elle pouvait remonter le temps pour voir de ses propres yeux ce qui s'est passé à cet endroit ! Elle est heureuse d'être venue ici, sur le lieu de naissance de sa mère. Elle sent presque sa jeune présence, l'imagine en train de jouer dans les prés ou d'aller à l'école à pied, par l'un des chemins de terre poussiéreux qu'ils ont empruntés. Cependant, elle est maintenant plus frustrée que jamais de ne pas pouvoir lire le journal de sa mère. Cet après-midi a été très spécial : le vin l'a détendue, et Francesco n'est pas l'ours mal léché qu'elle croyait quand elle l'a rencontré. Elle admire sa façon de faire son maximum pour Alba. Prenant son courage à deux mains, elle se décide à lui demander son aide.

— Francesco, vous avez proposé un toast aux mystères cachés des montagnes… Je me demandais si vous accepteriez de m'aider à résoudre mon propre mystère… Pourriez-vous m'aider à traduire le journal de ma mère ?

Elle lui pose cette question en le regardant droit dans les yeux, pour pouvoir jauger sa réaction. Il est important que toute participation de sa part à l'histoire de sa mère se fasse dans un bon état d'esprit.

— J'avais envie de le faire moi-même, ajoute-t-elle, mais cela me prendrait une éternité, et j'ai peur de passer à côté de quelque chose.

— Bien sûr ! Cela m'intéresserait beaucoup de vous aider, dans mon temps libre – entre les moments où je m'occupe d'Alba et les cours que je devrai peut-être donner de temps en temps.

— Merci. Je vous paierai.

Il la regarde et son air renfrogné réapparaît.

— Je ne veux pas être payé. Ce sera un projet difficile mais motivant.

Elle n'est pas convaincue par son emploi du mot « projet », mais elle veut à tout prix comprendre ce que sa mère a écrit. Il n'y a plus de retour en arrière possible.

— Puis-je vous donner les documents quand nous arriverons chez Teresa ?

— Bien sûr.

Le trajet du retour sur les routes pleines de fondrières se fait dans le silence, mais Anna est fatiguée et cela ne lui déplaît pas de ne pas avoir à parler. Somme toute, ce fut un bon après-midi.

— J'en prendrai bien soin, dit Francesco alors qu'elle s'apprête à lui confier le journal, qu'elle est allée chercher dans sa chambre en courant dès qu'ils sont arrivés à l'*agriturismo.*

— Je n'en doute pas. *Grazie*, répond-elle, essoufflée.

Elle le lui tend, hésitant un peu.

— C'est le seul exemplaire. Vous croyez que je…

— Ne vous inquiétez pas. Inutile d'en faire des photocopies. Je comprends à quel point ces documents vous sont précieux.

Il lui tient la main avec fermeté tout en la rassurant. Elle le regarde prendre une chemise et écrire soigneusement dessus : « L'histoire d'Anna ». Elle a envie de le corriger, de lui dire qu'il aurait dû écrire « L'histoire d'Ines », mais elle n'en fait rien.

7

Deux jours plus tard, Francesco rend à Anna la première partie des documents traduits, dans une enveloppe qu'il lui tend au petit-déjeuner. Son café et son pain grillé lui paraissent incroyablement copieux, ce matin : elle se sent comme une enfant qui attend pour ouvrir ses cadeaux de Noël. Dès qu'elle le peut, après avoir aidé Teresa à débarrasser la table, elle monte en courant dans sa chambre pour lire la traduction tapée à la machine.

Rofelle, 8 septembre 1944

L'*Inglese* dormait encore, sur les planches au-dessus des vaches. Les nuits sont froides, et la chaleur des animaux et le foin sec lui ont fait une chambre confortable, bien meilleure que la mienne. Je dois partager la mienne avec Nonna, et elle donne des coups de pied et remue dans son sommeil. Elle ronfle comme les cochons que nous engraissions pour Noël. Il n'y a pas eu de cochons, cette année. Les Allemands ont réquisitionné les nôtres et ceux de tout le monde dans la région. Des porcs qui mangent des porcs, marmonnons-nous entre nous.

— *Signor*, ai-je murmuré.

Je n'ai pas eu de réponse. Son visage était long et pâle. Des boucles blondes tombaient sur son front, qui était entouré d'un chiffon sale. Du sang a imprégné le tissu et a formé une croûte dessus. On aurait dit un grand bébé.

— *Signor !* ai-je dit encore, plus fort, cette fois.

Il ne m'a toujours pas répondu. J'ai posé l'assiette de pâtes par terre et l'ai secoué doucement.

Il a ouvert les yeux, a poussé un cri, et m'a attrapée par le cou. Je l'ai martelé de coups de poing – j'arrivais à peine à respirer.

— Lâchez-moi, laissez-moi tranquille ! ai-je crié.

Tout à coup, il s'est rappelé où il était et il a laissé tomber ses mains de mon cou.

— *Scusi, scusi !* Pardon, pardon, *signorina* !

— Vous avez failli renverser la nourriture…

Tremblante, je me suis frotté le cou. Son étreinte m'avait fait mal. Les vaches, en dessous, semblaient sentir que quelque chose n'allait pas, et elles meuglaient et frappaient le sol de leurs sabots.

J'ai poussé l'assiette vers lui et il s'est assis péniblement. Il me paraît très jeune, il ne doit pas être beaucoup plus vieux que Capriolo, il a peut-être entre vingt et vingt-cinq ans. Nous lui avons prêté quelques-uns de nos vêtements et avons brûlé son uniforme, mais il ne ressemble toujours pas à l'un des nôtres. Ses cheveux sont trop blonds. Nous avons parlé de les raser ou de les teindre à l'aide de plantes. Nonna a évoqué une femme, dans le village voisin, qui utilisait des feuilles de noyer et des baies de fusain pour couvrir ses cheveux gris. Elle était plus âgée que son mari et elle avait peur qu'il parte avec une femme plus jeune qu'elle. Un jour, elle avait été surprise par la pluie sans son fichu, et la teinture, couleur de sang séché, avait coulé sur son visage. Je me suis dit que j'apporterais à l'*Inglese* l'une des casquettes en tissu de Papà la prochaine fois que je viendrais dans l'étable. Il pourrait la mettre pour cacher ses cheveux.

— Mangez, mangez, ai-je dit en faisant le geste, portant ma main à ma bouche. Vous devez reprendre des forces.

Il a répété les mots : « *Mangia, mangia.* »

J'ai eu un petit rire. Il vaudrait mieux qu'il fasse semblant d'être muet. S'il ouvre la bouche pour prononcer des mots avec un accent aussi ridicule, ses mots et ses boucles blondes le trahiront immédiatement.

La porte du moulin s'est ouverte, projetant un triangle de lumière sur le chemin qui mène à l'étable.

— Ines, Ines ! a crié Mamma.

J'étais partie trop longtemps, alors j'ai laissé l'assiette à l'*Inglese* et je me suis hâtée de retourner au coin du feu. Ils étaient assis autour de l'âtre en demi-cercle – Mamma, Papà, Davide et Nonna. Leurs visages étaient sombres, et la lueur du feu déformait leurs traits, leur donnant un aspect grotesque.

Mamma a été la première à parler.

— Nous ne pouvons pas faire ça. C'est trop dangereux. Il y a trop d'Allemands dans le coin.

Davide a surenchéri.

— Ce ne sont pas seulement les Allemands, le problème. On ne peut faire confiance à personne. Giorgio m'a dit au bistrot que dix femmes, enfants et vieillards avaient été massacrés à Gattara en représailles du meurtre d'un soldat allemand par les *partigiani*. On ne peut pas savoir qui nous espionne, à n'importe quel moment.

— Giorgio est toujours au bistrot, a dit mon père. La seule vérité qu'il connaisse est au fond d'un verre. Comment pourrait-il être à même de distinguer la vérité des potins ?

— Non, Papà, honnêtement… Il n'est pas le seul au courant, a expliqué mon frère. Les Allemands ont placardé une affiche sur la place, hier, offrant une récompense de mille deux cents lires pour tout renseignement sur les prisonniers de guerre en cavale. Tu sais aussi bien que moi que beaucoup de gens donneraient leur bras droit pour une somme pareille.

Le feu a chuinté et crépité, des brandons se sont élevés dans le conduit goudronneux de la cheminée.

Davide a continué :

— Tu n'as pas entendu parler de ce qui est arrivé à Pippo, quand il rassemblait son troupeau ? Les Allemands l'ont abattu, sans même l'avoir interrogé, rien... Ils ont dit à ses parents qu'il était résistant, qu'il n'aurait pas droit à un enterrement. Qu'ils laisseraient son corps dans la montagne pour les loups.

— Arrête avec ton alarmisme, jeune voyou, a dit mon père, haussant la voix. Arrête de faire peur à ta mère.

— Je suis déjà au courant, a dit calmement notre mère, posant son ouvrage et regardant fixement le feu. Quand je suis allée à la fontaine, il y a deux jours, toutes les femmes en parlaient. Lorsque les Allemands ont interdit au prêtre de procéder aux obsèques, tout Montefaggio s'est rassemblé pour y assister. Le père Luca a porté lui-même le corps de Pippo depuis la crête. Un par un, les gens ont ouvert leur porte et sont sortis dans la rue pour le suivre jusqu'à l'église. Tout le monde. Les vieux, les malades, les jeunes – tout le monde s'est entassé dans l'église pour faire des adieux convenables à ce pauvre garçon. Les soldats allemands se tenaient là, avec leurs fusils braqués sur eux, et ils leur ont crié de rentrer chez eux. Personne n'a obéi, et ils n'auraient rien pu faire à moins d'abattre tout le village. Ces gens ont été courageux...

On évoquait ce genre d'événements en famille ou entre amis, mais on en discutait rarement ouvertement. On craint toujours que la mauvaise personne ne

surprenne ces conversations et ne dénonce les rebelles à la milice. Nous ne pouvons même pas faire confiance à nos voisins. Cependant, entendre de telles histoires ne fait que renforcer ma détermination à contribuer à la lutte par tous les moyens possibles.
— … mais j'ai peur, dit ma mère. Je ne veux pas du danger que représente cet Anglais couché dans l'étable. Cela ne me dérange pas de faire à manger, d'envoyer du matériel médical et des vêtements aux garçons, mais là, c'est trop risqué à mon goût.
Elle baisse la voix, comme si les murs avaient des oreilles.
— Capriolo saura quoi faire, dis-je. Il va venir nous voir, tout à l'heure.
Davide m'a taquinée.
— Te voir, plutôt ! Tout le monde sait que c'est pour toi qu'il vient ici…
Cette remarque lui vaut une tape de mon père sur la tête.
Je m'en suis prise à mon frère avec colère.
— Capriolo et moi sommes comme frère et sœur ! Nous nous connaissons depuis toujours. Ne sois pas stupide ! Tu as le cerveau ramollo à cause de cette satanée guerre.
Capriolo a deux ans de plus que moi. Nous suivions tous les deux les cours dans la même salle de classe, à l'école du village. Le vieux directeur nous considérait comme d'excellents élèves, et il avait un faible pour nous parce que nous étions avides d'apprendre. Il disait que nous irions loin, et que nous comprenions qu'il y avait un monde au-delà des parois rocheuses de notre village. Il nous donnait des leçons particulières de mathématiques et d'histoire une fois que les autres

élèves avaient quitté notre toute petite école primaire pour rentrer chez eux.
Il y a trois mois, Capriolo est venu me trouver dans le pré où je surveillais nos bovins de race Chianina. J'étais assise sur un rocher, je portais l'un des vieux manteaux de Davide avec un morceau de corde en guise de ceinture, l'un des chapeaux de Papà sur mes boucles brunes, et les bottes de Nonno à mes pieds. Mamma m'avait dit de ne pas m'approcher des soldats *Tedeschi*, et elle m'avait habillée de haillons informes pour me rendre aussi laide que possible. J'étais à moitié endormie. Le soleil printanier était agréablement chaud, et le tintement des cloches au cou des vaches était comme une berceuse, alors j'avais ouvert le manteau pour sentir les rayons sur ma peau. Un sifflement m'a brutalement arrachée à ma somnolence. Resserrant étroitement le manteau rêche autour de mon corps, je me suis levée d'un bond, terrifiée. Ne voyant personne, j'ai appelé Mimi, notre chien de berger de Maremme. Elle a agité sa queue hirsute, pas le moins du monde alarmée. C'est alors que Capriolo a sauté de l'arbre au-dessus de moi, me faisant tomber par terre. J'ai hurlé et lui ai donné des coups de poing, et il a ri.
— Holà, Ines, quelle louve ! Mais pas déguisée en brebis, déguisée en épouvantail… Ce n'est pas beau à voir !
J'ai retiré mon chapeau et laissé mes cheveux tomber sous mes épaules. Je ne sais pas pourquoi j'ai fait ça. Je me moque de ce qu'il pense de moi.
— Ne me fais plus jamais ça, j'ai failli faire pipi dans ma culotte ! ai-je crié.
Il s'est remis à rire.
— Ce ne serait pas drôle, n'est-ce pas ? Il te faudrait trois heures pour retirer tous ces vêtements et en enfiler des propres ! Non, plus sérieusement, tu devrais faire

attention : il y a toutes sortes de personnes qui errent dans ces montagnes, en ce moment.
Il m'a regardée de la tête aux pieds puis s'est assis à côté de moi sur le rocher.
— Enfin, heureusement que tu es aussi moche qu'une clocharde. N'oublie pas, Ines : tu n'es pas seulement une femme, tu es aussi une communiste.
J'ai ri, mais son sourire avait disparu et son expression est devenue sérieuse.
— Ines, j'attendais le bon moment pour te parler... Nous avons besoin de ton aide.
— Quoi ? De quelle aide ?
Il a parlé avec ardeur, m'avertissant que ce qu'il me demandait de faire dans notre combat pour la liberté serait dangereux. Si nous étions pris, il y aurait des conséquences, mais tandis que je l'écoutais, cela ne faisait pas l'ombre d'un doute dans mon esprit : je voulais me rendre utile par tous les moyens possibles. C'est ainsi que s'est passée mon admission au sein de la Resistenza. Je suis devenue une *staffetta*, faisant des commissions pour Capriolo et sa bande de *partigiani*. Depuis ce jour-là, j'ai caché un nombre incalculable de fois des médicaments, de la nourriture prise dans la cuisine de ma mère, ou des vêtements de rechange sous mon grand manteau, et j'ai déposé le tout dans le fossé qui longe le sentier que je fais emprunter au bétail pour monter jusqu'aux pâturages d'été. Parfois, je transmets des messages que mon frère Davide me demande de faire passer. Je ne les comprends pas, et je ne demande jamais où Capriolo emporte toutes ces choses. Il vaut mieux ne pas en savoir trop, m'a-t-il dit.
Une heure plus tard, après avoir longuement discuté du sort de l'*Inglese*, nous avons entendu quatre coups frappés à la porte et un toussotement. C'était le code

de Capriolo. Il est entré, s'est approché du feu et s'est frotté les mains.
— Il fait bon dans la journée, mais les nuits sont de plus en plus froides.
Ma mère s'est levée pour lui servir une tasse de café. Il était préparé à base de glands, ces temps-ci, mais c'était le mieux que nous pouvions faire.
— Capriolo, a dit ma mère en versant le liquide chaud dans une petite tasse, nous ne pouvons pas garder l'*Inglese* ici. C'est trop dangereux. Non seulement pour nous, mais pour vous tous là-haut aussi.
Il lui a touché le bras.
— Je sais, *signora* Assunta. C'est pour ça que je suis venu vous voir. Il peut être déplacé, vous croyez ? Les blessures à sa jambe et à sa tête guérissent-elles ?
Elle a haussé les épaules.
— En temps normal, je le laisserais dormir et se reposer une semaine de plus, mais nous ne sommes pas en temps normal.
— Je pourrais peut-être le faire monter sur la mule, ai-je suggéré. Si nous prévoyons d'emprunter l'itinéraire le long de la lisière de la forêt, il y aura toujours un endroit où se cacher si nécessaire.
Il a secoué la tête.
— Les *Tedeschi* ont un poste de mitrailleuse retranché juste au bord de ce chemin, au niveau de la fourche. Ce n'est pas bon.
Assis auprès du feu, Papà fabriquait une nouvelle semelle de bois pour ses chaussures de travail. Il a dit calmement :
— Parfois, les apparences sont trompeuses. Nous devrions peut-être essayer une sorte de déguisement.
— Il va te falloir du courage, Ines, a dit Capriolo. Mais cette famille n'en manque pas, et je pense que tu es prête.

Alors qu'elle finit de lire ces dernières lignes, Anna se laisse tomber en arrière sur son lit. Elle a peine à croire que sa mère a vécu toutes ces aventures : elle a abrité des prisonniers de guerre, risqué sa vie pour les *partigiani*... Il y a un tel décalage entre ce qu'elle lit et le souvenir qu'elle a de sa mère à un âge plus avancé, constamment affairée dans sa cuisine, ou, plus tard encore, en vieille dame désorientée dans une maison de retraite, qu'elle n'arrive pas à concilier ces différentes images.

Elle prend son téléphone pour appeler Francesco, mais il ne décroche pas, alors elle descend retrouver Teresa.

Teresa est occupée à charger des paniers à l'arrière de son pick-up. Elle se tourne vers Anna en souriant.

— Eh, *ciao* ! Cela vous dirait d'aller au marché avec moi ? Je dois acheter quelques petites choses pour la maison.

— Avec plaisir. *Volentieri*, répond Anna, songeant que ce sera agréable de faire part à sa nouvelle amie des pensées que lui inspire le journal.

8

Le marché sur la place du village est petit, l'occasion pour les villageois de retrouver les amis et les parents qui vivent dans différents hameaux éparpillés dans les montagnes. Teresa et Anna se dirigent tout de suite vers l'étal le plus fréquenté. Une dame au visage rond, qui semble tout droit sortie d'un livre de contes, entourée de poules gloussant dans des cages et de paniers d'œufs, badine plaisamment avec les clients qui font la queue devant l'étal.

Teresa présente Anna.

— Evalina, je vous présente mon amie anglaise.

La toute petite vieille dame tend une main usée par le travail, donnant brusquement à Anna une papillote de papier journal contenant une demi-douzaine d'œufs bruns.

— Goûtez ceci, *signorina*, et la semaine prochaine, dites-moi si les œufs italiens sont bons.

Elle refuse tout paiement, et Teresa rit des vaines protestations d'Anna.

— Elle a le sens des affaires ! C'est sa façon de vous faire revenir. Ce sont des œufs frais, de poules élevées en plein air, des *polli ruspanti*.

Anna a vu un grand nombre de ces poules dans les jardins des villageois : des poules heureuses qui grattent dans l'herbe et la terre. Elles se dirigent ensuite vers un étal coloré où l'on vend du tissu, et Teresa marchande une longueur de lin bordé de dentelle délicate.

— Il faut que je remplace les rideaux de l'une des chambres d'amis, dit-elle à Anna, qui l'écoute débattre joyeusement avec le marchand et rire quand il essaie de lui vendre des serviettes de toilette en plus.

Elle comprend l'essentiel, mais se demande si elle arrivera un jour à parler italien aussi vite qu'eux. Une nappe ornée d'olives et de raisin de couleurs vives attire son regard, et elle se l'achète en souvenir du marché à l'ambiance chaleureuse.

Elles flânent ensuite devant un étal où l'on vend des bibelots et de vieux meubles. Teresa prend dans ses mains une sorte de cadre en bois et le montre à Anna.

— Nous appelons ceci un moine, et nous le mettons dans nos lits en hiver.

Anna rit de l'irrévérence de la chose.

— Un moine dans son lit ! Je n'imagine rien de moins câlin...

Teresa lui explique que le cadre tient les couvertures soulevées et que l'on place un pot de braises en dessous, pour réchauffer le lit. Elle ajoute en souriant que le réceptacle à braises s'appelle une nonne. Elle demande le prix, négocie ferme, une fois de plus, et la vente se conclut avec une poignée de main et un sourire.

— Un autre objet ancien que mes clients citadins pourront admirer ! dit-elle.

Anna aime la façon dont les gens du coin font affaire, et elle décide de s'essayer à son tour au marchandage. À l'ombre des tilleuls odoriférants, elle aperçoit un vieil homme qui porte un chapeau à large bord et est assis derrière une pyramide de pots de miel dorés. Quand elle essaie de lui parler en italien, il la regarde fixement pendant quelques secondes, se gratte la tête, puis hausse les épaules, ne faisant aucun effort, lui semble-t-il, pour la comprendre. Quand il grommelle quelque chose au sujet des *Americani*, elle réplique dans son meilleur italien :

— *Sono inglese, non americana.*

À cela, il répond par une grimace et se rassied pour lire son journal, mais Anna voit bien qu'il le tient à l'envers. Teresa vient à sa rescousse, déversant sur lui un flot de paroles, et Anna espère que c'est un flot de jurons. L'homme fronce les sourcils et lève une main, doigts écartés.

— *Cinque mila lire*, dit-il, prononçant lentement et distinctement, donnant à Anna l'impression d'être aussi idiote qu'il la croit être, manifestement.

Ripostant, elle répond tout aussi lentement :

— *No, grazie, troppo caro.* Non, merci, trop cher

Elle regrette de ne pas savoir comment on dit « Je vous emmerde » en italien.

Teresa rit, passe son bras dans celui d'Anna, et elles se dirigent d'un pas tranquille vers le bar, derrière l'étal de miel.

— Ne faites pas attention à Danilo, Anna. C'est un excentrique, qui a l'habitude d'être seul. Il vit tout en haut de la montagne, dans le hameau que l'on voit de chez moi. C'est un endroit pratiquement désert, sauf le week-end et pendant les vacances. Il en est le seul résident permanent. Au fond, c'est un homme bien, et il est très estimé par les gens du coin parce que c'est un ancien combattant respecté.

— Dans ce cas, j'aimerais beaucoup lui poser des questions sur la guerre. Il a peut-être même connu ma mère… mais comme homme désagréable, il se pose là ! Mon italien n'est pas si mauvais que cela, si ?

— Je suis sûre qu'il accepterait de vous parler. Vous pourriez peut-être monter jusqu'à son village, un jour. Montebotolino est un endroit magnifique. Dans la région, on l'appelle « le village au paradis », *il paese sul paradiso.*

— J'y réfléchirai. *Il paese sul paradiso*, répète-t-elle. Quelle langue musicale ! Il faut absolument que j'apprenne à la parler couramment, Teresa.

— *Pazienza, pazienza.* Vous y arriverez, lentement mais sûrement.

Il y a une pause dans la conversation tandis que les deux jeunes femmes attendent leur café, assises à une table en terrasse. Anna promène son regard sur la place, appréciant le spectacle de ce jour de marché. C'est comme être au théâtre, mais en moins cher.

— Tout cela me plaît énormément, Teresa.

— Que voulez-vous dire ?

— Être ici. C'est difficile à expliquer, mais… je sens un lien, et…

À mesure qu'elle parle, elle s'anime, et elle commence même à faire des gestes avec ses mains comme une véritable Italienne.

— Commencer à lire le journal de ma mère est comme pénétrer dans un nouveau monde, pour moi… C'est extraordinaire de savoir qu'elle l'a écrit ici même. J'aurais voulu connaître l'existence qu'elle avait derrière elle quand elle était encore en vie, et la comprendre… Elle pouvait être difficile, vous savez. À vrai dire, mes parents étaient tous les deux difficiles.

Teresa lui pose une main sur le bras.

— Si Francesco et moi pouvons faire quoi que ce soit pour vous aider, n'hésitez pas à nous le dire.

— Vous m'aidez déjà tellement tous les deux ! Je ne peux pas vous dire à quel point. *Grazie, amica !*

— *Prego !* Et maintenant, buvez votre café avant qu'il ne soit tiède.

Anna boit son cappuccino à petites gorgées. Teresa vide d'un trait sa toute petite tasse d'expresso, après avoir remarqué que les *stranieri*[1] semblent toujours préférer le cappuccino, même après un repas copieux, ce que les Italiens ne peuvent pas comprendre. Anna jette un coup d'œil au vieux vendeur de miel, qui la regarde fixement, mais quand il se

1. Étrangers.

rend compte qu'elle l'observe, il se cache à nouveau derrière son journal.

Le vieux ronchon acariâtre est bien vite oublié tandis qu'elles regardent ce qu'elles ont acheté et que Teresa parle des différents personnages du village, ralentissant de temps en temps, quand elle voit qu'Anna n'arrive pas à suivre. Quand Anna remarque qu'elle semble connaître tout le monde, Teresa hausse les épaules et répond que cela n'a rien d'étonnant puisqu'elle a vécu là toute sa vie.

C'est si différent de la vie qu'Anna mène à Londres, où elle ne connaît même pas le nom de ses voisins de palier. Ici, au cœur de cette *piazza* animée, où il est possible que sa mère ait fait ses courses, touché les produits exposés sur les étals et marchandé, il y a peut-être quelqu'un qui se souvient d'elle. Anna se sent unie à sa mère par un lien dont elle n'avait encore jamais senti la présence ; et si lire le début de son journal a suscité une telle émotion, elle se demande ce qu'elle éprouvera quand elle en aura terminé la lecture.

Dans l'après-midi, elle va chercher Alba pour une leçon d'anglais informelle, qu'elle a offert de lui donner en échange de l'aide de Francesco.

— Je vous remercie infiniment pour votre traduction, Francesco, dit-elle quand il vient à la porte. C'est génial ! J'ai hâte de lire la suite… si vous voyez ce que je veux dire !

— Esclavagiste ! dit-il en riant. À vrai dire, j'aime voir le passé reprendre vie. Les gens de la génération de nos parents en ont vu de dures, c'est indéniable.

— J'ai peine à croire ce que je lis. J'ai envie de savoir ce qui se passe ensuite, comme dans un feuilleton… mais, bien sûr, c'est réel… Je suis désolée, je ne voulais pas vous harceler. Je peux attendre… mais pas trop longtemps ! conclut-elle avec un grand sourire.

— Je vais voir ce que je peux faire, madame.

— Plutôt que rester dans la maison avec Alba, j'aimerais l'emmener au bord de la rivière, au soleil, dit Anna. Croyez-vous qu'elle sera d'accord ?

Il parle à Alba mais, à en juger par sa réaction, il est évident qu'elle n'est pas partante. Malgré tout, elle finit par hausser les épaules et fait la grimace.

— Je l'ai soudoyée avec la promesse de ses dessins animés préférés, explique Francesco, mais je crois que nous ferions mieux de nous contenter d'une leçon assez courte. Je viendrai vous retrouver au barrage dans environ une demi-heure.

Anna a suggéré l'idée d'aller à la rivière parce qu'elle s'est dit que cela serait plus facile pour Alba d'être au grand air. Son silence sera moins flagrant avec le chant des oiseaux et le clapotis de l'eau sur les rochers, dans la rivière. Au cours des deux derniers jours, la fillette a semblé se faire à sa présence, elle a souri davantage et n'a pas détourné les yeux aussi précipitamment. Il y a peu de clients à l'*agriturismo* de Teresa, comme c'est la basse saison, alors ils ont pris l'habitude de partager une table tous les quatre, le soir, comme une famille.

Anna a remarqué qu'Alba aimait dessiner dans des carnets à croquis, et elle s'est dit que dessiner serait peut-être un bon moyen de commencer la leçon.

— Peux-tu me dessiner un chat comme celui-ci, Alba ? lui demande-t-elle maintenant, en anglais, essayant d'éveiller l'intérêt de la petite fille en lui montrant la photo d'un chat dans un magazine.

Cependant, Alba repousse le carnet à croquis et prend un bâton pour agiter l'eau d'une flaque. Elle se laisse ensuite distraire par de minuscules poissons qui filent dans l'eau, puis elle trouve une pierre incrustée de quartz et entreprend d'en extraire les cristaux blancs en la frappant contre un rocher. Anna abandonne. Ce n'est pas la peine d'insister et, de toute façon, elle n'a pas la patience d'essayer, aujourd'hui. Elle se contente donc de s'asseoir sur un rocher et de la regarder jouer, plongée dans son petit monde mystérieux.

Alba lui rappelle celle qu'elle était quand elle était petite fille. Elle avait bien souvent été livrée à elle-même pendant de longs moments. Harry et Jane étaient pris par leurs études ou occupés à sortir avec des amis, et, parfois, sa mère la laissait à la maison en demandant à son père de garder un œil sur elle. Il ne tardait toutefois pas à disparaître dans son cabanon. Quand ils étaient enfants, ils n'avaient pas le droit de rester assis devant la télévision pendant des heures, et l'imagination d'Anna était devenue sa source principale de divertissement.

Tout au fond de leur jardin se dressait un gigantesque hêtre. Ses branches tombaient comme les parois d'une tente, et elle imaginait qu'une bande d'amis miniatures habitaient dans les trous de son tronc noueux.

Un après-midi, Jane était rentrée à la maison plus tôt que prévu parce que sa leçon de piano avait été annulée, et elle avait surpris Anna en train de parler à haute voix à ses amis imaginaires.

— Tu ne sais donc pas que ce sont les fous qui parlent tout seuls ? avait-elle dit à sa petite sœur pour la taquiner, ne se rendant pas compte de l'effet que cela aurait sur elle, qui la prenait tellement au sérieux. C'est le premier signe de la folie… et le deuxième, c'est d'avoir des poils qui poussent sur la paume des mains !

Elle avait ri quand Anna avait examiné ses paumes avec inquiétude.

— Pourquoi est-ce que je suis beaucoup plus jeune que vous deux ? avait demandé Anna à la table du dîner de Noël quand elle avait quatre ans.

— Parce que tu as été adoptée, avait répondu son frère, alors âgé de vingt-trois ans, pensant éviter ainsi le sujet des roses et des choux.

— Ne mets pas d'absurdités dans la tête de cette enfant, Harry, avait dit leur mère.

Longtemps, Anna avait cru à ce qu'avait dit Harry, et elle s'était regardée fixement dans le miroir, à la recherche d'une ressemblance avec son frère et sa sœur.

Il n'y avait rien d'étonnant à ce qu'elle se soit sentie étrangère à sa propre famille, et à ce qu'elle se soit créé une famille imaginaire. Elle comprend qu'Alba se sente plus en sécurité murée dans son silence.

*

Dès que le soleil passe derrière la crête, l'air devient froid et Anna crie à sa petite élève que la leçon est finie pour aujourd'hui.

— Nous réessaierons une autre fois, et d'ailleurs, voilà ton papa !

Elle espère qu'en lui parlant anglais la plupart du temps, elle enseignera quelque chose à Alba, et qu'en s'habituant à entendre différentes sonorités, la petite fille apprendra quelques mots.

Comme Francesco s'approche sur le chemin, Alba court à sa rencontre, et il la fait tournoyer dans ses bras.

— C'est *Babbo* qui est venu, pas ce papa, dit-il, utilisant la traduction italienne. Qui est ce papa, papa, papa ?

La fillette hurle de rire. C'est le seul son qu'Anna l'ait jamais entendue émettre. Elle voudrait pouvoir trouver un moyen de briser son silence.

— Comment ça s'est passé ? demande-t-il en posant Alba pour qu'ils prennent tous les trois le chemin du retour.

— *Così, così*, comme ci, comme ça ! répond Anna, tendant la main paume vers le bas et l'inclinant d'un côté puis de l'autre, comme Teresa lui a appris à le faire.

Je n'abandonne pas, cela dit ! Avez-vous passé une demi-heure agréable ?

— J'ai passé une demi-heure *passionnante* ! J'ai commencé à traduire la suite de votre feuilleton… Je la taperai à la machine dès que j'aurai un moment.

Anna sourit.

— C'est génial, merci beaucoup.

— *Prego*, Anna.

Alba s'est arrêtée de marcher. Elle se tient là, immobile, leur barrant le passage, les bras croisés sur la poitrine, avec une expression obstinée sur le visage. Francesco lui dit d'un ton ferme qu'elle est trop grande pour qu'il la porte dans ses bras, et qu'ils vont être en retard pour le dîner de Teresa. Quand Anna essaie de l'aider en leur proposant de faire la course jusqu'à l'*agriturismo*, l'enfant lui tire la langue et s'enfuit en courant dans la direction opposée, vers la rivière.

— Rentrez toute seule, Anna, lui crie Francesco en s'élançant à la poursuite d'Alba. Dites à Teresa que nous n'en avons pas pour longtemps !

Anna continue sa route sur le chemin muletier jusqu'à la maison d'hôtes. Quand elle passe devant le potager, avec ses rangées soignées de plants qui sortent de la terre, elle lève les yeux vers le village de Montebotolino, qui se détache sur le sommet. Elle repense à la conversation qu'elle a eue avec Teresa sur la place, au sujet du vieux vendeur de miel irascible, qui se laissera peut-être convaincre d'évoquer ses souvenirs de guerre. Elle décide de monter jusqu'au village dès qu'elle en aura l'occasion pour aller le trouver, mais en attendant, elle est curieuse de lire ce que Francesco a traduit.

9

Le lendemain matin, pendant le petit-déjeuner, Alba est maussade et touche à peine à quoi que ce soit, même si Teresa lui propose sa boisson chocolatée préférée et des biscuits à tremper dedans. Après l'avoir accompagnée au *scuolabus*[1], Francesco revient dans la cuisine, où Anna aide Teresa à débarrasser. Il se sert un autre expresso et sa sœur lui fait remarquer que cela va le rendre *nervoso*, qu'il a déjà eu trop de caféine ce matin.

— Tu ne crois pas que je suis déjà *nervoso* ?

Il bâille et se tourne vers Anna.

— Je suis désolé, mais je n'ai pas trouvé le temps de travailler à votre journal, hier soir. Cela m'a pris une éternité de mettre Alba au lit. J'avais l'impression de ne rien faire bien. Elle a d'abord voulu un pyjama différent, mais il était au sale, et ensuite, elle a insisté pour que je lui lise deux autres histoires. Il était près de minuit quand j'ai éteint la lumière. En fait, elle est de plus en plus exigeante.

Anna se dit que la petite fille semble faire la loi et qu'elle aurait bien besoin d'un peu plus de fermeté, mais elle se garde de faire le moindre commentaire, se rappelant qu'elle n'a jamais eu d'enfant et que cela ne la regarde pas.

— Ne vous en faites pas, dit-elle simplement. Je peux attendre.

1. Bus scolaire.

En son for intérieur, elle est déçue. Teresa et Francesco discutent en italien mais elle n'arrive pas à suivre, car ils parlent de plus en plus vite. Il finit par hausser la voix, quitte brusquement la cuisine et claque la porte derrière lui.

Teresa jette son éponge dans l'évier, se retourne pour s'y appuyer, et croise les bras sur sa poitrine.

— Il est tellement fatigué, et inquiet pour Alba… Je suis désolée pour les cris.

— Je n'ai pas compris ce que vous disiez, de toute façon. J'ai encore beaucoup de progrès à faire en italien. Puis-je faire quoi que ce soit pour vous aider ?

— En fait, nous parlions de vous…

Elle hésite, manifestement gênée.

— Continuez, Teresa ! *Dai ! Forza*[1] *!* Vous vous rappelez, vous m'avez appris cette expression, l'autre jour ?

Anna essaie de traiter la situation à la légère.

— D'accord… C'est à propos de votre chambre. J'ai une réservation de longue date pour ce week-end, et je vais avoir besoin de toutes mes chambres pour cinq nuits. Je ne savais pas combien de temps vous resteriez, ni si cela vous dérangerait que je vous installe dans une autre chambre, une chambre qui a encore besoin de travaux de décoration. Je suis désolée !

— Pourquoi êtes-vous désolée ? Vous avez un établissement à diriger, après tout ! D'ailleurs, je n'allais pas tarder à vous en parler… J'adore ma chambre, mais je ne peux pas me permettre de loger dans une maison d'hôtes pendant tout mon séjour. Il faut que je mette de l'argent de côté pour le moment où je retournerai en Angleterre, et je comptais vous demander si vous pouviez m'aider à trouver un autre logement. Je vous en prie, ne vous inquiétez pas, Teresa. Vous avez été tellement gentille avec moi !

1. Allez ! Courage !

— C'est juste que je commence vraiment à vous considérer comme une amie… Francesco est en colère contre moi, il trouve que je devrais vous laisser tranquille, mais ce n'est pas lui qui gère l'établissement, et…

Anna prend les mains de Teresa entre les siennes.

— *Sincèrement*, je ne suis pas vexée, et cela ne me dérange *vraiment* pas… Comment dit-on, déjà ? *Non faccio complimenti*, je ne dis pas cela par politesse. Et je vous remercie de me considérer comme une amie, car c'est réciproque.

Teresa sourit, visiblement soulagée.

— Merci. Dans ce cas, j'ai une suggestion… Venez !

Elle emmène Anna dehors, lui fait contourner l'*agriturismo*, traverser une petite cour, et monter une volée de marches pour entrer dans une maison étroite. Elles enjambent des sacs de ciment et Teresa déplace un pot de peinture posé à l'entrée de ce qui sera bientôt une petite cuisine.

— J'allais publier une annonce pour la mettre en location, mais elle n'est pas tout à fait finie, comme vous pouvez le voir.

La maison est déjà charmante, présentant les caractéristiques de la restauration de bon goût de Teresa. Un évier en pierre d'origine, bien trop bas pour être utilisé de nos jours, est placé sous la fenêtre qui donne sur la cour. Anna imagine une jardinière débordant de géraniums rouges ou de basilic, sur le rebord de la fenêtre. Il y a une cheminée, dont Teresa lui assure qu'elle est fonctionnelle, et un poêle à bois qui attend d'être installé à l'autre bout de la pièce, où sont disposées une table et quatre chaises.

— C'était la maison de ma tante, et elle me l'a léguée quand elle est morte. Certains des meubles lui appartenaient aussi. Je préférerais de beaucoup qu'elle soit habitée par quelqu'un que je connais. Et si elle vous plaît, nous pourrons continuer à nous voir, et je veillerai à ce que vous travailliez votre italien…

Elle agite l'index d'un air faussement sévère.

— … mais la maison n'est pas encore tout à fait terminée.

— Cela ne me dérange pas. Je l'adore ! Montrez-moi les autres pièces.

Il y a trois étages, et une pièce à chaque étage. Le premier a été rénové et équipé d'une salle de bains aux murs couverts de carreaux peints à la main, avec une douche, des toilettes, un bidet, et une toute petite baignoire placée astucieusement dans un coin. Le deuxième, sous les combles, est constitué d'une grande chambre ; il y a une autre petite cheminée, et une baie vitrée qui offre une vue spectaculaire sur les sommets.

— Quand puis-je m'installer ? Et de combien est le loyer ?

Anna n'arrive pas à croire à sa chance, surtout quand Teresa lui répond qu'elle n'en demande que 400 000 lires par mois, expliquant qu'en échange de ce loyer peu élevé, elle pourrait l'aider à l'*agriturismo* de temps en temps, surtout à la haute saison.

— Il y a autre chose qui m'inquiète, continue Teresa. Je n'ai pas fini de meubler la maison. C'est peut-être un peu spartiate.

— Cela me plaît comme ça. J'ai grandi dans une maison où nous trébuchions toujours sur les meubles. La génération de nos parents compensait le manque subi pendant la guerre… Et voilà, je me remets à parler de la guerre ! Je n'arrête pas. Le journal de ma mère a suscité un nouvel intérêt en moi, et cela devient une idée fixe !

— C'est tout à fait compréhensible, Anna. Je serais comme vous à votre place, j'en suis sûre. C'est tellement important, la famille.

Plus tard dans la journée, Anna emménage dans sa nouvelle maison. Teresa a laissé un panier de légumes sur le plan de travail en pierre, accompagné d'un mot :

Un petit cadeau de bienvenue, tout droit venu du potager ce matin. La première salade de la saison, et des blettes plantées à l'automne dernier. Attendez l'arrivée des premières tomates, et je pourrai vous apprendre de délicieuses recettes.

Tout le monde est tellement gentil, Anna ne sait pas comment elle pourra un jour exprimer sa reconnaissance.

Il ne lui faut pas longtemps pour déballer ses quelques effets personnels. Elle décide d'acheter d'autres ustensiles de cuisine au marché, et un couvre-lit plus chaud pour le lit en cuivre, sous les combles. Le lit prend la majeure partie de la pièce, et elle s'y assied un moment pour admirer la vue. Le clocher de la chapelle de Montebotolino trône au sommet de la montagne, éclaboussée du jaune des mêmes *ginestra*[1] qu'elle a vu fleurir le long de toutes les routes et sur les talus abrupts et pierreux. Elle décide d'aller au village à pied. Le temps est sec et elle a hâte de parler à Danilo, le vendeur de miel. Elle espère le trouver de meilleure humeur que l'autre jour, au marché.

Teresa lui conseille de suivre le sentier indiqué par des balises rouges et blanches fixées aux façades des maisons, aux troncs des arbres et aux rochers.

— Il vous faudra une bonne demi-heure pour monter là-haut. Prenez votre téléphone portable, Anna. On ne sait jamais comment le temps peut tourner, à cette période de l'année. Il y a eu des glissements de terrain cet hiver, le chemin risque d'avoir changé, et on peut se perdre facilement quand on ne connaît pas les montagnes. Vous êtes sûre de vouloir y aller seule ?

— Je suis une grande fille, maintenant ! Ne vous inquiétez pas.

1. Genêts.

Anna part juste après un déjeuner composé de pain et de *pecorino*. Le sentier commence derrière le cimetière de Rofelle et, après avoir coupé un barrage, grimpe progressivement. Elle marche tout d'abord sous la voûte de pins. Le vent bruisse doucement dans les branches, les troncs oscillent dans la brise légère, les pommes de pin de l'année dernière, tombées par terre, craquent sous ses pieds. Au bout d'une vingtaine de minutes, elle s'arrête dans une clairière et contemple la vallée, en contrebas. Elle entend le tintement grêle des cloches d'un troupeau de moutons, au loin ; on dirait des modèles réduits, dans un pré découpé dans la forêt. Les maisons de Montebotolino se dressent au-dessus d'elle, surplombant le sentier. Elle songe que cela a dû être terriblement difficile de bâtir des villages comme celui-ci à une époque où il n'y avait ni machines, ni véhicules. Quelques-unes des maisons sont complètement en ruines ; d'autres ne sont plus que des coquilles vides, sans autre toit que le ciel. Il y en a une qui est manifestement en cours de reconstruction, une bétonnière et de nouvelles tuiles attendant au bord du chemin.

La maison de Danilo se trouve juste à côté de la place du village. Elle le découvre par elle-même, car c'est le seul bâtiment montrant de véritables signes de vie : quelques courgettes et des tomates ont été plantées dans un carré de terre, devant la maison ; il y a une assiette de pâtes mélangées à du lait à côté de la porte d'entrée, pour un animal, peut-être ; deux chapelets d'oignons et de piments rouges de l'année passée sont accrochés à des clous rouillés enfoncés dans la maçonnerie ; une chemise claque au vent, pendue à une corde à linge de fortune tendue entre deux pruniers. La porte est ouverte.

— *Permesso ?* crie-t-elle, demandant la permission d'entrer.

Elle attend la réponse habituelle, *Avanti !* mais personne ne se manifeste.

Elle passe la tête dans l'entrebâillement de la porte et cherche à discerner quelque chose dans l'obscurité, mais ses yeux ne s'accoutument pas tout de suite après la lumière du jour éclatante, et elle sursaute violemment quand on l'empoigne brutalement. Elle pousse un cri et essaie de s'écarter de la porte pour s'enfuir. Une voix grommelle quelque chose en italien, et elle est tellement choquée qu'elle comprend à peine, mais elle saisit le mot « voleuse ».

Elle n'arrive pas à trouver les mots pour répondre, et hurle en anglais :

— Lâchez-moi !

Elle cherche désespérément à prendre son téléphone portable dans sa poche, mais, s'apercevant soudain qu'elle ne connaît pas le numéro à composer pour appeler la police, elle crie :

— Retirez vos sales pattes de moi !

Le vieux vendeur de miel se renfrogne. Il la lâche, elle chancelle en arrière, et se rétablit en s'appuyant au mur extérieur de la maison, mais il s'avance pour la saisir à nouveau.

— Qui êtes-vous ? crie-t-il, la regardant de plus près. Je vous ai déjà vue quelque part, n'est-ce pas ?

Elle essaie de se calmer et de réfléchir pour trouver les mots en italien.

— Au marché, au marché ! Avec Teresa... de l'*agriturismo* de San Patrignano, balbutie-t-elle.

Il hoche la tête pour indiquer qu'il la reconnaît, lui fait signe de s'asseoir sur le banc en bois devant chez lui. Il parle vite ; elle ne comprend pas la plupart des mots qu'il prononce, se dit qu'il emploie peut-être un dialecte, et lui demande de parler moins vite :

— *Piano, piano, per favore !*

Il recommence, lui explique qu'il se méfie des étrangers, qu'il y a eu des cambriolages dans le village. Quand elle dit qu'elle ne comprend pas, il lève les mains en signe d'exaspération, puis fait des gestes jusqu'à ce qu'elle comprenne. Quatre maisons ont été cambriolées – il lève quatre doigts.

— *Quattro case. Bastardi !* dit-il en crachant par terre. Je n'ai pas d'objets de valeur chez moi, ajoute-t-il, haussant à nouveau la voix, je n'ai pas d'antiquités à vous vendre, *signorina*... et mon moulin n'est pas à vendre non plus. Allez-vous-en !

— Je ne m'intéresse pas aux antiquités ni à votre moulin, *signor*...

Le seul nom qu'elle connaisse au vieil homme est Danilo, mais il lui semble irrespectueux de l'appeler par son prénom.

— Appelez-moi simplement Danilo, dit-il, comme s'il lisait dans ses pensées. Tout le monde m'appelle comme ça.

Il soulève sa casquette et se gratte la tête.

— Alors comme ça, vous êtes une *Inglesina* ?

Sentant qu'elle est peut-être sur le point de gagner sa confiance, elle aborde le sujet de la guerre.

— Oui, je suis *inglese*, répond-elle. Accepteriez-vous de me parler de l'Occupation ? Et de l'époque où les *Inglesi* étaient ici ? Teresa m'a dit que vous étiez dans la Résistance.

Il se lève, son sourire disparaît.

— Tout cela est fini, et bien fini. Loin derrière nous. Je ne parle jamais à personne de cette époque. Mieux vaut l'oublier.

— Vous avez peut-être connu ma mère, Ines ? Ines Santini ? J'ai une photo d'elle que je pourrai vous apporter la prochaine fois que je viendrai. Elle habitait ici pendant la guerre.

Le vieil homme se détourne et ramasse un vieux pot par terre.

— Inutile de revenir. Je vous l'ai déjà dit : la guerre a eu lieu il y a très longtemps. Elle est finie et bien finie. N'allez pas fourrer votre nez dans les affaires des autres. Bon, et maintenant, *signorina*, je dois aller donner à manger à mes poules et les enfermer. Il y a des loups dans les environs.

— *Des loups ?* Vous avez bien dit *des loups* ?

Anna se demande s'il plaisante.

— Un idiot d'étranger m'a dit que c'était un chien errant qui avait été abandonné par une famille de citadins, mais je sais ce qu'il en est, dit-il, levant les bras. J'ai trouvé sa trace. C'est bien un loup. Personne ne peut rien m'apprendre sur ces montagnes, sur ce qui se passe et ce qui ne se passe pas ici.

Il se tapote le côté du nez et continue à bavarder, mais elle ne comprend pas le reste de sa diatribe, et elle est prête à partir, de toute façon. Il la pousse pratiquement de son bout de jardin, les mains posées dans le creux de son dos pour la guider avec brusquerie vers le chemin.

— Vous êtes *inglese*, hein ? fit-il, concluant sa tirade. Vous êtes venue ici pour prendre des photos de tout et de tout le monde. Je n'aime pas les *inglesi*. Ils rachètent nos vieilles maisons, fouinent et s'immiscent dans nos affaires… Allez-vous-en ! Je n'ai rien à vous vendre.

Anna décide qu'elle ne l'aime pas beaucoup non plus, et se demande pourquoi il est si peu enclin à parler. Elle est persuadée qu'il pourrait lui en dire plus. Elle est résolue à insister et à revenir à Montebotolino, avec la photographie de sa mère. Avec un peu de chance, elle le trouvera à un moment où il sera de meilleure humeur.

Les fenêtres des maisons en ruines semblent la regarder fixement, comme les orbites vides de visages morts, tandis qu'elle redescend en toute hâte sur le sentier. Le petit hameau est à la fois envoûtant et effrayant, un lieu qui abrite les fantômes du passé.

10

Le lendemain matin, on frappe plusieurs coups secs à la porte de la maison d'Anna, dans la petite cour. Elle a fait la grasse matinée, et elle s'extirpe de son lit pour aller ouvrir la fenêtre.

Francesco se tient en dessous, avec un plateau dans les mains.

— Teresa m'a envoyé vous porter ceci ! Du café, du pain frais, et de la confiture maison. Vous n'allez pas m'ouvrir ?

Elle enfile sa robe de chambre, se dépêche de descendre l'escalier, et déverrouille la lourde porte de chêne.

— C'est merveilleux ! Merci beaucoup. Mais dites à Teresa qu'elle ne doit pas recommencer... Je suis une femme indépendante, maintenant !

— J'espère que vous m'inviteriez à me joindre à vous... J'ai quelque chose pour vous.

Il sort une enveloppe de papier kraft de dessous la corbeille de petits pains et l'agite devant elle pour l'appâter.

— C'est vrai ? Encore une traduction ? Déjà ? Francesco, vous êtes la gentillesse incarnée !

Pendant le petit-déjeuner, il lui parle du dernier passage auquel il a travaillé.

— Je l'ai trouvé passionnant. Je ne dévoilerai rien, Anna, mais quand vous l'aurez lu, je vous emmènerai dans quelques-uns des endroits mentionnés... Du moins, si ça ne vous dérange pas.

— Bien sûr que non ! Pourquoi est-ce que ça me dérangerait ? Mais j'espère que cela ne vous prend pas trop de temps...

— Ça me plaît. C'est de l'histoire pure. Quand Alba s'est endormie, je me suis attelé à la tâche et j'y ai travaillé une bonne partie de la nuit.

— Comment va-t-elle ?

— Elle est difficile ! Je dois sans cesse me rappeler qu'elle a beaucoup souffert. Au fait, avant que j'oublie : il y a un festival de musique dans une ville non loin d'ici, ce week-end, et je me demandais si vous aimeriez nous y accompagner, Alba et moi.

Voyant qu'elle hésite, il ajoute :

— De la musique du monde entier sera jouée dans les rues. C'est un événement génial.

— Je n'en doute pas, mais je me disais qu'Alba aurait peut-être envie d'y aller toute seule avec vous.

— Elle doit apprendre que les adultes doivent eux aussi pouvoir faire ce qu'ils ont envie de faire, parfois !

Anna est d'accord, mais elle ne dit rien, et Francesco se lève de table.

— Réfléchissez-y, et, en attendant, bonne lecture ! Je vous laisse tranquille, je vais aller voir si Teresa a besoin d'aide. *Ciao !*

Alors qu'elle remonte l'escalier d'un pas rapide, elle espère qu'elle n'a pas été trop brusque avec Francesco – impolie, même, dans sa hâte d'être seule pour poursuivre la lecture du journal de sa mère.

Qu'ont-ils décidé de faire de l'*Inglese*, en fin de compte ? Si abriter un prisonnier de guerre était trop dangereux, où ont-ils bien pu le cacher, ensuite ? Elle ouvre la chemise et reprend sa lecture.

9 septembre 1944

Ce matin, un orage a rendu la rivière qui longe le moulin couleur de café au lait. D'énormes branches ont été emportées par le courant, transformant la rivière en un cours d'eau écumant déchaîné. Nous avons dû crier pour nous entendre malgré le grondement de l'eau.

Papà a tenu notre mule pendant que l'on a aidé l'*Inglese* à monter sur la charrette, dans son lit de fortune. Mamma a tué un précieux poulet et s'est servie de son sang pour imbiber des chiffons et nous en barbouiller le visage pour faire croire à des plaies. On nous a frotté du charbon pris dans la cheminée sur la peau pour parfaire notre aspect, car nous étions censés nous faire passer pour des *carbonari*, des charbonniers, dont le visage est toujours noirci par leur travail salissant. Ils restent entre eux, travaillent d'arrache-pied pendant des semaines dans les clairières, dans la forêt, loin des habitations, à brûler lentement leurs monceaux de branches enchevêtrées couvertes de terre. Ils dorment sous la tente quand ils travaillent et se nourrissent de pommes de terre et de tout ce qu'ils sont en mesure de conserver le temps de leur séjour dans les montagnes. Personne ne se mêle à eux, mais nous sommes au courant de leur présence à cause des volutes de fumée qui montent en spirales entre les arbres. De temps à autre, l'un d'eux se met à chanter, et un chœur s'élève dans l'air de la montagne : des voix spectrales, comme celles d'âmes perdues depuis longtemps, qui se lamentent.

— Ne bouge pas, Ines. Arrête de gigoter.

Ma mère m'a barbouillé le visage avec un morceau de bois noirci pris dans l'âtre.

— Ouvre grand, et je te trouverai un mari à l'air diabolique aussi laid que toi.

Elle s'est forcée à sourire, mais elle n'avait pas envie que je m'en aille. Elle m'a noirci les deux dents de devant et m'a donné son miroir pour que je regarde mon reflet.
— S'il faut vraiment que tu mettes à exécution ce plan insensé, je ferai au moins de mon mieux pour te rendre aussi laide que la vieille sorcière Befana qui vole sur son balai dans le ciel et apporte du charbon aux petits enfants qui n'ont pas été sages.
L'*Inglese* et moi portions des vêtements puants, piétinés par les vaches dans l'étable, pendant la nuit.
Capriolo nous tournait autour et regardait ma mère parachever mon déguisement.
— N'oublie pas, Ines : si les soldats allemands t'arrêtent, joue les imbéciles, dit-il. Fais-toi passer pour une abrutie. S'ils te posent une question, fais l'innocente. J'ai dit à l'*Inglese* de rester parfaitement immobile et de ne pas te parler du tout pendant le trajet. Il y a des *Tedeschi* partout dans les montagnes. Il faut absolument qu'il reste couché. Espérons que ce temps épouvantable incite ces salauds à rester dans leurs trous.
Quand nous avons été prêts, Mamma et Papà m'ont serrée dans leurs bras. Ma mère a recommencé à pleurer.
— Je ne veux pas que tu partes, Ines, a-t-elle gémi. C'est trop dangereux… Je vais prier pour toi jusqu'à ton retour.
Capriolo l'a prise par le bras.
— Assunta, je vous l'ai déjà dit, nous ne serons jamais loin d'eux, nous les suivrons depuis les bois. Si Ines court le moindre danger, nous serons là… et je me servirai de ceci.
Il a décroché le fusil qu'il avait à l'épaule, et ma mère a pleuré de plus belle. Elle a sorti son chapelet de sa poche.

— Prends ça, Ines. Que Dieu et les anges te protègent ! Je vais prier la Madone pour qu'elle veille sur toi.

J'ai glissé le chapelet dans la poche de mon manteau dépenaillé. Un peu plus tôt, Mamma m'avait donné un sac en tissu contenant des herbes médicinales pour les blessures de l'*Inglese* : des baies de sureau séchées pour l'inflammation autour de la plaie à sa jambe, du calendula pour sa fièvre. Le désarroi de ma mère était contagieux et me donnait envie de rester à la maison, auprès de l'âtre du moulin, en sécurité, avec ma famille ; mais en même temps, j'avais envie de partir, j'avais envie de me rendre utile dans le combat qui détruisait tant de vies.

Mon cœur battait si fort que j'étais persuadée que tout le monde pouvait l'entendre. Capriolo a perçu mon hésitation. Il m'a pincé affectueusement la joue et a glissé sous ma casquette une boucle de cheveux qui s'en était échappée.

— Ne t'inquiète pas, petite Ines, tout va bien se passer. Tu fais ce que tu as à faire, comme une courageuse communiste. C'est le meilleur moyen d'emmener l'*Inglese* loin d'ici.

Il a donné une tape sur la croupe de la mule, et nous sommes partis sur le sentier.

La pluie avait cessé quand nous arrivâmes sur la crête où poussent les pins. De grosses gouttes tombaient encore des branches, dégoulinaient sur mon cou et s'écrasaient sur le chemin. Ici et là, de gros escargots sortaient de leurs cachettes, laissant derrière eux des traînées argentées. Capriolo m'avait conseillé de me distraire en pensant à des choses ordinaires si j'étais prise de panique et que je commençais à céder à la peur.

Je ne pouvais pas parler à l'*Inglese*, alors je me parlais à moi-même, dans ma tête.

Regardez-moi ces magnifiques escargots ! Nonna serait ravie de vous avoir pour ses sauces. Est-ce que je devrais lui rapporter quelques-uns d'entre vous ? Aucun intérêt. Qui sait quand je serais de retour à la maison. Elle adore les sauces qu'elle fait avec vous. Elle vous met dans un seau d'eau froide toute une nuit pour vous nettoyer, et ensuite, elle vous jette dans une casserole d'eau bouillante.

Plus loin, j'ai vu des cèpes dans un taillis de chênes verts, et j'ai entamé une autre conversation ridicule avec moi-même.

Hmm ! C'est plutôt vous que je vais manger. Je vais vous cueillir, et vous secouer pour faire tomber vos spores et pouvoir venir cueillir d'autres champignons. Je vais vous nettoyer avec un torchon, vous couper le plus finement possible, et vous faire revenir dans du beurre. Je vais vous manger avec une assiette des tagliatelle *de Mamma. Je vendrai le reste au marché, et je m'achèterai un foulard pour la messe dominicale.*

J'aurais dû prononcer ces élucubrations à haute voix pour rendre encore plus convaincant mon numéro d'idiote du village. Qui sait ce que l'*Inglese* aurait alors pensé de moi ? En tout cas, mes conversations avec moi-même m'ont clamée tandis que nous continuions notre chemin et que je faisais avancer la mule en lui donnant un coup de bâton chaque fois qu'elle voulait s'arrêter.

Nous sommes arrivés à une fourche. Un chemin descendait vers le Marecchia[1], l'autre conduisait à la ville de Sansepolcro. De nombreux villageois ont emprunté ce chemin pour échapper aux Allemands

1. Fleuve d'Italie du Nord.

quand ils ont effectué leurs *rastrallamenti*[1], évacuant les hameaux pour le combat. Les Allemands n'ont pu connaître ce chemin que grâce à des indicateurs fascistes, car il ne figure sur aucune carte. Le soir, au coin du feu, au moulin, j'écoutais Capriolo et les autres parler et mon monde étriqué s'étendait à mesure que je suivais leurs discussions. Il évoquait les fortifications que les Allemands construisent à travers le pays, d'une côte à l'autre, et la façon dont ils font un piège géant de nos belles montagnes, avec des bunkers équipés de mitrailleuses et des mines camouflées. Et ils sont partout. Notre pays est comme un gigantesque chaudron de minestrone aux nombreux goûts différents. Chaque bouchée est différente : il y a en a que vous avez envie de recracher, d'autres que vous pouvez avaler, et d'autres encore qui vous laissent sceptiques, disait Capriolo quand il expliquait la situation. Nous avons des Allemands, des fascistes, des communistes, des musulmans, des chrétiens, des Slaves, des Croates et des Slovènes çà et là dans nos montagnes.
Et il est difficile de savoir à qui se fier.

Le soleil s'est montré et de la vapeur s'est élevée du sentier qui se réchauffait. Je transpirais et des filets de sueur coulaient sur mon visage. J'espérais que cela ne ferait pas partir les « plaies » et le charbon dont Mamma m'avait barbouillé le visage.
— Halte !
Un jeune soldat allemand a bondi sur le chemin. Un autre était accroupi derrière les rochers, à côté d'une mitrailleuse. Perdue dans mes pensées, je ne les avais pas vus.

1. Rafles.

— *Documenti !* a-t-il hurlé.

Mon cœur battait si fort que j'avais l'impression qu'il allait exploser. Je l'ai regardé d'un air ébahi, comme Capriolo m'avait dit de le faire, et je lui ai adressé un sourire idiot et édenté, exhibant mes dents noircies. Il s'est remis à crier, brandissant son fusil dans ma direction.

— *Documenti, documenti !*

J'ai glissé la main dans ma poche, faisant flotter vers lui la puanteur de bouse de vache au passage. Il s'est couvert le visage et a reculé, tout en regardant mes papiers, les documents standard du parti fasciste que nous avions tous reçus. Il a eu un sourire méprisant en voyant ma photo et a dit à l'autre soldat quelque chose qui l'a fait rire. Ensuite, il a contourné la mule pour aller voir la charrette. Mes genoux flageolaient. Heureusement que mon manteau était long et qu'il cachait mes jambes.

L'*Inglese* a gémi et je me suis approchée du soldat.

— *Malato*, ai-je dit. *Colera.*

C'était ce que Capriolo m'avait dit de dire. J'ai mimé des vomissements et je me suis accroupie comme si je déféquais. L'Allemand a commencé à donner des petits coups dans la toile à sac qui couvrait l'*Inglese*, et j'ai choisi ce moment pour feindre une violente quinte de toux, prenant soin de postillonner sur le *Tedesco*. Il m'a repoussée, m'a fait signe de continuer mon chemin, et tandis que je me remettais à avancer, les deux jeunes Allemands ont éclaté de rire et dit des choses qui avaient l'air dures et laides.

J'ai dû prendre sur moi pour ne pas faire passer la mule au trot afin que nous nous en allions le plus vite possible. « Surtout, reste calme. Joue les imbéciles… Pense à autre chose que la situation dans laquelle tu te trouves. » Les conseils de Capriolo résonnaient dans ma tête.

J'ai essayé d'imaginer des jours meilleurs. Une époque sans guerre, sans faim, sans peur. Un temps où je pourrais à nouveau me mettre sur mon trente-et-un le dimanche et danser sur la place du village. Mais je n'ai pas réussi. J'étais terrifiée.

Nous avons continué notre route pendant encore une heure, environ. J'étais épuisée. Mon cœur avait cessé de battre à tout rompre, mais j'avais mal à la tête. Je me forçais à continuer d'avancer. Au moment même où je me disais que j'allais défaillir, un sifflement bas s'est fait entendre au milieu des arbres, et Capriolo a bondi devant nous sur le chemin, avec Paolo et un homme appelé Toni, qu'on m'a présenté plus tard. Cela faisait un moment que je n'avais pas vu Paolo. Je croyais qu'il était mort, comme tant de nos amis. Il avait l'air d'un homme, maintenant, et non plus du jeune garçon qui était en classe avec nous.

Capriolo m'a prise dans ses bras et m'a relâchée presque aussitôt.

— *Porca miseria !* Nom de Dieu, qu'est-ce que tu pues ! Il faut que tu retires ces haillons et que tu te laves dès que possible… Pas étonnant qu'ils ne t'aient pas touchée ! a-t-il dit en riant. Tu t'es bien débrouillée, Ines. Félicitations ! Tu es l'une des nôtres, maintenant.

L'*Inglese* est descendu lentement de la charrette. Il s'est approché de moi en boitant, m'a regardée droit dans les yeux, et m'a pris la main pour y déposer un baiser.

— *Grazie, signorina !*

Puis il s'est effondré.

11

Anna fait une pause pour se préparer une tasse de thé, la tête pleine de l'histoire de ses parents, comme un vieux film avec des acteurs qu'elle connaîtrait personnellement. Quel dommage qu'ils n'aient jamais parlé de tout cela avec leurs enfants ! Elle se demande pourquoi ils ne l'ont pas fait. Qu'est-ce que cela aurait bien pu avoir comme conséquences *cataclysmiques*, comme l'avait soutenu sa mère dans sa toute première lettre ? La lecture de son histoire est captivante, et à des années-lumière du souvenir qu'elle a de la vie monotone de ses parents.

Elle prend quelques *cantuccini*[1] faits par Teresa, monte l'escalier qui conduit à sa chambre, et se pelotonne contre ses oreillers pour poursuivre sa lecture.

Septembre 1944

Je suis restée au camp dix jours, et au cours de ce laps de temps, j'ai commencé à comprendre un peu mieux la lutte, à comprendre ce que c'est, pour Capriolo et ses hommes. Dormir à même le sol en compagnie d'un petit groupe d'hommes en guerre est bien différent des soirées au coin du feu avec ma famille et mes voisins. Je crois que cela a commencé à me faire grandir.

Mon rôle principal au camp était de m'occuper de notre Anglais, d'appliquer les baumes et les pommades

1. Sorte de biscuits.

recommandés par Mamma. En le soignant, j'ai commencé à en apprendre davantage à son sujet. Les quelques premiers jours, il a beaucoup dormi, et pendant ce temps-là, j'ai veillé sur lui.
Son prénom n'est pas trop difficile à prononcer – Jim. Il m'a dit que c'était l'équivalent de Giacomo, en italien. Il est tellement différent des hommes que je connais, avec ses longues jambes et ses cheveux blonds. Sa peau est d'un blanc laiteux. Au tout début, il avait une moustache, mais Mamma l'a rasée, parce qu'elle aurait tout de suite révélé qu'il n'était pas italien. Il a l'air plus jeune, sans. Jim m'a dit qu'il avait presque trente ans, et cela m'a étonnée.
Le temps de son rétablissement, les hommes l'ont gardé dans une sorte d'abri fait de branches de taillis, censé ressembler à un tertre de charbon, comme ceux faits par les *carbonari* un peu partout dans les montagnes. Sur le dessus, il y avait une ouverture, et au centre de la « tente » en bois, un petit feu avait été allumé et de la fumée s'échappait en spirale par le trou au-dessus de lui. Il était allongé sur un matelas fait de toile de jute et rempli de feuilles de maïs séchées. Il a fallu plusieurs jours pour que sa fièvre se calme et qu'il arrive à se lever et à se déplacer en boitillant.
Je lui apprends des rudiments d'italien. Il faut qu'il connaisse au moins les bases, au cas où il se trouverait un jour face à la milice. Il ne pourra pas rester caché éternellement. Au début, c'était difficile, mais avec l'aide de l'un des hommes du groupe, nous avons progressé. L'un des membres de la bande de Capriolo s'appelle Toni, c'est l'homme que j'ai rencontré en arrivant au camp. Il parle anglais couramment, et il m'a servi d'interprète. Il nous a dit que sa famille était partie pour Londres après la Grande Guerre, pour y avoir une vie meilleure, et qu'il était né là-bas.

Son père est coiffeur pour hommes. Toni nous a dit qu'il se sentait plus anglais qu'italien, mais qu'il avait des proches dans notre région de la Toscane, et il parle parfaitement l'italien.

— Comment as-tu atterri ici, alors ? lui ai-je demandé.

— On nous a rassemblés à Londres au début de la guerre et renvoyés en Italie par bateau. On ne voulait pas de nous en Angleterre, et on ne veut pas de nous non plus ici. Ils ont cru que nous étions des espions et ils nous ont jetés en prison… mais je me suis évadé.

Il a traduit les explications de Jim pour nous, nous a dit qu'il était allé dans un camp appelé Fontanellato, de l'autre côté de Bologne. Quand les gardes ont libéré les Anglais après l'Armistice, la plupart des autres prisonniers sont partis vers le nord, pour la Suisse, mais Jim a décidé de partir vers le sud pour rejoindre les Alliés qui étaient venus d'Anzio, et il pensait que ce serait plus facile que de franchir les Alpes ; mais la route qui longe les Apennins est tout aussi ardue, et il n'a pas tardé à se retrouver en difficulté à cause de ses blessures. Il a dormi dans des granges, a été recueilli par des paysans, et il nous a dit qu'il écrirait un guide sur l'Italie s'il regagnait un jour l'Angleterre.

J'espère qu'il ne repartira jamais. Il me manquerait. Nos leçons au camp sont amusantes. Son accent me fait rire, mais il apprend vite – même si, parfois, il répète les jurons que les autres lui apprennent.

En échange, il essaie de m'enseigner l'anglais. Je crois qu'il choisit les mots les plus compliqués, et quand j'essaie de prononcer le « th », il affiche un grand sourire. Il me dit qu'il aime me voir rire. Je comprends presque tout ce qu'il dit, parce qu'il mime ses paroles. Les mots ne sont pas toujours importants entre deux personnes, c'est ce que je suis en train de découvrir.

— Ta langue est trop difficile, lui ai-je dit. Pourquoi y a-t-il tant de mots avec ces sonorités ridicules ? L'italien est une langue plus musicale.
Dès qu'il a pu poser son poids sur sa jambe, nous avons marché ensemble ; et son visage a commencé à perdre sa pâleur. Nous ne nous sommes jamais aventurés bien loin du camp, lors de nos promenades. Si nous avions quitté l'abri qu'offrait la voûte des pins, n'importe quel tireur embusqué sur l'une des crêtes environnantes aurait pu nous abattre. Je lui ai dit que faire de l'exercice serait bon pour raffermir pour ses muscles, mais en réalité, j'avais envie d'être seule avec lui.

Auprès du feu, j'écoutais Toni raconter son histoire au groupe. Les hommes avaient bu du vin, ce soir-là. Mamma m'avait mise en garde contre l'effet que la boisson pouvait avoir sur un homme, alors je m'étais assise à l'écart, dans l'ombre, et j'écoutais leur conversation.
L'histoire de Toni était très choquante, et j'avais peine à y croire.
— Quand j'ai réussi à m'enfuir du camp de concentration d'Arezzo, a-t-il dit, je n'arrivais pas à croire à ma chance.
Il a donné un coup de pied dans une bûche pour la pousser plus profondément dans les braises, et des étincelles se sont élevées dans le ciel nocturne.
— À l'origine, les miens sont de cette région. Alors l'idée m'est venue de chercher les membres de ma famille. Le Vendredi saint, j'ai décidé d'aller trouver la sœur de mon papa. Je me disais qu'elle me donnerait un bon repas, qu'elle prendrait soin de moi. Quoi qu'il en soit, il m'a fallu plus d'une semaine pour me frayer un chemin dans les montagnes. J'ai dû contourner les putains de postes de mitrailleuses des *Tedeschi*

et dormir dans les fossés. Il ne faisait pas trop mauvais. Le printemps était dans l'air. C'était merveilleux d'être libre, d'écouter les chouettes, les bruissements de la nuit au grand air après avoir passé des mois enfermé. Vous voyez ce que je veux dire. Alors que j'approchais de Fragheto, j'ai commencé à trouver des points de repère. Mes parents m'avaient parlé de cet endroit assez souvent pour que je reconnaisse l'étroite vallée boisée, le ruisseau qui dévale en cascade au creux de la vallée.
Il s'est interrompu quelques secondes, le temps de s'allumer une autre cigarette.
— J'ai traversé un tout petit hameau, et je me suis dit qu'il devait me rester une demi-heure de marche, alors je me suis reposé un peu. Soudain, des coups de feu ont retenti, et j'ai plongé dans un fossé pour me mettre à l'abri. La fusillade a continué, encore et encore. Une fois que j'ai été sûr qu'elle était finie, je suis sorti de ma cachette en rampant, et j'ai continué à me diriger vers le sommet de la montagne. Le plus longtemps possible, je suis resté dans les prés, n'osant pas emprunter la route ; mais à un moment donné, il m'est devenu impossible de faire autrement, et c'est alors que j'ai entendu des pas. Il y avait un bosquet d'arbres non loin, et je m'y suis caché. Une famille descendait précipitamment du village, sur la route. Un adolescent qui devait avoir entre dix-sept et dix-neuf ans, portait une vieille dame sur son dos. Une autre dame tenait par la main un tout petit enfant qui marchait à peine. Le petit sanglotait et la femme le traînait derrière elle. Quand elle est passée à toute vitesse devant moi, j'ai vu les genoux du petit garçon racler la route. La femme ne s'est pas arrêtée pour le rasséréner, elle a ignoré ses cris et a continué à le traîner derrière elle. C'étaient des gens de la campagne ordinaires, ils n'allaient pas me faire de

mal, alors je suis sorti de ma cachette dans les arbres et je leur ai demandé si je pouvais les aider, mais ils étaient terrifiés et ils m'ont dépassé à toute allure. Un peu plus haut, il y avait un lieu de pèlerinage au bord de la route. Un vieil homme y était adossé, enveloppé dans une couverture, les yeux fermés, marmonnant pour lui-même. Je me suis accroupi près de lui. Il a ouvert les yeux et s'est mis à baragouiner plus fort. « Abattez-moi à la place, abattez-moi ! a-t-il bredouillé, à moitié fou. Ne touchez pas aux bébés ! » Je ne savais pas ce qui avait bien pu se passer dans cet endroit, mais je n'ai pas tardé à le découvrir… Je me suis prudemment approché des maisons. Une épaisse fumée emplissait l'air. Un chien a détalé d'un bâtiment et m'a flanqué une trouille bleue. J'ai descendu une ruelle qui conduisait à une petite place, et là, je suis tombé sur une scène dont je ne veux plus jamais, jamais être témoin.

Toni a marqué un temps d'arrêt et s'est frotté les yeux du revers de la main.

— Entassés contre le côté de l'église se trouvaient des corps. Du sang coulait sur les pavés, qui collait sous les pieds. L'odeur de brûlé m'a soulevé l'estomac et j'ai mis mon mouchoir sur ma bouche, puis je me suis approché. Un enfant d'environ deux ou trois ans, je ne sais pas exactement, gisait sur le sol. On aurait dit qu'il dormait, mais le sommet de son crâne avait sauté. Une femme, vraisemblablement sa mère, était affalée à côté de lui, avec un bébé mort serré dans les bras.

Il s'interrompt, puis reprend son effroyable récit.

— J'ai appris plus tard que ma tante et ses deux bébés faisaient partie des morts. Peut-être était-ce la femme que j'ai vue au milieu des corps mutilés, je ne le saurai jamais. J'étais trop jeune quand nous avons quitté l'Italie pour me rappeler à quoi elle ressemblait. Ces salauds de *Tedeschi* et de *fascisti* ont abattu trente-trois civils. Il y avait eu une escarmouche avec les *partigiani* la veille, en contrebas, dans la vallée. Deux *Tedeschi* avaient été abattus, et ils ont trouvé un partisan blessé au village, alors ils ont décidé d'exercer des représailles, ces putains d'enfoirés. La plupart des morts étaient des femmes et des enfants. Il y avait même un vieil homme de soixante-quatorze ans. Qu'avaient-ils bien pu faire à qui que ce soit, eux ? Ils n'étaient pas armés. C'étaient de simples paysans. Vous m'avez demandé ce que je faisais ici… Eh bien, c'est la putain de raison pour laquelle je suis revenu ici. Me venger ! Je veux faire tout mon possible, jusqu'à mon dernier souffle si nécessaire, pour venger la mort de ma famille. En parler ne suffit pas.

Il a craché dans le feu.

Mon frère Davide s'est levé et lui a tapoté l'épaule, et quand Toni a eu fini de parler, les hommes ont regagné un par un l'endroit où ils dormaient. Je suis restée éveillée longtemps, remplie d'horreur par son histoire. Comment des hommes pouvaient-ils faire cela à des femmes et à des enfants ? La guerre était insensée. Je comprenais pourquoi Capriolo, Davide et les autres risquaient leur vie pour lutter contre l'oppression. Je me sentais fière de jouer un petit rôle dans leur lutte.

Au bout de ces dix jours, alors même que je n'avais pas envie de partir, je dus retourner au moulin. Mes parents avaient besoin de mon aide, et Capriolo disait que le camp n'était pas un endroit fait pour une femme seule. Il m'a renvoyée avec Davide, et j'ai râlé tout le long du chemin.

— Tu commences à ressembler à Nonna quand elle ronchonne, assise au coin du feu, dans la cuisine, m'a-t-il dit.

— Je voudrais être un homme et pouvoir faire ce que je veux, ai-je répliqué d'un ton hargneux. Tout va bien, pour toi.
— Et moi, je voudrais pouvoir dormir dans un bon lit moelleux, comme toi, et m'asseoir au coin du feu, le soir. Accepte, Ines, accepte. Il faut toujours que tu luttes contre tout.
— C'est facile à dire, pour toi. Tu obtiens ce que tu veux sans avoir à te battre. Mets-toi à ma place, et tu ne me sermonneras plus comme tu le fais.
— C'est pour ça que tu m'enquiquines à ce point : parce que tu es une femme.
J'ai ramassé une poignée de pommes de pin et je les lui ai lancées. Il les a esquivées en riant, se protégeant le visage de mes missiles.
— Je présume que tu vas t'éclipser pour rendre visite à Carla pendant que tu es ici, ai-je dit pour le taquiner. Tu dis toujours que tu vas voir comment vont les moutons, mais ta petite amie n'est pas un mouton…
Je savais qu'il sortait à pas de loup de la maison pour aller passer du temps avec elle. Je me demandais quel prétexte il trouverait pour quitter le camp afin d'aller la voir.
Il m'a pris mon foulard et l'a accroché à une branche, hors de ma portée.
— Ça t'apprendra à te mêler de ce qui ne te regarde pas ! Tu nous as espionnés ?
— Rends-moi mon foulard, Davi… Je n'en ai pas d'autre.
Nous avons continué à nous chamailler et à rire, jusqu'à ce que, soudain, nous entendions des pas derrière nous. Davide m'a attrapée et m'a entraînée dans un fossé plein de feuilles mortes, au bord du sentier. Il a posé un doigt sur ma bouche pour me faire signe de me taire.

Un homme est passé. C'était Toni. Davide l'a appelé, et Tony a fait volte-face, braquant un pistolet sur nous.
— Eh, Toni ! Ce n'est que nous. Baisse ce truc, a dit Davide en se redressant, mains levées.
Je suis restée là où j'étais.
— Ne me refais jamais ça, espèce d'imbécile ! a grommelé Toni. J'aurais pu te tirer dessus.
— Où vas-tu ? a demandé Davide. Je croyais que tu étais de garde, aujourd'hui.
— Quelqu'un me remplace. J'ai à faire à Badia.
— Fais une partie du chemin avec nous, a suggéré Davide.
— Nous ?
Je me suis relevée du fossé, frottant les jambes du pantalon que Davide m'avait fait mettre pour en faire tomber les feuilles qui s'y étaient accrochées.
— Est-ce que quelqu'un pourrait décrocher mon foulard ?
Ils ont ri, Toni a décroché mon foulard et me l'a rendu avec une courbette exagérée, puis nous avons tous les trois poursuivi notre route. Tandis que nous marchions ensemble, Davide a demandé un service à Toni.
— Tu as déjà dû aider ton père au salon de coiffure, à Londres… J'aurais besoin d'une coupe de cheveux.
— Pour aller voir Carla, ai-je dit, mettant mon grain de sel.
— Arrête, Ines, a dit Davide.
— Je vais voir ce que je peux faire, a répondu Toni.
— Merci, camarade, a dit Davide. Je ne me rappelle pas à quand remonte ma dernière coupe…
Il a levé entre ses doigts une longue mèche de ses cheveux bouclés.
— Je commence à ressembler à une femme.

12

Octobre 1944

La vie au moulin est tellement monotone, tellement ennuyeuse par rapport à mon séjour au camp. Quelle excuse pourrais-je trouver pour y retourner ? Mamma n'arrête pas de me donner des tâches à accomplir, et mes journées en sont remplies. Je passe des après-midi entiers à balayer la poussière que fait la meule, à nettoyer à fond les trémies pour la mouture suivante, à poser des pièges pour les souris. Nous sommes particulièrement occupés car nous devons nous préparer pour accueillir les rares personnes qui nous apporteront du grain à moudre. Papà dit que ce sera une très mauvaise récolte, et que seuls quelques vieillards ont été disponibles pour travailler aux champs.

Au cours des quelques derniers jours, il n'a pas arrêté de râler au sujet des cultures laissées à l'abandon, l'année dernière, quand tant de jeunes gens avaient dû s'enfuir et se cacher dans les montagnes pour ne pas être envoyés travailler en Allemagne.

Et cette année, les Allemands ont pris une bonne partie du grain pour nourrir leurs chevaux.

— Maudite guerre, maudits Allemands, maudits fascistes ! jure-t-il en coupant du bois pour le feu.

Mamma est venue me chercher en courant alors que je passais le balai autour de la meule.

— Vite, les agents de la police financière sont sur la route, Ines ! Va arranger ta toilette, mets ton nouveau foulard… Occupe-les.

Je hais l'adipeux brigadier Ezio, le pire de tous les gardes. Je hais la façon dont il me regarde de la tête aux pieds, me déshabillant des yeux. Cela me donne l'impression d'être l'une des femmes qui se tiennent au coin des rues à Sansepolcro, et qui se tiennent chaud autour de leurs feux. Davide m'a dit qu'on les appelait des *lucciole*, mais je trouve ça dommage. Les lucioles s'illuminent à la saison des amours, en juin, et elles volettent au-dessus de notre champ de foin la nuit, comme des étoiles scintillantes, mais j'en ai attrapé une dans un pot à confiture, l'été dernier, et le petit insecte était très ordinaire à la lumière du jour, un sale petit ver décevant. Mamma m'a mise en garde contre Anna Maria, à Badia, elle dit que c'est une *lucciola*. Elle dit qu'elle a « été » avec un soldat allemand et que les femmes du village vont sûrement la punir, un jour. Elles la coinceront à la fontaine où elles font leur lessive et lui raseront la tête, dit-elle, et ensuite, elle sera obligée de porter un foulard pendant des mois, le temps que ses cheveux repoussent. Je ne veux pas qu'Ezio croie que je suis comme Anna Maria.

— Ne t'inquiète pas, Ines, je ne te laisserai pas longtemps seule avec lui. Je viendrai t'aider, a continué Mamma. Papà a attrapé une truite dans la rivière, hier. Ça va lui faire plaisir et l'empêcher de fourrer son nez dans nos affaires.

Mamma a peur que les gardes découvrent sa cachette, dans les bois. Un rationnement strict a été imposé, accompagné de lourdes pénalités qui viennent s'ajouter à tous nos autres fardeaux. Au moulin, nous devons distribuer 250 grammes de grain par personne et par mois ; mais Mamma sait que de nombreuses familles, et que les veuves, en particulier, n'arrivent pas à se débrouiller avec cette maigre ration. De nombreux foyers ont des bouches supplémentaires à nourrir à cause des évacués venus des villes et des jeunes gens qui évitent la conscription.

J'ai repensé à une conversation que mes parents ont eue environ deux mois avant que j'emmène Jim au camp.

— Aldo, avait dit ma mère à mon père, un soir, alors que nous dînions de polenta. Je ne peux pas rester là, à ne rien faire, pendant que nos amis meurent de faim à cause de ces rations mesquines.

Il avait levé les yeux vers elle, un champignon cueilli dans les bois planté au bout de sa fourchette.

— Et que crois-tu que nous puissions y faire ? La police nous tourne toujours autour quand nous distribuons la farine.

— Nous la leur cacherons.

— Ah ! avait-il grogné d'un air dédaigneux. Et où as-tu l'intention de la cacher ? Dans un arbre ?

— Non, sous les arbres.

— Cette fois, je suis sûr que la guerre t'a vraiment affectée, ma femme ! Tu es encore plus folle que ta mère.

Nonna est sourde, alors elle n'avait pas entendu l'insulte de mon père.

— Tu pourrais creuser un trou dans les bois pour moi, là-bas, avait dit Mamma en désignant d'un geste la fenêtre qui donnait sur les arbres, de l'autre côté de la rivière.

— Et le remplir de farine pour que les animaux de la forêt puissent venir se mettre dedans, sans parler de la pluie et de la boue… Qu'est-ce que c'est que cette idée ?

Papà avait émis un grognement railleur.

Là-dessus, ma mère s'était mise en colère et s'était levée de table. Je m'étais attendue à ce que la dispute habituelle s'ensuive. Ma mère est une femme au caractère explosif. Quand elle a une idée dans la tête, personne ne peut l'en dissuader.

— Si tu ne le creuses pas, Aldo, c'est moi qui vais le faire… et ensuite, tu pourras dormir dans l'étable, avec les vaches. Où sont passés tous tes principes ? Tu es doué pour débiter des tas de choses quand tu es à l'*osteria*[1] avec tes compagnons de beuverie, mais à la maison, tu parles comme un lâche ou un perdant.

Elle avait attrapé avec colère la bouteille de vin pour empêcher mon père de boire davantage.

— On ne me parlera pas sur ce ton sous mon propre toit ! avait crié Papà. Arrête de dire des âneries, femme !

J'avais essayé d'intervenir.

— Je t'aiderai à le creuser, Papà. Ce n'est pas une si mauvaise idée…

Il nous avait regardées, puis avait levé les bras en signe de résignation.

— Que puis-je faire face à la puissance des femmes ? Je suis cerné, même Mimi est une femme, avait-il dit.

Puis, le vieux Papà que je connaissais bien avait ri.

— Je suis désolé d'avoir piqué une crise. Cette guerre me court sur le haricot. Merci, Ines, d'avoir eu la gentillesse de me proposer ton aide.

Il avait regardé Mamma, qui avait haussé les épaules comme pour indiquer qu'elle savait qu'il finirait par céder.

J'avais tapoté l'épaule de Papà et j'étais allée caresser Mimi.

1. Taverne.

— Nous pourrions tapisser le trou de bois, pour que la farine ne soit pas gâchée, avais-je suggéré, accroupie à côté de la chienne.
— C'est exactement ce que j'allais dire avant que ton père ne m'interrompe, avait dit ma mère. Nous pourrions la laisser en sac, la nuit, et nos amis viendraient la chercher à la faveur de l'obscurité, loin du moulin.
Mon père avait consenti au plan à contrecœur.
— Nous allons tous devoir être très prudents, parce que si nous nous faisons prendre…
Il s'était passé une main sur la gorge pour mimer la décapitation.
Ainsi, depuis ce jour-là, nous déposons de la farine dans les bois, et Papà pense qu'Ezio est de plus en plus soupçonneux. Il ne l'a vu que trop souvent rôder de l'autre côté de la rivière. Peut-être qu'un habitant du village a ouvert sa bouche à l'*osteria*. Nous devons faire très attention. Il arrive sans cesse des choses atroces à des gens que nous connaissons. Papà nous a parlé des dernières victimes des Allemands – un couple, Gino et Tommasina, tous deux âgés de plus de soixante-dix ans ; ils ont été abattus parce qu'ils abritaient un partisan blessé dans leur soue à cochons. Le partisan en question était leur neveu.

— Tu es très jolie, aujourd'hui, Ines.
Adossé au mur de pierre du bassin de retenue du moulin, Ezio tripotait sa moustache. Son uniforme était trop petit pour son gros corps. Il sentait fort l'huile d'olive : il s'en était étalé sur la tête dans l'espoir de lisser ses cheveux clairsemés sur sa calvitie naissante. J'avais envie de rire. On aurait dit un cochon prêt à

être rôti à la broche. J'ai baissé les yeux d'un air faussement modeste, espérant que la lueur amusée dans mon regard ne me trahisse pas.

— Tu viens au bal, dimanche après-midi ? Le parti organise une fête spéciale. Il y aura de la musique, et les Allemands fourniront plein de nourriture. Une fille comme toi ne devrait pas se couper du monde. Les Allemands ont besoin de compagnie, et moi aussi.

S'il savait ! ai-je pensé. *S'il était au courant de mes escapades dans la montagne, de mes fréquentations parmi ses ennemis. Ce gros porc huileux est bien loin de s'en douter.*

— Vous savez très bien que mes parents ne me le permettront pas, ai-je marmonné. Ce ne serait pas convenable. Davide n'est pas là, et je n'aurai jamais le droit de venir seule.

— Laisse-moi m'en charger ! Je parlerai à tes parents.

Il s'est écarté du mur et s'est avancé vers moi. J'ai fait un pas en arrière pour mettre de la distance entre nous, mais je n'ai pas pu reculer davantage – je serais tombée dans la rivière. Son odeur de saleté et de gras m'emplissait les narines. Mamma est arrivée juste à temps, apparaissant en haut des marches. Une seconde de plus, et j'aurais giflé son visage bouffi et stupide, mais ce n'était pas une bonne idée de mettre un agent de police en colère, surtout l'ignoble Ezio.

— J'ai quelque chose pour vous, Ezio, a dit Mamma en lui tendant la truite emballée dans de la toile de jute mouillée. Donnez-la à votre mère pour qu'elle la prépare pour le dîner de ce soir. Elle a été fraîchement pêchée ce matin.

Il a au moins eu la bonne grâce de s'incliner légèrement devant ma mère.

— Je voudrais votre permission pour danser avec Ines à la *festa*, dimanche, a-t-il dit. Nous allons célébrer l'arrivée d'une nouvelle section de la SS à Badia. Nous voulons que le plus de monde possible y assiste.

Je me tenais derrière Ezio, et j'ai regardé ma mère d'un air suppliant.

— Je ne suis pas sûre que nous puissions nous passer d'elle. Il y a trop de choses à faire, et si peu de personnes pour nous y aider…

Elle a pris un air abattu et a haussé les épaules.

— Nous avons déjà remarqué l'absence de votre mari aux réunions du parti, ces derniers temps, *signora*, a-t-il dit d'un ton menaçant. Vous feriez mieux de vous montrer plus souvent. Ce serait un bon début de venir à la *festa*.

— J'en parlerai à mon mari, a répondu ma mère, mais si Ines y va, nous l'accompagnerons, bien sûr.

Autour de notre dîner composé de haricots et de pain, nous avons longuement discuté de ce qu'il valait mieux que nous fassions.

— S'il vous plaît, ne m'obligez pas à y aller, les ai-je suppliés. Si Ezio pose ne serait-ce qu'un doigt sur moi, je jure que je vais hurler et faire une scène.

Mamma m'a soutenue.

— Si Ines fait des histoires et refuse de danser avec lui, cela nous rendra la vie encore plus difficile. Pour le moment, nous pouvons soudoyer les gardes en leur donnant des poissons pêchés dans la rivière et détourner leur attention, mais il ne faudrait pas grand-chose pour qu'ils deviennent mauvais.

Papà était d'accord.

— Hors de question qu'un fasciste fréquente ma fille.

Le silence s'est fait dans la cuisine. On n'entendait plus que le crépitement du bois dans le feu, de temps en temps, et les soupirs de Nonna, qui était assise à faire du crochet auprès de l'âtre. Enfin, Papà aussi a soupiré.

— Il n'y a pas d'autre solution : il va falloir qu'Ines retourne là-haut. Nous expliquerons à Ezio qu'elle est allée chez ta sœur, à Pennabilli. Nous dirons que sa *zia* Elda est malade et qu'Ines doit veiller sur elle.

— Quelle bonne idée, Aldo… Bravo !

Ma mère s'est levée de table.

— Ines, aide-moi à rassembler quelques petites choses pour ton séjour. Davide prendra soin de toi, là-haut. Tu pourras aussi emporter d'autres herbes médicinales et d'autres remèdes pour les hommes, et il nous reste un *pecorino* que tu pourras leur donner.

— Donne-leur aussi le reste du jambon, Assunta. Nous pouvons nous en passer. Emmène Mimi, Ines, elle te protégera, et renvoie-la-nous dès que tu seras arrivée. Elle connaît le chemin et nous avons besoin d'elle ici pour garder les animaux.

*

Mes parents veulent éviter que j'aie quoi que ce soit à voir avec Ezio, et moi aussi. Mon honneur est en jeu, mais ils ne sont pas au courant de mes sentiments grandissants pour Jim, même si, en réalité, Jim lui-même n'en a aucune idée. Ce sont des sentiments que je prends soin de garder pour moi, et qui hantent mes rêves, la nuit, dans mon lit. Évidemment, je ne vais en faire part à personne, surtout pas à mes parents, sinon, ils m'interdiraient d'aller au camp. Je dois partir demain matin, à l'aube, et nous nous sommes affairées jusque tard dans la nuit pour préparer un balluchon de vêtements pour moi et de la nourriture et des médicaments pour les hommes.

Je suis à la fois surexcitée et angoissée, j'ai le sentiment que ma vie ne sera plus jamais la même. Quand j'ai embrassé Mamma et Papà dans l'air frais de ce matin d'automne, je me suis cramponnée à eux et j'ai couvert leurs visages de baisers. Cette fois encore, ma mère pleurait quand elle a attaché la ceinture autour de mon manteau crasseux et vérifié qu'aucune boucle ne dépassait de la casquette de mon frère, que j'avais bien enfoncée sur ma tête. Mon fidèle déguisement.

J'ai évité le chemin que nous avions pris avec Jim et la charrette. Capriolo m'avait parlé d'un autre itinéraire, mais il m'avait dit que je devrais tout de même faire très attention parce que les Allemands changeaient tout le temps de postes de garde. Ils continuent à creuser de nouvelles tranchées et se servent de grottes un peu partout dans les montagnes pour abriter leurs mitrailleuses et entreposer leurs munitions.
La lune était suspendue dans le ciel comme une perle de nacre froide, et les feuilles des chênes bruissaient telles des jupes longues. L'odeur des aiguilles de pin couvertes de rosée était forte. Une brindille a craqué, quelque part dans les bois, et mon cœur s'est mis à marteler ma poitrine. Le bruit de cervidés galopant dans le sous-bois a failli me faire hurler de peur. J'ai cru que c'étaient des soldats, mais j'ai vu deux cerfs détaler et s'enfoncer dans la forêt, et les battements de mon cœur se sont calmés. J'étais encore à une heure de marche du camp, je me sentais très seule, j'avais très peur, et je ne savais franchement pas ce que j'aurais fait si le gras Ezio lui-même était apparu devant moi et m'avait proposé de parcourir le reste du trajet avec moi. À ma grande honte, j'avoue que j'aurais probablement accepté. Cette fois encore, j'ai eu recours à la tactique

de Capriolo, imaginant des choses pour m'empêcher de céder à la panique.

Et si je bâtissais une vie avec Ezio – si je cuisinais pour lui, donnais naissance à ses enfants ? Je vivrais probablement au village, et je traverserais alors la place tous les matins pour aller à l'épicerie, consciente d'être dévisagée par des vieilles biques cachées derrière leurs volets entrebâillés. À la fontaine où les femmes lavaient leurs vêtements, personne ne m'adresserait la parole, et toutes mes camarades d'école me mépriseraient pour avoir cédé à ses instances ; mais, au moins, je resterais en vie.

Je me suis ensuite imaginée dans les bras de Jim, habitant dans une maison loin de la montagne et de la mer ; dans une maison comme celles que j'avais vues dans plusieurs films américains, sur un écran clignotant monté sur la place à l'occasion de fêtes, avant la guerre. Ce serait une maison carrée, avec des fleurs aux fenêtres et une véranda sur le devant, avec un fauteuil à bascule. Je sais bien que Jim n'est pas américain, il est anglais ; mais il parle la même langue qu'un Américain et, dans mon esprit, les maisons sont forcément les mêmes en Angleterre et aux États-Unis. Je me demandais si nos enfants auraient des boucles blondes, ou mes cheveux bruns. Seraient-ils grands ? Quel effet cela ferait-il de dormir dans les bras de Jim chaque nuit ? Quel effet cela ferait-il de coucher avec un homme ? Il ne m'a pas embrassée. Aucun homme ne m'a jamais embrassée correctement – les bisous d'enfant de Capriolo, après l'école, ne comptent pas – mais j'ai envie d'embrasser Jim.

Je me suis demandé comment j'ai pu seulement songer à comparer Jim au répugnant Ezio.

À la base du rocher où, je le savais, l'un des hommes de Capriolo monterait la garde, j'ai jeté une poignée de cailloux, puis j'ai siffloté le début du chant des partisans, *Ciao, bella, ciao*, comme il m'avait dit de le faire. Le jour s'était levé. Les oiseaux avaient entamé leurs salutations matinales. La discrétion s'est avérée inutile, car Mimi s'est mise à aboyer, tout excitée. Elle avait dû sentir la présence de Davide, dont le tour de garde était, justement, presque terminé. Son visage fatigué est apparu au-dessus du rocher, et il a eu un grand sourire en voyant Mimi.

— Pour l'amour du ciel, Ines, qu'est-ce que tu fais de retour ici ?

Il a soudain eu l'air inquiet.

— Que se passe-t-il ? Ce n'est Papà ? Mamma ?

— Non, ne t'en fais pas. Descends, viens me chercher, je t'expliquerai après. Et apporte quelque chose pour faire taire Mimi. Elle va réveiller toute la Toscane, si elle continue. Et, bon sang, qu'est-ce qui est arrivé à tes cheveux, Davide ? On dirait un prisonnier !

Ses cheveux avaient été mal taillés, et il y avait des coupures à des endroits où le rasoir avait dû déraper.

— Disons simplement que Toni n'a manifestement pas beaucoup aidé son père au salon de coiffure.

J'ai fait la grimace.

— Tu es affreux. Que va penser Carla ?

Il a haussé les épaules.

— Ça va repousser. Carla ne m'aime pas pour mes cheveux, de toute façon.

J'ai ricané et je me suis assise, épuisée par ma randonnée. Capriolo et deux autres hommes que je n'avais encore jamais vus ont rejoint Davide. Ils nous ont fait emprunter un passage caché par des plantes rampantes jusqu'au cœur du camp, puis ils ont attaché Mimi à un arbre, lui ont donné un os et ont placé un bol d'eau près d'elle. Davide m'a aidée à porter mes gros balluchons.

— Attention, avec ce sac, ai-je dit. Il y a des bocaux pleins des remèdes de Mamma, dedans, et Papà vous a envoyé le reste du *prosciutto*.

Davide est allé me chercher du café et un gros quignon de pain, et je lui ai raconté ce qui s'était passé avec Ezio.

— C'est de pire en pire. Il est toujours là, à nous tourner autour, et il nous reproche sans cesse de ne pas assister aux réunions fascistes… et, hier, il m'a invitée à aller au bal avec lui, et j'ai bien cru qu'il allait m'empoigner de force, mais Mamma est arrivée au bon moment.

Capriolo a craché par terre.

— Ça a toujours été un petit merdeux. Déjà à l'école, il soulevait les jupes des filles, dans la cour de récréation. Attends un peu que je le chope…

Il a cassé un bâton en deux sur ses genoux et a jeté les morceaux dans le feu. Des étincelles s'en sont élevées en crépitant.

— Bon ! Ines, a-t-il dit, frottant son pantalon pour l'épousseter, il va falloir que tu te rendes utile si tu restes ici. Nous avons un projet important pour les jours à venir. Davide part pour Rimini demain, avec des informations nécessaires à la prochaine grosse attaque.

— Papà nous a dit que Florence avait été reprise aux Allemands le mois dernier. C'est vrai ?

— Oui. Et les Britanniques viennent dans notre direction. Rimini sera la prochaine à tomber. À ce rythme-là, la guerre ne tardera pas à être finie, et la vie pourra reprendre son cours. Nous pourrons rentrer chez nous, reconquérir notre pays et cultiver à nouveau notre terre.

— Tu commences à avoir l'air assez vieux et rangé ! ai-je dit pour le taquiner.

J'ai regardé mon ancien camarade de classe, le garçon qui avait partagé mes jeux d'enfant. J'ai pincé sa joue entre mes doigts, et il m'a saisi la main.

— Ne te moque pas de moi, Ines. Si tu avais vu la moitié de ce que nous avons vu, tu comprendrais que nous en ayons marre de tout ça. Nous n'aimons pas nous battre, tu sais. Ce n'est pas un jeu.

Il a plongé ses yeux dans les miens, et je me suis détournée, retirant ma main de la sienne, décontenancée par ce jeune homme que je croyais si bien connaître.

J'ai changé de sujet.

— Où vais-je dormir ? Je suis ici pour plus longtemps, cette fois. Où dois-je ranger mes affaires ?

Je me sentais mal à l'aise en sa compagnie.

Il a retrouvé un peu de son ancien sens de l'humour.

— Eh bien, il y a la chambre double avec vue sur les Apennins, ou la chambre individuelle avec terrasse et vue sur les tranchées allemandes, mais sans salle de bains, je le crains.

Il a indiqué d'un geste un endroit à l'abri des rochers, un petit creux dans la pierre que n'atteignaient pas la pluie et le soleil. J'ai déposé mes affaires et je suis allée voir si je pouvais me rendre utile dans le coin où l'on faisait la cuisine.

Je n'ai vu Jim que plus tard, dans la soirée. Lui, Toni et deux autres hommes avaient été absents toute la journée, et ils sont revenus au camp épuisés. Un mois de l'air de la montagne a redonné des forces à Jim. Il est plus fort, plus beau, et plus grand que dans mon souvenir, peut-être parce qu'il ne boite plus. Ses cheveux ont poussé, aussi, et il a pris le soleil, il a perdu le teint cireux maladif qu'il avait voici quelques semaines. Mais il n'y a pas moyen qu'il passe pour un Italien.

Il m'a souri et je lui ai souri à mon tour, le cœur faisant de folles galipettes.

— Alors, tu as appris des phrases amusantes difficiles à prononcer en anglais, Ines ?

Je l'ai fait rire en essayant de dire « *Sixty-six thick thistle sticks* », et je lui ai demandé de répéter un dicton italien que je lui ai appris il y a quelques semaines.

Nous avons tous mangé autour du feu. Il n'est allumé que la nuit, quand l'obscurité cache la fumée à toute personne susceptible de chercher des signes de la présence des partisans dans les montagnes. Nous campions trop loin des *carbonari* pour pouvoir utiliser leurs feux. Aucune flamme ni étincelle ne sont visibles dans le ciel nocturne en dehors de ce camp, car nous sommes dans une cuvette profonde. C'est une sorte de forteresse naturelle.

Jim et moi avons discuté à voix basse. Mon frère et Capriolo étaient un peu plus loin, en grande conversation au sujet de la mission du lendemain.

— Tu m'as manqué, Ines. Je suis content de te revoir.

Son italien s'était nettement amélioré.

Je lui ai expliqué pourquoi mes parents m'avaient envoyée là.

— J'espère qu'Ezio va les croire et qu'il ne se mettra pas en tête de vérifier si je suis bien à Pennabilli. Ce n'est pas si loin que ça de Badia.

— Je devrais peut-être aller le chercher. Je ne peux pas supporter l'idée qu'il te reluque.

Je lui ai posé une main sur le bras.

— Ne dis pas de bêtises ! Il verrait tout de suite que tu es anglais. On offre un prix élevé pour les prisonniers de guerre, et il y a plein de gens qui meurent de faim et qui seraient ravis de toucher l'argent en te livrant aux Allemands.

Il a pris ma main dans la sienne, refermant ses grands doigts forts sur les miens. J'ai senti le rouge me monter aux joues.

— Enfin, de toute façon, ai-je repris, retirant à contre-cœur ma main de la sienne, tu seras bientôt parti. Les Anglais ont repris Florence, maintenant, ça va être le tour de Rimini, et ensuite, tu disparaîtras en Angleterre. Tu oublieras tout de la guerre, d'Ezio... et de moi.

J'avais envie de le pousser à me contredire. Je croyais savoir ce qu'il éprouvait pour moi, mais je voulais l'entendre de sa propre bouche, et je regrettais que nous ne soyons pas seuls.

— Je vais partir d'ici pour quelques jours, Ines, m'a dit Jim. Je pars avec Capriolo. Il a besoin de moi, au cas où nous croiserions d'autres prisonniers de guerre britanniques. Toni est super, mais je connais mieux nos troupes, et je serai capable de dire si certains d'entre eux sont en réalité des espions allemands. Ça arrive, tu sais.

J'ai senti mon cœur sombrer. Ici, au camp, la guerre semblait lointaine, en dépit des armes empilées dans la grotte.

— Vous avez tous été très gentils avec moi, a-t-il continué, mais ma jambe va beaucoup mieux, maintenant. Il est temps pour moi de faire ma part.

— La plaie a-t-elle cicatrisé ? Montre-moi.

J'ai retroussé la jambe de son pantalon, intimidée par le contact de sa peau sous mes doigts, mais à ce moment-là, la voix de Capriolo m'a fait sursauter, et je me suis vivement écartée de Jim, avec un sentiment de culpabilité.

— Jim, il faut que je te parle. J'envisage d'envoyer Davide à Arezzo avec de nouvelles informations, demain, pour y retrouver les *partigiani*. Viens, nous devons discuter des derniers préparatifs.

Il s'est tourné vers moi et a ajouté :

— Je crois que tu devrais aller parler à ton frère, lui souhaiter bonne chance. Il va être parti un moment. Et ensuite, tu ferais mieux d'aller te coucher. Nous aurons besoin de toi en forme, demain. Ce n'est pas un camp de vacances.

J'ai eu envie de lui répondre « Oui, Papà ! » et de lui tirer la langue, mais je ne l'ai pas fait.

Davide était assis devant le feu, et je me suis laissée tomber à côté de lui. Il regardait fixement les flammes et m'a à peine remarquée. Nous sommes restés assis en silence un moment. Il a l'air beaucoup plus jeune que Jim, et tellement italien, avec ses cheveux bruns et sa peau tannée par le soleil après avoir passé tout l'été à vivre dehors, dans la montagne. Il a fini par tourner la tête vers moi, et j'ai cru lire la peur dans ses yeux.

— Ines, demain, je partirai d'ici avec Toni et les autres. Pour aller d'abord à Arezzo, puis à Rimini. Il y a des combats violents, là-bas. Nous avons des informations dont nos Alliés ont besoin pour contre-attaquer. Je veux que tu donnes ceci à nos parents s'il se passe quoi que ce soit, a-t-il dit en me tendant une feuille de papier pliée. Ne le leur remets que s'il m'arrive quelque chose… et, Ines, promets-moi de prendre soin d'eux.

Je l'ai pris dans mes bras et je l'ai serré étroitement.

— Ne dis pas de bêtises, petit frère. Tout va bien se passer.

Cependant, j'ai enfoui la main dans la poche de mon manteau, j'en ai sorti le chapelet que Mamma m'a donné quand j'ai fait le trajet jusqu'au camp avec Jim, et je l'ai enroulé autour des mains de mon frère.

— Prends ça. Il m'a protégée, et il te protégera aussi.

Le lendemain, dès le lever du jour, il faisait chaud et lourd. C'était le genre de temps qui annonçait de l'orage. L'air était oppressant, il n'y avait pas un souffle de vent, et les montagnes semblaient se rapprocher et étouffer les terres.

J'ai été réveillée par une dispute violente entre Davide et Capriolo. Davide était très en colère.

— Tu me traites comme un enfant, Capriolo. Il faut que j'y aille aussi. Hier, tu m'as dit que j'en faisais partie.

— Nous avons un nouveau plan, Davide. J'ai besoin que tu restes ici et que tu montes la garde. Tu m'es plus utile au camp.

— Mais je me suis entraîné pour ça, et qui a trouvé les documents ? Je croyais que tu allais me laisser les apporter à Arezzo ! a crié mon frère.

— Parle moins fort. J'ai changé d'avis. N'oublie pas que c'est toi qui as tiré sur le commandant allemand à moto sur la route de Rimini. Les survivants savent à quoi tu ressembles, et il y a des affiches avec ton visage partout. Il vaut mieux que tu fasses profil bas pendant quelque temps.

— Eh bien, pourquoi ne pas m'avoir dit tout ça hier soir ? Pourquoi me l'annoncer maintenant ?

— Je te l'ai déjà dit : j'ai changé d'avis. Il y aura d'autres occasions où j'aurai besoin de toi à mes côtés, mais pas aujourd'hui.

— Mais…

— Il n'y a pas de mais, Davide. C'est à moi de décider. Tu ferais bien de te rappeler que notre combat ne tourne pas autour de toi.

Cette fois, c'est Capriolo qui avait haussé la voix.

— Restons-en là. Soit tu obéis à mes ordres, soit tu t'en vas.

Alors que j'écoutais tout cela, je n'arrivais pas à imaginer mon jeune frère en train de tuer un homme ; mais, bien sûr, c'est la guerre, et des gens meurent tout le temps.

Capriolo est alors venu me trouver avec Jim. J'ai regardé Davide s'affaler contre un rocher avec un air renfrogné. Il semblait si jeune…

— Peux-tu jeter un coup d'œil à la jambe de Jim, Ines ? m'a demandé Capriolo. L'inflammation est revenue pendant la nuit. Ça m'étonnerait qu'il puisse se joindre à nous aujourd'hui.

— Bien sûr, ai-je répondu, le cœur léger à la pensée que Jim et Davide soient tous les deux en sécurité, au moins pour la journée.

La nuit dernière, auprès du feu, j'ai eu l'impression de dire adieu à mon frère.

J'ai souri à mon patient. J'espérais que personne ne remarque que mes doigts tremblaient tandis que j'appliquais un cataplasme sur son tibia. Chaque fois que je touchais sa peau, j'avais l'impression de plonger les mains dans l'eau tiède, et mon ventre se nouait tandis que je lissais le linge sur la plaie.

— Il n'est pas en état de marcher bien loin, Capriolo, ai-je dit, me concentrant intensément sur le pansement de la jambe de Jim, priant pour que mes joues cessent de s'empourprer.

Le trajet prend habituellement deux heures par la route, mais, bien sûr, Capriolo et sa bande ne voyageraient pas dans un véhicule. Ils sillonneraient les montagnes à pied, se frayant furtivement un chemin jusque dans la vallée, et ils tomberaient sans doute sur des Allemands retranchés dans leurs bunkers. Je ne voulais pas trop y penser.

Après leur départ, le camp était presque vide. Capriolo avait emmené Toni et la plupart des hommes, et il n'avait pas su dire quand ils seraient de retour. Il ne restait plus que moi, Jim, Davide, maintenant de garde, le vieux cuistot, et deux gars qui se remettaient de blessures. Ils étaient contents que je sois là avec les onguents de Mamma. L'un d'eux avait été mordu par une vipère, alors j'ai mis des graines de tournesol sur sa cheville gonflée et je lui ai donné de l'armoise pour sa fièvre. J'ai fait ce que j'ai pu pour l'autre jeune garçon, le fils du boucher. J'avais davantage l'habitude de le voir couper de la viande, l'emballer, tout en sifflotant ; mais là, il était étendu sur un matelas de fortune constitué de sacs de toile, blême, et il souffrait de violentes crampes d'estomac. Je lui ai concocté une infusion de basilic, et je suis restée assise à ses côtés, à lui tenir la main, jusqu'à ce qu'il se rendorme. Il était bien trop jeune pour se battre, et je craignais qu'il ne voie pas la fin de la guerre.

Soigner Jim était totalement différent et, tandis que je préparais un cataplasme pour sa jambe, je me demandais où notre conversation nous mènerait aujourd'hui.

13

Début juin 1999

La sonnerie du téléphone portable d'Anna la ramène au présent, l'interrompant dans la lecture du récit de sa mère.

— *Pronto*[1] *!* C'est encore Francesco. Je voulais juste vérifier que ça allait.

Anna secoue la tête, essayant de s'arracher à l'image des jeunes gens dans la forêt, pour revenir à l'ambiance douillette de sa chambre. Des grains de poussière dansent dans l'air frais de la montagne qui entre par la fenêtre ouverte. Une image de Francesco s'impose à elle : elle le voit en haillons, entouré de partisans, avec une ceinture à munitions en bandoulière. Elle hésite avant de répondre.

— Ça va.

— Vous n'avez pas l'air d'en être vraiment sûre.

— J'étais partie en 1944, dit-elle, se frottant les yeux. J'ai peine à croire à ce que ma mère a traversé. Je me demande comment nous nous en serions sortis, vous et moi… Ils étaient tellement courageux, Francesco !

— Personne ne sait comment on réagirait avant d'être dans cette situation… mais j'espère que j'aurais pris part à leur combat, comme mon propre père. Enfin, quoi qu'il en

1. Allô !

soit, permettez-moi de vous ramener au présent ! Êtes-vous libre demain après-midi pour nous accompagner ? Vous vous souvenez, je vous ai parlé de Pennabilli et de la *festa* des musiciens des rues ?

Anna est tellement hébétée qu'elle ne comprend tout d'abord pas pourquoi le nom de Pennabilli lui dit quelque chose ; puis elle repense à ce qu'elle vient de lire et fait le rapprochement.

— Cet endroit me rappelle quelque chose... Ce n'est pas là que Mamma était censée se trouver pour s'occuper de sa tante malade, au lieu d'être au camp ? J'aimerais beaucoup y aller avec vous et voir à quoi cela ressemble.

— C'est une jolie petite ville, et cela vous servira de premier contact avec les lieux évoqués par votre mère.

— Super ! Et le moulin où elle habitait ?

— Il est en ruines, mais je vous y emmènerai très bientôt. Oh ! et apportez quelque chose de chaud à enfiler plus tard, quand il fera nuit et que les températures tomberont.

Ils empruntent la route de Rimini. Alba est assise à l'arrière, recroquevillée contre la portière, et elle regarde par la fenêtre, ignorant Anna, qui n'essaie plus de l'inclure dans la conversation. De toute façon, se retourner pour lui parler lui donne mal au cœur, dans les virages en épingle à cheveux. Francesco connaît bien le chemin, et elle se sent en sécurité malgré la descente abrupte. La route descend en serpentant sur le flanc de la montagne, avec le Marecchia en contrebas. Des versants boisés et rocheux s'élèvent, sinueux, depuis la vallée fluviale. De temps à autre, ils passent devant un petit groupe de maisons en ruines en équilibre sur ses rochers escarpés, au-dessus d'eux.

— Vous rendez-vous compte à quel point tout ceci est beau ? demande Anna. Et de la chance que vous avez de vivre ici ? Ou est-ce que vous ne le remarquez plus ?

Dans sa tête, elle compare le paysage à ce qu'elle voyait par la fenêtre du train qu'elle prenait tous les jours pour aller au travail à Londres, elle repense aux jardins qui donnaient sur la voie ferrée. Il y en avait qui étaient bien entretenus, avec des potagers ou des patios, mais la plupart étaient de vrais dépotoirs à l'abandon. Elle comptait les caddies de supermarché abandonnés dans les arrière-cours et essayait d'imaginer quel genre de personnes habitaient dans chacune de ces maisons.

Francesco hausse les épaules.

— Je suppose que nous avons l'habitude. La plupart de ces hameaux de montagne sont désertés, il n'y a plus que quelques personnes qui viennent y passer le week-end.

Il montre du doigt un bâtiment sur une corniche surplombant la vallée, dominant la campagne ; une sentinelle solitaire.

— Vous voyez la grue, là-haut ? Cette ferme est restaurée pour une famille anglaise.

— Je n'arrive pas à imaginer comment les gens faisaient pour construire ces maisons, autrefois, et comment ils faisaient pour travailler une terre aussi pentue, dit Anna en regardant à travers la vitre.

— Ils n'avaient pas le choix. Vous auriez dû voir cette campagne il y a trente, quarante ans… Il y avait bien moins d'arbres. Les gens avaient besoin de la moindre parcelle de terre qu'ils pouvaient utiliser pour faire pousser de quoi nourrir leur famille. Ils menaient une existence précaire. Un grand nombre d'entre eux trouvaient cela trop dur, et, après la guerre, il n'y avait plus de travail. L'Italie était à genoux. Certains paysans sont allés au nord pour travailler dans des usines, à Turin. D'autres sont allés à l'étranger, beaucoup, en France. Mais leurs maisons sont restées dans leurs familles… comme cette maison à l'escalier extérieur très raide, dans notre village. Elle appartient à une de nos tantes, qui parle le français aussi bien que l'italien. Elle revient tous les ans au mois d'août pour y passer un mois. C'est la même histoire à travers toute l'Italie. Les racines sont très importantes, pour nous – nous avons besoin d'y revenir. Nous avons tendance à dire « Je suis Florentin », ou « Je suis Romain ». Nous disons rarement « Je suis Italien ».

— J'ai remarqué… et cela me fait d'autant plus bizarre d'en savoir aussi peu sur les origines de ma mère.

— Je suis sûre que vous en apprendrez davantage, Anna.

Ils continuent leur route en silence et, tout en admirant le paysage de montagne spectaculaire, elle pense à ses parents, songe qu'ils ont peut-être emprunté cette route, eux aussi, par le passé, se demande où ils auraient bien pu aller et pourquoi. Elle pense au temps qui passe, à la fugacité d'une vie, dans l'ensemble. Alors qu'ils passent devant un autre affleurement rocheux, elle tend le cou pour regarder en l'air, imagine un soldat retranché là, attendant pour tirer sur l'ennemi, et elle murmure, comme pour elle-même :

— Quelle nature avec laquelle composer !

— Qu'avez-vous dit ? lui demande Francesco, rétrogradant pour négocier un virage serré.

— Je pensais aux partisans qui se sont battus dans la montagne, et j'essayais de les imaginer en train de combattre sur ces pentes. Parmi eux, il pouvait y avoir mon père, ou mon oncle…

— Les Allemands se sont servis de ces montagnes comme d'une ligne de défense. On l'appelait la Ligne gothique.

— Ma mère y fait allusion dans ses écrits.

— Prête pour un condensé d'histoire, Anna ? Les Apennins forment une chaîne le long de notre péninsule, et ils ont utilisé les montagnes comme une barrière, puis, dans les plaines sur les côtes est et ouest, près de Rimini et de Pise, ils ont ajouté des barrières artificielles.

— Vous en savez beaucoup sur le sujet.

— Bien sûr ! Il s'agit de l'histoire de l'Italie, et n'oubliez pas que mon père aussi était un partisan.

— Comment s'appelait-il ?

— Dario.

— Vous étiez proches ?

— Très… mais il ne parlait pas si souvent que ça de la guerre. Il ne nous a raconté qu'une ou deux anecdotes. Par exemple, il nous a dit qu'ils sabotaient le béton que les Allemands commandaient pour leurs bunkers. Ils faisaient en sorte qu'il ne prenne pas. Mais y a eu des répercussions. Certains estimaient que les partisans faisaient plus de mal que de bien, car les Allemands punissaient des citoyens ordinaires en représailles… mais mieux vaut ne pas entrer dans les détails.

D'un geste discret, il indique Alba, qui regarde par la vitre, sur la banquette arrière.

— C'est triste de découvrir le passé de ma mère maintenant qu'elle est morte. Il y a des dizaines de questions que j'aurais aimé lui poser. En Angleterre, nous connaissons bien la Résistance française, mais je n'ai jamais entendu parler de ce qui a eu cours en Italie.

Elle soupire.

— Changeons de sujet, parlons d'autre chose que de la guerre ! C'est trop triste d'y penser tout le temps.

— D'accord ! *Va bene !* Nous sommes presque arrivés, de toute façon.

Ils tournent à droite, quittent la route de Rimini, et, après un court trajet sur une petite route étroite, ils arrivent dans une ville à l'entrée de laquelle un panneau indique : PENNABILLI – LA VILLE QUI ACCUEILLE LES ARTISTES.

Dès que la voiture s'arrête, Alba en descend et sautille sur place, surexcitée.

— C'est l'un de ses endroits favoris, explique Francesco. Vous allez comprendre pourquoi.

Après avoir payé les droits d'entrée de 5 000 lires à un jeune a des dreadlocks assis en tailleur, pieds nus, sur une table barrant le passage, ils remontent sans se presser la ruelle pavée fermée à la circulation. Aux yeux d'Anna, l'endroit ressemble à première vue à une ville médiévale pittoresque typique, comme il y en a tant en Italie. Alba entraîne son père dans une autre ruelle étroite, et ils grimpent jusqu'aux jardins clos d'une maison en ruines. Là, des statues de pierre peu communes portant des inscriptions ont été disposées pour former un « sanctuaire des pensées ». Francesco aide Anna à déchiffrer les messages écrits pour les voyageurs en route pour la côte est. Tandis qu'ils se dirigent vers la place principale, il montre du doigt des cadrans solaires aux couleurs vives, peints sur les façades de certains bâtiments.

— C'est ce qu'Alba préfère, dit-il, posant une main sur le sommet de la tête de sa fille.

Elle s'est arrêtée en dessous de l'image bleu vif et jaune d'un canard flottant sur des eaux agitées, et elle se penche en avant, sur la pointe des pieds, pour en suivre les contours du bout du doigt.

— Autrefois, elle appelait Pennabilli sa « ville-livre d'images ». Quand Silvana était encore en vie, nous venions souvent ici en famille. Je croyais que ce serait bouleversant pour elle de revenir, mais ce n'est pas le cas.

Anna regarde Alba se diriger vers le cadran solaire suivant en sautillant. *En la voyant, personne ne pourrait déceler ses problèmes*, se dit-elle. *Extérieurement, la petite ressemble à n'importe quelle fillette ordinaire de huit ans.*

— Je crois que c'est une enfant très artiste, remarque Anna. J'aime beaucoup ses dessins. Elle a du talent, et elle se sent probablement dans son élément ici, au milieu de ces œuvres d'art. Peut-être ne devriez-vous pas trop vous en faire. C'est peut-être simplement un endroit qu'elle adore, où elle a des souvenirs heureux.

— Vous avez sûrement raison… mais si seulement elle voulait bien parler, je pourrais peut-être ne pas trop m'en faire. C'est tellement dur…

Il a l'air triste, et elle a envie de lui prendre la main pour la serrer affectueusement dans la sienne, de le serrer dans ses bras ; mais elle sait qu'Alba en serait jalouse, alors elle ne dit rien, ne fait rien.

Ils traversent la place, maintenant bondée. Francesco explique que, deux ans plus tôt, un jeune homme a créé un festival pour musiciens des rues, et qu'il a invité des artistes venus de loin, certains même d'Amérique du Sud, à y participer. À mesure que la nouvelle s'est répandue, le festival a gagné en popularité.

Ils s'arrêtent pour écouter un groupe de chanteurs mongols chantant du *khöömei* mélancolique. Alba s'accroupit près de la seule femme du groupe. Celle-ci tire des accords plaintifs d'une cithare, elle porte un costume d'apparat orné de perles, et de longues tresses noires pendent sous son chapeau. Cette musique n'a absolument rien d'italien, et pourtant, elle flotte dans l'air tout autour de la place et se marie parfaitement avec l'atmosphère du lieu.

Au bout d'un moment, ils se dirigent vers la tourelle des anciens remparts où l'on joue une musique plus jazzy. Un groupe de musicien anglais, dirigé par une saxophoniste toute petite, donne envie à tout le monde de taper du pied en rythme, et à quelques couples de se trémousser sur les paroles effrontées. Alba persuade Francesco de danser, et Anna le regarde se baisser vers elle, la prendre dans ses bras, et la faire tournoyer encore et encore, jusqu'à ce qu'elle pousse des cris suraigus.

— Après tout ça, j'ai besoin de m'asseoir un moment, dit-il, en riant quand il la repose, la regardant retrouver son équilibre après leur danse vertigineuse. Allons nous asseoir au calme dans l'amphithéâtre. Je vais aller nous chercher des boissons, et nous regarderons les mimes.

Ils trouvent des places au premier rang. La nuit commence à tomber, et la ville se remplit de gens qui sortent du travail et sont venus se divertir. Les deux jeunes mimes sur la scène sont doués. Ils jonglent avec des balles de couleur, font d'abord semblant d'être maladroits, les font tomber parmi les spectateurs, ce qui ne fait que mettre en valeur leur dextérité quand ils se transforment ingénieusement en divers personnages. Alba applaudit quand ils exécutent un tango extravagant. Ensuite, ils enfilent de longues capes noires, se changent en géants effrayants et plongent vers les enfants du premier rang, qui poussent des cris perçants, à la fois terrifiés et ravis. À la fin de leur numéro, alors qu'ils font au revoir de la main à leur public, Francesco saisit le bras d'Anna.

— Où est Alba ? Est-ce qu'elle est à côté de vous ?

La petite fille a disparu, mais Anna essaie de le rassurer.

— Je crois qu'elle n'a pas aimé quand ils ont mis ces capes… Elle est peut-être allée à l'arrière ?

Ils ne la trouvent pas dans l'amphithéâtre. Sur la place principale, Anna se jette sur une petite fille qui a les mêmes boucles souples, mais quand celle-ci se retourne, Anna se rend compte que ce n'est pas Alba.

— *Mi scusi !* dit-elle à la mère inquiète, qui serre son enfant contre elle.

Francesco est de plus en plus inquiet.

— Je crois que nous devrions aller au sanctuaire de pierre, dit-il, et si elle n'y est pas, j'irai voir les *carabinieri.*

Ils remontent précipitamment les ruelles de la vieille ville une nouvelle fois, écartent des gens de leur passage pour arriver en haut au plus vite. Tous les groupes devant lesquels ils passent à chaque coin de rue jouent un style de musique différent, et maintenant, cela leur tape sur les nerfs, comme la bande sonore d'un thriller.

Quand ils arrivent au sanctuaire, ils cherchent frénétiquement derrière les étranges statues de pierre, crient le prénom d'Alba, mais elle n'est pas là non plus. Francesco tire Anna par la main.

— Par ici ! Il y a un raccourci pour regagner la place…

Ils montent en courant les marches de guingois qui mènent à une pente herbeuse au-dessus des toits, où un moulin à prières bouddhiste trône de manière déconcertante en face d'une croix en métal rouillée, et ils se dirigent vers un sentier étroit qui redescend de l'autre côté. Au sommet se dresse une maison en ruines devant laquelle il y a un jardin envahi par la végétation. Anna manque de trébucher sur une forme dans l'obscurité, et elle s'arrête net.

— Francesco, ici !

À l'extrémité du jardin, Alba est accroupie à côté de la grille.

Francesco la prend dans ses bras.

— Est-ce que tu es blessée, *tesoro* ? demande-t-il, lui couvrant le visage de baisers, avant de prendre un air sévère pour la gronder. Mais pourquoi t'es-tu enfuie, comme ça ? Nous avons eu tellement peur !

Elle se débat dans ses bras pour lui montrer quelque chose sur le sol, un peu plus loin. Ils suivent la direction de son doigt tendu et s'approchent de la grille. Sur la saillie rocheuse se trouve un minuscule chaton qui risque à tout instant de se tuer en tombant. Sans réfléchir, Anna retire sa veste, se couche à plat ventre par terre, passe le bras entre les barreaux rouillés de la grille, attrape la petite boule de poils terrifiée, toutes griffes dehors, et la met à l'abri. Alba s'agenouille à côté d'elle et caresse le petit animal tremblant.

— Doucement, dit Anna. Il ne faut pas lui faire peur. Reste très, très calme et immobile.

Au bout d'un moment, elle enveloppe le chaton dans sa veste et le place dans les bras d'Alba, qui lève vers son père des yeux implorants. Elle n'a pas besoin de mots pour exprimer sa requête.

— Personnellement, je trouve que ce serait une bonne idée, intervient Anna avant que Francesco n'ait pu refuser. De toute évidence, c'est un chat égaré, et je suis sûre que Teresa serait ravie d'avoir un souricier à l'*agriturismo.*

Il n'est pas d'accord.

— Teresa ne serait pas contente du tout d'avoir un animal tout sale au milieu de ses hôtes.

Alba serre le chaton plus étroitement contre sa poitrine et regarde Anna, qui suggère, sans vraiment avoir bien réfléchi à la question :

— Et si je le gardais, moi ? Alba pourrait venir lui rendre visite et m'aider à m'occuper de lui. Cela vous semble être une bonne idée, Francesco ?

Elle le regarde d'un air entendu, l'adjurant intérieurement d'accepter, mais elle n'a pas à le supplier.

Il se penche vers sa fille et caresse la petite tête du chaton avec délicatesse.

— La première chose que nous ferons sera de passer chez le vétérinaire, demain matin…

Il reporte son attention sur Alba et ajoute :

— … et tu dois dire un grand merci à Anna.

Ils trouvent un carton à côté d'une poubelle à la sortie d'un bar, et y déposent le chaton, fraîchement baptisé Billi, clin d'œil au nom de la ville de Pennabilli où il a été trouvé. Il gratte et miaule dans sa prison de carton tout au long du chemin jusqu'à la maison. Anna se demande dans quoi elle s'est embarquée, mais un coup d'œil au petit visage réjoui d'Alba suffit à lui rappeler pourquoi elle s'est proposée pour garder le chaton. Alba lui adresse un grand sourire rayonnant en guise de remerciement, et Anna regrette que la petite fille ne puisse pas s'autoriser à exprimer verbalement sa gratitude.

— J'ai une suggestion, dit Francesco. Vous allez être débordée, ce soir, avec votre nouveau colocataire, alors… et si je m'occupais du dîner et que je l'apportais chez vous ?

De retour dans sa maison sur la place, Anna décide d'enfermer le chaton dans la salle de bains en attendant la visite chez le vétérinaire. De cette façon, ce sera plus facile de nettoyer d'éventuelles saletés. Elle prend une douche rapide, et Billi se recroqueville dans un coin et lève vers elle des yeux effarouchés. Après avoir enfilé un jean propre et un chemisier de soie rouge, elle met la table pour trois personnes dans le coin de la salle à manger, utilisant la nappe de couleur vive qu'elle a achetée au marché de Badia. C'est parfait, car cela ajoute une touche de chaleur à la pièce minimaliste. L'effet ne sera sans doute pas aussi réussi en Angleterre.

Elle est en train de chercher des serviettes en papier quand Francesco arrive. Il porte une chemise blanche sur mesure et un jean noir, et il a l'élégance que seuls les Italiens peuvent avoir. Il l'embrasse sur les deux joues. Elle aime son après-rasage musqué et résiste à la tentation de lui demander ce que c'est.

— Où est Alba ?

— Elle est… Comment dites-vous ? Crevée. Teresa l'a mise au lit en lui promettant qu'elle pourrait rater l'école demain matin pour aller chez le vétérinaire. Je crois qu'elle s'est dit que si elle allait se coucher tôt, le matin arriverait plus vite !

Il rit.

Anna n'est pas déçue. Ce sera agréable d'avoir l'occasion de lui parler sans avoir le sentiment de devoir demander la permission à Alba.

D'un geste théâtral, il retire le torchon qui recouvre le plateau avec lequel il est venu.

— Mangeons pendant que c'est chaud ! Teresa m'a donné des restes de la table d'hôtes, et je ne vais pas vous dire ce que c'est, cela vous amusera d'essayer de deviner… mais d'abord, goûtez-moi ceci !

Elle prend le verre de vin rouge qu'il vient de lui servir, à la façon dont elle le fait toujours, prenant le renflement au creux de sa paume. Il pose une main sur la sienne et fait glisser le verre jusqu'à ce qu'elle tienne le pied entre l'index et le pouce. Ses doigts sont chauds et elle n'a pas envie qu'il laisse retomber sa main.

— Autrement, vous allez réchauffer le vin, explique-t-il, retirant sa main de la sienne. Maintenant, tenez-le dans la lumière, faites-le tournoyer, et regardez la paroi du verre. Cherchez les arcs que le vin laisse derrière lui. Ils indiquent sa force : plus ils sont proches les uns des autres, plus le vin est fort. Ensuite, savourez-le en le laissant un instant dans votre bouche avant d'avaler. Attendez l'arrière-goût.

— Un cours d'histoire et un cours de dégustation de vin le même jour ! Les talents de cet homme sont-ils donc sans limite ? dit-elle pour plaisanter.

Cependant, elle suit ses instructions, et apprécie le vin.

— Vous vous souvenez quand nous parlions des paysans qui subsistaient tant bien que mal grâce à la terre ? demande-t-il, lui présentant une assiette de hors-d'œuvre. Avant que l'*agriturismo* n'ouvre ses portes, Teresa et moi avons fait des recherches dans de vieux documents et parlé à de vieilles dames pour obtenir leurs recettes. En voici quelques-unes !

Parmi des hors-d'œuvre variés, elle identifie assez facilement la *bruschetta* à la tomate, dont la saveur est rehaussée par du piment rouge ; mais elle n'aurait jamais pu deviner ce qu'étaient les feuilles de bourrache frites ou l'utriculaire si Francesco ne le lui avait pas dit. Ils doivent chercher dans le dictionnaire certains mots, trop spécialisés pour le vocabulaire anglais de Francesco. Avec ces plats originaux, Teresa a bâti une réputation à l'*agriturismo*, qui est populaire parmi les habitants de la côte qui n'ont pas accès à ces plantes. Il coupe ensuite des parts de tarte au fromage agrémentée de clématite et d'asperges sauvages. Après, il y a une salade à base de coquelicots, de feuilles de pissenlit, de capucines et de fleurs de bourrache, cueillis l'après-midi même par Teresa.

Anna lève son verre, tenant le pied entre le pouce et l'index, pour porter un toast.

— Au meilleur souper de dernière minute que j'aie jamais mangé ! Merci, Francesco.

— *Prego !* Je vous avais dit que nos paysans devaient être débrouillards. Attendez que je vous fasse découvrir les champignons de la région… Je suis assez doué pour préparer les champignons sauvages !

— Vous feriez un très bon mari…

À peine a-t-elle prononcé ces mots qu'elle se rend compte de ce qu'elle vient de dire, et elle bégaie :

— Je… Je suis désolée…

— Vous recommencez avec votre manie anglaise de vous excuser ! J'aime cuisiner. Silvana n'aimait pas, alors cela nous arrangeait bien tous les deux. Et vous, Anna ? Avez-vous déjà été mariée ?

Elle prend un morceau de pain dans la corbeille et en casse un bout pour saucer la tomate qui a coulé de sa *bruschetta.*

— Non, je n'ai jamais été mariée, j'ai seulement failli l'être…

Elle marque un temps d'arrêt, ne se sentant pas prête à lui raconter qu'elle était presque allée jusqu'à l'autel et qu'on l'avait quittée.

— Vous devez tout de même bien avoir quelqu'un dans votre vie… quelqu'un d'important ?

Son ton semble indiquer qu'il s'intéresse simplement à elle, mais ses yeux sont plongés dans les siens avec une intensité tranquille. Elle se demande si tous les Italiens apprennent l'art de la séduction dans le giron de leurs mères, mais elle se réprimande aussitôt mentalement pour son cynisme. Elle adore sa compagnie.

Quand elle hésite à répondre, c'est au tour de Francesco de s'excuser.

— Pardonnez ma curiosité, Anna.

Elle lui lance un bout de pain.

— Comment se fait-il que je n'aie pas le droit de m'excuser mais *vous*, oui ?

Il esquive le projectile en riant. Ayant soudain l'impression de l'avoir embarrassé, d'une certaine façon, elle s'empresse d'ajouter :

— Vous avez tout à fait le droit de me poser cette question. Il y avait bien quelqu'un à Londres, jusqu'à tout récemment, à vrai dire, mais c'est fini. C'était compliqué.

— Je vois, dit-il, soutenant toujours son regard.

Elle éprouve soudain le besoin de s'expliquer davantage.

— Il était divorcé, mais on aurait cru qu'il était toujours marié.

— Ah…

Il prend son verre de vin et en boit une autre gorgée.

— Vous méritez quelqu'un qui s'engagera à être toujours à vos côtés. Est-ce que vous l'aimiez ?

— Oui. Enfin, nous nous entendions très bien… mais tout a changé…

Elle s'interrompt, essaie de mettre des mots sur quelque chose qu'elle ne comprend toujours pas vraiment elle-même. Puis elle le regarde et dit :

— Ces derniers temps, j'ai eu la sensation que cela ne suffisait plus, ou qu'il fallait que je mette de l'ordre dans ma vie. Quelque chose comme ça.

— Est-ce pour cette raison que vous êtes venue ici, Anna ?

Ses questions la mettent mal à l'aise, car elle n'a pas réellement de réponses à y apporter, mais elle lui fait part de la raison qu'elle s'est donnée à elle-même.

— Je suis venue ici pour me renseigner sur l'histoire de mes parents, et j'ai hâte d'en apprendre davantage.

Elle avale une autre grosse gorgée de vin, oubliant ses conseils sur la façon de tenir son verre et le prenant une fois de plus dans le creux de sa paume.

— Bref, ce n'est pas intéressant, dit-elle. Changeons de sujet ! Et vous ? Avez-vous été marié longtemps ?

— Non, mais nous nous connaissions depuis que nous étions allés à l'école ensemble.

Il empile leurs assiettes et les met sur le bord de la table, puis il se laisse aller en arrière sur sa chaise et, les bras croisés sur la poitrine, reprend sans quitter Anna des yeux :

— Nous ne croyions pas au mariage, mais finalement, il y a deux ans, nous avons décidé que nous marier serait la meilleure chose à faire pour Alba. Silvana ne voulait surtout pas que notre fille soit cataloguée comme illégitime. Elle estimait que cela risquait de lui causer des problèmes à l'avenir. Alors nous avons fait un grand mariage chic, nous avons invité tous nos proches, la famille et les amis, nous avons réservé un restaurant luxueux au centre-ville de

Bologne pour le petit-déjeuner du mariage… Nous avons même emmené Alba en voyage de noces à Zanzibar.

— Je ne crois pas non plus au mariage. Il semble que je viens d'une famille allergique au bonheur conjugal.

Il hausse un sourcil interrogateur, et elle s'explique :

— Ma sœur est divorcée, mon frère a été marié trois fois, et il semblerait qu'il se dirige vers un troisième divorce, et disons que le mariage béni des dieux de mes parents s'est avéré un désastre. Ils se disputaient constamment. Malgré tout, j'ai toujours dit que si jamais je me mariais un jour, j'aimerais un mariage dans l'intimité. Sans famille étendue, rien de compliqué.

— Sage décision. Rétrospectivement, je me dis que Silvana et moi cherchions juste à pallier nos problèmes de couple. C'était bizarre, mais une fois que nous avons été mariés, tout s'est détérioré. Nous nous sentions tous les deux… étouffés, c'est le mot que j'emploierais. Il n'y avait qu'Alba qui nous obligeait à rester ensemble.

Anna est surprise d'apprendre que le mariage de Francesco était malheureux. Pour une raison obscure, elle avait imaginé que sa femme et lui étaient heureux en ménage, et elle le voyait comme un veuf éploré.

Elle finit son vin, hausse les épaules, et dit :

— La vie est compliquée.

— Je crois que ce sont les gens qui sont compliqués.

Le vin lui est monté à la tête. Francesco tend le bras sur la table et lui prend la main, la retourne et dépose un baiser sur sa paume.

— Votre ex-homme marié est un imbécile.

Elle retire sa main.

— De quoi avez-vous aussi peur, Anna ?

Ils restent assis un moment en silence, à se regarder. Elle ne sait pas quoi dire, et c'est lui qui finit par briser le silence. Son ton est calme et posé.

— Je sais que nous ne nous connaissons pas depuis longtemps, mais je vous apprécie beaucoup. Je crois que vous m'aimez bien, vous aussi.

Il se lève, fait le tour de la table, et l'aide à se lever. Ils s'embrassent timidement. Il l'attire plus près de lui, et comme elle ne lui oppose aucune résistance, leurs baisers se font plus passionnés.

Ils s'écartent brusquement l'un de l'autre quand quelqu'un frappe à la porte. C'est Teresa, qui, de dehors, crie d'un ton pressant :

— Francesco, je suis désolée de vous déranger, mais Alba est malade. Elle pleure…

Il sourit tristement.

— Cette fois, j'ai vraiment une raison valable de dire que je suis désolé… Je ferais mieux d'y aller. Merci d'avoir partagé ce dîner avec moi, Anna. Je te vois demain.

Il sort, mais seulement après lui avoir envoyé un baiser. Elle est déçue, mais aussi vaguement soulagée qu'il soit parti. C'est plus simple ainsi. Elle n'avait pas prévu de tomber amoureuse en partant pour l'Italie.

Le lendemain matin, elle se réveille de bonne heure, et s'étire voluptueusement, tendant les bras vers l'autre côté du lit. L'espace d'un instant, elle se demande ce que cela ferait d'avoir Francesco à ses côtés, mais elle écarte aussitôt cette idée.

Elle enfile sa robe de chambre et descend se préparer une tasse de thé. *Francesco est sûrement du style à prendre un café noir au saut du lit*, se dit-elle. Est-il matinal, ou est-ce un couche-tard, comme elle ? Ils en savent très peu l'un sur l'autre, et pourtant, elle est à l'aise en sa compagnie. C'est une chance qu'Alba lui ait fourni une échappatoire, hier soir, car elle sait qu'ils auraient très bien pu finir au lit – et cela aurait été précipité. Ce n'est pas son genre.

Son téléphone portable sonne, et elle décroche avec enthousiasme.

— Anna, ma chérie ! Enfin ! J'ai essayé de t'appeler, hier, mais ton numéro est toujours indisponible.

Il lui faut un instant pour reconnaître la voix très chic à l'accent anglais irréprochable.

— Oh ! Will, c'est toi… Je ne m'attendais pas à ce que tu appelles.

La déception rend son ton monocorde.

— On ne capte pas très bien, ici, en altitude. Euh… Comment vas-tu ? demande-t-elle.

— Eh bien, tu es sur le point de le découvrir par toi-même, Sooty ! dit-il, utilisant le surnom qu'il lui réservait. Que dis-tu de ce coup de chance ? On nous a organisé un séminaire d'entreprise pour renforcer la cohésion de l'équipe, et c'est justement à San Marino ! J'ai regardé sur une carte, c'est à deux pas de l'endroit où tu te trouves. Alors j'ai l'intention de passer te prendre demain soir pour un dîner toscan romantique, avec tout le tralala, et, comme ça, tu pourras me raconter tout ce que tu as fait.

— Écoute, Will, je suis occupée, et… ne me parle pas de dîners romantiques, s'il te plaît. Je croyais que tu avais compris, nous en avons parlé avant mon départ…

— Quoi ? crie-t-il. La communication est très mauvaise ! Je te rappelle demain matin, Sooty…

Avant qu'elle n'ait pu ajouter quoi que ce soit, la communication est coupée.

14

Juin 1999

Le dîner avec Francesco la veille au soir a éveillé de nouvelles émotions, mais se lancer si vite dans une nouvelle relation semble revenir à se jeter dans la gueule du loup.

Par ailleurs, Anna est contrariée que Will l'ait appelée. Manifestement, il n'a pas compris que c'était terminé entre eux, et elle se demande ce qui peut bien se passer dans sa tête.

Sous la douche, elle se dit de ne pas être stupide. Francesco n'est qu'une autre facette du charme du lieu. C'est toute la magie de l'Italie qui lui fait perdre la tête. Elle choisit avec soin sa tenue : un tailleur-pantalon en lin couleur café et un chemisier crème, qui lui va beaucoup mieux maintenant qu'elle a pris des couleurs. L'air de la montagne lui fait du bien et, aussi étonnant que cela puisse paraître, en dépit de la nourriture excellente dont elle s'est régalée au cours de ces quelques dernières semaines, elle a perdu quelques kilos. Son alimentation est plus équilibrée, dépourvue des plats à emporter et des viennoiseries très caloriques qu'elle mangeait en vitesse en allant au travail, le matin. Son reflet dans le miroir lui indique qu'elle a l'air en forme.

Pourtant, intérieurement, elle ne se sent pas très bien. Le coup de téléphone de Will l'a chamboulée.

Soudain, on frappe à la porte, et le visage de Francesco apparaît dans l'embrasure, presque caché derrière un énorme bouquet parfumé de *ginestra*. Rayonnant, il lui tend les fleurs, mais Anna reste sans voix.

— Je suis allé cueillir ces fleurs moi-même dans la montagne, le fleuriste le plus luxueux qui soit. Permettez-moi de vous dire que vous êtes très belle et élégante, ce matin, *signorina* !

Il se penche pour l'embrasser mais Anna tressaille.

— Anna ? Tu ne te sens pas bien ? J'espère que je ne t'ai pas empoisonnée avec mes délices culinaires, hier soir ?

Il a un rire nerveux. Elle évite de croiser son regard et, haussant les épaules, dit :

— Non, bien sûr que non. Comment va Alba, ce matin ?

— Oh, très bien… J'ai ma petite idée là-dessus : c'est drôle comme elle se comporte quand je sors le soir. Elle est allée chez le vétérinaire avec Teresa, alors nous avons une ou deux heures devant nous.

Elle pose le bouquet de fleurs sur la table et il s'approche d'elle, et lui écarte les cheveux du visage.

— Tu as l'air distante, ce matin. Que se passe-t-il ?

Il lui incline le visage pour mieux la regarder.

— Il s'est passé quelque chose. Dis-moi.

— L'homme dont je t'ai parlé hier soir…

— *L'imbécile* dont tu m'as parlé hier soir, l'interrompt Francesco.

— Ce que tu essaies de dire, en réalité, c'est que c'est *moi*, l'imbécile.

Elle s'écarte de lui, en colère contre elle-même, mais sentant qu'elle donne l'impression d'être en colère contre *lui*.

— Je suis pressée, alors tu pourrais peut-être repasser plus tard ? dit-elle en prenant un vase dans le placard de la cuisine. Il arrive en début d'après-midi, et j'ai un million de choses à faire avant de le voir.

Francesco lève les deux mains en signe de reddition et se tourne vers la porte. Sa veste se prend dans les fleurs posées sur la table et les envoie valdinguer sur le sol, où elles restent éparpillées sur les carreaux en terre cuite.

— Ne t'inquiète pas, répondit-il, je vois bien quand je suis de trop. Je ne voudrais pas te déranger alors que tu as un *million* de choses à faire.

Consternée, elle le regarde traverser la petite place à grandes enjambées, regrettant de s'être montrée aussi abrupte et se rappelant néanmoins qu'elle n'a pas besoin de complications dans sa vie, en ce moment.

*

Will détonne au milieu des tablées d'Italiens élégants, avec son panama et son costume en lin couleur crème, tenue caractéristique de l'Anglais à l'étranger. Ils se sont donné rendez-vous dans un bar à proximité de son hôtel, à San Marino. L'atmosphère sophistiquée est totalement différente de celle du coin de Toscane somnolent qu'elle a appris à aimer. Elle se sent mal à l'aise, et se rend compte du point auquel elle a changé en l'espace de quelques semaines seulement.

Il lui crie quelque chose par-dessus les tables occupées quand elle entre dans le bar chic, avec son mobilier branché en chrome et ses compositions d'orchidées coûteuses.

— Chérie, par ici ! Tu es divine… L'Italie te réussit, manifestement !

Les gens lèvent les yeux quand il l'accueille ainsi, et elle déplore qu'il ne soit pas plus discret. Tandis qu'elle se penche pour l'embrasser sur les deux joues, à l'italienne, elle se dit qu'il a l'air beaucoup plus vieux que dans son souvenir. Il a les joues rouges et il y a une tache de transpiration inesthétique sur sa chemise rose. Un côté de son col est relevé, et elle doit se retenir de le remettre comme il faut.

— Eh bien, eh bien, que c'est guindé ! J'étais impatient de recevoir un peu plus que ça, Sooty, dit-il en l'attirant plus près de lui et en plantant un baiser mouillé sur ses lèvres.

Aujourd'hui, le surnom la hérisse.

Elle se libère de son étreinte et s'assied.

— Will, siffle-t-elle, je vois que tu as déjà bu un ou deux verres… Tout le monde nous regarde. Parle moins fort, je t'en prie.

— Et alors, qu'est-ce que ça peut faire que j'aie bu ? Personne ne me connaît, ici. Le prosecco est trop bon ! Sacrément bon marché, aussi…

Les gens aux tables voisines échangent des regards entendus. Anna fait signe au serveur et suggère à Will de prendre plutôt un expresso bien fort.

— Ne commence pas à me donner des ordres ! dit Will d'une voix tonitruante qui couvre les conversations des autres clients, agitant l'index. Bon sang ! Tricia m'en a assez donné… Non, je vais prendre un autre verre de cet excellent *vino.*

Il se lève à demi de sa chaise et crie à une serveuse :

— Un *vino blanco* par ici, et *pronto*, nom de Dieu !

— Will ! Allons faire un tour…

— Oh, je vois, chérie… Tu regrettes de m'avoir largué ? Tu meurs d'impatience de me remettre dans ton lit ? Ça fait combien de temps, déjà ? Bon sang, je dirais que ça fait deux mois que nous n'avons pas baisé ? Le zizi du vieux Will commence à être rouillé, ah, ah !

Elle grimace et se lève pour partir, au même moment que Will, qui renverse son verre et le fait tomber de la table.

Un serveur approche et se baisse pour éponger les dégâts. Anna glisse quelques billets dans la main du jeune homme et guide Will jusqu'à un banc à l'extérieur, à l'ombre d'un parasol, puis elle appelle un taxi pour qu'il le reconduise à son hôtel.

La nuit commence à tomber quand elle regagne sa maison sur la petite place. Les lumières de la maison d'hôtes de Teresa sont allumées et, à travers la vitre, elle voit Francesco qui travaille dans la salle à manger comble. Elle ferme ses volets et reste assise dans le noir, à réfléchir aux événements des quelques dernières heures. Elle se demande pourquoi elle semble toujours se mettre dans des situations aussi compliquées avec les hommes.

Quand Will lui téléphone, beaucoup plus tard, elle est toujours éveillée, car ses pensées sont trop embrouillées pour qu'elle arrive à dormir.

— Je suis désolé, Anna. Le ventre vide et l'abus d'alcool. C'est impardonnable. Pouvons-nous nous revoir demain, s'il te plaît ? Je ne reprends l'avion que dans la soirée, et je peux rater ces séances ridicules qu'ils ont planifiées. Nous pourrions passer la journée ensemble. Permets-moi de me faire pardonner… s'il te plaît !

Elle hésite. Elle devrait dire non, mais il a l'air tellement contrit…

— C'est vrai que tu as été horrible, aujourd'hui, Will. Je ne t'avais encore jamais vu comme ça.

— Donne-moi simplement l'occasion de m'expliquer. Je t'en prie… En souvenir du bon vieux temps ?

— Oh, tu es impossible ! Écoute, je peux t'accorder une petite heure demain matin, mais il faudra que tu viennes de San Marino pour me retrouver à Sansepolcro. J'ai promis à ma logeuse d'aller y chercher du linge pour elle. Je te retrouverai au petit bar à l'angle de la Piazza Torre di Berta à 10 heures.

La ville de Sansepolcro est animée. C'est mardi, les habitants se retrouvent dans les cafés, échangent nouvelles et potins, les vieux messieurs se tiennent en petits groupes au coin des rues, en grande conversation, gesticulant et discutant des derniers cafouillages politiques. Les gens sont venus des villages alentour, à la recherche de bonnes affaires aux étals du marché qu'ils ne trouvent pas dans les boutiques de leurs villages. Anna boit un cappuccino au bar de la place principale, écoutant et observant le spectacle de ce jour de marché.

Will n'a que cinq minutes de retard. Il a l'air fatigué, préoccupé. Il se penche pour l'embrasser sur la joue et commande un double expresso à la serveuse.

— Tu es magnifique, Anna. Tu as l'air très en forme.

Il lui prend la main et y dépose un baiser.

— Tu m'as manqué.

Elle retire sa main de la sienne et se laisse aller en arrière dans son fauteuil tandis que la serveuse pose le café de Will sur la table. Il est comme un étranger pour elle, cet homme, qui, au cours des deux dernières années, a occasionnellement partagé son lit.

Il la regarde, l'air nerveux, boit son expresso d'un trait.

— Tu m'en veux à cause d'hier, n'est-ce pas ? marmonne-t-il.

Le café laisse une trace sombre sur sa lèvre supérieure, comme une moustache mal dessinée. Elle hausse les épaules et répond :

— J'ai été gênée.

— J'ai totalement oublié Tricia, dit-il de but en blanc.

— Qu'est-ce que tu racontes, Will ?

— Je me suis enfin décidé. Ce n'est pas la femme qu'il me faut.

Il se penche en avant, la regarde, essayant d'évaluer sa réaction. Elle fronce les sourcils, perplexe de l'entendre parler de Tricia comme s'ils étaient toujours mariés, perplexe de constater qu'il semble n'avoir pas compris qu'elle avait rompu. Avant qu'elle ne puisse dire quoi que ce soit, il continue :

— Tu m'as manqué plus que je ne saurais le dire. Dès que j'ai pris pleinement conscience de ton absence, je me suis rendu compte que j'étais vraiment un imbécile.

Elle essaie de l'interrompre pour l'empêcher d'en dire davantage, mais il est sur sa lancée.

— Je sais que nous ne nous étions rien promis, et que tu es venue ici pour être seule… mais je suis tout à toi, maintenant, Sooty.

— Will, arrête…

Il se penche vers elle, lui prend la main, et l'interrompt.

— Je suis venu en Italie pour te demander de m'épouser. Naturellement, il faudra que je réfléchisse à l'endroit où vivre, à certains détails financiers, et tout ça, mais nous pourrons nous marier dès que ce sera fait. Je ne veux plus jamais te perdre.

Elle est sidérée par sa demande. Elle aurait pu être heureuse de la recevoir par le passé, au tout début de leur relation, mais ce n'est plus le cas maintenant. Incrédule, elle secoue la tête, et, retrouvant enfin sa voix, répond :

— Je ne peux pas t'épouser, Will. Je suis désolée que tu aies dû faire tout ce chemin pour comprendre. Je croyais que tu avais compris.

— Mais pourquoi pas ?

— Parce que je ne t'aime pas.

Il retombe en arrière dans son fauteuil, le souffle coupé, comme s'il était à bout de forces. Une fois de plus, elle se dit qu'il a l'air beaucoup plus vieux qu'elle, qu'il a presque l'âge d'être son père.

— Je suppose que c'était voué à n'aboutir à rien. C'était stupide de ma part de croire que venir ici te ferait changer d'avis…

— Tu n'es pas stupide. Nous étions heureux ensemble, et c'était bien le temps que cela a duré, mais tu as très mal interprété mes sentiments.

Cela la surprend elle-même de se montrer si rationnelle, que tout lui apparaisse soudain si clairement.

— Tu es peut-être pris de panique, en quelque sorte, inquiet de ce qui t'attend, de ton divorce, de ton départ de la télévision, de la retraite… On dit que c'est l'une des phases les plus dures de la vie.

Il reste assis sans rien dire pendant quelques instants, trop assommé pour parler, prend son panama et le tripote nerveusement. Autour d'eux, la vie continue. Des cafés sont commandés au bar, des petites cuillères cliquettent sur des soucoupes, des marchands ergotent avec des ménagères au sujet des prix. Le moteur d'un scooter gémit dans une rue voisine, son écho qui fait un bruit de casserole se répercute sur les murs élevés des bâtiments. Elle a la certitude absolue qu'elle ne pourrait jamais partager sa vie avec Will.

— Tu m'as aimé, un jour, n'est-ce pas ? lui demande-t-il. Si je t'avais demandé de m'épouser plus tôt, tu crois que tu aurais dit oui ?

Elle cherche ses mots, afin de ne pas blesser cet homme qu'elle a un jour adoré.

— Tu m'avais bien fait comprendre que tu venais de divorcer et que tu n'étais pas prêt à te remarier, et cela me convenait, Will.

— Ce soir-là, au restaurant, quand tu m'as dit que tu avais besoin d'espace… Je suppose que j'ai mal interprété tes paroles, en effet… J'ai bien compris que tu me quittais, ma chérie, mais je croyais qu'en réalité, tu voulais me faire comprendre que tu en avais assez d'attendre que je m'engage.

— Tu t'es trompé. Je suis désolée.

Il n'y a pas grand-chose d'autre à dire.

Will rentre dans le bar pour aller payer leurs cafés, et quand il en ressort, elle le serre dans ses bras.

— Oh, eh bien, tant pis ! Qui ne risque rien n'a rien, comme on dit. Nous sommes toujours amis, n'est-ce pas ?

Elle lui dépose un baiser sonore sur la joue.

— Bien sûr, nigaud... mais il faut que tu rentres chez toi. Je suis désolée.

De l'autre côté de la place, Francesco sort de la papeterie et voit Anna dans les bras d'un homme qui ne peut être que l'amant anglais dont elle lui a parlé. L'amant avec lequel elle lui a dit avoir rompu. Il les regarde fixement pendant quelques secondes, en colère contre lui-même parce qu'il est jaloux, et il songe qu'il serait peut-être temps qu'il retourne à Bologne.

15

Quand elle revient de Sansepolcro, Anna trouve un colis accompagné d'un mot très bref sur le pas de sa porte.

C'est tout ce que j'ai pu faire.
Je te donnerai le reste avant notre départ pour Bologne.
F.

Elle n'est pas surprise. La dernière fois qu'elle a vu Francesco, elle a vraiment tout gâché, mais elle espère qu'il reviendra bientôt pour qu'ils puissent discuter.

Après s'être préparé une simple salade en guise de déjeuner, elle s'installe confortablement pour lire la nouvelle partie du journal d'Ines qu'il a traduite.

Derniers jours de septembre 1944

Il fait encore chaud. Même ici, à plus de mille mètres d'altitude, où la neige tombe dru, pendant les mois d'hiver. Les cigales continuent leur boucan, leur chant insistant et monotone, ce qui rend l'atmosphère encore plus lourde. Il n'y a pas un souffle de vent, et les arbres sont parfaitement immobiles, comme des sentinelles veillant sur l'air étouffant. Le monde entier somnole, mais tous mes sens sont en éveil alors que j'écris ces

mots, car je ne veux surtout pas oublier un seul instant de mon après-midi en compagnie de Jim.
J'étais assise à l'ombre d'un pin, j'essayais de rester au frais. Mon regard se promenait sur l'écorce des arbres, sur les crevasses, sur les nœuds, sur les fourmis noires qui marchaient en file indienne à travers les feuilles mortes et les aiguilles de pin. L'air bruissait dans les plumes d'une buse qui se laissait porter par les courants ascendants, loin au-dessus de nos têtes.
Par-dessus tout, j'avais conscience de la présence de Jim, assis en face de moi, adossé au tronc d'un arbre. J'ai suivi des yeux le contour de sa bouche, le sillon qui marque son menton, sa pomme d'Adam, les poils dans le creux à la base de son cou, sa poitrine qui se soulevait et s'abaissait au rythme de sa respiration. Je me suis dit que nous étions bien fragiles, que la balle d'un tireur embusqué aurait pu nous faire cesser de respirer en un clin d'œil. Que le temps que nous avions à passer ensemble était fragile. Mes mains avaient tremblé quand je m'étais occupée de sa jambe, un peu plus tôt, et que j'avais fait pénétrer la crème au calendula et appliqué un nouveau cataplasme dessus, me demandant s'il pouvait entendre les battements de mon cœur ou deviner les émotions qui me nouaient le ventre lorsque je touchais sa peau. Je le regardais si intensément que je n'ai pas été surprise au moment où il a levé les yeux et soutenu mon regard.
— Viens faire un tour avec moi, Ines.
Il m'a aidée à me lever et nous sommes partis sur le chemin muletier. Il y faisait plus frais, à l'ombre des hêtres. C'est un sentier étroit, et nous n'avons pas arrêté de nous cogner l'un à l'autre. Chaque fois que mon corps a frôlé le sien, j'ai eu envie de le serrer contre moi. J'étais comme un papillon de nuit attiré par la flamme

d'une bougie, brûlé mais contraint à retourner vers sa chaleur.
Nous sommes arrivés à un étang où on allait chercher l'eau pour le camp, et où nous nous sommes baignés. Il n'y avait personne d'autre alentour. Nous avons avancé ensemble dans l'eau, et ma robe s'est collée à mes cuisses. Il m'a attirée plus près de lui, a plongé ses yeux dans les miens, et sa main a caressé mes seins à travers le tissu fin.
— Tu es tellement jolie, a-t-il murmuré.
Je me suis pressée contre lui et je l'ai embrassé. Ses lèvres étaient douces, au début, mais ensuite, j'ai été surprise de sentir sa langue dans ma bouche. Il a gémi et ses mains se sont glissées sous ma robe, il m'a effleuré les seins du bout des doigts, décrivant des cercles autour de mes tétons, ce qui a éveillé en moi des sensations merveilleuses et coupables. Il m'a embrassée dans le cou, a défait les boutons de ma robe, et a refermé ses lèvres sur mes seins. Il a fait glisser ma robe mouillée sur mes cuisses et ses doigts ont cherché à tâtons le bouton de ma culotte.
Soudain, le cri éraillé d'un faisan, dans les bois, a fendu l'air et m'a ramenée à la réalité et à ce que nous étions en train de faire. Et si quelqu'un, venant chercher de l'eau, apparaissait sur le chemin et nous trouvait, à moitié nus, dans l'étang ? J'ai repoussé Jim.
— Non, Jim, pas comme ça... Je suis désolée, je n'aurais pas dû te laisser faire.
Il a semblé ne pas m'entendre. Il a essayé de m'embrasser encore, mais je l'ai poussé plus fort, et j'ai crié :
— Non !
Il m'a couvert la bouche d'une main pour étouffer mes cris, puis il a grommelé quelque chose et s'est écarté de moi.

— Je suis désolé. Tu es tellement jolie… Tu me rends fou. J'ai passé trop de temps en compagnie d'hommes laids.
Je me suis soudain sentie gênée. Je suis allée me cacher derrière un arbre pour ajuster ma toilette. Les boutons de ma robe pendaient au bout de leurs fils. Il a vu que je ne m'en sortais pas, et a décroché une épingle à nourrice de la ceinture de son pantalon.
— Tiens, sers-toi de ça, a-t-il dit.
— Mais comment vas-tu empêcher ton pantalon de tomber ?
Il a ri.
— Du moment que tu gardes tes distances, je ne devrais plus avoir de problèmes avec mon pantalon…
— Ne te moque pas de moi, Jim !
Je me sentais déroutée, sale, comme Anna Maria, qui avait été avec le soldat allemand. Ma mère parle d'elle assez souvent, elle m'a avertie de ne jamais rester seule avec un homme. Pourtant, j'ai envie d'être avec Jim. Je ne veux pas qu'il croie que je suis une fille facile, mais j'aime qu'il m'embrasse et qu'il me caresse, comme ça. Est-ce que ça signifie que je suis une *puttana* ? Même si j'ai grandi à la campagne et que j'ai vu des taureaux et des vaches, des béliers et des brebis s'accoupler, je ne sais toujours pas ce qui se passe entre un homme et une femme, et je n'ose le demander à personne, pas même à ma propre mère. Je mourrais de honte.
Il m'a à nouveau attirée vers lui mais, cette fois, je me suis tenue à distance.
— Je suis tombé amoureux de toi, m'a-t-il dit, et je veux t'épouser, mais je peux attendre, si c'est ce que tu veux.
— Est-ce que tu me demandes de t'épouser parce que tu as envie de me faire l'amour ? lui ai-je demandé en le repoussant. Nous ne nous connaissons pas vraiment.

Normalement, à la campagne, c'est comme cela que ça se passe : deux personnes apprennent à se connaître au fil des mois, et même des années. Elles sont reçues dans la famille l'une de l'autre. L'homme doit demander la permission au père de la fille… et elles n'ont jamais le droit d'être seules, comme nous l'avons été. Je n'arrive pas à croire ce que tu viens de me demander. Tu es fou.
J'ai levé les yeux vers lui, perplexe, mais il me regardait en souriant. Il m'a embrassé le bout du nez.
— Tu as dit « normalement », Ines. Ce n'est pas une époque normale. Et, oui, je suis fou, fou de toi. Mais je ferai ce que tu désires et je demanderai ta main à ton père.
Je me suis à nouveau avancée entre ses bras en dépit de mes réserves.
— Nous ne pouvons pas être ensemble, comme ça. Si Davide nous surprend, il me tuera.
J'ai donné à mon frère le chapelet de Mamma, mais là, j'avais envie de le récupérer. J'avais envie de me trouver un coin tranquille, dans le camp, et de prier la sainte Vierge pour implorer son pardon, pour lui demander d'apaiser mes pensées de pécheresse dévergondée en récitant l'*Ave Maria* que je récitais déjà avec Mamma quand j'étais petite. Ce que Jim m'a fait ressentir dans l'étang m'a fait peur, et maintenant, j'aurais voulu qu'il soit loin, très loin d'ici ; mais quand je l'ai regardé, les sentiments coupables et délicieux sont revenus, et j'ai à nouveau eu envie qu'il m'embrasse. J'avais l'esprit complètement embrouillé.
Jim a pris mes mains dans les siennes.
— Alors, veux-tu m'épouser ? m'a-t-il demandé. Tu ne m'as pas répondu… et tu n'as pas l'air d'être très heureuse de ma demande.

— Je n'ai jamais été amoureuse, ai-je dit. Je ne sais pas vraiment comment me comporter.

— Tu n'as pas à te comporter d'une façon particulière, Ines chérie, a-t-il répondu, le sourire aux lèvres, ses yeux bleus pétillant.

— Et voilà, tu te moques encore de moi…

— Est-ce que tu m'aimes, Ines Santini ?

— Oui, ai-je murmuré, le cœur palpitant comme un oiseau en cage.

— Et accepteras-tu de m'épouser et de changer de nom pour devenir Ines Swilland ?

Il a arraché un petit bout de plante rampante enchevêtré dans la bruyère, s'est agenouillé devant moi, m'a pris la main et a enroulé la plante autour de mon annulaire, me promettant de m'acheter une belle bague quand la guerre serait finie.

— Oui, ai-je répondu, lui caressant le sommet de la tête comme il était à genoux devant moi. Oui, oui, je le veux.

Et maintenant, je suis officiellement fiancée.

16

Anna ne peut pas s'empêcher de penser que l'histoire d'amour de ses parents évoque ce que l'on voit dans les films en noir et blanc qui passent à la télévision par les après-midi pluvieux d'hiver. Pourtant, elle sait bien que ce qu'elle lit est la réalité, et non de la fiction. Elle n'a jamais cru au coup de foudre. Peut-être est-elle cynique, mais elle pense que sa mère s'est laissée emporter par l'excitation d'un premier béguin, par une idée romantique. Elle n'avait que dix-huit ans, c'était une paysanne qui n'était jamais allée plus loin que la ville de la vallée. La guerre et les épreuves qui en découlaient sévissaient depuis quatre longues années, et un jeune et beau soldat anglais devait représenter un dérivatif merveilleux pour une fille de son âge. En même temps, Anna imagine son père ravi et flatté de l'attention de cette belle jeune paysanne innocente.

Car c'est vrai qu'elle était très belle. Quand Anna lui rendait visite à la maison de retraite, elle l'aidait parfois à trier de vieilles photos rangées dans une boîte. Sa mère les regardait attentivement et, une fois de plus, elle se remettait à parler italien pour décrire celle qu'elle était, puis elle passait à son dialecte, et Anna était perdue.

Après la mort de sa mère, quand elle avait débarrassé sa chambre, elle avait conservé la boîte de photographies, et elle l'avait emportée en Italie. Elle fouille maintenant dedans, jusqu'à ce qu'elle trouve ce qu'elle cherche : la photo du jeune couple que formaient ses parents. Sa mère affiche un sourire radieux, un pétillement malicieux brille dans ses yeux, et ses anglaises brillantes encadrent son visage, comme c'était à la mode à l'époque. Une date est écrite au crayon au dos de la photo : juin 1945. C'était juste après la fin de la guerre, mais Jim porte encore son uniforme. Ils se tiennent bras dessus, bras dessous, devant la mairie, et Anna se rend compte qu'ils se trouvent en fait devant le *comune*, à Badia Tedalda. Des villageois sont rassemblés autour d'eux. Elle se demande s'il y en a parmi eux qui sont encore en vie. Il y a dans le groupe quelques enfants tout maigres, qui auraient vraisemblablement eu bien besoin d'un bon repas.

Son téléphone portable se met à sonner. C'est Francesco.

— Bonjour, Anna. Comment vas-tu ?

— Le journal de ma mère est incroyable, répond-elle. Je n'arrive pas à le lâcher.

— Est-ce que cela signifie que tu n'es pas disponible cet après-midi ?

Elle hésite.

— C'est dommage, reprend Francesco. Alba avait vraiment hâte de te revoir. Elle t'a fait un dessin.

— Dès que je commence ma lecture, je suis accro. Je te promets de me rattraper demain. Dis à Alba que je l'emmènerai faire une longue promenade au bord de la rivière après l'école, pour chercher des fossiles. Je suis désolée, Francesco… On se voit demain ?

— Demain, je serai à Bologne pour une réunion à l'université, mais Alba t'attendra.

Il raccroche brusquement, avant qu'elle n'ait pu le remercier pour tout le travail qu'il a accompli. Une fois de plus, elle est déconcertée par ses sautes d'humeur. *C'est le stéréotype de l'Italien qui aime faire à son idée*, pense-t-elle tout en se réinstallant pour poursuivre la lecture de l'histoire de sa mère.

Mercredi 20 septembre 1944

Jim et moi devons être prudents quand nous grappillons des moments en tête à tête. Tôt ou tard, quelqu'un va forcément découvrir ce qui se passe. Au moins, depuis quelques jours, Davide ne nous tourne plus autour. Jim l'a surnommé Pot-de-Colle.

Je prends le prétexte d'apprendre l'italien à Jim pour passer le plus de temps possible avec lui. Il est parfois très malicieux : à part Toni, personne ne comprend l'anglais, alors il dit des choses scandaleuses.

— Je rêve de toi, la nuit, m'a-t-il dit une fois, avec tes longs cheveux couvrant tes seins.

— Chut, Jim ! l'ai-je grondé. Je ne te donnerai plus de leçons si tu ne te comportes pas bien.

Bien sûr, je n'en pensais pas un mot.

— Dis-moi en italien comment c'est en Angleterre, ai-je dit pour le remettre sur les rails, et ce que tu feras quand la guerre sera finie.

— Je t'emmènerai quand je repartirai et je ferai des bébés avec toi, m'a-t-il répondu en souriant.

Quand j'ai ri de plus belle, l'un des hommes a remarqué que nos leçons avaient l'air amusantes et a ajouté qu'il voulait se joindre à nous.

— C'est parce qu'il fait des erreurs stupides, ai-je expliqué, avant de regarder Jim d'un œil noir et de lui siffler tout bas qu'il avait intérêt à être raisonnable s'il ne voulait pas que nous soyons percés à jour.

Nous nous méfions toujours de Toni, non seulement parce qu'il parle l'anglais couramment, mais aussi parce qu'il a l'habitude de surgir de nulle part de manière inattendue. Un après-midi, Jim et moi nous sommes aventurés plus loin dans la forêt de pins, et il m'a entraînée sur le sol couvert d'aiguilles, m'a embrassée et m'a caressée.

En entendant un craquement de branche, je me suis écartée de lui brusquement, craignant qu'il y ait à proximité un sanglier en train de fouir entre les racines des arbres à la recherche de nourriture. Je me suis redressée vivement et j'ai rajusté mon chemisier. Il n'y avait aucun sanglier en vue, mais Toni était adossé à un gros rocher à trois mètres de nous à peine. Il a ri quand je l'ai regardé, et mes joues se sont empourprées tant j'étais embarrassée. Il m'a fait un clin d'œil et s'est allumé une cigarette avant de s'éloigner dans l'ombre. Jim et moi avons regagné le camp, guettant Toni ou toute autre personne susceptible de nous voir. Jim a retrouvé son sérieux.

— Notre roi était près de nous en juillet, Ines, et je ne le savais même pas, et ensuite, il est allé rendre visite aux Dragons au col de Viamaggio. C'est tout près d'ici, n'est-ce pas ?

J'ai hoché la tête et je lui ai demandé qui étaient ces Dragons.

— Ce sont les soldats du roi, m'a-t-il répondu en guise d'explication.

Il est resté silencieux pendant quelques instants, puis il a essayé de me prendre la main, mais je ne l'ai pas laissé faire. Capriolo et Toni étaient assis non loin de là, en grande conversation.

— Ines, il faut que je parte, a dit Jim. Ce n'est pas bien que je ne sois pas avec mes propres hommes.

Je me suis mordu la lèvre inférieure pour retenir mes larmes.

— Tu vas partir, et tu vas m'oublier complètement. Tu m'as demandé de t'épouser, j'ai dit oui, et maintenant, tu veux partir, ai-je chuchoté, m'efforçant de ne pas me faire entendre.

— Comment peux-tu croire que je vais t'oublier ? Je n'ai jamais été aussi heureux de ma vie… mais il faut que tu comprennes, je ne peux pas rester ici éternellement. C'est mon devoir de retourner me battre avec mes propres hommes. Je te promets de parler à ton père avant de partir.

— Tes propres hommes ? Je croyais que je te suffisais, Jim.

Même à mes oreilles, la remarque semblait irascible, mais j'étais bouleversée. J'avais trouvé l'amour, et maintenant, j'allais le perdre.

— Tu es fou de tenter de voyager seul, ai-je continué. Emmène-moi. Je connais les chemins que tu vas devoir emprunter.

— Tu ne connais que les chemins dans cette région du monde, mon chou. Capriolo m'a donné des conseils à suivre pour aller jusqu'à l'Ombrie.

— Je croyais que tu lui étais utile ici.

— Il comprend que j'éprouve le besoin de partir.

— Et quels sont ces conseils qu'il t'a donnés ? ai-je marmonné.

— Ne pas dire que je suis Anglais si quelqu'un m'arrête, au cas où ce seraient des sympathisants fascistes échappés des villes. Dire que je suis un soldat de la 4e Armée italienne et que j'essaye de regagner Trieste. Il y en a beaucoup qui sont blonds. Il dit qu'ils sont fous, comme moi.

— Je t'en prie, ne pars pas, Jim. J'ai un mauvais pressentiment.

— Je dois partir.

Cette fois, je l'ai laissé me prendre la main.

— Je suis trop heureux. Ce n'est pas bien, a-t-il pratiquement chuchoté. C'est la guerre, et je dois rejoindre mes hommes.

À ce moment-là, Capriolo s'est approché de nous et j'ai brusquement retiré ma main de celle de Jim.

— Ines, tu as vu Davide ? m'a-t-il demandé. Tu as des nouvelles de tes parents ?

— Non… Comment pourrais-je avoir de leurs nouvelles ? Ça fait deux semaines que je suis ici.

— Je me posais juste la question.

— Pourquoi ?

— Il a disparu, et je m'inquiète.

Anna reste assise pendant un moment, à regarder fixement à travers la fenêtre les montagnes qui s'assombrissent, et à écouter le chant crépusculaire des oiseaux. C'est un moment paisible, doux, et elle regrette de ne pas pouvoir décrocher le téléphone pour parler à sa mère.

L'image de ses parents follement amoureux contraste nettement avec les souvenirs qu'elle a d'eux quand elle était petite fille. Les cauchemars qui la hantent encore aujourd'hui viennent de cette époque-là, elle en est sûre. Elle était réveillée par son père qui criait avec colère sur sa mère, dans la cuisine, juste en dessous de sa chambre. Pour ne pas entendre les bruits de leurs disputes, elle se cachait sous les couvertures, et, plus tard, elle se réveillait moite et collante, étouffée par son oreiller.

C'est presque l'heure du dîner et elle devrait avoir faim, mais ce n'est pas le cas. Elle descend et, au lieu de manger, se sert un verre de grechetto[1] bien frais, avec lequel elle remonte dans sa chambre pour poursuivre sa lecture des pages qu'il lui reste.

Dimanche 8 octobre 1944

Mamma et Papà m'ont fait parvenir un message pour me demander de revenir du camp. Personne n'a eu le moindre contact avec Davide depuis dix jours, et ils

1. Vin blanc.

veulent que je sois auprès d'eux pendant que nous attendons d'avoir de ses nouvelles. Nous sommes tous morts d'inquiétude. J'essaie de faire bonne figure, et chaque fois que Mamma me demande où il peut bien être, je trouve quelque chose à répondre pour expliquer son silence, je lui dis qu'il doit faire profil bas, qu'il espionne les Tedeschi et qu'il sera de retour dès qu'il le pourra ; mais je sais qu'elle ne me croit pas, et je ne crois pas moi-même à ce que je dis. Il n'est jamais parti aussi longtemps.

La première nuit après mon retour au moulin, je me suis glissée à pas feutrés dans sa toute petite chambre. L'écharpe que je lui ai tricotée pour Noël est pendue au cadre de son lit, et je suis des yeux la forme laissée par sa tête sur l'oreiller. Quand nous étions petits, nous dormions tête-bêche dans ce lit, jusqu'à ce qu'il grandisse et que je me plaigne de ses coups de pied. Mamma m'avait alors installée dans la chambre de Nonna. Tous ses comportements agaçants de frère sont oubliés, balayés par la douleur qui me serre le cœur. Il me manque tant. Il faisait froid dans la pièce, alors j'ai fermé la fenêtre.

D'une certaine manière, je suis soulagée d'être rentrée à la maison. Les quelques dernières semaines dans la montagne ont été intenses, l'atmosphère au sein du camp, sombre. Les hommes sont revenus sans Capriolo. Toni a disparu lors d'une escarmouche sur la route de Rimini, apparemment, et Capriolo est resté dans la vallée pour voir ce qui est arrivé à Davide.

Quand Capriolo a fini par revenir, seul, cinq jours plus tard, il était grièvement blessé. Il avait l'air d'avoir vieilli de vingt ans l'espace de ces quelques jours ; son visage était décharné, il avait un œil au beurre noir qu'il était obligé de garder fermé, et sa main droite était emmaillotée dans une écharpe sale faite à partir d'une chemise déchirée. Il a refusé de me laisser m'approcher de lui quand je lui ai proposé de le soigner. Il était soûl et m'a crié de ficher le camp. Ce soir-là, auprès du feu, je l'ai regardé boire du vin à grosses lampées comme si c'était de l'eau, et en fin de compte, il a fallu l'aider à aller jusqu'à son lit, dans la grotte. Je l'ai entendu délirer et hurler.

— *Porca vacca !* a-t-il juré. Je suis un bon à rien, je ne suis bon pour personne... et comment puis-je tenir un fusil avec cette patte ?

Les hommes ont essayé de le calmer. Cela ne lui ressemblait pas d'être aussi déchaîné, mais tout le monde peut craquer à un moment ou à un autre. Ce soir-là, j'ai gardé mes distances.

J'avais envie de rester au camp avec Jim, mais en même temps, j'avais peur d'être près de lui. Ma mère doit bien se douter que je suis amoureuse ; j'ai l'impression qu'elle arrive à lire dans mes pensées et à me voir avec lui à l'étang. Elle est constamment irritable.

— Je savais que nous n'aurions pas dû t'envoyer là-haut. Regarde dans quel état tu es : toute maigre et décharnée ! En plus, tu ne fais rien de bien en ce moment, Ines ! Qu'est-ce que tu as fait à cette polenta ? Je vais devoir la jeter aux poules ! Quel gâchis !

Si Mamma m'avait giflée, à ce moment-là, cela ne m'aurait pas étonnée, même si je ne l'ai jamais vue lever la main sur qui que ce soit. Mon père, oui, mais elle, jamais. Elle a eu raison de me réprimander, et je sais que c'est le souci qu'elle se fait pour Davide qui provoque ses accès de colère. Assise devant l'âtre, j'avais touillé et touillé, sans m'apercevoir que la polenta accrochait dans le chaudron suspendu au-dessus des flammes. Mamma l'a sentie brûler alors que je rêvassais – je me demandais ce que Jim pouvait être en train de faire, au camp, si Davide était en sécurité et quand il rentrerait, et ce qui se passerait entre Jim et moi dans le futur. Il n'a pas encore parlé à Papà, et je m'inquiète à ce sujet aussi. Est-ce qu'il était sincère quand il m'a dit qu'il m'aimait, ou est-ce qu'il me disait des mots doux pour pouvoir m'embrasser et me câliner ? Le soir, je m'endors en pleurant, regrettant de ne pas m'être offerte à lui. Si je l'avais fait, nous serions peut-être officiellement fiancés, à l'heure qu'il est, et je ne me sentirais pas si mal. L'amour est vraiment un mystère.

Vendredi 13 octobre 1944

Nous avons eu beaucoup de jours ensoleillés et pluvieux à la fois. Ce matin, le ciel était plombé et les feuilles des arbres dégouttaient de pluie. J'avais besoin d'être dehors, alors j'ai crié à Mamma que j'allais chercher des champignons dans le pré et que je n'en aurais pas pour longtemps. Le sol était boueux et les semelles de mes bottes n'ont pas tardé à être crottées de terre.

La brume matinale s'accrochait aux branches des sapins sur les versants inférieurs de la montagne, comme un châle autour des épaules d'une femme. J'ai commencé à remonter le sentier, sans avoir l'intention d'aller jusqu'au camp, mais parce que j'éprouvais le besoin d'être plus proche de Jim, plus proche des bois où nous allions nous promener, tous les deux. À mi-chemin, je me suis arrêtée pour m'asseoir sur un rocher. La vallée, en contrebas, était toujours enveloppée de brume. Plus rien dans ma vie ne me semble évident, et il y a tant de malheur tout autour de nous.

Des larmes ont coulé sur mes joues quand j'ai repensé à ce que mon père nous avait dit hier soir, au coin du feu. Un autre de mes camarades de classe, Silvestro, était simplement en train de s'occuper des cochons, mais les Allemands avaient été persuadés que c'était un partisan qui se faisait passer pour un garçon porcher. Ce n'était qu'un gamin, il n'avait que quinze ans. Il en savait encore moins sur la vie que moi. Les soldats l'ont tabassé. Ils l'ont frappé avec la crosse de leurs fusils, jusqu'à ce que son visage soit méconnaissable – son doux visage de garçon qui n'avait même pas encore commencé à se raser. Il y avait du sang partout, et ils l'ont jeté aux cochons pour qu'ils l'achèvent ; mais le lendemain matin, quand les lâches sont revenus, il était encore en vie. Les cochons ne l'avaient pas touché. Papà a dit que cela en disait long : les animaux sont moins cruels que les hommes. Les *Tedeschi* ont alors fait marcher le pauvre garçon à quatre pattes pendant qu'ils lui donnaient des coups de pied et lui crachaient dessus, le forçant à creuser sa propre tombe, et ensuite, ils l'ont abattu.

Je veux que cette folie cesse. Avant, Papà réprimandait Davide quand il parlait de massacres, mais maintenant, même lui lâche ces histoires violentes dans le fil de la conversation comme si c'était normal. J'ai envie de m'enfuir loin d'ici et de repartir à zéro.

Soudain, la brume s'est levée, comme si un géant avait gonflé les joues et soufflé de toutes ses forces, et c'est alors que je me suis rendu compte que je devais me dépêcher de rentrer à la maison. C'était dangereux de rester perchée sur un rocher à réfléchir. Les *Tedeschi* auraient pu me repérer dans leurs jumelles et se demander ce qu'une fille fabriquait seule dans la montagne, sans bétail ni moutons à surveiller.

J'ai couru sur le chemin jusqu'à la maison, et ce n'est que quand j'ai atteint les marches du moulin que j'ai pris conscience que je n'avais pas cherché un seul champignon. Maintenant, ma mère aurait une raison supplémentaire de s'en prendre à moi. J'ai entendu des voix dans la cuisine, et je me suis demandé qui pouvait bien nous rendre visite de si bonne heure.

Jim et Capriolo étaient assis avec mon père à la table de la cuisine. Mon cœur a fait un bond dans ma poitrine et j'ai senti mes joues s'empourprer violemment. Je me suis détournée pour cacher mon émoi, et j'ai renversé un verre en prenant le coin de mon châle dedans. Tandis que je me baissais pour ramasser les bouts de verre, ma mère, qui s'affairait à préparer des *piadine*[1] devant le foyer, m'a crié de faire attention à ne pas me couper. Il y avait une bouteille de vin santo posée sur la table.

— Vous avez trouvé Davide ? ai-je laissé échapper, pensant que c'était ce qu'ils fêtaient.

Jim s'est levé et m'a offert sa chaise.

— Ce n'est pas pour cela que nous sommes ici, Ines. Je t'avais promis de parler à ton père, et me voilà.

Mamma est allée se tenir derrière Papà, qui m'a regardée d'un air très sérieux et m'a demandé :

— Est-ce vrai que tu aimes cet Anglais ?

J'ai hoché timidement la tête et Jim m'a encouragée d'un sourire.

— J'ai demandé ta main à ton père…

Capriolo est intervenu :

— Mais ton petit ami part aujourd'hui. Réfléchis bien, Ines. Ce n'est pas le moment de faire des projets d'avenir.

Je lui en ai voulu d'être intervenu.

— Qu'est-ce que ça peut te faire ? Nous nous aimons. C'est tout ce qui compte.

Jim a pris ma main dans la sienne.

1. Spécialité culinaire italienne, feuille de pâte repliée.

— Il a raison de t'inciter à réfléchir, Ines. Je pars bel et bien aujourd'hui, et en mon absence, tu vas avoir le temps de penser à nouveau à nous.
— Mais pourquoi faut-il que tu partes ? Je ne comprends pas pourquoi tu t'en vas maintenant... C'est trop dangereux.
Mon père a interrompu mon emportement.
— Capriolo a raison. C'est plus sage d'attendre. Si *signor* Jim revient et que vous ressentez toujours tous les deux la même chose, alors vous aurez ma bénédiction. Je vois bien que c'est un homme courageux. Ce serait un honneur d'avoir un *Inglese* pour gendre... mais tu es très jeune, Ines, et le temps te dira ce qu'il y a de mieux à faire.
— Puis-je emmener votre fille faire une promenade avant de partir ? lui a demandé Jim.
Papà a demandé à Capriolo de nous servir de chaperon. Une fois dehors, Capriolo nous a dit qu'il nous laisserait seulement quelques minutes tout seuls, puis il s'est adressé à moi dans notre dialecte pour que Jim ne comprenne pas. J'ai trouvé cela très discourtois, mais j'étais trop excitée pour dire quoi que ce soit.
— Assure-toi de savoir ce que tu fais, petite, a-t-il marmonné.
Il a ajouté quelque chose que je n'ai pas compris :
— L'herbe n'est pas toujours plus verte...
Il s'est assis sur le banc de pierre à côté du jardin potager de mes parents et nous a fait signe de nous éloigner et de ne pas partir plus de cinq minutes.
Je me rappelle à peine tout ce que Jim m'a dit ce matin. J'étais tellement submergée ! D'un côté, je suis heureuse qu'il veuille m'épouser, mais de l'autre, je suis bouleversée qu'il s'en aille. Je suis en colère, aussi, contre Capriolo, parce qu'il n'approuve pas nos

fiançailles, et je ne comprends pas comment Jim peut songer à partir, s'il m'aime tant. Il a expliqué qu'il allait essayer de rejoindre les soldats britanniques au col de Viamaggio. Il a dit qu'il reviendrait dès que possible, et il m'a demandé de l'attendre, jusque-là.

— S'il n'y avait pas la guerre, Ines, je pourrais t'acheter une bague en diamant. Je pourrais te la passer à l'annulaire, et tu serais ma *fidanzata*.

— Si ce n'était pas la guerre, nous ne nous serions pas rencontrés, ai-je répondu.

— Je reviendrai, et si tu veux toujours de moi, nous nous marierons.

— Bien sûr que je voudrai toujours de toi ! Me crois-tu inconstante au point de changer d'avis ? Je sais ce que je ressens. Laisse-moi t'accompagner… Tu ne sais pas du tout comment trouver les chemins qui te permettront de franchir le col. J'ai peur que ce soit la dernière fois que je te vois !

Il m'a embrassée pour me consoler et m'a donné un chiffon dont il se servait comme mouchoir. J'ai fait de mon mieux pour sécher mes larmes. Au bout d'un moment, Capriolo a toussoté, et je me suis dégagée des bras de Jim. Nous sommes retournés dans la cuisine, et Papà nous a donné à chacun un verre de *vin santo*, proposant un toast en notre honneur et souhaitant à Jim de revenir sain et sauf. Puis Capriolo et Jim sont partis, et j'ai eu l'impression que l'amour avait quitté ma vie.

17

Anna passe la matinée suivante à faire diverses petites choses – elle plante du basilic et du persil dans l'ancienne auge à côté de la porte d'entrée, elle lave à la main son chemisier de soie – mais pendant tout ce temps, ses pensées sont tournées vers le journal de sa mère et vers la demande en mariage romantique de son père. Elle se demande ce qu'est devenu son oncle Davide, qui n'est plus mentionné dans les dernières pages qu'elle a lues. Elle voudrait être meilleure en italien et ne plus avoir à se reposer sur la gentillesse de Francesco. Il a été bizarre, au téléphone, la dernière fois qu'ils se sont parlé, et elle n'a pas osé lui demander encore son aide. Ce sera plus compliqué quand lui et Alba seront repartis pour Bologne. Teresa pourra peut-être l'aider un peu, mais elle est à peu près aussi douée en anglais qu'Anna l'est en italien, et, à elles deux, elles mettront une éternité à se dépatouiller. Par ailleurs, en dépit de son comportement difficile, Alba lui manquera quand elle ne sera plus là ; et Anna doit bien admettre qu'elle est déçue que Francesco s'en aille.

Ses pensées sont interrompues par l'arrivée à la porte d'une Alba inquiète, qui tient Billi dans ses bras, serré contre sa poitrine. Pour la petite fille, Anna est devenue une sorte de vétérinaire officieuse et de conseillère pour chats, et elle lui tend Billi pour qu'elle l'examine. La queue du chat est enveloppée dans un mouchoir taché de sang.

— Oh, le pauvre petit ! s'exclame Anna en se penchant pour le caresser. Il lui est encore arrivé des malheurs ? Entre, nous allons lui laver la queue. Est-ce qu'il est retourné chercher des souris dans le tas de bois ?

Elle est devenue experte dans l'art de ces conversations à sens unique avec Alba, et son instinct lui dit de ne pas chercher à la forcer à parler. Un jour, quand elle se sentira prête, elle retrouvera la parole.

— Ce n'est pas une coupure profonde, dit-elle à la petite fille. Les poules lui ont peut-être donné un coup de bec dans la queue… Elles ont peut-être cru que c'était un bon gros ver de terre, ces bêtasses !

Alba a un petit rire. Elle l'aide à laver la queue de Billi et tient bien la petite boule de poils qui se tortille.

— Que dirais-tu d'un autre cours d'anglais, plus tard dans la journée, avant ton départ pour Bologne ? suggère Anna quand elles ont fini de s'occuper de Billi. Nous pourrions apprendre de nouveaux mots tout en marchant au bord de la rivière. Il fait beau, et j'ai envie d'être dehors, moi aussi.

Alba hoche la tête, et Anna lui dit en anglais à quelle heure elles se retrouveront, puis elle lui demande si elle a compris. Alba lève trois doigts et sourit en signe d'approbation.

— Bravo ! À 3 heures. À tout à l'heure !

Francesco dépose Alba chez Anna un peu avant 15 heures, et il hésite sur le pas de la porte. La dernière fois qu'ils se sont parlé, il lui a pratiquement raccroché au nez. Anna se demande si elle aura un jour l'occasion de lui dire ce qui s'est passé avec Will. La compagnie de Francesco lui manque, et elle déplore la tension entre eux, mais elle ne sait pas comment s'y prendre pour y remédier. Elle n'ose pas lui demander s'il a continué à traduire le journal, alors qu'il est aussi bizarre et distant.

— Je dois aller à Bologne pour les derniers préparatifs avant notre déménagement, dit-il.

Il a l'air fatigué et refuse le café qu'elle lui offre.

— Non, merci, j'ai déjà du retard, et j'ai entendu à la radio qu'il y avait des embouteillages. Il y a eu un grave accident sur la route principale, et je ne sais pas à quelle heure je serai de retour. Teresa m'a dit qu'elle s'occuperait d'Alba, ce soir. Elle l'attend pour 17 heures.

— Nous aurons fini bien plus tôt que ça.

Elle a envie de lui dire de conduire prudemment, mais il monte déjà dans sa voiture. Alba et elle lui font au revoir de la main tandis que la Fiat Panda s'éloigne sur le chemin de terre.

— Viens, Alba. Je nous ai préparé un pique-nique. Nous allons descendre en aval le long de la rivière, aujourd'hui. Nouveaux mots et nouveaux endroits ! Nous allons trouver une petite chapelle dont ton papa m'a parlé. Ensuite, nous trouverons un gros rocher sur lequel nous asseoir, et nous prendrons notre goûter anglais. Je t'ai même fait des petits gâteaux aux raisins secs que nous appelons des *rock cakes*.

Alba rit et retire précautionneusement son sac à dos. Le sac s'agite.

— Oh, non, Alba, Billi ne peut pas nous accompagner ! Il nous distrairait et il n'aimerait pas du tout être mouillé. Les chats détestent l'eau.

Elle se demande si la petite fille a compris qu'elle ne tarderait pas à repartir pour Bologne, et si Francesco la laissera garder Billi quand ils regagneront leur appartement en ville.

Le temps s'améliore un peu chaque jour, et le soleil de juin est assez chaud pour faire trempette dans la rivière. La petite fille pousse des cris aigus quand Anna lui montre les longues guirlandes de frai de crapauds enchevêtrées dans les cuvettes. Dérangées par leur arrivée, deux aigrettes qui étaient en train de pêcher s'envolent, et leurs ailes projettent des ombres gracieuses sur les rochers.

— Voyons voir combien de cailloux en forme de cœur nous arrivons à trouver, et cherchons aussi quelques galets plats à peindre et sur lesquels écrire des mots en anglais.

Au bout d'une demi-heure agréable, elles atteignent le sentier qui conduit à une chapelle abandonnée, modeste édifice de pierre au toit de tôle ondulée. À l'intérieur, il y a une icône tape-à-l'œil de la Madone, et des fleurs artificielles dans des pots posés sur la nappe raccommodée de l'autel. À l'entrée, sur une plaque en émail, figure une inscription simple, qu'Anna traduit approximativement :

> Dans cette petite église où, le dimanche, Eliseio écoutait les noix tomber sur le toit, il tenait compagnie à sa femme pendant qu'elle faisait le ménage et disposait des fleurs en plastique dans des pots à confiture sur l'autel. Maintenant qu'il est décédé, les mots qu'il avait pour habitude de me dire au sujet de l'existence de Dieu restent en suspens dans l'air : « Dire que Dieu existe est peut-être un mensonge, mais dire qu'il n'existe pas en est peut-être un plus gros encore. »
> Tonino Guerra, poète et conteur.

Anna aime ce poète qui laisse librement ses pensées, çà et là dans la campagne, pour que les gens les trouvent.

Quand elle était enfant, on lui avait appris à cacher ses émotions. Ce n'était pas facile de se confier à sa mère, et Jane et Harry, étant beaucoup plus âgés qu'elle, étaient absorbés par leurs propres vies et leurs études. Au cours des quelques dernières semaines, elle a remarqué que les Italiens étaient très sociables, et elle s'étonne une fois de plus de la solitude que sa mère avait dû endurer après avoir franchi un si grand fossé culturel pour vivre parmi les

Anglais, si réservés. Soudain, un grand coup de tonnerre retentit dans la vallée voisine et les fait sursauter toutes les deux. Elles ont commencé leur promenade sous un soleil éclatant, mais maintenant, le ciel est couvert et la température a baissé de plusieurs degrés.

— Vite, Alba ! Courons nous mettre à l'abri ! Nous allons être trempées jusqu'aux os d'une minute à l'autre…

Jetant un coup d'œil aux nuages menaçants, elle prend la petite fille par la main et toutes deux courent vers une grange en ruines. La moitié du toit s'est effondrée, mais il y a un coin au sec sous les poutres qui soutiennent encore quelques tuiles fêlées, ce qui leur permet de s'abriter. Alba grelotte dans ses vêtements légers, et Anna la prend dans ses bras pour la réchauffer et la rassurer.

— C'est juste le tonnerre, il n'y a aucune raison d'avoir peur, chuchote-t-elle. Ce sera bientôt fini, et nous pourrons rentrer. Nous allons faire notre pique-nique ici et prétendre que c'est notre maison… Je serai la femme du fermier, tu pourras être ma petite fille, et nous ferons semblant de nous reposer avant d'aller traire nos chèvres.

Alba sourit et court dans un coin où un tabouret vermoulu est couché sur le côté. Elle le remet d'aplomb, se sert de ses mains pour l'épousseter, et dispose petits gâteaux et gobelets en plastique sur sa table improvisée. Il pleut à verse, maintenant, et des rideaux de pluie leur bouchent la vue sur l'extérieur. De temps en temps, une grosse goutte tombe sur elles entre les tuiles cassées pendant qu'elles mangent leur pique-nique. *Des* rock cakes *en Toscane... Voilà un fossé culturel bel et bien franchi !* pense Anna.

Alba la tire par le bras, lui montre quelque chose sur le mur, sous une mangeoire à moitié pourrie, et sourit. À l'intérieur d'un cœur, grossièrement gravées dans le plâtre qui s'effrite, il y a quatre lettres entrelacées et une date :

DS & IS, AOÛT 1966

— Un jour, dit Anna à la petite fille, tu tomberas amoureuse, et quelqu'un écrira ton nom comme cela.

Alba se couvre la bouche des deux mains et rit de bon cœur.

— Allez, viens, maman chat ! reprend Anna, employant le surnom qui amuse toujours Alba. Ramassons nos affaires et rentrons à la maison. Il ne pleut plus, et si nous ne nous mettons pas en route tout de suite, nous allons être très en retard et ta tante Teresa va se demander où nous sommes passées.

Elles reviennent sur leurs pas le long de la rivière. Alba saute d'une pierre à l'autre. Le niveau de l'eau a légèrement augmenté, et la rivière a pris une teinte trouble après le récent déluge. Elles sont presque arrivées au pont, à l'endroit où elles devraient grimper sur le talus pour rejoindre la route, quand un rugissement soudain pousse Anna à lever les yeux. Un mur d'eau boueuse jaillit dans leur direction, s'engouffrant sous les arches du pont.

Elle doit crier pour se faire entendre par-dessus l'approche déchaînée de l'eau.

— Alba ! Cours jusqu'à la rive le plus vite possible !

Hélas, l'eau arrive vers elles plus vite qu'Anna ne s'y attendait.

La rivière déborde, s'écrase par-dessus les rochers, entraîne des branches et des troncs dans un déferlement insensé. À tout moment, maintenant, la crue va les rattraper et les emporter. Alba est déjà à mi-hauteur de la rive, et Anna jette son sac à dos pour alléger sa charge. Elle peine à la rattraper, mais la petite fille glisse sur un rocher instable et tombe dans les flots bouillonnants. Sans y réfléchir à deux fois, Anna saute et la saisit, puis, luttant de toutes ses forces contre le courant, elle pousse Alba sur la rive, en sécurité. Le torrent poursuit sa course, et Anna est emportée plus loin, en aval. L'espace de quelques secondes qui lui semblent durer une éternité, elle est maintenue sous l'eau, des pierres et des débris s'écrasent contre elle, lui coupent le souffle. Chaque fois qu'elle croit qu'elle va remonter à la surface, des bouts de bois la heurtent sur leur passage, la contusionnent, l'empêchent de reprendre le contrôle. Enfin, elle arrive à saisir une branche de saule qui sort de la rive et elle s'y cramponne des deux mains, essaie de se hisser, lutte de toutes ses forces contre la puissance de l'eau. Elle n'est plus qu'à quelques mètres du barrage, et si elle lâche la branche de l'arbre, elle passera sûrement par-dessus le mur de six mètres de haut pour être projetée sur les rochers, en dessous. Elle se dit alors qu'elle a poussé Alba sur la rive et craint que l'eau en crue ne l'ait emportée.

— Alba ! *Alba !* hurle-t-elle.

Mais ses mots se perdent dans le rugissement des flots déchaînés. Elle arrive tant bien que mal à s'agripper à une plus grosse branche, le cœur martelant sa poitrine, craignant qu'elle ne se casse sous la pression de l'eau, puis son pied gauche entre enfin en contact avec la rive, et elle prend pied. Quand elle fait passer son poids sur son pied droit, elle pousse un cri de douleur, et manque de perdre prise. Il lui faut quelques secondes pour se ressaisir avant de réessayer de grimper, mais elle ne peut plus se servir de sa jambe droite.

C'est alors qu'elle entend son prénom. Elle lève la tête et voit Alba, les yeux écarquillés, le visage blême.

— Anna, Anna ! crie la petite fille, encore et encore.

Jamais son prénom n'avait-il été aussi doux à ses oreilles.

— Alba, Dieu merci, tu es saine et sauve ! s'écrie-t-elle.

Elle a mal aux bras à force de se cramponner à la branche tout en luttant contre le courant violent, et elle ne sait pas combien de temps encore elle pourra tenir. Elle a froid, est au bord de la panique, mais elle s'efforce de garder une voix calme pour ne pas faire peur à la petite fille.

— Alba, remonte la rive en courant, va chercher mon sac à dos, prends mon téléphone portable dedans, et appelle Teresa ! Raconte-lui ce qui s'est passé… Dis-lui de faire vite !

Anna ne se rappelle pas grand-chose de son sauvetage. Après coup, quand elle est assise près du poêle, emmitouflée dans la robe de chambre de Teresa, avec Alba pelotonnée à côté d'elle, sur le canapé, Teresa lui explique qu'elle a réquisitionné le jardinier qui était en train de travailler au potager, qu'ils ont tous deux sauté dans son pick-up, et filé à toute allure dans la direction de la rivière. En moins de deux, Arnaldo a attaché une longue corde épaisse à l'arrière du véhicule, il a noué l'autre extrémité autour de sa taille, et il s'est précipité aux côtés d'Anna pour la sortir de l'eau glaciale. Quelques minutes plus tard, il aurait peut-être été trop tard. Anna s'est évanouie au moment même où Arnaldo arrivait auprès d'elle, et il a dû sauter dans l'eau pour l'en sortir.

— J'ai eu tellement peur, j'ai cru que tu allais te noyer...

Alba déborde de mots depuis longtemps inexprimés.

— Maintenant, je suis vraiment contente que Billi ne soit pas venu avec nous !

Elle se met à pleurer, et Anna la serre contre elle et lui embrasse le sommet du crâne, grimaçant de douleur quand la petite fille bouge. Teresa éloigne sa nièce d'Anna avec douceur.

— Viens t'asseoir ici, Alba... Anna a très mal.

— J'ai un petit peu mal, dit Anna, mais c'est un remède miracle d'écouter Alba.

— Quand j'ai décroché le téléphone, je ne t'ai pas reconnue toute suite, Alba, dit Teresa en prenant la petite fille sur ses genoux. Tu as été formidable. Quelle courageuse petite fille tu es !

— Je vais aller chercher Billi et tout lui raconter, dit Alba, se tortillant pour se libérer de l'étreinte de sa tante. Est-ce que je peux aller le chercher là-haut, Anna ?

— Bien sûr ! Il est probablement sous mon lit.

Une fois seule avec elle, Anna dit à Teresa à quel point elle a eu peur pour Alba.

— Je ne me le serais jamais pardonné, s'il lui était arrivé quelque chose.

— Ne t'en fais pas, ce n'est pas ta faute. Tu ne pouvais pas le savoir : quand il y a de fortes pluies, plus loin dans la vallée, la rivière déborde, comme ça, sans prévenir.

— C'est horrible à dire, mais cela valait presque la peine, pour l'entendre parler à nouveau. J'ai tellement hâte que Francesco l'entende !

Elle remue les fesses pour trouver une position plus confortable et fait la grimace quand tout son côté droit l'élance.

— Je lui ai téléphoné pour le prévenir, dit Teresa.

À ce moment-là, deux faisceaux lumineux balaient la pièce depuis l'extérieur, et on entend une voiture s'arrêter sur le gravillon.

— Quand on parle du loup… ! Il a dû conduire à toute vitesse.

Teresa reporte son attention sur Anna et ajoute :

— Je n'aime pas l'aspect de cette jambe, et tu es couverte de bleus… Je crois que nous devrions faire venir le docteur, demain.

Anna commence à protester :

— Je suis sûre que ce n'est pas grave…

Avant qu'elle n'ait pu terminer sa phrase, la porte s'ouvre brusquement et Francesco entre en trombe, criant en italien. Anna reconnaît le prénom d'Alba, mais elle ne comprend ni ce qu'il dit, ni la réponse de Teresa. S'ensuit un échange rapide et animé, et Francesco agite les mains en tous sens en hurlant.

Enfin, il se tourne vers Anna et s'écrie en anglais :

— Mais bon sang, où avais-tu la tête ? Emmener ma fille à la rivière par un temps pareil !

En l'entendant, Alba revient dans le salon en courant, et elle se jette dans ses bras.

— *Babbo*, nous avons vécu une aventure ! Je suis tombée dans la rivière, et Anna a sauté dedans pour me rattraper, et j'ai dû retrouver son téléphone portable et appeler Teresa, et Arnaldo est venu nous sauver, et ensuite, nous avons bu du chocolat chaud et mangé du gâteau, et je n'arrive pas à trouver Billi ! Lâche-moi, *Babbo*, tu me serres trop fort, ça me fait mal !

La voix de Francesco est redevenue douce, et il embrasse son enfant encore et encore.

— Alba, *tesoro*, tu as retrouvé ta voix !

— Qu'est-ce que tu racontes, *Babbo* ? Ne dis pas de bêtises ! Je n'ai jamais perdu ma voix, je l'avais juste mise de côté pendant quelque temps... En tout cas, j'en avais assez de ne plus parler. Est-ce que je peux avoir un autre morceau de gâteau au chocolat, maintenant, *zia* Teresa ?

Francesco et Teresa rient. Anna les regarde, tous les trois ; elle est encore affectée par l'éclat de colère de Francesco et, soudain, elle se sent de trop. Si elle pouvait marcher, elle quitterait discrètement la pièce et les laisserait en famille, mais elle est bloquée sur le canapé.

Sans plus tenir compte de la présence d'Anna, Francesco prend Alba dans ses bras et frotte son nez contre elle.

— Je crois que tu as eu assez de gâteau au chocolat et d'émotions fortes pour aujourd'hui, jeune fille ! C'est l'heure d'aller au lit. Tu pourras peut-être encore manquer l'école demain, et Teresa te laissera en prendre une part pour le petit-déjeuner.

Il a un autre échange avec Teresa en italien, trop rapide pour qu'Anna puisse suivre, mais elle comprend qu'il parle encore d'elle, puis lui et Alba s'en vont.

— Il est vraiment en colère contre moi, dit Anna après leur départ.

— Ne fais pas attention, il finira par se calmer. Je lui ai dit que tu l'avais sauvée. Il ne sait pas s'il doit être en colère ou heureux qu'Alba se soit remise à parler.

— Il me juge responsable de l'accident. Il est furieux que je l'aie emmenée là-bas en premier lieu… mais je ne savais pas qu'une rivière pouvait changer d'une minute à l'autre, comme ça. Je n'avais jamais vu une crue de ma vie.

Elle frissonne et se couvre le visage des deux mains.

— Oh, Teresa, elle aurait pu mourir !

— Mais cela ne s'est pas produit, répond Teresa en s'asseyant sur l'accoudoir du canapé, à côté d'elle. Il s'est beaucoup inquiété et a beaucoup réfléchi depuis la mort de Silvana, et je crois qu'il est épuisé. Il lui arrive de réagir de façon excessive. J'ai essayé de lui faire remarquer qu'il n'est rien arrivé à Alba et qu'il devrait simplement se réjouir de ce qu'elle parle de nouveau… et je me suis aussi mise en colère contre lui parce qu'il ne s'est pas inquiété de toi.

— Je crois qu'il vaudrait mieux pour tout le monde que je m'en aille…

— Ne sois pas ridicule, Anna. Écoute, la journée a été longue… Va dormir, tout semblera aller bien mieux demain matin !

Elle rit d'elle-même.

— Je crois entendre ma mère ! Ça va aller de dormir ici, sur le canapé ? Je peux t'apporter un autre oreiller, ou un verre d'eau ?

— Non, merci, Teresa. Tu as été un ange. Éteins simplement la lumière pour moi en sortant, s'il te plaît.

Teresa se baisse pour embrasser son amie.

— *Sogni d'oro...* Fais de beaux rêves. À demain… N'hésite pas à m'appeler si tu as besoin de quelque chose, quoi que ce soit.

Elle ferme délicatement la porte derrière elle. Une larme coule sur la joue d'Anna. Elle se dit que c'est l'épuisement, et le contrecoup des événements dramatiques de la journée.

18

Le lendemain matin, Anna est courbaturée et a mal partout. Elle essaie de monter l'escalier pour aller à la salle de bains, mais elle ne peut pas peser sur sa jambe droite, et elle finit donc par appeler Teresa sur son téléphone portable.

— Ma pauvre ! dit cette dernière en arrivant à sa rescousse. Écoute, je vais appeler le docteur pour qu'il vienne t'examiner, et, en attendant, tu ne peux absolument pas rester toute seule dans cette maison alors que la salle de bains est à l'étage.

Anna essaie de protester, mais Teresa est inflexible et, au fond, elle a raison. Elle lui rappelle l'existence du petit appartement en face de l'*agriturismo*, qui est adapté aux personnes handicapées, et où Anna sera bien plus à l'aise.

— Inutile de protester, Anna ! C'est décidé. Dis-moi ce que je peux mettre dans une valise pour toi, et nous t'installerons là-bas en un rien de temps.

Elle s'affaire à rassembler des articles de toilette, des sous-vêtements propres et un survêtement confortable.

— Tu veux prendre ça aussi ? lui demande-t-elle en lui montrant le journal.

— Oui, s'il te plaît ! Comme ça, je pourrai le traduire pendant que je serai immobilisée.

— Je croyais que Francesco s'en chargeait pour toi.

— Je ne veux plus le déranger… Il m'en veut tellement, je ne me sens pas de le lui demander… et puis, de toute façon, il retourne à Bologne, alors ce serait problématique.

Teresa fronce les sourcils.

— Je ne savais pas qu'il retournait à Bologne…

Elle hausse les épaules.

— Je demanderai à Arnaldo de venir te chercher pour te porter jusqu'à l'appartement.

— J'embête vraiment tout le monde… Vous avez tous mieux à faire que vous occuper de moi.

Les mains sur les hanches, Teresa réplique :

— N'en ferais-tu pas autant pour nous ?

— Si, bien sûr, mais…

— Il n'y a pas de *mais*. Point final. À tout à l'heure… Je vais appeler le cabinet médical.

Emportant les effets personnels d'Anna, Teresa s'en va précipitamment. Anna se laisse retomber en arrière sur les coussins du canapé et pousse un gros soupir de frustration, tout en balayant du regard la petite maison où elle a commencé à savourer son indépendance. Elle a hâte de s'attaquer à la suite du journal, et se demande comment elle va bien pouvoir trouver quelqu'un pour remplacer Francesco. L'annuaire téléphonique serait sans doute le premier endroit où regarder, mais elle sait que cela ne sera pas facile. Il faudrait vraiment qu'elle puisse discuter avec quelqu'un, pour être sûre de trouver la bonne personne. Son italien s'améliore de jour en jour, mais elle va avoir du mal à trouver quelqu'un comme Francesco. Il est parfait. Elle soupire encore et jette son téléphone sur les couvertures, contrariée. *Comme diraient les Italiens*, pense-t-elle, *pazienza !* Elle se demande combien de temps encore elle va devoir patienter.

C'est Francesco qui vient la chercher pour l'emmener à l'appartement.

— Arnaldo est occupé à labourer le champ d'un voisin, alors Teresa m'a envoyé à sa place. Tu es prête ?

— Je crois… Merci.

Il se baisse pour la prendre dans ses bras, mais ils évitent tous les deux de se regarder.

— Passe tes bras autour de mon cou, dit-il, sinon, je n'arriverai pas à te soulever comme il faut.

Une fois dans ses bras, elle s'écarte de lui, mais il resserre son étreinte.

— Détends-toi, Anna, ce sera plus simple pour nous deux.

Il est fort en dépit de sa minceur. Elle sent son après-rasage, qui lui est devenu familier, remarque un grain de beauté qu'elle n'avait jamais vu sous son oreille droite, se demande s'il la trouve lourde. Elle plaisanterait sur le sujet si elle n'était pas aussi mal à l'aise.

— Et voilà ! dit-il en poussant du coude la porte de l'appartement quand ils arrivent à destination. Je vais te poser ici, pour le moment. Teresa va venir faire ton lit.

Il l'aide à s'installer dans un fauteuil en cuir du salon, puis il recule, s'appuie au plan de travail de la cuisine, qui sépare les deux espaces de vie, et croise les bras sur sa poitrine. Ils se mettent tous deux à parler en même temps.

— Je suis désolée d'être aussi casse-pieds, dit-elle.

— Je suis désolé d'avoir pété les plombs hier soir, dit-il.

Elle a un petit rire nerveux, et il continue :

— J'étais fou d'inquiétude. Alba est toute ma vie, mais je n'aurais jamais dû te crier dessus comme ça. Tu as été très courageuse de sauter dans la rivière.

— Comment aurais-je pu ne pas le faire ? N'importe qui en aurait fait autant ! Ne t'excuse pas, je t'en prie… Je comprends tout à fait.

— Elle n'arrête pas de parler de ce qui s'est passé hier, dit-il en souriant. À vrai dire, elle n'arrête pas de parler, tout court ! C'est merveilleux de l'entendre, de l'écouter. Teresa m'a passé un savon parce que je n'arrête pas de lui poser des questions, juste pour le plaisir de l'entendre me répondre.

Il marque un temps d'arrêt.

— Pour être honnête, Teresa m'a aussi passé un savon parce que j'ai été odieux avec toi, hier soir.

Anna ne relève pas.

— Elle m'a aussi persuadé de ne pas repartir tout de suite pour Bologne. Je crois qu'on dit qu'il ne faut pas déranger l'ordre établi ?

— Comment ça ?

— Elle trouve que c'est mieux que nous continuions à vivre ici pendant quelque temps, dans l'intérêt d'Alba. Maintenant qu'elle parle, Teresa pense que nous ferions mieux de rester où nous sommes. Un autre changement risquerait de la bouleverser à nouveau.

— Elle n'a pas tort, je suppose, mais qu'en penses-tu, *toi* ? C'est ta fille, après tout. C'est toi le meilleur juge.

Il secoue la tête.

— Si seulement c'était vrai ! En tout cas, le corps enseignant de l'université me facilite grandement les choses et me laisse faire mes recherches d'ici. Je crois que nous allons rester environ un mois de plus.

— J'en suis ravie.

Elle lui sourit, mais il ne lui rend pas la pareille. Au lieu de cela, il lui demande d'un ton assez froid quels sont ses propres projets d'avenir, et elle se demande s'ils retrouveront un jour leur belle complicité.

Après la visite du médecin, qui a prescrit à Anna du repos pendant deux ou trois jours pour se remettre de ses contusions et d'une entorse à la cheville, Teresa apporte à Anna des draps propres pour le lit pliant.

— Le *dottor* Negri m'a dit de te nourrir de bouillon de poule et de bon vin rouge, dit-elle en riant. Les vieux remèdes sont les meilleurs.

— Je suis soulagée de ne rien avoir de grave, mais je pensais ce que je t'ai dit hier soir, Teresa. Ce serait peut-être mieux si je trouvais un autre endroit où loger dès que je serai à nouveau sur pied.

Teresa s'assied dans le fauteuil de cuir en face d'Anna.

— Pourquoi t'entêtes-tu à dire des bêtises ? Je croyais que nous étions amies.

— Bien sûr, mais j'ai la sensation d'abuser de votre hospitalité.

Quand Teresa s'apprête à protester, Anna ajoute :

— Ce n'est pas toi. C'est Francesco. Je crois qu'il sera ravi de me voir partir.

Teresa émet un *tss-tss* désapprobateur.

— Tu es trop sensible. Tu ne devrais pas prendre les choses trop à cœur, comme ça… et puis, d'ailleurs, et tes projets ? Que deviendront-ils si tu pars ?

— Je dois m'améliorer en italien avant de pouvoir poursuivre la lecture du journal. J'ai cherché un traducteur, mais je ne suis pas sûre d'avoir envie de confier l'histoire de ma mère à un parfait inconnu. À vrai dire, je pensais m'en charger moi-même, avec l'aide d'un bon dictionnaire… En aurais-tu un que je puisse t'emprunter avant de pouvoir m'en acheter un ?

— Eh bien, voilà, c'est la preuve que tu ne peux pas partir ! Tu as besoin de l'aide de Francesco.

— Je ne crois pas qu'il accepte de m'aider.

— Il ne repart pas tout de suite à Bologne, en fin de compte, alors il a tout le temps, et aucune excuse !

— S'il te plaît, Teresa, laisse tomber.

Teresa l'observe un long moment.

— Je croyais que vous vous entendiez très bien, tous les deux.

— Je le croyais aussi, mais…

Anna lui raconte brièvement ce qui s'est passé avec Will, lui explique que Francesco l'a trouvée stupide parce qu'elle a accepté de le revoir, et lui dit qu'il est parti avec fracas, ce jour-là. Cela la soulage d'en parler, et c'est bien plus facile qu'elle ne s'y était attendue. Elle ne peut pas s'empêcher de déplorer de ne pas avoir Teresa pour sœur plutôt que Jane.

— Veux-tu que je parle à Francesco, que je lui dise que tout est fini entre ton ami et toi et qu'il est reparti en Angleterre ? lui demande Teresa quand elle a fini de lui relater la demande en mariage de Will.

— Non. Je veux trouver moi-même le moment opportun.

Teresa la regarde et semble hésiter avant de demander :

— Est-ce que mon frère te plaît ?

— Beaucoup.

— C'est bien ce qu'il me semblait. Eh bien ! dans ce cas…

Teresa se lève pour s'approcher d'Anna et la serrer dans ses bras.

— … tu dois veiller à trouver le moment opportun avant qu'il ne soit trop tard, dit-elle, comme si c'était la chose la plus simple au monde. Bien ! et maintenant, je vais aller préparer le déjeuner, et *toi*, tu dois te reposer comme le docteur t'a dit de le faire. 10 heures du matin, c'est trop tôt pour un bon vin toscan, ajoute-t-elle avec un grand sourire en jetant un coup d'œil à sa montre. Tout à l'heure, j'irai chercher mon dictionnaire.

Anna passe le reste de la journée à somnoler, et il fait presque nuit quand elle est réveillée par le bavardage d'Alba. Elle allume la lampe de la table et la petite fille court jusqu'à son lit avec un dessin de la rivière en crue, en parlant sans discontinuer, la noyant sous un flot de paroles. L'italien d'Anna s'améliore, mais elle n'arrive malgré tout à saisir que quelques mots, dont *Billi*, *Teresa*, et *fiume*, qui désigne la rivière. Elle est suivie de Teresa et de Francesco, qui a dans les mains un grand panier en osier recouvert d'une nappe blanche. Groggy d'avoir tant dormi, Anna se frotte les yeux et dit :

— Waouh ! Alba, tu te rattrapes, dis donc !

— Alba, ralentis un peu, pour qu'Anna arrive à suivre ce que tu lui racontes, dit Francesco.

Il aide Teresa à apporter une table dans la pièce, puis elle met la nappe dessus, met quatre couverts, et demande à son frère d'aller chercher l'autre panier qu'ils ont laissé à la porte, et qui contient davantage de nourriture et de vin.

— Eh ! Est-ce que nous faisons une fête ? demande Anna en s'asseyant dans son lit.

Teresa redresse ses oreillers et Anna lui attrape le poignet.

— Vous me gâtez, dit-elle. Je suis désolée de ne pas pouvoir me mettre debout pour vous aider.

Alba grimpe à côté d'elle.

— C'est exactement ça, c'est une fête pour toi et moi, en notre honneur ! J'adore faire la fête, pas toi ? D'habitude, on s'achète une nouvelle robe, pour une fête, mais là, c'est une autre sorte de fête. *Babbo* dit qu'il fallait que ce soit spon… spon…

— Spontané, intervient Francesco pour aider sa fille.

— Exactement ! dit-elle, reprenant son bavardage. Une fête que tu ne dois pas trop organiser, une fête sans ballons et sans cadeaux…

Anna comprend où elle veut en venir, et répond dans un italien hésitant :

— Entendre ta voix est le plus beau des cadeaux, Alba.

Ils rient tous du *pop !* opportun d'une bouteille de prosecco débouchée et de la façon dont Alba les supplie de lui en donner un verre :

— Moi, moi, moi aussi ! C'est aussi ma fête !

— Tu peux en avoir une toute petite goutte, du moment que tu ne te mets pas à pétiller, toi aussi ! répond son père en lui en servant l'équivalent d'un dé à coudre.

Teresa a improvisé un véritable festin avec ce qu'il y avait dans son garde-manger. Il y a une énorme *frittata* aux œufs de poules élevées en plein air, à la courgette et aux oignons rouges de Tropea, saupoudrée de copeaux de parmesan, dorée au gril ; des tomates et des aubergines farcies grillées au four ; du lapin et du poulet assaisonnés d'ail et de romarin, et accompagnés de pommes de terre sautées. Ils terminent le repas par un ravier de *ricotta* avec les premières fraises des bois, cueillies dans la montagne, en amont de l'*agriturismo*.

— Je vais devenir énorme si ma jambe ne guérit pas rapidement, dit Anna, se laissant aller en arrière sur ses oreillers, rassasiée et détendue.

— Ne t'inquiète pas, dit Alba, *Babbo* t'a trouvé un travail, alors, quand tu iras mieux, tu n'auras pas le temps de grossir.

Anna regarde Francesco d'un air interrogateur.

— Un travail ? Quel travail ?

— J'allais t'en parler. Peut-être tout à l'heure, quand j'aurais bordé ce petit moulin à paroles…

Il attrape Alba et la tient la tête en bas, pour la plus grande joie de la petite fille, qui rit et crie d'une voix perçante :

— *Ancora, ancora !* Recommence !

Teresa, qui est en train de débarrasser et met la vaisselle sale dans le grand panier pour la rapporter à l'*agriturismo*, le gronde parce qu'il la surexcite.

Anna suggère une histoire pour la calmer.

— Viens t'asseoir à côté de moi, et je te parlerai de mes amis qui habitaient au fond de mon jardin en Angleterre, quand j'étais petite.

Francesco pose sa fille sur le lit, à côté d'Anna, qui lui parle alors des personnages qu'elle avait inventés pour occuper son enfance solitaire. C'est la première fois qu'elle raconte cela à quiconque.

Un peu après 23 heures, Francesco revient après être allé mettre Alba au lit.

— J'espère qu'il n'est pas trop tard… Teresa avait raison, il m'a fallu plus de temps pour calmer Alba, ce soir.

— Ne t'inquiète pas, je ne suis pas fatiguée du tout. J'ai dormi presque toute la journée.

Elle le regarde tirer l'un des fauteuils de cuir et dit :

— Tu dois être tellement heureux de la retrouver dans son état normal…

— Plus que je ne saurais le dire !

La joie qui se lit dans ses yeux est éloquente.

— Parle-moi de cette idée de travail, dit-elle pour briser le silence.

— En réalité, c'est Teresa qui a eu cette idée, pas moi. Évidemment, tout dépendra de tes projets… Je lui ai dit que ça ne marcherait pas.

— Pourquoi pas ?

— Eh bien, tu ne vas pas rester, si ? Pas après avoir revu ton partenaire, dit-il, tapant du pied sur le sol carrelé.

— Will, tu veux dire ?

Elle éprouve le besoin de dire son prénom, pour arrêter de tourner autour du pot, et elle se rappelle le conseil de Teresa. C'est maintenant ou jamais.

— Will et moi n'avons pas d'avenir. C'est fini entre lui et moi.

— Ce n'est pas l'impression que j'ai eue.

Il soutient son regard, comme pour la mettre au défi de le contredire.

— Comment ça ?

— Ne me mens pas, Anna. Je t'ai vue sur la *piazza* de Sansepolcro. Vous aviez tout à fait l'air d'être ensemble.

Il se lève de son fauteuil.

— Je savais que c'était une erreur de venir te parler…

— Est-ce que tu m'as espionnée ? demande-t-elle, haussant la voix, comme lui. C'est impardonnable ! Je ne pensais pas que tu étais un séducteur méditerranéen jaloux typique…

— Et moi, je ne pensais pas que tu étais comme toutes les autres Anglaises qui viennent ici pour avoir une aventure amoureuse, et pour voir si les Italiens méritent leur réputation.

Il s'apprête à partir, mais elle éclate de rire.

— Écoute-nous, Francesco ! Nous sommes ridicules…

Il la regarde, puis, levant les deux mains en signe d'exaspération, se rassied.

— Tu crois que nous pouvons tout recommencer ? demande-t-elle.

Comme il ne s'y oppose pas, elle lui raconte tout ce qui s'est passé avec Will.

— … mais nous nous sommes quittés en bons termes, dit-elle pour conclure ses explications. Même si nous ne nous revoyons plus jamais, nous serons toujours amis. C'est comme ça.

— Alors j'avais mal compris… Je dois reconnaître que j'ai parfois tendance à parler sans réfléchir.

— Eh bien, maintenant, tu sais de quoi il retourne… et, entre nous, je ne fais pas de recherches sur les habitudes amoureuses de la gent masculine italienne !

Il a un air penaud.

— Nous avons tous les deux fait d'affreuses généralités, ce soir ! Je ne sais pas pourquoi j'ai dit ça.

— Parce que c'est le genre de choses que l'on a toujours dit de nos deux cultures.

— Nous avons un dicton : *Tutto il mondo è paese*[1]. On devrait voir les choses comme ça au lieu de se concentrer sur nos différences.

Elle ne comprend pas, et il essaie de lui expliquer.

— Je crois qu'il y a une expression en anglais, « le monde est petit », mais elle n'exprime pas exactement la même idée…

Il cherche ses mots.

— … ou la même vision de la vie.

Il marque une pause, puis reprend.

— Au bout du compte, les gens ne sont pas si différents les uns des autres, tu sais.

Elle s'empresse d'exprimer son désaccord.

— Non, mais il y a d'énormes différences… Vous, les Italiens, vous êtes plus sociables. Nous, les Anglais, nous nous donnons beaucoup de mal pour trouver des endroits où nous pourrons être seuls.

— J'ai quelques amis italiens qui aiment le calme, eux aussi. Que vois-tu d'autre ?

— *La bella figura ?* Rivaliser avec les voisins, se pavaner pour exhiber ses vêtements à la mode, faire bonne impression, et tout le bataclan.

— Oh, c'est un vieux cliché !

— Vraiment ? La *passeggiata*, le soir, pour montrer à quel point vous êtes beaux, tout en vous inquiétant de ce que les gens vont dire de vous…

— Je crois que tu as regardé trop de vieux films en noir et blanc, comme *La Dolce Vita*… et puis, quel mal y

1. Le monde est un village.

a-t-il à vouloir être élégant ? D'ailleurs, la mode est l'une de nos spécialités. Allez, tu vas devoir trouver mieux que ça ! Reconnais-le : les Anglais se soucient aussi du regard des autres.

— J'ai lu quelque part que les Italiens ne mangeaient pas pour vivre, mais qu'ils vivaient pour manger.

— Eh bien, je remercie le ciel pour ça ! Je dois dire que ce que mangeaient mes amis américains n'était pas bon. Des hamburgers et des frites avec du ketchup, des hot-dogs… Je préfère largement la cuisine italienne à la restauration rapide, merci bien !

— Je suis d'accord avec toi, sur ce point.

— En tout cas, Anna, dit-il, agitant les mains avec enthousiasme comme il trouve un autre argument, qu'y a-t-il de si terrible dans la différence ? Dans l'idée de mélanger ces différences qui semblent t'inquiéter, pour créer une nouvelle recette merveilleuse ?

Elle rit.

— À vrai dire, j'en ai trouvé une autre ! Je me rappelle quand je me suis assise à la terrasse d'un café et que j'ai commencé à observer les gens pour la première fois, en Italie…

— À observer les gens ?

— Oh, oui ! C'est un passe-temps très sérieux, tu sais !

Elle rit de plus belle.

— Eh bien, j'ai cru que tout le monde se disputait ! Les gens tout autour de moi élevaient la voix, agitaient les bras, se poussaient un peu quand ils voulaient insister sur un point. Je croyais qu'une émeute allait éclater d'une minute à l'autre. Je n'étais pas rassurée… mais je sais que c'est votre façon de discuter.

Sa description le fait rire.

— Mais c'est *bien* de parler !

Elle lui sourit.

— Oui, c'est bien, c'est *très* bien de parler.

Ils restent assis un moment en silence, puis elle lui demande de lui parler de son idée de travail.

— Teresa et moi pensons que tu pourrais enseigner. Nous avons vu à quel point tu es douée avec Alba. Les grandes vacances d'été vont bientôt commencer, et il doit y avoir d'autres parents qui seraient ravis que leurs enfants aient l'occasion d'apprendre l'anglais. Tu pourrais créer un *scuolaclub.*

— Mais je ne suis pas qualifiée...

— Qu'est-ce que ça peut faire ? Tu sais comment t'y prendre avec Alba, tu es une enseignante née.

— C'est très gentil de ta part de dire ça, mais je ne suis pas la personne idéale pour mettre cette idée en pratique... Je n'ai même pas terminé mes études.

— Et alors ? Quelle importance ? Qu'as-tu étudié, d'ailleurs ?

— Tu vas te moquer de moi, mais...

Elle laisse sa phrase en suspens, se demandant si elle peut oser dire ce qu'elle a sur le bout de la langue.

— Il faut que tu prennes confiance en toi, la réprimande-t-il gentiment. J'ai l'impression que tu as une très faible estime de toi, et tu ne mérites pas cela.

Ses encouragements la poussent à se confier.

— J'ai commencé des études d'italien quand j'avais dix-huit ans. Je suppose qu'au fond, j'ai toujours voulu en savoir davantage sur mes origines italiennes... mais ce n'était pas le bon cursus. Il y avait trop de littérature de la Renaissance, et pas assez de trucs d'usage courant. Cela ne me paraissait pas utile, à l'époque, et j'ai fini par faire une formation de secrétaire. C'était plus pragmatique. Je suis passée d'un emploi à un autre, et j'ai fini par travailler pour une agence immobilière. C'est comme ça que j'ai rencontré Will, quand il est venu à l'agence pour chercher une maison. Fin de l'histoire.

— Pourquoi dis-tu : « Fin de l'histoire » ? Ça te fait paraître vieille et abattue. *Su, coraggio*, Anna ! Tu n'es pas si âgée. D'ailleurs, quel âge as-tu ?

Elle rit.

— Cela ne se fait pas de demander l'âge d'une dame !

— *Coglioni !* Tiens, voilà un nouveau mot à ajouter à ton vocabulaire…

Elle rit encore.

— Je le connais déjà, ça veut dire : « Ce sont des conneries. » C'est l'une des premières choses que j'aie apprises en italien. Et j'ai trente-trois ans… mais ne le répète pas à tout le monde !

— Excellent ! Trois est un chiffre spécial. Ta vie ne fait que commencer ! Je vais bientôt avoir quarante ans, alors je sais de quoi je parle. Et le développement tardif, c'est de famille, chez nous. Mon père avait entre quarante-cinq et cinquante ans quand Teresa et moi sommes nés. Réfléchis bien à cette idée d'enseignement… La nuit porte conseil. Tu me diras ce que tu en penses demain.

Il se lève pour partir, mais s'arrête juste avant d'atteindre la porte.

— J'ai failli oublier ! J'ai traduit une autre partie du journal. Je ne sais pas qui il passionne le plus : toi ou moi !

Il lui tend une chemise qui contient quelques pages tapées à la machine. Le visage d'Anna s'illumine et elle lui fait un grand sourire.

— *Grazie mille, Francesco.* Est-ce que Teresa t'a dit quelque chose ?

Elle serre les feuilles contre son cœur.

— Je te suis infiniment reconnaissante. J'ai hâte de continuer ma lecture ! Merci beaucoup.

— *Buona notte*, Anna ! dit-il avant de refermer la porte derrière lui.

Avant de reprendre la lecture du journal de sa mère, Anna réfléchit à l'idée d'enseigner l'anglais aux enfants du coin. Elle a besoin d'un travail. Créer un *scuolaclub* ne lui rapporterait pas des mille et des cents, mais ce serait un début ; et si elle fait attention à l'argent, ses revenus lui permettront de laisser de côté l'argent que sa mère lui a légué, et de rester en Italie plus longtemps pour finir de découvrir le passé de ses parents. Elle ne peut absolument pas mettre ce projet en suspens maintenant. Elle décide aussi de demander à Teresa si elle pourra faire le travail de Francesco à l'*agriturismo* quand il retournera à Bologne, à la fin de l'été. Si elle est d'accord, Anna aura moins de scrupules à prolonger son séjour en Toscane.

Se pelotonnant dans son lit improvisé, elle se plonge dans la lecture de la traduction de Francesco.

19

Samedi 18 novembre 1944

Il n'a pas arrêté de pleuvoir, cet automne. C'est comme si les dieux pleuraient de désespoir devant la stupidité de l'homme. L'absence de Jim est une douleur physique. La nuit, je suis allongée à côté de Nonna, incapable de trouver le sommeil à cause de ses ronflements et de mon inquiétude, et tous les matins, je me lève sans jamais me sentir reposée. Et Davide est toujours porté disparu. Cela fait près de deux mois que nous ne l'avons pas vu. Capriolo nous a dit qu'il ne tarderait pas à revenir, qu'il avait probablement rejoint un autre groupe de *partigiani*. Cela arrive tout le temps. Je veux le croire, et je répète cette théorie à Mamma encore et encore quand elle se tient là, à se tordre les mains et à supplier la Vierge et tous les saints de veiller sur son fils, mais je ne suis pas sûre que l'un d'entre nous croie Capriolo. La petite amie de Davide, Carla, nous harcèle pour avoir des nouvelles et nous rend visite presque tous les soirs, elle s'assied au coin du feu, aide ma mère à enrouler sa laine en pelotes, et se joint à nous pour réciter le rosaire. C'est une période épouvantable, et le temps ne fait rien pour nous remonter le moral.

Capriolo nous dit que la guerre serait finie depuis des mois s'il ne pleuvait pas, comme ça. Les soldats des deux camps sont terrés dans les montagnes comme des rats dans des canalisations, et les tanks ne peuvent pas fonctionner correctement, ils glissent sur les flancs des montagnes. Il n'y a aucun progrès ni d'un côté, ni de l'autre. La boue et le froid ajoutent à l'abattement général. Les cultures sont fichues, et le travail au moulin s'est arrêté. La rivière est plus haute que jamais, et elle passe à toute vitesse devant le moulin, comme une bête en furie. Nous devons hurler pour nous faire entendre par-dessus le rugissement de l'eau.

Pourtant, il y a deux jours, la terre s'est réchauffée à l'arrivée inattendue du soleil, ce qui a provoqué des nappes de brume fabuleuses. Montebotolino semblait flotter sur des nuages, ses toits se découpant sur le ciel comme des silhouettes spectrales.

— Le temps se maintiendra au beau, demain, a dit Papà, qui est très fort pour prévoir la météo. Nous commencerons à moudre à l'aube.

Au petit matin, il a ouvert l'écluse et j'ai regardé l'eau s'engouffrer en gargouillant dans le chenal, le long du pré. J'ai couru à l'intérieur ; la meule tournait déjà.

— Aide-moi à mettre la farine dans la trémie.

Ma mère était obligée de hurler pour que je l'entende dans le grondement de l'eau en dessous de nous et le grincement de la meule en pierre. Sous nos pieds, l'eau passait par deux étroits canaux, faisant tourner la roue à aubes qui, à son tour, faisait tourner la meule.

— Ces sacs, là-bas, sont pleins de maïs ! a-t-elle crié. Nous allons d'abord nous occuper de ceux-là, et ensuite, nous moudrons le blé.

Nous avions bien moins de travail à ce stade de la guerre. Les *Tedeschi* s'étaient empressés de prendre le foin pour leurs chevaux, et une grande partie des céréales avait été laissées à l'abandon dans les champs car il n'y avait pas d'hommes pour la récolte.

— Mamma ! ai-je crié dans le fracas, la meule ne tourne pas correctement. Je vais aller le dire à Papà.

C'est vraiment pénible quand cela se produit. Parfois, un bout de bois ou un amas de ronces bloque le mécanisme de la roue à aubes.

— Espérons que c'est un marcassin, comme la dernière fois, m'a crié ma mère. Cela ne nous ferait pas de mal de manger un peu de viande.

J'ai couru prévenir Papà, qui déchargeait les sacs du dos de l'âne d'un client. Il m'a crié :

— Descends voir ce qui se passe !

J'ai descendu la côte jusqu'à l'arche où l'eau aurait dû jaillir et faire tourner la roue à aubes. J'ai repensé aux jeux auxquels je jouais avec Davide, quand il m'arrachait mon foulard et le jetait dans le chenal. « Cours, cours, Ines, avant qu'il ne soit trop tard », criait-il, riant de mon désarroi. Je détalais le plus vite possible sur mes petites jambes, et j'essayais de récupérer mon foulard avant qu'il ne soit englouti sous le moulin par la roue à aubes. Une fois, j'avais trébuché avant de pouvoir le rattraper, et Mamma m'avait grondée, elle m'avait dit que j'étais négligente parce que j'avais perdu mon seul foulard. Elle m'avait fait porter un chiffon à la place jusqu'à ce qu'elle ait le temps de m'en coudre un nouveau.

— L'eau ne coule pas normalement dans le chenal de gauche, Papà ! ai-je crié.

Il est allé chercher la longue perche dans le débarras, est monté sur le mur du bassin de retenue, et a enfoncé sa perche dans la boue.

— Il y a quelque chose qui est coincé dans le chenal, a-t-il crié. Je n'arrive pas à le faire bouger. Il n'y a rien à faire ! Nous allons devoir vider le bassin.

Il a juré. Cette tâche supplémentaire signifiait que nous allions perdre une journée entière de travail. Je déteste aussi quand nous devons vider le bassin, à cause de la puanteur de la boue qui imprègne ensuite le moulin.

L'eau s'est écoulée lentement par le chenal de droite, et nous nous sommes tenus tous les deux sur les marches, à attendre de voir quelle était la cause de l'engorgement. Avant même que Papà ne saute dans la boue collante et qu'il ne retourne le corps, j'ai su que c'était lui.

Le pauvre visage de Davide était à peine reconnaissable. Les poissons lui avaient grignoté les yeux, et les orbites aveugles semblaient nous regarder fixement. Mamma s'est mise à pousser des hurlements, comme un chien à l'agonie, un son que je n'oublierai jamais. Papà a dû l'éloigner du corps de Davide, dans la boue, gémissant encore et encore :

— Mon fils, mon unique fils ! Qu'est-ce qu'ils t'ont fait ?

Je suis restée plantée là, hébétée. Mes larmes ne pouvaient pas couler, car, au fond de mon cœur, j'avais pressenti qu'il ne nous reviendrait pas. Je pleurais intérieurement depuis des semaines. Je me suis concentrée sur ma mère, à la place.

Les nouvelles vont vite parmi les montagnards, et, ce jour-là, nos amis et voisins n'ont pas tardé à apparaître sur le chemin qui mène au moulin pour nous présenter leurs condoléances. On nous a aussi apporté une aide matérielle. Le corps de Davide a été extirpé délicatement de la boue, et des âmes charitables l'ont lavé et placé sur la table de la cuisine pour que nous puissions

faire sa toilette mortuaire. Les hommes ont de nouveau rempli le bassin de retenue et ont accompli les tâches que nous avions prévu de faire.
Je ne me rappelle pas exactement qui est venu cet après-midi-là. Ces heures de profond malheur restent floues. Mes pauvres parents étaient inconsolables. Mes sentiments sont comme figés. Ce dont je me souviens, malgré tout, c'est que Capriolo est resté toute la journée. Il est demeuré assis là, les larmes coulant sur son visage sans qu'il puisse rien faire pour les retenir. Plus tard, il a fait de son mieux malgré sa main blessée pour nous aider, ma mère et moi, à préparer le corps du pauvre Davide pour l'enterrement. La moitié de l'arrière de sa tête avait été emportée par une balle ; nous avons caché la plaie sous l'une des casquettes de Papà, et nous lui avons mis son costume du dimanche.
— Je n'en aurai plus besoin, a dit mon père. Je n'irai plus jamais à la messe.
Nous lui avons retiré son pantalon souillé par la rivière, et dans sa poche, j'ai trouvé le chapelet que je lui avais mis dans les mains pour le protéger. Je l'ai jeté au feu. Ensuite, je suis allée chercher la lettre qu'il m'avait donnée avant de partir, dans la malle au pied de mon lit.
— Lis-la-moi, Ines, a murmuré Mamma.
Nous nous sommes assis dans le noir et je me suis penchée vers la lueur mourante du feu pour lire à haute voix les mots qu'il avait écrits. Il avait rédigé sa lettre sur une page arrachée à son vieux cahier d'écolier. Elle était brève, et il s'était manifestement appliqué, mais l'encre avait bavé par endroits. Davide n'avait jamais été bon élève. Il préférait être au grand air, s'occuper du bétail et guider le bœuf pour labourer notre champ. Je l'ai imaginé en train de peiner à écrire, la langue au

coin des lèvres, et c'est à ce moment-là que je me suis mise à pleurer.

« Mes chers parents,

Je suis désolé car je ne vous reverrai plus.

Je suis désolé car je ne serai pas là pour vous aider au moulin.

Je suis désolé car je n'amènerai pas de petits-enfants au sein de votre foyer.

Mais je ne suis pas désolé de mourir pour la liberté de l'Italie.

Votre fils qui vous aime, Davide. »

Avec un cri étranglé, Capriolo a quitté la cuisine à grandes enjambées, laissant derrière lui la porte ouverte sur les ténèbres, au-dehors.

20

Novembre 1944

Capriolo m'a trouvée dans le cimetière. J'avais cueilli un bouquet de clématites sauvages pour la tombe de Davide. C'était tout ce que j'avais pu trouver dans la nature en plein mois de novembre. Avec la vieille veste de mon frère autour des épaules, je suis restée assise à écouter le vent gémir dans les sapins plantés le long des murs du cimetière. J'ai regardé fixement la photographie de lui que nous avions trouvée à mettre sur sa stèle. J'avais envie de lui parler, mais je n'arrivais pas à concilier dans mon esprit le beau visage malicieux du jeune homme de la photo, qui m'adressait un sourire rayonnant, avec le cadavre en putréfaction à demi enterré dans la boue au fond du bassin de retenue.

Le portail du cimetière est rouillé, et il a grincé quand Capriolo est entré. Il s'est assis à côté de moi, par terre. Pendant un moment, ni lui ni moi n'avons parlé, et j'ai été contente qu'il n'essaie pas de combler le silence avec des mots vides de sens. Il a fini par me prendre la main, et les larmes que j'avais retenues devant mes parents se sont alors mises à couler sur mes joues.

— C'était un jeune homme courageux, Ines, a dit Capriolo d'une voix douce. Tu dois te souvenir de lui avec fierté. Avant de mourir, il a sauvé de nombreuses vies grâce aux documents qu'il a trouvés.

Essuyant mes larmes avec colère, j'ai retiré ma main de la sienne.

— Est-ce vraiment important ? ai-je dit d'un ton morne. Est-ce que quoi que ce soit dans cette stupide, stupide guerre est vraiment important ? Je n'en peux plus. Je ne peux plus supporter toute cette douleur, toute cette haine. Et je ne peux plus supporter d'être ici.

— Oui, il y a de la haine, et il y a sans aucun doute de la douleur… mais il y a aussi de bonnes choses. Il faut que tu te rappelles pourquoi nous nous battons.

— J'ai oublié pourquoi. Ça me paraît absurde.

— Alors la mort de Davide aussi aura été absurde.

— Il était trop jeune pour mourir.

— Je sais, a-t-il dit, détournant les yeux, et je me sens responsable.

Il a ramassé une pomme de pin dans l'herbe et l'a écrasée dans sa main valide, puis il a ajouté :

— Dans nos souvenirs, il sera toujours jeune.

— Qui lui a fait ça, Capriolo ? Qui ? Trouve qui c'était, et fais-lui la même chose ! ai-je crié.

Il a posé un doigt sous mon menton, m'a fait lever le visage, et a essuyé une larme sur ma joue.

— Voyons, Ines… *Su !* Parler comme ça ne nous le ramènera pas. Parle de lui. Parle-moi de ton frère. C'est le père Luca qui a célébré sa messe d'enterrement, mais nous, nous allons dire notre propre office pour lui, ici, dans la montagne, où il adorait être.

Il a indiqué d'un geste les montagnes, autour de nous.

— C'est toi qui commences. Dis-moi la première chose qui te passe par la tête. Parle-moi, petite.

Je l'ai regardé, les sourcils froncés, pensant que son idée était un peu insensée, mais ensuite, des images se sont imposées à moi. Je me suis lancée, un peu hésitante, tout d'abord.

— Je me rappelle quand nous avons tous les trois eu des ennuis avec le père Luca...

Capriolo a repris l'histoire.

— Nous menions nos propres expériences de vol, après l'école.

— Nous avions découvert Léonard de Vinci et ses merveilleuses inventions, et le maître, M. Gerico, nous avait montré, dans un énorme livre, des images de ses machines volantes, de roues et d'autres engins. Nous avions passé des heures, tous les trois, à essayer de dessiner les plans de notre propre aéroplane.

— *Dio mio !* Je me rappelle quand nous avons attaché les ailes que nous avions fabriquées à tes bras et que nous t'avons fait te tenir au bord de la crête, derrière l'église, à Rofelle.

— Nous avions rassemblé des plumes pendant des semaines dans la basse-cour de Giorgio pour les fabriquer, et c'était Davide qui s'était glissé sous le grillage parce que c'était lui le plus petit. J'avais terriblement peur, tu sais ! Je me tenais là, au bord du pré, à regarder fixement la rivière et les rochers, en contrebas, avec ces ailes ridicules alors même que je savais qu'elles ne fonctionneraient jamais, et j'avais l'impression que j'allais faire pipi dans ma culotte.

— Heureusement que le père Luca est arrivé à ce moment-là ! Il était furieux... Je me souviens de ce qu'il a dit comme si c'était hier : « Jésus, Marie, Joseph et tous les saints ! Qu'est-ce que vous faites ici, vous trois ? » Tu t'en souviens, Ines ?

— Évidemment ! Davide est parti en courant se cacher derrière l'église, mais toi et moi avons passé le reste de l'après-midi à astiquer les chandeliers dans la sacristie.

Nous nous sommes mis à rire. Entre nos rires, Capriolo a dit :
— Il avait aussi un sens de l'humour déplorable, ton frère… Il riait toujours à ses propres blagues, et elles étaient nulles !
— Et quand il riait, ai-je surenchéri, il renversait la tête en arrière et ouvrait grand la bouche, et il se roulait même par terre, parfois… C'était communicatif. Nonna a carrément fait pipi dans sa culotte, un jour ! Elle riait tellement de le voir rire qu'elle n'a pas pu se retenir.
Nous nous sommes souri, puis j'ai dit :
— Maintenant, à ton tour de me dire quelque chose sur lui.
Il a réfléchi un moment, la tête baissée, puis il s'est lancé, d'une voix à peine audible.
— C'était le petit frère que je n'ai jamais eu. Autrefois, ça m'énervait qu'il me suive tout le temps, qu'il me pose des questions enquiquinantes pour savoir comment se raser, comment faire des ronds de fumée, et, plus tard…
Il a marqué une pause et m'a regardée pour dire :
— … des questions sur ce que les femmes aimaient. Il m'a parlé de sa première petite amie, Carla. J'ai essayé de le conseiller sur certaines choses. Mais, au bout d'un moment, la différence d'âge entre nous a cessé d'avoir de l'importance. Tous les hommes sont égaux devant la guerre.
— Carla erre comme une âme en peine. Elle vient à la maison presque tous les soirs. Elle dit qu'elle sent sa présence près de l'âtre. Je ne peux pas le supporter.
— Elle est jeune. Le temps guérit les blessures.
— Tu crois, Capriolo ? Tu le penses vraiment ?
Il y a eu un silence, pendant quelques secondes, presque comme s'il hésitait à me confier quelque chose.

Nous avons passé tant d'heures de notre enfance ensemble que j'ai parfois l'impression de connaître ses pensées. Il a retiré sa casquette et ses cheveux sont tombés devant son visage tandis qu'il arrachait des touffes d'herbe au bord de la tombe. Sa main droite était encore enveloppée dans un bout de chiffon.

— Ta plaie prend longtemps à guérir, ai-je dit. Si tu retires ce bandage crasseux, j'y jetterai un coup d'œil. Elle a probablement besoin d'un bain d'eau salée, et je pourrai te préparer un onguent à base d'ail et de miel.

Il a levé les yeux vers moi et écarté ses cheveux de son visage.

— Ce n'est pas la peine, Ines. Ça va guérir tout seul.

Il a enfoui sa main dans sa poche, et j'ai vu la tristesse voiler ses yeux tandis qu'il continuait à parler.

— Ton frère était très courageux. En août, nous nous battions côte à côte. Il faisait une chaleur accablante. Nous étions près de Coriano, sur la route de Bologne, et nous nous étions mis à l'abri dans une ferme qui avait été en partie détruite par les bombardements. Davide avait besoin d'en fumer une. Je me souviens qu'il a dit qu'il donnerait n'importe quoi à ce moment précis pour sauter dans la mer, qu'il n'était jamais allé jusqu'à la côte et qu'il s'était promis d'aller à Rimini quand la guerre serait finie. Il a dit qu'il prendrait une charrette au moulin et qu'il irait y passer une journée avec toi, Carla et vos parents. Nous avons parlé de toutes sortes de choses, cet après-midi-là – de nos projets, de nos rêves. J'avais baissé la garde, je suppose. Nous avons quitté la ferme, et tout à coup, je me suis retrouvé sur le sol, avec Davide couché sur moi, dans le *ra-ta-ta-ta* des balles d'une mitrailleuse de *Tedeschi* qui soulevait de la poussière tout autour de nous. Puis, profitant des quelques secondes pendant lesquelles les Allemands ont été aveuglés par leur propre feu, il m'a fait mettre debout et m'a entraîné vers une autre porte, que nous avons franchie en chancelant. Il m'a sauvé la vie, ce jour-là, en me couvrant de son corps sans même penser au danger pour lui.

Nous nous sommes tus tous les deux, et j'ai vu les larmes se remettre à couler sur son visage.

— Il était trop jeune, c'est vrai, et parfois je me dis qu'il voyait la guerre comme une sorte de jeu, mais sa mort n'a pas été vaine, Ines. Ne va jamais penser cela.

L'air de novembre est froid. J'ai frissonné, et il a commencé à retirer son écharpe. Il me l'aurait enroulée autour du cou, mais je l'en ai empêché.

— Il faut que je rentre, ai-je dit. Mamma est au désespoir, en ce moment, alors je dois faire à manger et me charger de toutes les tâches ménagères. Elle ne fait plus rien, elle reste assise dans son fauteuil devant la cheminée. C'est à moi d'allumer le feu, maintenant, alors que cela a toujours été la première chose qu'elle faisait quand elle se levait, le matin. Elle ne montre même pas qu'elle voit Carla quand elle nous rend visite. Elles restent toutes les deux assises là, comme des fantômes.

— Avant que tu partes…

Il m'a attrapé le bras. Je me suis demandé ce qu'il allait faire. Il s'est approché de moi.

— Davide m'a demandé de veiller sur toi, de vous surveiller, toi et l'*Inglese*.

— Jim, tu veux dire ? Il a un prénom, tu sais.

Je me suis écartée de lui pour que nous ne nous touchions plus.

— Tu as dit quelque chose, tout à l'heure, a-t-il insisté. Tu as dit que tu ne pouvais plus supporter d'être ici. Est-ce que c'est pour ça que tu veux l'épouser ? Pour pouvoir échapper à tout ceci ? Tes souvenirs te pour-

suivront partout où tu iras, tu sais. Tu es sûre de savoir ce que tu fais ?
Il a haussé la voix en prononçant ces mots, mais j'étais en colère aussi, et j'ai répondu en criant :
— Qu'est-ce que tu racontes ? Je veux l'épouser parce que je l'aime !
— Et comment vont faire tes parents maintenant que Davide repose ici ?
Il a montré du doigt la tombe fraîchement creusée.
— Tu ne crois pas que tu devrais rester avec eux ? Je ne m'attendais pas à ce que tu ailles en Angleterre avec lui après tout ça. Je croyais mieux te connaître.
— Tu ne me connais pas du tout. Ce n'est pas parce que nous avons habité près l'un de l'autre toute notre vie et que nous sommes allés à l'école ensemble que tu me connais et que tu sais ce qui se passe dans ma tête, dans mon cœur. Et puis, d'ailleurs, qu'est-ce que tu connais à l'amour ?
J'étais sur ma lancée, le sentiment de culpabilité que j'éprouvais attisait ma colère.
— Tu n'aimes que la guerre et tes chers idéaux communistes. Tu ne connais rien d'autre. Tu ne connais absolument rien à l'amour.
Je pleurais à chaudes larmes, de grands sanglots jaillissant des profondeurs de mon être.
Il n'a pas tenté de me consoler. Il a fermement enfoncé sa casquette sur sa tête et s'en est allé en marmonnant :
— Je sais tout de l'amour, Ines.
J'ai entendu le portail du cimetière se refermer derrière lui dans un claquement métallique, le fracas déplaisant résonnant dans le bruissement des sapins, et le bruit de ses pas lourds s'éloignant sur le chemin qui menait au village.

21

Anna est assise dehors, sur le seuil de sa petite maison, avec sa tasse de thé du matin, et elle se sent horriblement triste en pensant à Davide. Comment s'est-il retrouvé dans le bassin de retenue ? Qui a eu la cruauté d'y jeter son corps pour que la famille le retrouve ? Il n'avait pu s'agir d'un accident. Comment un parent peut-il un jour se remettre de la mort d'un enfant ? Et d'une mort aussi épouvantable ! Peut-être sa mère ne parlait-elle jamais de la guerre parce que certaines choses étaient trop douloureuses pour être évoquées. Anna entend maintenant sa voix en lisant son journal.

Billi vient la trouver. Il semble sentir son humeur et essaie de la persuader de jouer, mordillant ses orteils nus avec ses petites dents pointues. Elle lui gratouille le ventre et lui dit :

— Attention à ma jambe, petit bonhomme, elle me fait mal… Tout va bien, pour toi, tu n'as à t'inquiéter de rien en dehors de ton prochain repas !

Décidant qu'elle a besoin d'un peu de compagnie humaine, elle boitille jusque chez Teresa.

— *Permesso ?* appelle-t-elle en poussant la porte de l'*agriturismo.*

Francesco lit le journal dans la salle à manger. Il lève les yeux quand elle entre dans la pièce.

— Eh ! Que fais-tu debout ? *Buongiorno. Che muso lungo stamattina*[1] !

Elle s'assied en face de lui, pose les coudes sur la table et se prend la tête entre les mains.

— J'ai fini de lire ce que tu as traduit, dit-elle avec un soupir. À propos de Davide. J'ai envie de pleurer.

Il plie son journal, tend le bras au-dessus de la table et lui touche la main.

— C'est tellement cruel, dit-il.

Elle acquiesce d'un hochement de tête.

— La cruauté de l'homme envers son semblable… Je doute que les animaux soient aussi impitoyables. Je suis désolée, je ne suis pas de bonne compagnie aujourd'hui, Francesco.

— Eh bien, nous devons y remédier ! Que dirais-tu d'un changement de décor ? Il fait un temps magnifique. Alba joue avec des amies, et je n'ai rien à faire pour Teresa, maintenant qu'il n'y a plus de clients à l'*agriturismo*. Tu as besoin d'un bon dérivatif.

— Avec grand plaisir !

— Si je t'emmenais au moulin à eau où ta mère habitait ? Tu penses pouvoir marcher jusque-là ?

— Ça dépend où c'est… mais je croyais que tu m'avais dit que c'était une ruine ? J'adorerais voir la maison de Mamma, mais le vieux vendeur de miel grincheux m'a déconseillé de m'en approcher. Ce n'est pas dangereux ?

— Elle est délabrée et couverte de ronces, mais elle tient encore en grande partie debout.

Teresa les interrompt, les mains sur les hanches.

— C'est une très mauvaise idée, Francesco. Anna ne pourra absolument pas longer la rivière avec une jambe

1. Bonjour. Quelle triste mine, ce matin !

dans cet état. Attends une semaine, au moins. Où avez-vous la tête, tous les deux ?

Anna est déçue, mais elle sait que Teresa a raison.

Elle passe les jours suivants à faire des exercices de renforcement musculaire et à relire le journal de sa mère. Teresa lui confie de menus travaux de temps en temps, et les deux jeunes femmes se retrouvent souvent assises à la table de la cuisine à éplucher des légumes tout en bavardant.

— Arrive-t-il à tes parents d'évoquer les années de guerre ? demande un jour Anna.

— Seulement pour dire que c'était une époque terrible. Ma mère parle de ses grands-parents, parfois, surtout vers le mois de novembre, quand nous commémorons nos morts lors de la *festa dei morti*. Nous allons au cimetière et nous déposons des fleurs sur les tombes de nos proches. Ses grands-parents ont été abattus par des soldats allemands parce qu'ils avaient refusé de leur céder leur vache. Bisnonno leur a dit qu'ils ne pouvaient pas se passer d'elle, qu'ils n'étaient que des voleurs, et de sortir de son étable. Ils les ont abattus sur place. Les pauvres…

— Je n'imagine pas à quel point l'Occupation a été une période épouvantable.

— Nos aînés ont intériorisé tout cela. Au centre d'accueil où travaille mon amie Patrizia, les personnes âgées atteintes de démence évoquent le passé et leurs souvenirs resurgissent. Nous devrions vraiment enregistrer ce qu'ils disent.

— J'y réfléchirai, dit Anna. Et je ferai peut-être don du journal de ma mère au musée d'Egidio, ajoute-t-elle, sans vraiment être sûre que sa mère aurait voulu qu'elle le fasse.

Une semaine plus tard, Anna se trouve au bord de la rivière, à l'endroit où commence le sentier qui conduit au moulin. Il y a quelques personnes qui se détendent en prenant un bain de soleil, des familles habitant la côte surpeuplée, où il fait une chaleur accablante, venues pique-niquer au bon air de la montagne. Francesco et Anna ne tardent pas à les semer, car ils se dirigent lentement en aval, vers l'endroit où la rivière bifurque.

— La rivière a changé au fil des ans, explique-t-il. Autrefois, elle coulait dans un seul lit, ici, mais la nature n'en fait qu'à sa tête. Nous allons suivre le bras de droite. J'espère que le chemin n'est pas envahi par la végétation… Cela fait un moment que je ne suis pas passé par là. Je vais vérifier l'état du chemin, d'abord, attends-moi ici.

Elle le regarde enjamber de gros rochers et patauger dans l'eau avec ses bottes. Des branches de saule, vert olive et argentées, ondoient dans la brise, caressant la surface de l'eau, et les cigales continuent leur raffut. Il fait demi-tour pour venir la chercher.

— Fais attention où tu marches, Anna. Je ne veux pas que Teresa soit sur mon dos… Tu peux y arriver ?

Il s'arrête, se retourne vers elle, un doigt posé sur les lèvres. En amont, une biche boit au bord de l'eau, son petit faon juste derrière elle. Quand elle sent leur odeur, elle lève la tête et, aussitôt, s'enfuit, grimpe sur la rive et disparaît dans l'épaisse forêt de chênes, suivie de près par son faon.

— Ils sont trop mignons ! chuchote Anna. Je n'avais jamais vu une biche d'aussi près. Mon prochain objectif est de voir un porc-épic.

— Ce sont des animaux nocturnes, alors nous n'en verrons pas aujourd'hui, mais nous pouvons ramasser leurs piquants si nous en voyons. Alba les collectionne.

Il montre du doigt un grand creux dans la boue, au bord de la rivière, et se baisse pour l'examiner.

— Qu'est-ce que c'est, à ton avis ?

— Peut-être des trous laissés par quelqu'un qui a retiré une pierre ? suggère-t-elle. Elles sont tellement belles ! En Angleterre, on les vend à des prix exorbitants dans les jardineries. Quelqu'un qui disposerait des bonnes machines pourrait se faire une fortune, ici.

— Heureusement, il est interdit de prendre des pierres dans la rivière sans une autorisation spéciale. Non, ce trou a été fait par un sanglier qui s'est rafraîchi dans la boue.

Anna aime la compagnie de Francesco ; elle le trouve vraiment intéressant.

— Tu en sais tellement sur la faune et sur la flore de la région ! lui dit-elle. Tu ferais un excellent guide.

Elle s'accroupit pour examiner à son tour le trou boueux. Une forte odeur animale s'en dégage, et elle se demande si le sanglier les observe depuis les buissons qui longent la berge.

— Mon père m'emmenait souvent me promener quand j'étais tout petit. Du moins, quand il se sentait assez en forme pour le faire. Il a été blessé pendant la guerre, et il a souffert d'une santé fragile, par la suite. Il connaissait cet endroit comme sa poche. Quand il était petit garçon, il en explorait tous les coins et recoins, il ramassait des marrons, chassait les sangliers, jouait et se cachait dans les grottes…

Il ramasse un caillou et le jette dans une cuvette profonde.

— Il me manque. Il était vraiment spécial.

— Tu as de la chance d'avoir eu un père que tu as aimé. Je ne me suis jamais sentie proche du mien.

Ils continuent leur chemin. La végétation est si dense, par endroits, que Francesco doit couper des ronces et des branches à l'aide de son couteau pour qu'ils puissent passer. Il se montre plein de sollicitude, lui demande à intervalles réguliers si elle n'a pas mal à la jambe, lui enjoint de faire attention tandis qu'ils passent de pierre en pierre. Après la courbe suivante de la rivière, à un endroit où le courant est plus violent, ils tombent sur le moulin en ruines. Elle suit

Francesco jusqu'à un escalier de pierre, dont toutes les marches sont pratiquement englouties dans les fougères et la mousse.

— Fais très attention, dit-il, se tournant pour l'avertir, cet escalier se détache du bâtiment.

Elle n'a pas envie de se tordre de nouveau la cheville, mais en même temps, elle est impatiente d'explorer l'endroit où sa mère a passé les dix-huit premières années de sa vie. La peinture de la porte d'entrée s'est écaillée et le heurtoir, en forme de tête de lion, est rouillé et sur le point de tomber. Elle l'arrache et le glisse dans sa poche.

— Je m'en fiche si c'est du vol, dit-elle en frottant la tête du lion, songeant que sa mère l'a sûrement touchée, elle aussi. Sais-tu qui est le propriétaire du moulin, maintenant ? demande-t-elle. Dans ce que j'ai lu jusqu'à présent, Mamma ne mentionne pas d'autres parents que mes grands-parents et, bien sûr, le pauvre Davide, et ils sont tous morts, maintenant.

— Non, répond-il, mais il doit bien appartenir à quelqu'un, même si la propriété a été divisée et que les différentes parcelles ont différents propriétaires. C'est souvent le cas, ici. Nous pourrions nous renseigner au *comune*.

À côté de la porte, on distingue, enchevêtré dans le lierre, un vieux four à pain, dont l'ouverture est rouillée et pleine de trous. Une pelle à long manche, appuyée contre le mur, est complètement vermoulue. Elle se demande qui l'a utilisée pour la dernière fois pour glisser une *foccacia* au-dessus des braises.

— Une fois que le four était allumé, dit Francesco, ils se servaient des braises mourantes pour cuire d'autres choses, et les gens du voisinage qui n'avaient pas de four apportaient leur pain ou leurs légumes pour les faire cuire ici.

Il prend la pelle, l'examine attentivement.

— Je pense que tu devrais emporter ça et la nettoyer. Cela m'étonne qu'elle n'ait pas déjà été volée. On voit ces vieux outils en vente dans les brocantes, de nos jours. J'en ai vu au marché du dimanche à Arezzo, récemment, et ils n'étaient pas donnés.

Elle touche les anneaux de métal martelés à la main enfoncés dans le mur fissuré, et il lui explique que les mules étaient autrefois le principal moyen de transport, et que leurs propriétaires les attachaient à ces anneaux en attendant que leur grain soit moulu. Il se baisse, gratte autour d'un morceau de métal enfoncé dans la terre, près de la porte, et en dégage un fer à cheval.

— En Angleterre, nous les accrochons au-dessus des portes, dit-elle, ils sont censés porter bonheur.

— Emporte-le aussi, en souvenir. Nous, nous disons : « Va dans la gueule du loup » pour souhaiter bonne chance à quelqu'un, et la personne répond : « Pourvu que le loup meure le premier. »

— Chez nous, on dit : « Casse-toi une jambe », dit-elle en riant, mais je n'ai vraiment pas envie d'entendre ça, une cheville foulée me suffit largement !

Elle fouille dans son sac à dos pour en sortir son appareil et prend plusieurs photos du moulin. Elle envisage d'en envoyer quelques-unes à Jane et Harry, se demandant si cela piquera leur intérêt. Elle descend avec précaution au bord de la rivière, jusqu'à l'arche sous le moulin, et trouve les vestiges de l'énorme manche qui servait autrefois à actionner la meule. Francesco s'aventure plus loin et crie pour se faire entendre dans le bruit de la rivière :

— *Accidenti !* Zut ! Quelqu'un a scié les aubes et les a volées. *Peccato !* Quel dommage !

Il saute à côté d'elle et se frotte les genoux pour en faire tomber la poussière après son inspection du mécanisme de la meule. Elle est en colère à la pensée que des étrangers aient pu piller les souvenirs de ses ancêtres. Elle a pourtant conscience que ses émotions sont irrationnelles. Après tout, jusqu'à ce matin, elle ne savait même pas qu'il restait quoi que ce soit du moulin de ses grands-parents. Son passé lui semble si fragile. Sans son journal, il serait pour ainsi dire perdu.

— J'aimerais bien entrer, voir où ma mère habitait. Tu ne peux pas savoir à quel point je suis émue.

Elle le laisse lui prendre la main tandis qu'il pousse la porte et lui dit d'avancer prudemment sur le plancher pourri. Quand ses yeux s'accoutument à la pénombre, elle distingue un évier de pierre fissuré sous la fenêtre. Elle s'en approche, essaie d'imaginer sa grand-mère en train récurer des casseroles tout en regardant par la fenêtre la forêt, en face du moulin. Il est très bas, à la hauteur de ses cuisses, ce qui lui laisse à penser que sa Nonna était petite. D'après le trou sous la fenêtre, l'évier se vidait dans la rivière. Abandonnées sur le sol se trouvent une passoire à laquelle il manque un pied et une louche sans manche. Sur une étagère, dans un placard encastré dont la porte pend sur ses gonds, il y a une boîte rouillée de café Lavazza. Elle la prend aussi en souvenir. Dans un magazine, elle a vu des herbes aromatiques plantées dans des boîtes en fer-blanc vintage ; elle va s'inspirer de l'idée et poser cette boîte-ci sur le rebord de sa fenêtre, en souvenir de l'histoire de sa mère.

— J'ai envie d'aller là-haut pour voir où ils dormaient – Nonna, Nonno, Mamma et Davide.

Les noms lui viennent tout seuls, comme si elle les avait prononcés tous les jours de sa vie.

Elle monte très prudemment à l'échelle appuyée de manière précaire contre une trappe dans le plafond et qui servait à accéder aux chambres. Le plâtre des murs s'effrite. Il y a un trou dans le toit, à travers lequel elle voit des nuages glisser dans le ciel d'azur. Un crucifix est accroché au-dessus d'un vieux cadre de lit en métal sur lequel est posé un matelas grignoté par les souris. Elle imagine ses grands-parents allant se coucher peu après la tombée de la nuit et se levant à l'aube, désireux de s'atteler à la tâche avant qu'il ne fasse trop chaud. Elle s'approche de la fenêtre, qui n'a plus ni vitre ni volet pour la protéger des intempéries, et contemple les montagnes d'un bleu indigo. Des nuages en volutes s'accrochent dans les arbres, sur les sommets. Elle pose les mains sur le rebord de pierre et se penche au-dehors pour regarder le ruban argenté de la rivière, en dessous, qui trace son chemin sinueux jusqu'à Rimini, pour se jeter dans la mer. Un sentiment de tristesse l'envahit, et elle secoue la tête pour s'en défaire. Francesco la rejoint et la prend dans ses bras sans rien dire, se contentant de l'étreindre. Au bout d'un moment, il la relâche, lui propose de retourner dehors, au soleil.

Ils trouvent un rocher plat sur lequel s'asseoir. Elle n'a pas envie de parler, et il semble comprendre son besoin de silence. Elle le regarde déballer leur pique-nique. Il met une bouteille de vin dans l'eau de la rivière, à un endroit où elle est peu profonde, et la cale avec une pierre. Ensuite, il étend une nappe sur l'herbe et dispose dessus une demi-miche de *toscano*, un gros morceau de *pecorino*, un bocal de poivrons marinés dans l'huile et une grappe de raisin. Ils mangent en silence. Les seuls bruits que l'on entend sont ceux de la rivière et les tintements lointains des cloches des moutons. Peu à peu, Anna s'apaise, rassérénée par ce délicieux repas et heureuse de la présence discrète de Francesco.

— *Grazie*, dit-elle, avant de boire les dernières gouttes de vin contenues dans son gobelet. Après avoir lu tant de choses sur les atrocités que ma mère a endurées pendant la guerre, sur son courage quand mon père a disparu pour aller Dieu sait où, être ici m'a bouleversée. La pauvre a vécu la guerre ici, et je sais qu'elle a ensuite dû mener un autre genre de guerre, plus personnelle, en Angleterre. Ce n'était pas une femme heureuse. C'est trop triste de voir cette vieille maison en ruines, réduite à néant. Cela semble refléter ce que j'apprends du passé de Mamma.

— Elle n'est pas « réduite à néant », comme tu le dis. Il y a toi, et aussi ton frère et ta sœur. Ta mère vit encore à travers vous.

— J'aurais aimé qu'elle puisse me parler librement de sa vie.

— Elle le fait maintenant, Anna, par le biais de son récit. Écoute-la. Si tu as besoin de davantage d'aide, je suis là, moi aussi. Nous pourrions peut-être trouver des gens qui connaissaient ta famille. À cette époque-là, les gens allaient s'asseoir les uns chez les autres, le soir, pour se tenir compagnie. On appelait cela *la veglia*. Leur communauté était très soudée. Et il y avait aussi beaucoup de mariages entre les membres de ces différentes familles.

— Oui, j'aimerais bien parler d'elle avec d'autres personnes. Merci, Francesco. Tu es vraiment un homme très gentil.

— Tu es une femme très gentille, et tu es très gentille avec ma fille, alors nous sommes quittes. Allez, *andiamo* ! Les nuages me disent qu'un autre orage se prépare. Mieux vaut rentrer avant que la rivière ne te joue à nouveau des tours !

Elle l'aide à ranger les restes de leur déjeuner, veillant à ne laisser aucun détritus. Ils reprennent ensuite la direction du village, et ne traînent pas sur la route du retour.

Quand ils arrivent devant chez elle, elle l'embrasse sur la joue et dit :

— Merci pour cet excellent après-midi.

— Je t'en prie. Nous devrions remettre ça très bientôt. Bonne nuit, Anna.

Il lui pose une main sur la joue avec douceur, puis il l'abandonne à la porte, et elle le regarde s'éloigner vers l'*agriturismo.*

Quand elle enlève le couvercle de la vieille boîte à café pour la laver, Anna trouve un rouleau de papier à l'intérieur. Elle le retire avec précaution. On dirait un document officiel ; il est affranchi et daté de 1947, et il y a deux signatures en bas de la page. Il est accompagné d'une médaille emballée dans un morceau de tissu, semblable à celles qu'elle a vues au musée d'Egidio. Francesco connaîtra sa signification, elle en est certaine. Elle devra encore lui demander service, mais elle est sûre que cela ne le dérangera pas. Il s'est montré tellement chaleureux et compréhensif, aujourd'hui ! Elle a vraiment aimé cette journée en sa compagnie.

Fredonnant tout bas, elle glisse un pot de basilic dans la boîte aux motifs beiges et rouges, et elle la pose sur le rebord ensoleillé de sa fenêtre.

Les cours du *scuolaclub inglese* d'Anna se poursuivent l'après-midi suivant, au grand air. La nouvelle s'est répandue, et elle a maintenant un groupe régulier de six enfants.

Après leur avoir posé des questions sur leur vocabulaire anglais, elle les regarde jouer dans l'eau. Teresa lui a dit que les habitants du coin appelaient le plan d'eau *la spiaggia*, la plage. Pendant la guerre, les soldats allemands venaient à cet endroit de la rivière dans la chaleur caniculaire du mois d'août, retiraient leurs uniformes, et se rafraîchissaient dans l'eau fraîche de la montagne. Anna est sûre que cette rivière aurait quelques histoires à raconter si elle pouvait parler.

Elle a pris l'habitude d'aller se promener le long de ses berges, le soir, avant la tombée de la nuit, pour savourer l'air frais, chercher des fossiles, regarder les libellules frôler la surface agitée de l'eau. Parfois, il lui semble entendre des voix murmurer, mais quand elle se retourne pour regarder autour d'elle, il n'y a personne ; elle n'entend plus que le gargouillement de l'eau qui court sur les pierres. Elle en conclut que sa tête est pleine des fantômes du passé et qu'ils lui jouent des tours.

Quand les parents sont venus rechercher leurs enfants au *scuolaclub*, elle aide Teresa en cuisine pendant environ une heure, à préparer le repas du soir. Un groupe de vingt personnes doit dîner à l'*agriturismo* ce soir-là, et elle est ravie de pouvoir se rendre utile.

— Tu peux me couper ces courgettes en très fines lamelles, Anna ? lui demande Teresa. Nous allons faire un carpaccio de *zucchini*. Ensuite, prends quelques fleurs de bourrache et parsèmes-en le dessus. Et tu me feras penser à te donner la suite de la traduction, avant de partir ! Francesco y a avancé.

Le jardin potager se trouve sur une pente qui donne sur Montebotolino. Tandis qu'elle cueille les fleurs de bourrache d'un bleu violacé et ramasse les tomates cerises tombées par terre, Anna lève les yeux vers le village isolé sur le rocher escarpé, et elle décide de se risquer à rendre une autre visite au vieux vendeur de miel. Il n'aura pas raison de sa patience. C'est frustrant de penser qu'il était en vie quand sa mère habitait là et qu'elle n'a toujours pas réussi à avoir une vraie conversation avec lui. Peut-être même qu'il était là quand son oncle est mort tragiquement, et qu'il pourrait lui en dire davantage à ce sujet. Hélas, il est tellement difficile à aborder, il s'entête tellement dans son refus de parler de la guerre… Elle se demande s'il existe un proverbe en italien pour dire qu'on peut mener un cheval à l'abreuvoir mais qu'on ne peut pas le forcer à boire. Elle posera la question à Francesco la prochaine fois qu'elle le verra, quand elle lui montrera le contenu de la boîte en fer-blanc.

22

Mai 1945

Le 2 mai, les *Tedeschi* se sont rendus. La guerre est finie. Les gens sont sortis en masse de chez eux en apprenant la nouvelle. Ils ont tapé sur des couvercles en étain, donné des coups de louche en métal dans des seaux, agité des cloches de vache, ils ont pris tout ce qui leur tombait sous la main pour faire un vacarme qui s'est propagé à travers les vallées, de hameau en hameau. Les cloches des églises carillonnaient, les gens s'étreignaient, riaient, dansaient et pleuraient.

Nous avons pris part aux réjouissances le cœur lourd, car la perte de Davide est une plaie béante. Je n'ai pas non plus eu de nouvelles de Jim depuis que je l'ai embrassé pour lui dire au revoir il y a sept longs mois. Capriolo nous rend visite dès qu'il le peut pour nous tenir compagnie. Il a conscience du vide que la mort de Davide a creusé dans nos vies. Au cours de ce terrible hiver 1944, il est venu frapper à notre porte aussi souvent que possible, le soir, et il a fait de son mieux pour occuper la place de Davide au coin du feu. Personne ne peut nous expliquer sa mort, mais la guerre change les hommes en monstres et il y a bien trop d'autres récits de cruauté pour que l'on puisse l'imaginer ; Davide n'est qu'un numéro de plus dans une liste de milliers de personnes. À peine deux jours avant la fin de la guerre, nous avons appris la mort d'un autre couple de personnes âgées, à Rofelle, qui refusaient de quitter leur maison située sur la Ligne gothique. « Nous sommes trop vieux pour partir maintenant, ont-ils protesté, et nous avons payé nos impôts locaux. Vous n'avez pas le droit de nous faire ça. Nous sommes chez nous. » Les *Tedeschi* les ont abattus alors qu'ils les suppliaient pour rester, deux personnes frêles qui ne représentaient aucune menace pour qui que ce soit.

Chaque fois que je vois Capriolo, je continue à insister pour qu'il recherche les meurtriers de Davide.

— Tu dois bien savoir quelque chose, dis-je, serrant les poings avec colère. Quand tu découvriras qui est responsable, dis-le-moi, et je serai la première à me venger.

Il m'écoute, mais n'a aucune réponse à me fournir.

Les paysans ont recommencé à venir au moulin avec leur grain, glané plus tardivement que d'habitude. Il faut en jeter une partie, qui n'est pas bonne à cause de la maigre récolte de l'année dernière. Même si la guerre est finie, peu de choses ont changé pour ce qui est des ressources alimentaires. Nous manquons encore de bien trop de choses.

— Ines, étale tout ce grain sur de la toile à sac et retire ce qui n'est pas bon. Sauve tout ce que tu peux. Ne gâche rien.

Mon père m'a crié ces instructions par-dessus le bruit de l'eau jaillissante. J'étais dans la salle qui donne sur les machines, en train de rassembler les sacs de grain que nos clients nous avaient apportés. Il avait vérifié que le bassin de retenue était bien rempli, et nous devions commencer à moudre l'après-midi même. Le dur labeur était le bienvenu, car il a servi à faire passer le temps, qui semblait traîner en longueur.

Capriolo a dissous son groupe de *partigiani* et il a recommencé à nous rendre visite plus fréquemment.

— Il ne reviendra pas, Ines, ton bel Anglais, m'a-t-il dit. Tu ferais mieux de l'oublier. Il est retourné auprès de ses Anglaises, avec leurs cheveux blonds et leurs yeux bleus, sans parler de leurs longues jambes. Tu seras mieux avec l'un d'entre nous.

Je ne sais pas s'il me taquine ; mais au cours de ces quelques derniers mois, j'ai fini par me dire qu'il y avait peut-être du vrai dans ses paroles.

L'hiver dernier a semblé durer une éternité. Il a fait un temps pluvieux et maussade, et j'ai eu trop de temps à passer cloîtrée à l'intérieur, trop de temps pour réfléchir. À présent, quand j'essaie d'imaginer le visage de Jim, ou la façon amusante dont il prononçait les mots en italien, qui me faisait toujours sourire, j'ai du mal à me souvenir de lui.

Le soleil de ce mois de mai ressemble à celui d'août, et j'ai emmené les deux moutons qu'il nous reste dans les pâturages, au-dessus de la rivière. J'ai retroussé les manches et défait quelques boutons de mon chemisier, me sentant comme un lézard savourant les premiers rayons du soleil après avoir passé des mois caché entre les rochers. L'herbe était parfumée, la pierre dans mon dos, agréablement chaude, et les premières fleurs du printemps dodelinaient de la tête dans la brise. La vie aurait été parfaite si Jim avait été assis à côté de moi.

J'ai sursauté quand un caillou a glissé jusqu'au bas du talus, pensant que c'était peut-être une vipère qui sortait elle aussi d'hibernation – les vipères ne sont jamais aussi venimeuses qu'à cette période de l'année ;

mais ce n'était que Capriolo. Il est venu s'asseoir à côté de moi.

— Vous allez devoir vous réapprovisionner en moutons, a-t-il dit. Dis à ton père que je pourrais l'emmener au marché de Pieve lundi prochain et l'aider à en faire monter un bon nombre dans la charrette. Les affaires reprennent peu à peu.

— Je croyais qu'on avait à nouveau besoin de toi en ville ? Et ton travail de bureau ?

Il a cueilli un brin d'herbe et l'a mâchouillé.

— Ils l'ont donné à quelqu'un d'autre, mais ça ne me dérange pas. Comment pourrais-je rester enfermé dans un bureau après toutes ces années passées dans les montagnes ?

— Mais c'étaient des années de guerre... La guerre est finie, il n'y a plus de combats à mener.

— Tu te trompes. Il y a plein de combats à mener. Si nous voulons l'Italie pour laquelle nous nous sommes battus, nous devons poursuivre la lutte. On m'a demandé de me présenter comme candidat pour représenter le parti. Je ne peux pas faire ça depuis la ville.

— La ville ne te manquera pas ? Il n'y a pas grand-chose à faire, ici.

— Je ne pourrais jamais retourner en ville. Cet endroit te manquera à toi aussi si tu pars en Angleterre, crois-moi. Je suis allé dans plus d'endroits que toi, et je peux te dire qu'il n'y en a aucun de comparable. La guerre m'a appris beaucoup de choses, pas seulement sur les combats. J'en ai appris davantage sur la vie que je ne l'aurais fait en temps de paix.

— J'ai hâte que Jim revienne et qu'il m'emmène.

— Tu crois vraiment qu'il va revenir ?

— Bien sûr ! Pourquoi me poses-tu des questions aussi stupides ?

— Parce que je suis un homme et que je sais comment sont les hommes.
— Il n'est pas comme les autres.
— Non, il n'est pas comme les autres. C'est bien ce qui m'inquiète.
Il s'est levé et s'est approché de la corniche.
— Tu crois vouloir échapper à tout ceci, a-t-il dit en indiquant d'un grand geste l'horizon bordé par les Apennins, bleus dans le soleil de l'après-midi, et tu ne te rendras compte à quel point tu fais partie de cet endroit que lorsque tu l'auras perdu. Tu ne seras plus rien quand tu t'en iras d'ici.
— Tu dis vraiment n'importe quoi. Je serai la femme de Jim. Je serai plus que la fille du meunier qui emmène parfois les moutons et les vaches dans les pâturages.
— Tu es tellement naïve… Tu ne comprends pas ce que j'essaie de te dire.
Il s'est approché de moi ; j'ai senti son souffle sur mon visage et, embarrassée, je me suis écartée de lui.
— Et toi, ai-je répliqué, tu parles comme un vieillard barbant. Tu peux rester à moisir ici et passer le temps à boire à l'*osteria* si ça te chante, mais moi, je pars pour de bon. Tu peux te le garder, cet endroit !
J'ai donné une tape aux moutons pour les faire avancer sur le sentier, laissant Capriolo à ses idées nobles.

Tandis que j'approchais du moulin, j'ai vu un homme qui se tenait sur le pont. C'était un étranger, grand, aux cheveux courts et blonds, qui portait un uniforme britannique. On aurait dit Jim. Quand il a crié mon prénom, j'ai lâché mon bâton et j'ai couru aussi vite que possible. Il m'a serrée dans ses bras. Je pouvais sentir ses os à travers sa chemise ; il était plus décharné que quand il nous avait quittés, en octobre, plus pâle,

aussi, et mieux rasé. Il faisait très anglais dans son uniforme soigneusement repassé. Je me suis soudain sentie intimidée.
— Tu es revenu, ai-je dit, ne trouvant rien de mieux à dire.
— As-tu jamais douté de moi, Ines ?
— Cela fait si longtemps… Où étais-tu passé ? J'avais peur que tu veuilles retourner en Angleterre, auprès de femmes aux yeux bleus, aux cheveux blonds et…
— Ines, m'a-t-il interrompue, j'ai été… j'ai été dans des endroits affreux. J'étais tellement heureux avec toi, ici, dans la montagne… Je n'avais jamais été aussi heureux. Évidemment que je suis revenu auprès de toi. J'ai attendu ce moment…
Les yeux pleins de larmes, il m'a à nouveau prise dans ses bras et m'a serrée si fort que j'arrivais à peine à respirer.
Puis une foule a commencé à se rassembler. Mes parents, les gens du village qui avaient vu la Jeep britannique arriver sur la place et prendre la direction de la rivière. Tout le monde voulait lui serrer la main.
— Nous avons toujours pensé que vous étiez un *Inglese*, lui a dit l'un d'eux, mais nous ne pouvions pas en être sûrs. Bravo, bravo !
Sa main était secouée de bas en haut au rythme des remerciements pleins de reconnaissance qu'on lui adressait, à tel point qu'il m'a confié plus tard qu'il avait l'impression que son bras allait tomber. Tout le monde voulait le toucher, remercier l'*Inglese* d'avoir contribué à mettre un terme à cette guerre atroce – comme s'il était l'unique soldat de toute l'armée britannique. Il a été le seul à revenir au sein de notre village si peu de temps après la fin de la guerre.

5 juin 1945

— Arrête de bouger, Ines… Si tu gigotes, je vais te piquer en plantant mes épingles dans le tissu.

— Personne ne devinera jamais que c'était une robe de nuit, Mamma. C'est parfait. Tu es tellement habile, et le tissu est si beau !

J'ai passé les doigts sur l'ourlet bordé de dentelle de la robe de nuit en soie, douce et fraîche contre ma peau. Je n'avais encore jamais rien porté dans cette matière. Je m'étais habituée aux vêtements de travail rapiécés et raccommodés en temps de guerre, à porter les vieux vêtements de mon frère. Je me sentais belle. Je me suis retournée pour me regarder dans le miroir piqué de ma mère.

— Si tu te penches encore comme ça, l'ourlet va être plus court devant que derrière. Tu es pire qu'une enfant qui ne tient pas en place, aujourd'hui !

Ma mère avait du mal à parler car elle tenait des épingles pincées entre ses lèvres.

— Je ne peux pas y passer la journée, alors tiens-toi tranquille. Nous avons encore beaucoup à faire d'ici demain.

Demain, je me marie. Il y a eu bien peu d'occasions de faire la fête au cours de ces quelques dernières années, alors, pour célébrer l'Armistice autant que notre mariage, tout le monde s'est rassemblé pour nous aider à organiser un banquet de fête. Les voisins ont déposé tout ce dont ils pouvaient se passer sur les marches de notre moulin jour après jour depuis le retour de Jim : des paniers de légumes, des bocaux de conserves, du vin et des bouquets d'herbes.

— Après, je pourrai t'aider à préparer les *cappelletti*, Mamma.

On nous a donné un panier d'œufs frais hier, pour confectionner les raviolis en forme de chapeaux traditionnels pour notre petit-déjeuner de mariage.
— Pourquoi crois-tu que je me suis levée à 5 heures, ce matin ? Pendant que tu dormais, j'étais occupée à préparer la pâte... mais nous devons encore décorer la grange pour la fête, après la cérémonie. Je n'arrive pas à croire que cela fait déjà vingt ans que ton Papà et moi y avons dansé pour notre mariage !
Elle a retiré les épingles coincées entre ses lèvres et a fouillé dans le coffre au pied du lit double en merisier dans lequel elle et Papà ont commencé à dormir après la mort de Nonno.
— Viens ici, ma fille. Laisse-moi te donner ceci.
Elle a sorti le voile, jauni par le temps, qu'elle portait le jour de son propre mariage. Il a été brodé à la main par mon arrière-grand-mère, qui a été la première femme de la famille à le porter pour son grand jour.
— Je vais le laver avec précaution et le faire tremper dans de l'eau de lavande, et il sera impeccable. Il fait soleil, aujourd'hui ; nous l'étalerons sur les buissons et il séchera en un rien de temps.
Soudain, mon père, au pied de l'échelle pour monter aux chambres, a crié :
— Assunta, il n'y a plus rien ! Quelqu'un nous a volé nos affaires.
Mamma est allée se tenir en haut de l'échelle et lui a répondu, criant elle aussi :
— Tu ne regardes pas à côté du bon arbre, Aldo. Cherche le chêne qui a une flèche gravée dans l'écorce. Quelques mois après le début de la guerre, quand les Allemands sont arrivés avec leurs semi-chenillés pour occuper Badia, de nombreux villageois ont enterré leurs biens dans des caisses, dans les bois, pour les empê-

cher de s'en emparer. Les maisons étaient déjà mises à sac, et ils nous volaient notre foin pour les chevaux des troupes. Maintenant, il était temps de récupérer les légumes conservés en bocaux, le vin, le linge et tout ce que nous avions mis d'autre dans ces réserves secrètes. Je crois même que Mamma avait oublié ce qu'elle y avait caché il y a plus de deux ans.

— Tu n'as qu'à venir m'aider, si tu es si sûre de toi, lui a crié mon père, mais je crois bien qu'un satané voleur nous a pris nos affaires.

Ma mère l'a rejoint en bas tout en marmonnant :

— Je ne sais vraiment pas ce que tu ferais sans moi, Aldo. C'est moi qui fais tout, et le reste, ici !

Elle lui a arraché la pelle des mains et est allée creuser à quelques mètres de l'endroit où Papà avait cherché. Le bruit de la pelle cognant quelque chose de métallique a prouvé qu'elle avait raison. C'est souvent comme cela que les choses se passent, avec mes parents. Ma mère a beaucoup de bon sens. Une partie du linge était moisi, un bocal de courgettes s'était renversé, et nous espérions que le vin n'avait pas tourné au vinaigre.

Je chérirai toujours le souvenir de mon dernier après-midi passé en compagnie de mes parents en tant que *signorina*. Nous nous sommes promenés dans les prairies ensemble, et nous avons cueilli des fleurs des champs qui poussaient là où il y avait des cultures en temps de paix : des vesces, des campanules, des orchidées violettes, des marguerites, des genêts au parfum suave, et des guirlandes de clématite sauvage à enrouler autour des poutres de la charpente de l'étable. Nous avons ensuite balayé le sol de l'étable, et disposé de larges planches sur des tréteaux de bois pour faire des tables. Ma mère, les mains sur les hanches, a regardé d'un air satisfait le résultat de notre travail de l'après-midi.

— Demain matin, nous étendrons les draps de Nonna sur les planches en guise de nappes, nous éparpillerons des pétales d'églantier autour des assiettes, et notre fête sera inoubliable. Aldo, va couper du bois pour le four. Ines et moi avons à parler.

Nous avons marché toutes les deux, dans un silence gêné, sur le chemin muletier qui longe la rivière. J'avais une petite idée de ce qui m'attendait.

— Demain, a commencé ma mère, tu n'aimeras peut-être pas ce qui va se passer quand Jim et toi serez seuls. Quand vous serez au lit tous les deux, demain soir, après la fête, n'aie pas peur de ce qu'il te fera. Cela te fera peut-être un peu mal là, en bas, au début, mais tu t'habitueras. Une épouse doit faire cela pour son mari, et avec un peu de chance, tu feras un bébé, et tu commenceras à fonder ta famille.

Mamma a dit tout cela à toute vitesse, sans jamais me regarder, les yeux rivés droit devant elle, les joues toutes rouges.

J'ai ramassé un caillou sur la rive et je l'ai lancé au ras de l'eau pour faire des ricochets, comme je l'ai souvent fait lors de nos jeux d'enfants, avec Davide. Je ne savais pas quoi dire. Ce qui va se passer demain ne sera sans doute pas si terrible, puisqu'elle et Papà continuent à dormir ensemble, dans le même lit. Demain, Jim et moi dormirons là, et, il y a quelques jours, ma mère a lavé et repassé une paire de vieux draps de lin pour nous.

— J'ai dû les raccommoder, m'a-t-elle dit en me montrant ses points minuscules et parfaits quand je l'ai aidée à les plier après qu'elle les avait fait sécher sur les buissons, mais ils sont de bonne qualité, cela ira. Ils ont appartenu à Nonna, que Dieu la bénisse. Quel dommage qu'elle ne

soit pas là pour ton mariage ! Elle aurait adoré cela, Ines, mais perdre Davide l'a tuée…
Ma mère s'est interrompue et a soupiré.
— Mais ne soyons pas tristes aujourd'hui ! Pense simplement à elle, demain. C'est elle qui a fait la belle dentelle sur toutes ces taies d'oreiller. Si la guerre n'avait pas éclaté, j'aurais pu t'apprendre à coudre comme cela, aussi.
Mamma s'est arrêtée tandis que nous longions la rivière.
— Jim a l'air d'être un brave homme, mais ce n'est pas l'un des nôtres. J'ai le cœur brisé à l'idée de perdre un autre enfant.
Elle m'a pris le visage au creux des mains, un rare geste d'affection, puis ses larmes se sont mises à couler sur ses joues, en dépit de ses efforts pour les retenir.
— D'abord, j'ai perdu Davide, et maintenant, toi ! L'Angleterre est trop loin d'ici. Comment vais-je bien pouvoir t'aider à être une bonne épouse ? À qui parleras-tu quand tu auras besoin de conseils ? Es-tu sûre de savoir ce que tu fais, mon enfant ? Je suis morte d'inquiétude à l'idée que tu fasses toute cette route toute seule jusqu'en Angleterre. Comment vas-tu te débrouiller ?
— Mamma, nous en avons parlé encore et encore, lui ai-je répondu, m'efforçant de ne pas montrer mon impatience. Jim doit finir son service dans l'armée. Je te l'ai expliqué plein de fois… Il me rejoindra au bout de trois semaines. Ce ne sera pas trop long. Il a réussi à m'acheter un billet de train spécial, et ses parents vont venir me chercher à la gare. Ils vont s'occuper de moi comme si j'étais leur propre fille, et Jim t'a dit qu'il me ramènerait souvent ici – en été, tous les ans. Tu ne le crois pas ?
— Dire et faire sont deux choses très différentes. Et s'il ne trouve pas de travail ? Ou si le voyage coûte trop

cher ? Je sais que je suis une mère égoïste… Je devrais être ravie que tu sois aussi heureuse, mais je n'ai plus que toi, maintenant.

Je l'ai prise dans mes bras. Jusqu'à présent, cela avait toujours été le contraire : c'était elle qui me réconfortait et me guidait.

— Je t'écrirai souvent, Mamma, et je te raconterai tout sur ma nouvelle vie en Angleterre.

— À quoi me serviront des lettres ? a-t-elle murmuré. Je ne sais ni lire ni écrire. Tu le sais très bien.

— Tu pourras demander au père Luca ou même à Capriolo de te les lire. Je t'en prie, Mamma, ne me dis pas de ne pas m'en aller. J'aime Jim, et il m'aime. Je ne peux pas rester ici sans lui.

Ce soir, ma mère a courageusement arrêté de pleurer. Je ne suis pas plus avancée quant aux choses affreuses qui pourraient se produire au lit, avec Jim, mais je ne suis pas inquiète. Chaque fois qu'il me prend dans ses bras, qu'il m'embrasse, me caresse, je ne veux plus qu'il s'arrête. Cependant, je garde ces pensées pour moi.

— Rappelle-toi, Ines : tu pourras toujours revenir auprès de nous, m'a dit Mamma en ajustant les rubans de ma robe de mariage, pendue à l'armoire, dans sa chambre. Tu seras toujours ici chez toi.

Je ne comprends pas pourquoi elle éprouve le besoin de dire des choses pareilles. Je n'ai jamais été aussi heureuse, et j'ai hâte que ma nouvelle vie commence.

7 juin 1945

Tout le monde est venu, de près et de loin, pour assister à notre mariage, même s'il a plu à verse.

— *Sposa bagnata, sposa fortunata*, n'a pas arrêté de répéter Mamma en me brossant les cheveux, se consolant avec ce vieux dicton selon lequel la pluie tombe sur les épouses chanceuses.

Le père Luca est arrivé en retard, parce que le chemin était un véritable bourbier, et il a dû expédier notre messe car il était attendu ailleurs, pour donner l'extrême-onction à une vieille dame à Fresciano. Nous avions prévu d'aller de l'église à l'étable en cortège, avec des bougies dans des pots à confiture pour nous guider, mais la pluie a contrecarré nos projets. Ma robe de soie était maculée de boue et les fleurs dans mes cheveux s'affaissaient, mais je me suis agrippée au bras de mon beau mari anglais, et j'ai eu la sensation d'être la plus belle mariée du monde.

Les gens sont venus à l'étable non seulement pour célébrer notre mariage, mais aussi pour fêter la fin de ces terribles années de guerre. Comme j'étais tout excitée, je n'ai pas eu assez faim pour faire honneur au repas, mais je me suis délectée à admirer le festin. Je ne me rappelais pas quand j'avais vu pour la dernière fois une telle quantité de mets savoureux : des plats de jambon, des conserves de courgettes et d'aubergines, des champignons et des noix, des feuilles de salade sauvage parsemées de truffes râpées, des pigeons rôtis, du porc, du poulet, et tout un marcassin. Le vin coulait à flots, les visages étaient de plus en plus rouges, et les plaisanteries, de plus en plus grivoises. Puis, mon père a soulevé son accordéon sur son épaule et, après un début un peu rouillé, la musique s'est élevée dans l'air. On a retiré de leurs tréteaux les planches qui nous avaient servi de tables, après avoir mis les restes du repas dans des paniers pour que nos invités les emportent chez eux, et nous avons commencé à danser.

— Tu vas devoir me montrer les pas, m'a chuchoté mon mari quand nous nous sommes avancés au milieu du cercle des visages souriants. Les danses sont différentes de celles que je connais.

— Laisse-toi simplement porter par la musique, et ça va aller.

Il s'est cramponné à moi comme s'il était sur le point de tomber, et notre première valse n'a pas été aussi fluide qu'elle aurait pu l'être, mais cela n'a pas été bien grave car d'autres danseurs se sont bientôt joints à nous, et nous avons été noyés dans la foule.

— Ça donne soif de danser !

Jim s'est arrêté et un autre couple nous est rentré dedans.

— Et j'ai mal à la jambe.

Il m'a entraînée à l'écart, dans le coin de l'étable, là où la plupart des hommes étaient rassemblés autour de tonneaux de vin. Certains d'entre eux étaient déjà chancelants, et ils l'ont félicité tout en lui donnant des tapes dans le dos et en lui serrant énergiquement la main. Je l'ai regardé vider deux godets d'un trait, puis j'ai rejoint Mamma. Juste pour la journée, elle avait retiré les vêtements de deuil noirs qu'elle portait depuis la mort de Davide ; mais elle nageait dans sa plus belle tenue du dimanche, une robe bleue à pois, et son visage était triste. Quand je me suis approchée d'elle, elle a tapoté la chaise libre à côté de la sienne, j'ai pris sa main dans la mienne et je me suis assise. La musique était trop forte pour que nous puissions parler, mais nous savions toutes deux ce que nous avions dans le cœur.

Soudain, au bord de la piste de danse, un attroupement d'hommes a avancé en masse dans un élan de colère. Papà a brusquement arrêté de jouer, en plein milieu d'un morceau, les dernières notes de son accordéon produisant une sorte de soupir discordant, tandis que deux hommes se ruaient l'un sur l'autre dans un tourbillon de poings et de jurons.

Capriolo a poussé Ezio entre les danseurs, faisant tomber une femme sur son passage. Le cavalier de cette dernière, criant de colère, a essayé de séparer les deux hommes, mais il a été récompensé par un coup de poing dans le nez. Le sang a giclé sur sa chemise blanche. Horrifiée, j'ai regardé Capriolo, dont le visage était assombri par la fureur, tandis qu'il continuait à malmener Ezio, le repoussant violemment et hurlant :

— Comment as-tu osé te pointer ici aujourd'hui, *bastardo* ? Qu'est-ce que tu lui as fait ?

Il l'a projeté au sol d'un coup de poing et s'est assis sur lui à califourchon. Le bruit de ses poings martelant le crâne d'Ezio était comme celui d'une hache fendant une bûche. Ezio a gémi :

— Lâche-moi, laisse-moi tranquille !

Il s'est tortillé entre les cuisses de Capriolo pour essayer de se dégager, mais il n'était pas à la hauteur de son adversaire. Pendant que son prisonnier était coincé, Capriolo continuait à tempêter, d'une voix inarticulée à cause de l'alcool qu'il avait consommé.

— C'est ta faute s'il est mort, espèce de sale sournois, salaud ! À mettre ton nez dans nos vies comme le sale mouchard que tu es… Tu ne mérites pas de vivre !

La voix gémissante d'Ezio était à peine intelligible, mais, bouche bée, stupéfaite, je l'ai quand même entendu balbutier :

— Si tu ne t'en étais pas mêlé, ce soir-là, il serait encore en vie. C'est ta faute, pas la mienne…

Capriolo a poussé un hurlement perçant et il s'est remis à pilonner Ezio de ses poings.

C'était plus que je n'en pouvais supporter. Je me suis frayé un chemin dans la foule des invités qui observaient la scène, j'ai attrapé une chaise, et je l'ai fracassée sur les deux hommes en train de se battre.

— Arrêtez ça, tous les deux ! C'est mon mariage !
Capriolo, qui s'apprêtait à asséner à Ezio un autre coup de poing, a arrêté son geste. Sa cage thoracique se soulevant et s'abaissant au rythme saccadé de sa respiration, il a levé les yeux vers moi, et a relâché sa prise sur Ezio, qui est resté, gémissant et vaincu, par terre.
— J'espère que tu as honte de toi, ai-je dit calmement en regardant fixement Capriolo. N'en as-tu pas assez de te battre ? La guerre est finie, maintenant.
— Certaines guerres ne seront jamais finies, a-t-il répondu en se relevant lentement.
La foule s'est écartée sur son passage pour le laisser s'éloigner. Ezio s'est mis debout en titubant douloureusement. Il lui manquait les deux dents de devant, son visage était dans un triste état, mais personne ne lui est venu en aide tandis qu'il s'éloignait en boitant dans l'obscurité.
La fête était finie. Nos invités ont marmonné des excuses et m'ont jeté des regards pleins de pitié, puis ils s'en sont allés. Je me demandais pourquoi Capriolo était aussi plein de venin. Je l'ai cherché du regard dans la foule qui se dispersait, mais il était déjà parti.

*

En temps normal, les jeunes mariés sont accompagnés jusqu'à la chambre par des chants et des rires, et les invités crient au marié : « Emmène-la au lit, emmène-la ! » Mais il n'y avait plus aucun fêtard pour notre nuit de noces. Le lit était parsemé de fleurs, et ma mère avait disposé sa plus belle chemise de nuit sur l'oreiller, pour moi. Debout dans le noir, j'ai soudain eu peur en repensant à ce que ma mère m'avait dit, au bord de la rivière.

—Je te laisse seule quelques minutes, Ines, m'a dit mon mari.

Il a fermé la porte et je me suis déshabillée, frissonnant un peu dans l'air plus frais de la nuit. J'ai baissé la flamme de la lampe et j'ai aperçu mon reflet dans le miroir. Il n'y a pas de miroir dans la chambre que je partageais avec Nonna, alors je ne m'étais encore jamais vue toute nue. Mes seins sont ronds et le triangle de poils entre mes jambes, bien visible dans la pénombre.

Jim est revenu avant que je n'aie eu le temps d'enfiler ma chemise de nuit, et je me suis précipitée vers le côté du lit où elle était posée, soigneusement pliée. Il m'a regardée et, après une brusque inspiration, il a murmuré :

—Ne la mets pas. Reste comme tu es.

Je me suis cachée derrière mes mains, mais il me les a fait retirer de mon corps et s'est penché pour embrasser mes seins, puis il s'est agenouillé, a passé la langue sur mon ventre, a glissé ses doigts en moi, m'a fait trembler. Il a gémi et s'est relevé, s'est déshabillé, a juré en maniant maladroitement les boutons de son pantalon, et s'est assis sur le bord du lit pour l'enlever.

Je n'arrivais pas à détacher mes yeux de sa nudité. Il m'a prise dans ses bras et m'a allongée sur le lit, qui a grincé une première fois quand il a grimpé sur moi, et une deuxième quand il m'a pénétrée. Il a fait des mouvements de va-et-vient avec une étrange expression sur le visage, puis il a poussé un cri et est retombé lourdement sur mon corps. Enfin, avec un grognement, il a roulé sur le côté, a éteint la lampe, et s'est endormi en l'espace de quelques secondes.

Je suis restée immobile dans les ténèbres, repensant à ce que ma mère m'avait dit au sujet des devoirs d'une épouse. Cela m'élançait. J'étais moite et endolorie.

J'avais envie que Jim me parle, qu'il me dise que tout allait bien, que j'avais fait ce que j'avais à faire convenablement. J'avais envie de lui parler de la façon dont notre fête s'était terminée, de lui demander s'il savait pourquoi Capriolo avait tabassé Ezio. Je me suis tournée vers lui et, du bout des doigts, je l'ai poussé tout doucement.

— Dors, a-t-il marmonné.

Je n'avais pas sommeil. Dans l'obscurité, j'ai écouté le bruit de l'eau qui courait sous le moulin, me demandant si la même chose se reproduirait la nuit suivante.

Quant à Anna, allongée dans son lit à San Patrignano, à lire le récit de la nuit de noces de sa mère, elle se sent horriblement oppressée, comme si sa mère tendait la main vers elle pour qu'elle l'attrape. L'image de la première nuit d'intimité de ses parents la met mal à l'aise. Quand l'histoire d'amour qui leur était promise a-t-elle commencé à tourner à l'aigre ? Leur vie conjugale s'est sans doute améliorée avec le temps : après tout, Ines a donné naissance à trois bébés.

Combien de filles apprennent-elles un jour les détails intimes de la vie amoureuse de leurs parents ? Combien de femmes de la génération de sa mère avaient-elles été aussi naïves qu'Ines, ignorant tout de ce qui se passait sous les draps ? Anna se sent voyeuse, à lire des choses sur ces moments d'intimité, et pourtant, comme elle se le rappelle, sa mère voulait qu'elle lise son journal.

23

Août 1999

Anna est réveillée par le meilleur réveille-matin qui soit au monde : le soleil du mois d'août qui entre à flots par la fenêtre. Il est 7 heures, et il fait encore assez frais pour qu'elle ait besoin d'enfiler une polaire légère par-dessus sa tenue estivale habituelle, composée d'un short et d'un tee-shirt. Prendre le petit-déjeuner sur le seuil de sa petite maison est devenu une habitude, et elle décide de chercher une table de jardin et des chaises la prochaine fois qu'elle ira au marché de Sansepolcro. Elle met de l'eau à chauffer pour se faire un thé ; certaines habitudes ont la vie dure.

Assise sur les marches du seuil, une tasse dans une main et une tartine couverte d'une dose généreuse de confiture de prunes, elle repense à ce qu'elle a lu la veille au soir, tout en observant un lézard qui la regarde à la dérobée, caché derrière un pot de géraniums blancs, espérant une miette de pain ou un insecte. Teresa est déjà debout. Elle a mis un couvre-lit et un oreiller à aérer sur le rebord de la fenêtre de sa chambre, et elle la voit agiter son chiffon à poussière à une autre fenêtre ; elle doit faire son ménage matinal.

Francesco aussi est levé. Il apparaît au coin de la petite place avec un panier plein de salades du jardin, lui fait un signe de la main, et elle l'invite à venir boire une tasse de thé.

— Je vais plutôt aller chercher mon café, si ça ne te dérange pas.

Elle a déjà essayé de lui faire boire une tasse de thé anglais, mais il a détesté cela, préférant son thé léger et accompagné d'une rondelle de citron.

Quelques minutes plus tard, ils font tinter leurs tasses l'une contre l'autre, l'une énorme, l'autre, minuscule.

— À la tienne ! Je te remercie encore pour tout ce que tu as fait, Francesco, mais…

— Mais c'était bizarre de lire le passage sur la nuit de noces de tes parents.

— Exactement ! On n'imagine jamais ce genre de choses à leur sujet, n'est-ce pas ?

— Et pourtant, nous sommes là tous les deux, répond-il en riant. Preuve qu'ils l'ont bien fait !

— Pauvre Mamma, cela n'a pas vraiment été la plus belle nuit de sa vie, et ils n'ont assurément pas vécu heureux jusqu'à la fin de leurs jours.

— C'est le cas de bon nombre de couples. Bon, alors, qu'as-tu de prévu aujourd'hui ?

— Je voudrais retourner à Montebotolino pour essayer de discuter avec Danilo. Le mystère s'épaissit, comme on dit, et je veux absolument lui parler. Il y a tellement de choses que j'ai besoin de comprendre ! À quoi rimait cette bagarre ? Si tout le monde était au mariage de mes parents, Danilo y était probablement aussi. J'ai besoin de ses lumières.

Elle boit quelques gorgées de thé.

— Tu ne le trouveras pas là-haut aujourd'hui. Il fait le marché de Pieve, le jeudi.

— Oh, c'est contrariant qu'il ne soit pas chez lui ! Je compte encore sur lui, tu sais, je ne laisse pas tomber.

— Il y a d'autres endroits mentionnés dans le journal où je peux t'emmener, Anna. Ça te dit, une autre excursion avec moi ?

— Tu as le temps ?

— On est en août. L'université est fermée. Je suis à votre disposition, *signorina* ! dit-il, se levant pour faire mine de s'incliner devant elle. Donne-moi dix minutes pour que je m'occupe d'Alba, et après, je serai tout à toi.

— *Troppo gentile, signore !* Mais avant que vous partiez, cher monsieur, j'ai quelque chose à vous montrer...

Elle va chercher la médaille à l'intérieur.

— Que dis-tu de ça ?

Francesco met ses lunettes pour examiner la médaille blanc et or.

— Waouh ! Cette médaille était attribuée pour services exceptionnels rendus à l'Italie. Tu vois la couronne, au milieu ? dit-il en lui montrant le détail. Où as-tu trouvé ça ?

— Dans la vieille boîte en fer-blanc que j'ai prise au moulin. J'ai trouvé la médaille dedans quand je l'ai ouverte pour la nettoyer. Oh ! et il y avait aussi ce document.

Elle tend le papier pelure à Francesco, qui l'examine attentivement, retire ses lunettes et le rapproche de ses yeux.

— Je me demande ce que ça faisait au moulin de ma mère, dit-elle.

— Pas la moindre idée ! C'est dommage, l'écriture est illisible, par endroits. Tu peux me les confier ? J'ai dans mon UFR un ami qui saura peut-être de quoi il retourne.

Dans sa voiture, Francesco se tourne vers elle avant qu'ils ne prennent la route.

— Bien ! Tu étais bouleversée, au moulin, alors je suis partagé au sujet de notre destination de cet après-midi. Je te laisse décider, Anna. Nous pouvons aller à Caprese

Michelangelo, le lieu de naissance présumé de Michel-Ange, ou aller voir un autre village évoqué par ta mère : Fragheto. C'est un triste endroit, mais la campagne alentour est magnifique, et il n'y a pas de touristes du tout.

— Rappelle-moi pourquoi ce nom m'est familier…

— C'est là qu'il y a eu un massacre.

Le souvenir du journal de sa mère lui revient.

— Ah ! oui, c'était vers le début, n'est-ce pas ? Je crois que c'est Toni qui a raconté cette histoire épouvantable… Mon Dieu, oui, allons-y, s'il te plaît ! Je veux faire tout ce que je peux pour en savoir plus sur les jeunes années de mes parents. *Andiamo !*

— Si tu es vraiment sûre… *Andiamo a Fragheto !*

Ils roulent pendant une bonne dizaine de minutes sans parler, à l'aise en compagnie l'un de l'autre. Anna admire le paysage.

Le soleil d'août darde ses rayons, mais la campagne est encore verte et luxuriante. Ils traversent des hameaux dont les vieilles maisons sont égayées par des géraniums et des fleurs d'été plantés dans toutes sortes de récipients – des bidons d'huile d'olive, des abreuvoirs en bois, de vieux pneus peints dans des couleurs joyeuses. Il y a des potagers partout où il y a de la place, même dans les endroits les plus petits, au bord de rochers escarpés, le long de la route. C'est trop en altitude pour que la vigne et les oliviers survivent en hiver, et le paysage est différent des vues de Toscane typiques que l'on voit sur les cartes postales, avec des cyprès et des villas impressionnantes ; mais cet endroit donne davantage l'impression d'être habité. C'est un lieu où les gens doivent respecter la nature pour subvenir à leurs besoins.

Francesco déboîte pour dépasser un tracteur chargé de foin. La route est étroite, mais elle se sent en sécurité.

— J'ai estimé que tu étais arrivée à plus de la moitié du journal de ta mère, dit-il en se rabattant sur le côté droit de la route.

— J'ai feuilleté ce qui reste, j'en ai lu plus des trois quarts… Apparemment, Mamma a écrit de moins en moins au fil des ans. Et je crois que les pages restantes sont en anglais, alors tu es tiré d'affaire.

— Eh bien, à vrai dire, elle a passé plus d'années en Angleterre qu'en Italie, alors l'anglais est devenu sa langue principale au quotidien.

— C'est vrai. Elle a passé plus de cinquante ans en Angleterre et seulement dix-huit ici. Elle n'a jamais perdu son bel accent italien, par contre… Dieu sait pourquoi ils ont choisi d'appeler mon frère Harry : elle n'a jamais réussi à prononcer les *h* aspirés !

— C'est peut-être ton père qui a choisi ce prénom… 'arry.

Francesco essaie de prononcer le prénom de son frère, et elle rit.

— Nous avons un *h* dans notre alphabet, mais nous ne le prononçons jamais, alors à quoi t'attendais-tu ? Essaie de prononcer *Roma* comme je le fais…

Il roule le *r* ; Anna essaie de l'imiter, mais elle n'y arrive pas, et elle rit de son échec.

— *Ecco !* C'est la même difficulté pour toi, dit-il en riant.

Après deux autres virages, il gare la voiture avant le pont qui enjambe le Marecchia.

— Je crois que nous devrions descendre de voiture pour que tu puisses découvrir l'histoire de ce coin en particulier, Anna.

Il lui prend le bras et ils traversent l'étroit pont de pierre. La vallée est large à cet endroit, et une brise fraîche y souffle, même si on est en plein été. Au loin, on voit la ville de San Marino perchée sur son rocher escarpé, que les Apennins entourent de tous les côtés. Elle se dit que cela aurait été la position idéale pour des tireurs embusqués guettant l'ennemi. De jeunes cyclistes vêtus de tenues jaune fluo les dépassent à toute vitesse, en groupe, poussant sur leurs jambes musclées, s'encourageant les uns les autres avec des voix enjouées. À côté du pont, un panneau touristique présente une carte et une photographie grenue de huit hommes morts. Elle lit que plusieurs d'entre eux n'avaient que dix-neuf et vingt ans, probablement le même âge que les jeunes qui viennent de les dépasser à vélo.

— C'est *il ponte degli Otto Martiri*, Le pont des Huit-Martyrs, explique Francesco. Huit jeunes partisans ont été abattus par la milice italienne, à cet endroit. Ce sont les Allemands qui ont ordonné la fusillade.

Il montre du doigt l'un des noms.

— Ce garçon a été arraché à son lit d'hôpital.

Elle regarde la liste des noms. Debout, dans l'air frais, sous un beau soleil, avec en toile de fond les montagnes se découpant sur le ciel d'un bleu limpide, il est impossible d'imaginer quelque chose d'aussi révoltant.

Francesco suit du bout du doigt le texte sur le panneau et lit à haute voix :

— *Il viaggio della memoria. Imparino i vivi dal destino dei morti.*

Elle traduit lentement :

— Le voyage de la mémoire. Puissent les vivants apprendre de ceux qui sont morts.

— Ces mots auraient pu être écrits pour toi, au sujet du voyage que tu fais à travers le journal de ta mère. Je suis sûr que ton père et ton oncle ont participé, d'une manière ou d'une autre, aux attaques qui ont entraîné ces représailles. Je sais que c'est un événement dont mon père m'a parlé.

— Ma mère mentionne souvent un jeune homme qui se faisait appeler Capriolo, un membre important de la Résistance, mais elle n'écrit jamais son vrai nom.

— Elle a bien fait de ne pas dévoiler son identité. Ils ne se battaient pas seulement contre les Allemands. Sur ce panneau, on peut lire que c'est la milice qui a abattu ces jeunes gens. Les Italiens fascistes étaient encore plus dangereux que les Allemands, à bien des égards, parce qu'ils connaissaient les habitudes de leurs voisins, des gens au milieu desquels ils avaient grandi. Ils connaissaient les sentiers qui sillonnaient la montagne et ils espionnaient leurs compatriotes. Il valait mieux que son vrai nom demeure un mystère.

Elle frissonne, et il lui demande si elle est sûre de vouloir continuer.

— Je crois.

La route de Fragheto est étroite et érodée par les glissements de terrain. Ils empruntent un charmant chemin boisé où poussent des truffes et d'autres champignons. Deux kilomètres après un tout petit hameau appelé Ville Fragheto, ils atteignent le village de Fragheto lui-même. Plusieurs maisons ont l'air d'être abandonnées depuis longtemps, et celles qui sont habitées sont peu accueillantes et délabrées.

Devant une église fermée à clé, des carillons les accueillent avec des sons creux, et une plaque porte ce simple message :

Ce site a été consacré
comme lieu de paix

Sur le mur d'une maison décrépite est accrochée une enseigne bleue rouillée sur laquelle on distingue à peine la lettre *t*, indiquant qu'il s'agissait autrefois d'un bureau de tabac. À côté, il y a une plaque à l'inscription effacée, et Francesco lui explique que c'est là qu'a eu lieu l'épouvantable massacre de civils innocents. C'est presque impossible de déchiffrer les noms gravés là, mais Anna a l'impression qu'un nom de famille revient très souvent : Gabrielli. Francesco lui prend à nouveau le bras, et ils gravissent la petite côte qui mène à une chapelle tape-à-l'œil à proximité du cimetière. Un drapeau italien déchiré flotte au vent, et des vases contenant des fleurs en plastique sont disposés n'importe comment, çà et là. Comme pour ajouter à l'ambiance sinistre, une buse, planant sur les courants d'air chauds, choisit ce moment-là pour pousser son cri plaintif, haut dans le ciel.

Elle balaie des yeux la liste des personnes massacrées pendant que Francesco lui explique d'une voix sombre que le 7 avril 1944, trente civils ont été abattus en représailles par les Allemands sous le commandement d'Hermann Göring et par des membres de la Garde nationale républicaine italienne. Il y avait une forte activité de résistance dans les montagnes alentour, mais aucun partisan n'avait été pris. Les représailles contre des citoyens innocents ont été exercées sous le coup de la colère. La plus jeune victime était une petite fille de deux ans appelée Giuditta, tuée aux côtés de sa mère, âgée de vingt-six ans, Maria Gabrielli. La personne la plus âgée à avoir été abattue était un homme de soixante-treize ans.

— Pas étonnant que nous n'ayons jamais entendu parler de ces histoires : elles sont à fendre l'âme, dit Anna avec une énorme boule dans la gorge. Je suis bien décidée à ne pas pleurer.

Francesco la prend dans ses bras et lui frotte le dos, comme pour la réchauffer. Elle aimerait qu'il l'embrasse aussi, pour oublier un instant les horreurs évoquées par ce lieu. Il finit par s'écarter d'elle, mais il lui prend la main et la tient fermement dans la sienne, comme s'il n'avait pas envie de rompre le lien qui les unit à ce moment précis.

— Viens, allons-nous-en et trouvons un bar.

Ils s'arrêtent dans le premier établissement sur lequel ils tombent à Casteldelci, et commandent deux grands verres d'un vin rouge de la région.

En voyant l'expression d'Anna, le barman leur demande s'ils viennent du lieu de pèlerinage.

— Vous savez, leur dit-il, ma mère n'avait que sept ans pendant la guerre, et elle me dit toujours qu'elle ne pourrait rien écrire sur le présent, mais qu'elle pourrait écrire tout un livre sur cette époque affreuse.

Il essuie vigoureusement le comptoir avec un chiffon humide.

— Notre peuple a vraiment souffert. Je sais que la guerre est finie depuis longtemps, mais nous ne devons surtout pas oublier.

— Cette dame est ici pour voir les endroits où son père anglais s'est battu et où sa mère italienne a vécu, lui explique Francesco.

— Vous n'avez pas l'accent italien, *signorina*, même si vous avez les cheveux bruns. Nous avons de la reconnaissance pour les *Inglesi* et pour tous les autres – *Canadesi*, *Polacchi*, *Americani*. Les autorités érigent enfin des monuments en vue du passage à l'an 2000. Quoi qu'il en soit, *signori*, c'est ma tournée !

Il leur sert deux généreux verres de vin rouge.

— Goûtez-moi ça ! C'est le vin du vignoble de ma famille, sur la côte.

Le vin est bon et fort. Pompette pour avoir bu au beau milieu de l'après-midi, Anna se penche vers Francesco et lui dépose un baiser sur les lèvres.

Il rit, lui saisit les mains et les garde entre les siennes.

— C'était en quel honneur, ça ?

— Parce que tu es toi. Pour aujourd'hui. Parce que tu m'aides toujours à me détendre quand nous sommes ensemble. Je n'avais encore jamais ressenti ça avec personne.

— Avec *personne* ? la taquine-t-il, lui tenant toujours les mains.

— Bon, d'accord – je n'avais encore jamais ressenti ça avec aucun autre *homme*.

— *In vino veritas*, comme on dit. Je te crois, alors. Je suis très flatté…

Il lui serre tendrement les mains.

— … et très heureux.

Il plonge ses yeux dans les siens, et l'intensité de son regard la trouble tant que son cœur se met à battre la chamade. Puis il lui lâche les mains.

— Je te propose que nous allions faire une petite promenade en ville, et que nous revenions ensuite manger quelque chose ici. Nous allons devoir éponger tout cet alcool avant de reprendre la route de Rimini !

Ils se promènent bras dessus, bras dessous dans les ruelles de la ville. Les volets des maisons hautes et étroites sont fermés pour lutter contre la chaleur de l'après-midi. Des géraniums éclaboussent les vieilles pierres de leurs couleurs vives, et Anna n'arrête pas de dégager son bras de celui de Francesco pour prendre des photos.

— Je collectionne les photos de portes pour faire un montage, peut-être un poster à encadrer et à mettre au mur. Tu dois trouver que je suis folle de prendre des photos de portes et de poignées anciennes, mais je les trouve belles…

Elle recule pour faire tenir sur sa photo des gonds particulièrement ouvragés.

— Moi, répond-il, je prends des clichés de l'eau et des pierres dans la rivière. Il y en a à travers tous les murs de mon salon… Tu verras, quand tu viendras à Bologne.

— *Quand je viendrai ?* s'étonne-t-elle, haussant les sourcils.

— Tu viendras, Anna, n'est-ce pas ?

— Oui, je viendrai.

Il se tourne pour l'embrasser sur les lèvres. Elle se sent grisée, comme une adolescente de dix-sept ans, tandis qu'il glisse sa main dans la sienne et qu'ils poursuivent leur promenade à travers la ville. Ils s'arrêtent à une fontaine, s'asseyent sur ses marches, et elle s'appuie contre lui. Ils restent silencieux pendant quelques minutes, puis il la serre plus étroitement contre lui et laisse entendre que Teresa pourrait peut-être s'occuper d'Alba le week-end suivant pour qu'ils aient un peu de temps en tête à tête.

— *Buon' idea !* répond-elle en le tirant par la main pour l'aider à se mettre debout.

Ils se dirigent vers le centre de la ville, main dans la main, balançant les bras comme des enfants.

— Tu sais ce que j'adorerais faire, Francesco ?

— Surprends-moi.

— J'aimerais emmener Alba à la mer, demain, et oublier un peu le journal et la guerre dans la montagne, juste pour une journée. Je crois qu'Alba adorerait ça.

Il gémit.

— Alba adorerait ça… Moi, je *déteste* aller à la mer en été, mais si ce n'est que pour une journée, je peux peut-être le supporter. Enfin, si je suis invité aussi, bien sûr !

Ils regardent la ville s'animer de plus belle après l'heure de la sieste. On ouvre tout grand les volets pour laisser entrer l'air qui commence à se rafraîchir, et les gens sortent dans les rues au compte-gouttes pour faire des courses pour le dîner. À la terrasse d'un bar, de vieux messieurs posent violemment des cartes à jouer sur une table en métal, jurant avec bonhomie et riant les uns des autres. Des jeunes descendent à mobylette vers la mer. Les gens vivent leur vie. Tout paraît plus vivant à Anna comme elle partage ce début de soirée avec Francesco.

De retour au restaurant, ils prennent place à la table qui leur a été réservée, dans un coin de la salle. Le propriétaire s'approche d'eux.

— Si vous me laissez le soin de choisir pour vous, leur dit-il, je vous apporterai les spécialités de la maison, tout ce que mon épouse peut préparer de mieux. Je vois bien que c'est une soirée importante, pour vous.

Il fait un clin d'œil et s'empresse de retourner en cuisine par la porte à doubles battants.

Anna éclate de rire.

— Quel coquin ! Tu as vu ce clin d'œil ?

— Il croit peut-être que nous avons une aventure illicite, que nous trompons nos partenaires respectifs...

Il lui prend la main et lui dépose un baiser dans le creux de la paume. Cela chatouille et elle a un petit rire. Il continue, lui couvre le poignet de tout petits baisers, puis remonte sa manche tout en murmurant :

— Il croit peut-être que je vais t'emmener à l'hôtel et te faire l'amour toute la nuit, comme un vrai séducteur méditerranéen...

Il prend un air faussement théâtral pour lui embrasser le bras, l'épaule, et enfin poser ses lèvres sur les siennes.

Elle le repousse en riant.

— Pousse-toi, nigaud, ou tu vas te recevoir une énorme assiette de *crostini* sur les genoux !

Le propriétaire est de retour avec deux assiettes généreuses, et il affiche un large sourire.

Anna ne se rappelle pas grand-chose du repas. Elle se souvient seulement s'être dit que si c'était cela, tomber amoureuse, alors elle n'avait jamais été amoureuse auparavant.

Ils ne vont pas à l'hôtel. Ils entrent sans faire de bruit dans sa petite maison, comme des adolescents qui feraient l'école buissonnière, et dès qu'ils sont à l'intérieur, il referme la porte avec son dos et l'attire dans ses bras. Ils s'embrassent passionnément. Elle sent tout de suite qu'il est excité, contre elle, et ils s'arrachent les vêtements l'un de l'autre. Ils n'arrivent pas jusqu'à la chambre. Il lui enlève sa petite culotte, la soulève, s'appuyant à la porte, et la pénètre tandis qu'elle enroule les jambes autour de sa taille. Ils jouissent ensemble. Après coup, il la dépose doucement sur le sol et lui écarte une mèche de cheveux du visage.

— Allons là-haut, chuchote-t-elle.

Une douce lueur réchauffe les murs blanchis à la chaux quand elle allume la lampe de chevet. Ils s'allongent sur les couvertures et achèvent de se déshabiller. Elle caresse son torse du bout des doigts ; ses poils sont grisonnants, comme ses pattes poivre et sel. Il est svelte ; elle embrasse son ventre plat, descend encore, le prend dans sa bouche et le caresse avec sa langue jusqu'à ce qu'il gémisse. Elle arrête, ne voulant pas qu'il jouisse trop tôt, et s'allonge sur le côté. Il l'attire tout contre lui, referme ses mains sur ses seins, par-derrière, dessine des cercles autour de ses tétons dressés. Elle se cambre pour se frotter contre lui. Il la tourne alors vers lui, l'embrasse langoureusement, fait lentement glisser sa langue entre ses seins, sur son ventre ; puis, quand elle ne peut plus résister, elle écarte les cuisses pour l'accueillir à nouveau.

Le lendemain matin, quand elle se réveille, Anna est seule. Il y a un petit mot sur le lit.

Anna, *carissima. Grazie !* Tu es magnifique. J'espère pouvoir passer toute une nuit avec toi très bientôt, mais pour le moment, je dois rentrer pour m'occuper d'Alba. Nous passerons te prendre à 10 heures pour aller à la mer.

La journée s'écoule dans une brume de chaleur et de confusion.

Anna se souvient des gens entassés sur une plage, du sable doré ratissé et entretenu à la perfection par un *bagnino* musclé et bronzé qui veille à ce que la partie la plus proche d'un groupe de jeunes filles aux seins nus soit particulièrement propre. Il déplace son râteau comme un danseur, se baisse pour ramasser un mégot de cigarette, s'attarde pour discuter, tente sa chance en lançant une invitation à une soirée à la *discoteca* sur le front de mer, plus tard.

Elle se souvient de beaux jeunes gens en train de faire des cabrioles à l'endroit où les vagues viennent lécher les orteils des filles, en train de se jeter de manière acrobatique sur un ballon de plage, d'éclabousser les filles pour leur faire pousser de grands cris aigus. Elle se souvient d'immigrés clandestins africains, *clandestini*, vendant à la sauvette des colliers clinquants et des tranches de noix de coco. Des mères inquiètes crient à leurs enfants de ne pas trop s'approcher du bord de l'eau. De grosses dames sans complexes arborent du vernis rouge sur leurs ongles de pieds et portent des strings imprimé léopard. Une odeur de poisson frit et de crème solaire flotte dans l'air, une radio, quelque part sur la plage, passe des chansons d'amour italiennes roucoulées par Zucchero.

Francesco et Anna barbotent avec Alba, achètent des glaces au bar de la plage ; ils louent même un pédalo pour aller à quelques mètres au large et, de là, voir la plage noire de monde.

Cependant, pendant tout ce temps, ses pensées sont tournées vers Francesco et vers leurs ébats. Croisant son regard, elle perçoit la lueur de désir dans ses beaux yeux marron et sait qu'il pense à la même chose qu'elle.

24

Ils sont tous fatigués par le soleil et la plage quand ils reviennent de la côte, ce soir-là. Francesco raccompagne Alba chez Teresa.

— À très bientôt, murmure-t-il à Anna.

La pression de sa main sur son bras lui fait regretter que *bientôt* ne soit pas *maintenant*. Elle se demande s'il arrivera à s'éclipser discrètement, un peu plus tard, pour venir se glisser dans son lit. Sous une douche brûlante, tout en faisant partir le sable qui colle à sa peau, elle repense à ses baisers, à ses caresses. Leur souvenir la rend langoureuse et indolente, comme un chat.

S'enveloppant dans une serviette de toilette, elle va s'allonger sur son lit et, afin de rester éveillée au cas où il viendrait la retrouver, elle prend le journal de sa mère.

Une note, rédigée en anglais de la main de sa mère, est attachée aux pages restantes avec un trombone qui commence à rouiller.

Anna, j'ai été trop occupée au cours des premiers mois après mon arrivée en Angleterre pour tenir régulièrement un journal. Tout me paraissait très étrange, et j'étais fatiguée d'apprendre tout le temps. Ma nouvelle vie était totalement différente de tout ce que j'avais connu jusque-là. Ces dernières pages sont un mélange de choses que j'ai écrites sur le moment et de souvenirs que j'ai couchés sur le papier longtemps après les événements. Les mots ont afflué à ma mémoire dès que mon stylo a touché le papier.

Souvenir de septembre 1946

Le train plein de rescapés de la guerre semblait psalmodier « *Arrivederci, arrivederci* » comme il traversait l'Europe en haletant. Je regardais le paysage défiguré, à travers la vitre, les moignons de maisons comme des cous sans têtes. Je me souviens d'avoir frissonné devant le spectacle d'une telle dévastation, et de m'être forcée à en détacher les yeux pour reporter mon attention sur l'intérieur du wagon.

En face de moi, deux soldats fatigués dormaient, la tête rejetée en arrière contre la banquette. L'un était blond, avait la bouche ouverte et bavait comme un bébé. Son compagnon, plus âgé, m'avait regardée de la tête aux pieds un peu plus tôt, et j'avais baissé les yeux modestement, avançant ma main gauche sur mes genoux pour mettre bien en évidence mon alliance en or brillante. Une vieille dame était recroquevillée dans le coin, un panier de légumes serré contre la poitrine. Mes effets personnels sur le porte-bagages au-dessus de moi, dans une valise cabossée que Mamma avait insisté pour attacher avec une épaisse corde avant que je parte.

— On n'est jamais trop prudent, avait-elle dit comme si elle parlait en voyageuse aguerrie. Nous allons faire cela, au cas où quelqu'un croirait pouvoir mettre ses sales pattes de voleur sur tes affaires.

La dame assise en face de moi semblait être de la campagne, elle aussi, et je n'arrêtais pas de lui jeter des coups d'œil pour me rassurer. Elle me faisait me sentir moins miteuse, moins bizarre. Elle n'a quitté son siège qu'une fois en vingt-quatre heures de trajet, et elle m'a demandé de garder un œil sur ses affaires en son absence. Le reste du temps, elle a pleuré en silence dans un grand mouchoir, qu'elle tordait et pétrissait entre ses mains marquées de taches de vieillesse. Je regardais ses doigts osseux avec fascination. Ils me rappelaient ceux de Nonna. Avant sa mort, elle restait assise à longueur de journée dans la cuisine, à se balancer d'avant en arrière, perdue quelque part dans le passé. Si je n'avais pas moi-même eu le cœur si lourd, j'aurais tenté de réconforter la vieille dame, mais je faisais moi aussi un voyage difficile.

« Si près, si loin, si près, si loin… »

Le train a continué à me railler, avec son rythme, jusqu'à ce que nous nous arrêtions dans un crissement strident aux abords d'une ville, quelque part au beau milieu de la France. Nous avions traversé de vastes étendues de campagne, interrompues çà et là par des hameaux, dont les maisons abandonnées étaient criblées de balles. Des mains se tendaient vers nos vitres baissées, des mains offrant du pain et des denrées, des voix nous interpellaient.

— S'il vous plaît, s'il vous plaît, mesdames, messieurs[1]…

À la maison, Mamma coupait toujours le pain de la même façon, à chaque repas. Elle tenait la grosse *pagnotta*[2] ronde au creux de son bras gauche, près de son cœur, prenait le couteau de la main droite, et coupait en le ramenant vers elle.

— Je ne vais pas me blesser, nous disait-elle, à Davide et à moi, quand nous lui demandions de faire attention. Ce pain est un don de Dieu, il est précieux. Le Seigneur ne va pas me laisser me faire mal.

1. En français dans le texte.
2. Miche.

Ce pain français que l'on nous agitait sous le nez par les fenêtres du train était long et fin. Comment une mère française pouvait-elle le tenir contre son cœur ?
Tandis que le train m'emmenait de plus en plus loin de mon Italie, cela a été l'une des premières différences que j'ai constatées entre nos deux pays.
Quand nous avons traversé l'étendue d'eau grisâtre entre la France et l'Angleterre, je n'ai plus été capable de retenir mes larmes. Avec cette traversée, le cordon ombilical qui me rattachait à ma patrie était bel et bien coupé, et je commençais à comprendre un peu mieux ce contre quoi Capriolo et Mamma m'avaient mise en garde. C'était la chose la plus difficile que j'avais faite jusque-là, au cours de mes dix-neuf ans de vie. J'étais terrifiée et excitée à la fois.
Plus tard, à travers la vitre d'un autre train, j'ai regardé la verdoyante campagne anglaise. Je la regardais sans vraiment la voir. J'écoutais le train qui me berçait avec son cliquetis rythmique, faisant écho à mes pensées : « Pourvu qu'ils soient gentils, pourvu qu'ils soient gentils, pourvu qu'ils soient gentils. »

Le train s'est arrêté à la gare de Londres-Victoria avec un crissement sonore et une secousse violente. Jim m'avait appris quelques phrases de base : « Bonjour », « Comment allez-vous ? », « Je m'appelle Ines Swilland. »
J'avais beau essayer, je n'arrivais pas à prononcer mon nouveau nom de famille, et j'avais peur de ne pas être capable de dire à qui que ce soit comment je m'appelais. Jim avait envoyé une lettre à ses parents pour leur indiquer l'heure d'arrivée du train de Douvres. Il avait réussi à m'acheter un billet de deuxième classe pour la Flèche-d'Or, un train élégant qui n'avait pas servi

pendant la guerre. Il m'avait décrite à ses parents dans une lettre précédente. Je porterais une jupe et une veste grises avec un chemisier blanc, je mesurais un peu plus d'un mètre cinquante, et j'avais les cheveux bruns et bouclés. Il leur avait dit que je les aurais probablement attachés, mais quelques-unes de mes épingles à cheveux étaient tombées pendant le voyage, et ils étaient maintenant à moitié relevés, à moitié lâchés. J'espérais qu'ils ne me trouveraient pas négligée.

L'air froid me faisait frissonner. Dans mon manuel de géographie, l'Angleterre était décrite comme un pays de pluie et de brouillard épais comme de la purée de pois, mais cet après-midi-là, l'air était vif et le ciel, dégagé. Le soleil brillait, mais le froid était piquant, et j'avais peur que mes vêtements légers ne soient pas adaptés au climat. Chez nous, en septembre, le soleil pouvait parfois être aussi chaud qu'au mois d'août – mais je devais arrêter de considérer Rofelle comme « chez moi ». L'Angleterre était mon nouveau chez-moi.

J'ai pris une profonde inspiration pour me calmer, puis j'ai saisi ma valise. Les portes ont claqué, un coup de sifflet a retenti, et, sur le quai, les gens m'ont dépassée résolument, d'un pas rapide, se saluant les uns les autres avec des mots que je ne comprenais pas. J'ai soudain eu envie de faire demi-tour, de remonter dans le train et de retourner auprès de ma famille, en Italie.

Puis, un couple de personnes âgées s'est approché de moi.

— Ines ? a dit la dame d'un ton interrogateur, inclinant légèrement la tête, de fins cheveux gris s'échappant de son chignon souple.

Quand j'ai hoché la tête, elle s'est avancée pour m'embrasser sur la joue. Sa peau était sèche et sentait le savon. J'ai reconnu Jim en elle, avec ses yeux bleus et son long nez ; et quand elle m'a souri, j'ai vu qu'elle avait, comme lui, les dents du bonheur. Elle a d'abord parlé lentement, et j'ai réussi à suivre presque tout ce qu'elle m'a dit.

— Bienvenue en Angleterre, ma nouvelle fille chérie ! Laisse-moi te regarder de plus près…

Elle a fait un pas en arrière et m'a tenue à bout de bras pour me dévisager. Nous faisions à peu près la même taille, et j'ai été surprise, car j'avais présumé que toutes les Anglaises étaient grandes et sveltes, de constater qu'elle était petite, comme moi, et plutôt dodue.

— Tu es bien plus jolie que Jim ne t'a décrite, a-t-elle dit en saisissant mes mains entre les siennes. Je m'appelle Freda, et voici John, mais tu peux nous appeler maman et papa. Ce sera bien plus simple, pour toi, et puis, tu fais partie de la famille, maintenant. Comprends-tu ce que je dis, Ines ?

J'ai encore hoché la tête, même si je ne comprenais pas tout et ne me sentais pas prête à répondre ou à prononcer quant à moi le moindre mot en anglais.

Ensuite, « papa » m'a embrassée lui aussi, et j'ai senti ses favoris m'effleurer la joue. Il m'a souri timidement.

— Bienvenue, Ines. Allons, rentrons à la maison ! Nous avons un autre train à prendre. Nous en avons pour une heure.

Je n'ai compris que quelques mots de ce qu'il disait, parce qu'il parlait beaucoup plus vite que ma belle-mère, et je me suis rendu compte qu'il fallait que je m'améliore en anglais. Je commençais à éprouver un peu plus de compassion pour Jim, qui avait peiné à acquérir quelques notions d'italien, et je regrettais maintenant de l'avoir tant taquiné.

Les parents de Jim devaient voir à quel point j'étais épuisée, et j'étais soulagée de ne pas avoir à entretenir poliment la conversation au cours du dernier trajet en train. Avant que la nuit tombe, j'ai regardé à travers la vitre les jardins rectangulaires bien entretenus qui longeaient la voie ferrée. La plupart d'entre eux avaient été transformés en potagers, et certains avaient des balançoires ; j'ai vu des chats assis sur des rebords de fenêtre, du linge pendu à sécher et claquant au vent. Il y avait des vides à des endroits où des maisons s'étaient certainement dressées, autrefois. L'Angleterre aussi avait été bombardée. Voir ces scènes quotidiennes se dérouler derrière la vitre du train me réconfortait. Je me suis assoupie avec l'idée que, même si j'avais parcouru des centaines de kilomètres, les gens ici avaient des vies ordinaires, comme celles que nous menions en Italie. Ils faisaient pousser des légumes, étendaient leur linge et avaient des animaux de compagnie. Tout allait bien se passer.

Maman et papa, comme je devais les appeler, habitaient à West Croydon, dans une rue pleine de maisons qui avaient l'air identiques. Le numéro 20, sur East Park Road, était le même que les numéros 22 et 24, et je me suis dit que j'avais intérêt à retenir le numéro de leur maison. Je ne voulais pas me perdre si jamais je sortais toute seule.

— Eh bien, nous y voilà, ma chérie ! Voici notre palais, a dit Freda en m'entraînant sur une courte allée vers une porte vert bouteille.

John a porté ma vieille valise tandis que Freda cherchait ses clés. Elle a d'abord fouillé dans son sac à main, puis dans ses poches, et a fini par les trouver là où elle avait regardé en premier, dans son sac à main. Pendant tout ce temps, elle n'a pas arrêté de parler, mais presque tout ce qu'elle a dit a glissé sur moi. Je n'ai compris que quelques mots, comme « jardin » et « Mussolini ».

John est resté derrière nous, à attendre patiemment que Freda trouve les clés, et je n'ai pas pu m'empêcher de penser qu'il y aurait eu beaucoup plus de vociférations et de gesticulations à la maison, si Mamma avait perdu les clés de la porte d'entrée.

— Chut, Freda ! a dit John. Rappelle-toi : on ne parle pas de la guerre.

Il avait prononcé ces derniers mots dans un murmure, et Freda a plaqué une main sur sa bouche. Je crois qu'elle s'est ensuite excusée, mais je n'ai pas bien compris. John a toussé bruyamment, l'interrompant en plein discours, et elle m'a alors pris la main, l'air très embarrassée, et elle m'a dit qu'elle allait nous préparer à tous une tasse de thé.

Avant que je parte, Jim m'avait dit que certains Anglais auraient du mal à accepter le fait que j'étais italienne. Nous avions d'abord été des ennemis, puis nous avions changé de camp. Ce serait difficile, par moments, il m'avait prévenue, et peut-être était-ce ce qu'il avait voulu dire. J'aurais aimé connaître assez de mots en anglais pour pouvoir leur dire que rien de tout cela n'importait, que la guerre était finie et que c'était l'aube de nouveaux départs.

J'aurais aimé que Jim soit là, à côté de moi, mais il ne me rejoindrait que deux mois plus tard. Il m'avait expliqué qu'il devait être démobilisé et que je ne pourrais pas loger avec lui pendant ce temps. J'avais été impatiente de quitter Rofelle et de commencer ma nouvelle vie, alors cela ne m'avait pas dérangée, mais je commençais à regretter mon esprit aventureux. Toutefois, c'était trop tard, maintenant, et je devais aller de l'avant.

La maison de mes beaux-parents ressemblait à une maison de poupées, avec deux pièces, une petite cuisine et une salle de bains au rez-de-chaussée, et deux chambres à l'étage. Les plafonds étaient plus hauts que dans notre moulin, et les murs étaient recouverts de papier peint coloré, très différents de nos murs blanchis à la chaux. Il y avait de la moquette par terre, et la petite maison était pleine à craquer de bibelots et de plantes vertes.

Freda m'a emmenée à l'étage, dans une pièce à l'arrière. Elle a tiré les rideaux.

— Ce sera ta chambre en attendant le retour de Jim, m'a-t-elle dit, c'est ici qu'il dort depuis qu'il est tout petit ; mais vous aurez notre chambre avec le grand lit quand il reviendra, jusqu'à ce que vous puissiez vous organiser et vous trouver une maison bien à vous, même si cela risque d'être difficile à cause de la crise du logement.

Il lui a fallu un moment pour m'expliquer tout cela. Elle s'est montrée très patiente, et à un moment donné, elle a pris un carnet et un crayon sur le bureau de Jim et elle m'a dessiné des maisons et des bombes pour m'aider à comprendre. Elle m'a montré où pendre mes vêtements, dans une armoire étroite qui se trouvait dans une alcôve à côté de la cheminée, elle m'a donné une serviette de toilette propre, puis elle m'a laissée seule et elle est redescendue préparer à manger.

Je me suis assise sur le lit étroit de Jim et j'ai regardé les reliques de son enfance. Un ours en peluche était posé de travers sur une étagère, à côté d'une rangée de livres fatigués. Sur la même étagère, il y avait aussi un modèle réduit de train à vapeur rouillé et une boîte de soldats de plomb. Davide et moi n'avions pas de jouets comme ceux-ci quand nous étions enfants. Mon père m'avait sculpté une minuscule poupée en bois, pour le jour des Rois, la fête de la Befana, quand j'avais environ six ans, et Davide avait réussi à se procurer une vessie de porc avant la guerre, lors de l'abattage du porc du mois de janvier. Lui et ses amis en avaient fait un ballon pour jouer dans la cour, sous le moulin, riant et se bousculant, jusqu'à ce que ce ballon improvisé finisse par éclater. Nous n'avions jamais eu d'argent à dépenser en jouets, ni de temps libre pour jouer, d'ailleurs, car nous étions toujours trop occupés par les tâches ménagères.

Je me sentais mal à l'aise, assise dans la chambre de Jim, à espionner une partie de sa vie dont j'ignorais tout. J'avais soudain l'impression que c'était un étranger pour moi, en dépit du nouvel anneau en or à mon doigt, et je l'ai frotté pour me prouver que ce qui se passait était bien réel. J'avais brusquement le mal du pays en imaginant Mamma et Papà assis sur leur banc de pierre, devant le moulin, à regarder le soleil se coucher derrière les montagnes. Je me suis demandé s'ils pensaient à moi, et des larmes m'ont piqué les yeux. Puis je me suis secouée et j'ai décidé d'écrire, le lendemain matin, une lettre que Capriolo leur lirait, si Freda pouvait me montrer où acheter un timbre et poster une lettre.

— Le dîner est prêt, Ines ! m'a crié maman depuis la cuisine, juste à temps pour faire cesser mes larmes.

Je suis descendue et je suis entrée dans la toute petite cuisine.

— Attends de voir ce que je t'ai préparé, ma chérie !

Elle remuait quelque chose dans une casserole sur une cuisinière à gaz moderne. Mamma cuisinait toujours au feu de bois dans notre immense cheminée. Cela paraissait plus facile ; j'espérais que Jim m'achète une cuisinière, à moi aussi, et peut-être, avec un peu de chance, un réfrigérateur comme ceux que j'avais vus dans les films, dans les cuisines américaines.

— Tiens, ma chérie, quelque chose d'italien !

Les parents de Jim m'ont regardée attentivement tandis que je m'attaquais à une assiettée de pain recouvert d'un tas de quelque chose qui ressemblait à des vers dans de la sauce rouge. Je n'avais pas la moindre idée de ce que c'était, mais je ne voulais pas paraître ingrate. Maman était si gentille avec moi ! L'appeler maman commençait à me sembler naturel.

— Eh bien, vas-y... Ne te retiens pas ! Nous nous sommes dit que tu te sentirais chez toi si nous te préparions un plat typiquement italien. Nous savons que vous en mangez tout le temps, en Italie.

La surprise qu'ils m'avaient réservée était des spaghetti en boîte de la marque Heinz sur du pain grillé, et je me suis rendu compte plus tard qu'ils s'étaient procuré cela en échangeant des coupons, soigneusement économisés en vue de mon arrivée, pour que je me sente la bienvenue. Chaque bouchée me donnait envie de vomir. C'était sucré et cela ne ressemblait à aucune sorte de pâtes que j'avais pu manger jusque-là, mais j'appréciais leur gentillesse et j'en ai avalé péniblement le plus possible.

— Merci, ai-je dit, essayant de cacher la moitié de la mixture molle sous mon couteau et ma fourchette.

— Veux-tu autre chose ?

Freda est allée chercher quelque chose dans le garde-manger, et elle est revenue à table avec une tarte aux pommes. Elle était très appétissante, mais, dès notre plus tendre enfance, on nous avait appris que c'était impoli d'accepter quoi que ce soit tout de suite ; ce n'était que lorsque notre hôtesse ou notre hôte insistait que nous devions répondre « Oui, s'il vous plaît. » C'est pourquoi, en petite fille bien polie, j'ai répondu :

— Non, merci.

J'ai attendu que ma belle-mère me propose à nouveau de la tarte, mais elle est repartie avec et l'a rangée dans le garde-manger.
La même chose s'est produite au cours des quelques jours suivants avec de la nourriture, des tasses de thé, du café. Ils m'en proposaient et je déclinais, m'attendant à ce qu'ils insistent et m'en proposent à nouveau, mais la seconde offre ne venait jamais. Au bout d'une semaine, je mourais de faim. Une nuit, sûre que maman et papa dormaient – j'entendais distinctement leurs ronflements à travers les murs fins comme du papier à cigarettes –, je suis descendue à pas de loup, prenant soin d'éviter l'avant-dernière marche, qui grinçait, j'ai ouvert la porte du garde-manger, et je me suis gavée de pain, de jambon et de fromage. Ce n'est que quand Jim est rentré en Angleterre, après avoir été démobilisé, que j'ai appris que ce n'était pas impoli de dire oui tout de suite quand on se voyait offrir quelque chose. Il a ri et m'a dit que j'étais une bécasse.

*

Comme je l'ai déjà dit, maman était une femme gentille. Cela devait être tout aussi difficile pour elle d'avoir une étrangère sous son toit. Un mercredi matin, nous sommes allées au marché ensemble, et après avoir acheté du poisson et une casserole neuve, nous sommes allées prendre une tasse de café. C'est une autre chose que j'ai tout d'abord trouvée étrange : le café anglais était trop léger et on y ajoutait trop de lait, mais je m'étais aperçue qu'avec trois ou quatre cuillerées de sucre, il était plus buvable. Après m'avoir vue faire cela plusieurs fois, Freda avait dû m'expliquer gentiment que le sucre était toujours rationné, me montrant son carnet de rationnement et m'expliquant le système de coupons que tout le monde était censé respecter. John avait des ruches, et elle ne se souciait pas de la quantité de miel que je pouvais mettre dans mes boissons à la maison, mais le sucre était une autre histoire. J'avais tant de nouvelles choses à apprendre ! Quoi qu'il en soit, deux dames assises à la table voisine au salon de thé m'ont entendue buter sur les mots tandis que je discutais tant bien que mal avec Freda, et elles ont dû faire un commentaire que Freda a pris comme une insulte. Elle s'est levée, a rejeté les épaules en arrière, levé le menton, et, alors même que nous n'avions pas fini notre café, elle m'a aidée à me mettre debout et a dit quelque chose aux dames avant de partir, m'entraînant. Dans le bus, sur la route du retour, elle m'a avertie que ce genre de choses risquaient de se reproduire, mais que je n'avais pas à m'en faire.

— Les femmes ignorantes dans leur genre n'ont rien de mieux à faire de leur temps. La guerre est finie, et ce n'est pas ta faute si tu es italienne.

Elle a ensuite changé de sujet, me disant que nous allions être bien occupées cet après-midi-là. C'était une journée ensoleillée, et nous allions faire les carreaux avec du papier journal et du vinaigre.

Je n'avais pas pensé qu'être italienne puisse être un problème, et l'idée me gênait chaque fois que nous sortions. Je ne me suis plus aventurée seule dehors longtemps après le retour de Jim.

Freda m'apprenait des recettes anglaises pour que je puisse impressionner Jim quand il reviendrait. Un matin, elle m'a annoncé que nous allions préparer un *toad-in-the-hole*[1]. Quand j'ai cherché le mot *toad* dans

1. Littéralement, « crapaud dans le trou ». Plat de saucisses cuites au four dans de la pâte.

mon dictionnaire, j'ai été horrifiée. Je ne pouvais pas supporter l'idée de manger des grenouilles, à plus forte raison des crapauds, et je n'avais pas du tout hâte de découvrir ce nouveau plat.

— Mais à quel moment ajoutez-vous les crapauds ? ai-je demandé à Freda quand elle a mis au four le plat de saucisses entourées de pâte.

Elle a bien ri, et John aussi, le soir même, au dîner, quand elle lui a raconté l'anecdote.

D'autres jours, elle me faisait me tenir à côté d'elle pendant qu'elle préparait du ragoût, du *Yorkshire pudding*[1], du *Victoria sponge cake*[2] et de la crème anglaise. J'adorais les desserts qu'elle préparait, mais je mourais d'envie de relever ses plats salés fades avec des herbes aromatiques et du vin. Cependant, je voulais aussi apprendre à être une bonne épouse anglaise.

— Oh, nous ne buvons pas souvent de vin en Angleterre, m'a répondu Freda, choquée, quand j'ai suggéré d'ajouter du vin à sa sauce au jus de viande. Seulement lors des grandes occasions et pendant les fêtes – tu sais, à Noël et au Nouvel An.

— Tu es une petite bécasse, Ines !

Je me demandais pourquoi les Anglais trouvaient les bécasses si amusantes. Certaines de leurs expressions étaient difficiles à comprendre : Freda m'avait dit que Jim disait que j'étais « la prunelle de ses yeux », que je lui « mettais du baume au cœur », et que le boucher du quartier était « rusé comme un renard ». J'allais découvrir que j'avais encore beaucoup à apprendre, même si mon anglais s'améliorait lentement.

*

1. Spécialité anglaise accompagnant généralement les plats en sauce.
2. Sorte de génoise à la confiture de framboises et à la crème.

Le mois de septembre a laissé la place au mois d'octobre. Les journées sont devenues plus froides et la maison, encore plus glaciale. Il n'y a que dans la cuisine, à côté de la chaudière, qu'il faisait bon. La nuit, je dormais tout habillée. J'étalais mon manteau sur les couvertures, mais je m'endormais quand même en frissonnant. Un matin, Freda est venue me chercher parce que je ne m'étais pas réveillée et que j'étais en retard pour le petit-déjeuner.

— Eh bien, ça, par exemple ! Regarde-toi, bien au chaud dans ton nid douillet !

Elle a ri en me voyant cachée sous mon monticule de couvertures.

— Tu as froid, mon canard ? Tu aurais dû nous le dire ! Il ne faut pas que tu meures de froid. Nous allons régler ça, ce soir.

À partir de ce moment-là, tous les soirs jusqu'au retour de Jim, elle a rempli une bouteille en grès d'eau bouillante pour réchauffer mon lit. Elle m'a tricoté une paire de chaussons de nuit roses hideux à mettre au lit, avec la laine d'un vieux cardigan défait, et j'ai enfin eu chaud. Je me demandais si Jim réussirait à me trouver dans le lit. Il me manquait, j'avais hâte qu'il me rejoigne. J'étais sûre que dès que nous serions réunis, il me guérirait du mal du pays qui me rongeait et me ferait l'amour comme il avait essayé de le faire dans la montagne. Je rougissais en y pensant. Freda et John étaient gentils, mais ce n'étaient pas mes parents, et je détestais la nourriture et le temps morne. J'avais beaucoup maigri, aussi, et je craignais que Jim ne me trouve plus attirante.

Par un mardi après-midi bruineux du mois de novembre, j'attendais à la gare de West Croydon,

vêtue de mon plus beau tailleur, les cheveux fraîchement lavés et bouclés au fer, portant une paire de gants et une écharpe que ma belle-mère m'avait tricotées dans de la laine écarlate qu'elle avait réservée pour une occasion spéciale.
— Il me semble que retrouver ton mari après de si longs mois compte comme une occasion spéciale ! m'avait-elle dit. Tu veux te faire belle pour lui, n'est-ce pas ? Il nous faut quelque chose pour égayer ce tailleur gris. Il est bien coupé, mais triste. Tu aurais bien besoin d'un peu de couleur – tu es un peu pâlotte, depuis quelque temps. Il ne faudrait pas que Jim croie que nous ne prenons pas bien soin de toi !
Je m'habituais au franc-parler de ma belle-mère.
— Et il va adorer ce cake aux fruits. Il a toujours adoré le cake aux fruits.
J'avais été décontenancée quand je l'avais aidée à faire le gâteau. Elle m'avait dit que nous avions besoin de fleur de farine et j'étais sortie dans le jardin, pour revenir les mains vides.
— Pas de fleurs, avais-je dit. Trop froid, c'est l'hiver. Pas de fleurs.
Elle avait alors sorti le paquet de farine du garde-manger et m'avait montré ce qui était écrit dessus. Il y avait tant de mots qui voulaient dire plusieurs choses différentes !
Plus tard, j'ai compris qu'elle avait échangé avec Mme Hawthorne des coupons de fromage contre une demi-livre de raisins secs. C'était ainsi que les choses se passaient dans les années d'après-guerre. Les gens devaient improviser.
Freda avait également confectionné une nouvelle paire de rideaux pour la chambre en prévision du retour de Jim. Elle avait teint des draps en coton tout simples en

un beau vert pomme. En fin de compte, je suis sûre que Jim n'a rien remarqué ; mais cela a fait plaisir à Freda. J'avais l'estomac noué tant j'avais le trac. Jim devait revenir en Angleterre. Sur le quai de la gare, je sautillais d'un pied sur l'autre. Je ne savais pas quoi faire de moi-même, et je n'arrivais pas à me concentrer sur quoi que ce soit.

Le train est entré en gare, et Freda et John se sont tenus discrètement dans la salle d'attente pour nous laisser un peu d'intimité. Je l'ai reconnu tout de suite parmi tous les autres hommes. Il avait maigri et avait les cheveux plus courts, mais c'était bien mon Jim.
— *Tesoro*, *tesoro*, mon chéri ! ai-je crié en courant sur le quai, l'appelant à tue-tête et me jetant à son cou.
Il a baissé les yeux vers moi, a froncé les sourcils, a décroché mes bras de son cou et m'a dit que tout le monde nous regardait, m'a enjoint de ne pas me donner en spectacle. Il n'y avait que des couples tout autour de nous, à perte de vue, des amants enlacés, et je ne comprenais pas pourquoi il était si froid.
À partir de ce moment-là, mon cœur a commencé à se flétrir, un peu plus chaque jour, comme les raisins sucrés qui se changeaient en fruits secs sur les vignes de Papà. Cette nuit-là, quand nous sommes montés à l'étage, pour prendre le lit de Freda et de John, il s'est déshabillé rapidement, a mis son pantalon et sa chemise sur le dossier de la chaise, a éteint la lumière et s'est tourné sur le côté, dans le lit. Je me suis approchée de lui, collant mon corps contre le sien, comme je le faisais au cours des nuits suivant notre mariage.
— Pas ce soir, Ines, a-t-il marmonné. J'ai passé une journée épouvantable. Je suis fatigué. Dors.
Là-dessus, il s'est écarté de moi.

Je me suis demandé ce que j'avais fait de travers.
Allongée dans le noir, transie, je me suis sentie plus seule que jamais, et je me suis détournée de mon mari pour qu'il ne m'entende pas pleurer. Pourquoi ne voulait-il plus de moi ? Que pouvais-je faire ? J'avais besoin de ma mère. J'aurais voulu qu'elle me conseille. Soudain, c'était comme si elle se trouvait là, à mes côtés dans ma chambre glaciale, en Angleterre. Les rideaux ont bougé dans la brise nocturne, et elle s'est mise à me parler. J'ai cru entendre ma mère, pragmatique et sage, me dire de me ressaisir et de continuer à mener cette nouvelle vie que j'avais tant désirée. Je me suis sentie honteuse de pleurer au lit, alors je suis restée immobile et j'ai réfléchi à ce que j'allais faire.
Freda m'avait dit que j'étais maigre. Jim m'aimerait peut-être plus si je prenais un peu de poids. Je n'aimais quasiment rien de ce que l'on mangeait ici, mais j'adorais les gâteaux et les biscuits de Freda. J'ai décidé d'en manger davantage pour retrouver mes formes. Je m'achèterais du rouge à lèvres écarlate chez Woolworth's pour me rendre désirable. Je ferais en sorte qu'il m'aime à nouveau.

25

5 décembre 1946

Cher journal,

Je hais cet endroit.

Je hais le froid, la nourriture, les gens sans soleil qui ne sourient pas, avec leurs visages pâles.

Je hais mon mari cruel, qui est si différent du Jim que j'aimais à la folie dans ma belle Toscane.

Notre *mulino*[1] me manque, caché dans les replis près des Alpes de la Lune, où le soleil rougeoyant embrase le ciel en se couchant derrière les sommets bleus embrumés.

Pourquoi Mamma ne m'a-t-elle pas mieux préparée, pourquoi ne m'a-t-elle pas plus parlé de mes devoirs conjugaux ? J'essaie de satisfaire mon mari ; mais je déteste coucher avec lui. Je déteste quand il me prend de force, qu'il m'impose son corps lourd qui empeste la bière, même quand j'ai mes menstrues ; et quand je lui dis que je suis fatiguée, il hurle. Parfois, il devient violent et me frappe. Je ne sais jamais quand cela va arriver.

Nous avons quitté la maison de Freda et John, et, loin de ses parents, ses brutalités ont augmenté. J'avais hâte que nous ayons notre propre maison, mais quand Jim est violent envers moi, je regrette que nous ayons cette

1. Moulin.

chance. Il y a de longues listes d'attente, car nombreux sont ceux qui ont perdu leur maison dans les bombardements. Les Anglais aussi ont souffert ; nous n'avons pas été les seuls. Jim avait assez d'argent pour acheter notre nouvelle maison, sans quoi nous aurions dû attendre des mois, peut-être même des années. J'avais espéré que le fait que nous ayons notre propre maison aiderait Jim à se détendre un peu, mais au contraire, il est encore pire qu'avant.

Les Anglais font la queue pour tout. Même s'il n'y a que deux personnes qui attendent quelque part, elles font la queue l'un derrière l'autre. Parfois, cela me donne envie de rire, mais je suppose que les gens rient de nos petites habitudes aussi. Jim se moque toujours de moi quand je m'inquiète d'être dans un courant d'air. Il me dit qu'un peu d'air frais n'a jamais tué personne et il ouvre la fenêtre encore plus grand pour me tourmenter.

Nous avons un poêle à charbon dans le salon, et je l'allume dès que je me lève, le matin. Cela me fait drôle de ne plus avoir à aller chercher de bois le long de la rivière ou dans la pile de bûches bien ordonnée de Papà. Le charbon est livré par un homme qui a un cheval et une charrette, et chaque fois qu'il vient, je me précipite dans la rue pour ramasser le crottin et l'étaler sur notre jardin potager. Quand le feu est allumé, il dégage une odeur différente de celle du feu de bois, mais il reste allumé plus longtemps. Je n'aime pas cette odeur. Il y a des jours où, quand on marche dans la rue, on ne voit pas bien où l'on va à cause du brouillard, et Jim dit que c'est à cause de la fumée du charbon.

Jim ne me frappe jamais à des endroits où cela pourrait se voir. J'ai des bleus sur les côtes et sur les cuisses qui, certains jours, me font tellement mal que je ne peux pas supporter le poids des vêtements contre ma peau.

Je veux m'enfuir. J'avais mis de côté un peu d'argent du ménage pour m'acheter un billet de train. Je l'avais caché dans une boîte de cacao en fer-blanc sur une étagère, au fond du garde-manger ; mais il l'a trouvé, et cela lui a donné une autre excuse pour me battre, car il m'a accusée de voler de l'argent au lieu de m'en servir pour acheter à manger.
Quand les coups cessent, il pleure. Il me serre étroitement dans ses bras et ses larmes trempent ma chemise de nuit. Il me jure qu'il ne voulait pas me faire ça, qu'il m'aime, qu'il ne lèvera plus jamais la main sur moi. Il me supplie de ne pas le quitter, et je sais que je ne peux pas le faire. C'est mon devoir dans la vie, maintenant, de l'honorer et de lui obéir, comme le père Luca me l'a dit le jour de notre mariage ; mais je ne peux pas l'aimer. J'ai tellement honte de la tournure que ma vie a prise. Je rêve d'être de nouveau auprès de Mamma et de Papà, de nouveau au moulin, où un amour véritable réchauffe le foyer.
Tous les matins, quand il part au travail, je me dis : « *Coraggio !* Les choses vont s'arranger. Si je deviens davantage anglaise, il m'aimera à nouveau. »
Mais je ne le paierai jamais de retour, pas comme je l'espérais autrefois. Et je n'arrive pas à croire à quel point il a changé.

Anna est horrifiée. Elle ne peut pas supporter ce qu'elle lit au sujet du malheur de sa mère, qui a commencé si peu de temps après le début de sa vie conjugale. Pourtant, elle continue sa lecture, dans l'espoir que les choses s'arrangent. Ses parents sont restés ensemble jusqu'à la mort de son père ; Ines l'aurait sûrement quitté si sa vie lui était devenue insupportable, tout de même…

Elle jette un coup d'œil à sa montre et voit qu'il est près de minuit. Francesco ne viendra plus, maintenant, alors elle enfile sa chemise de nuit et se glisse sous les draps de coton, libérée de la fatigue qui l'accablait un peu plus tôt.

6 janvier 1947

Ce jour-ci n'est pas un jour de fête, en Angleterre, mais j'imagine Mamma en train de préparer du poulet et de la polenta dans l'âtre pour cette occasion spéciale, en Italie. Papà est peut-être en train de partir pour l'*osteria*, pour aller boire un ou deux verres de vin avec Giacomo et Giorgio. Je suis allée à la messe, aujourd'hui, fête de l'Épiphanie, la Befana. Il n'y a que les catholiques qui font cela, ici. Les enfants anglais ne laissent pas leurs chaussures sorties, la veille au soir, pour que Befana les remplisse de charbon ou de sucreries, Befana, la vieille sorcière qui a suivi les Rois mages. Ici, ils reçoivent des cadeaux le jour de Noël, à la place.

Freda dit que je suis une papiste, mais que cela ne la dérange pas. Elle m'a appris à faire des gâteaux anglais et je grossis à vue d'œil.

Elle m'a demandé si j'attendais un enfant, parce qu'elle a remarqué que ma jupe était un peu serrée. J'adorerais avoir un bébé, mais je ne suis pas encore enceinte.

Jim me laisse tranquille, ces derniers temps. Je me méfie de ses humeurs, parce qu'il semble n'y avoir aucune logique à ses mauvais traitements. Peut-être est-ce parce qu'il est fatigué. Il a été promu au service des ventes, à l'aéroport, et cela implique des responsabilités supplémentaires. Cela signifie aussi que nous pouvons acheter des billets d'avion à un tarif préférentiel. J'ai peur à l'idée de voyager si haut dans le ciel, mais si cela peut m'éviter de refaire l'interminable trajet en train, ce sera merveilleux.

À la messe de l'Épiphanie, ce matin, il y avait deux rangées devant moi une femme qui n'était pas anglaise, j'en suis sûre. Elle avait un je-ne-sais-quoi. Elle avait des cheveux bruns, comme les miens, et mesurait à peu près la même taille que moi. J'ai pris mon courage à deux mains, à la fin de l'office, je lui ai tapoté l'épaule, et je lui ai demandé tout à trac : « Vous ne seriez pas italienne, par hasard ? »

C'était comme si on se connaissait depuis toujours. Elle s'est écriée « Si ! » et nous sommes tombées dans les bras l'une de l'autre, alors même que nous ne nous étions encore jamais vues. Elle s'appelle Tiziana, et bien qu'elle soit de Rome, qui n'est pas tout près de notre Toscane, nous avions plein de choses à nous dire, et nous nous sommes donné rendez-vous pour aller prendre un thé ensemble la semaine prochaine – pas un café, parce que le café anglais est exécrable. Je bois du thé, maintenant, comme une Lady anglaise.

La semaine dernière, j'ai eu un rhume, et depuis, je n'ai plus d'appétit, mais je continue quand même à prendre du poids et Jim dit que j'ai meilleure mine que quand il est revenu d'Italie. J'ai appris à faire des *rock cakes*[1] et des *sponge cakes*. Freda m'a donné la recette d'un cake aux fruits, riche et lourd, et Jim en raffole. Mamma disait souvent que j'aurais été capable de faire brûler de l'eau ; mais j'ai changé, et elle me reconnaîtrait à peine. Comme j'aimerais que mes parents puissent nous rendre visite, un jour ! J'ai peur qu'ils se sentent seuls et soient toujours très affectés par la perte de Davide. Je pleure quand je pense à lui. Parfois, il m'apparaît

1. Petits gâteaux secs prisés en temps de guerre, leur confection nécessitant peu d'œufs et de sucre.

en rêve ; nous sommes enfants, nous jouons à cache-cache parmi les arbres, derrière le bassin de retenue du moulin. C'est à mon tour de le chercher, et quand je crie : « Attention, j'arrive ! », je l'entends hurler. Je cours à sa rescousse et il surgit devant moi, ses mains couvrant son visage ; et son visage n'est plus qu'une plaie béante, les orbites de ses yeux, deux trous vides. Au début, Jim me consolait après ces cauchemars, mais maintenant, il grommelle que je l'empêche de dormir, qu'il se lève pour travailler le lendemain matin, et me dit de me rendormir. Qu'est-ce que cela doit être pour Mamma ! Ce doit être mille fois pire.

Mais cela ne sert à rien de se demander pourquoi il est mort de la façon dont il est mort. Ma vie se passe maintenant. Je dois rester positive et aller de l'avant.

Devant la maison, nous avons un petit jardin rempli de roses parfumées. Elles plairaient beaucoup à Mamma. Derrière, il y a un fil auquel je pends les vêtements pour les faire sécher (du moins, quand il fait assez beau). Certains jours, je rêve de sentir la brise qui vient en dansant de la rivière et sèche le linge étendu sur les buissons, au moulin. Jim a son jardin potager tout au bout, au bord de la voie ferrée. Les trains me dérangeaient, au début, quand ils passaient avec fracas, mais maintenant, je les aime bien. Parfois, des enfants me font signe de la main quand je suis dans le jardin, et je leur réponds en leur faisant signe à mon tour. Jim me dit que la plupart des passagers de ces trains vont à Londres pour le travail. Le train m'a amenée ici, en Angleterre, et je me demande s'il y a d'autres femmes comme moi, qui arrivent pour commencer une nouvelle vie. Quand Jim est parti et que j'ai terminé mes tâches ménagères, j'écris dans mon journal, et parfois, je griffonne quelques lignes de poésie.

10 février 1947

Depuis quelque temps, je suis affreusement malade, le matin. Je croyais avoir une horrible maladie, parce que cela a duré pendant des jours et des jours, et j'ai fini par aller chez le médecin.

Je vais avoir un bébé.

Il doit naître à la fin du mois d'août.

Comme j'aimerais que ma mère soit ici, avec moi, pour mon accouchement ! Nous ne pourrons pas aller à Rofelle cet été, comme je l'espérais, car Jim ne veut pas que je voyage dans mon état.

Je ne me sens vraiment pas bien, et j'ai perdu beaucoup de poids, mais Freda prend bien soin de moi. Elle me fait du bouillon de poule et du pain grillé. Je n'ai pas le cœur de lui dire que je ne peux pas supporter son bouillon de poule. Que ne donnerais-je pas pour un peu des *cappelletti* de Mamma dans du bouillon !

J'ai essayé de tricoter un gilet pour le bébé, mais il y a tellement de trous dedans aux endroits où j'ai lâché des mailles qu'on dirait plutôt un filet à provisions. Freda a ri quand je le lui ai montré, mais elle adore tricoter et elle m'a dit qu'elle s'occuperait de la garde-robe du bébé. Je plains d'avance le bébé, car la laine de Freda vient principalement de vêtements qu'elle détricote. Notre enfant sera peut-être le premier à porter des vêtements de deuil…

Elle m'a offert une paire de chaussons noirs faits avec la laine d'un vieux châle, la semaine dernière. C'est une laine ravissante et douce. Je ne sais pas si je m'en servirai un jour, mais je ne veux pas la blesser.

Je n'arrête pas de pleurer, ces temps-ci, et elle a réussi à découvrir où habite Tiziana en allant parler au prêtre papiste, comme elle dit ; j'ai eu une merveilleuse surprise quand Tiziana est venue frapper à ma porte, la semaine dernière.

Au début, je ne suis pas allée pas ouvrir. Il était 10 heures du matin, je devais vider la grille du foyer, la vaisselle de la veille au soir était encore dans l'évier, et j'étais au lit. Jim était en déplacement pour deux jours, et, malade et malheureuse, je ne voyais pas l'intérêt de me lever. J'ai ignoré les coups frappés à la porte et je me suis retournée sous les couvertures douillettes et l'édredon.

Toc, toc, toc.

Je ne savais pas qui c'était, mais c'était quelqu'un d'insistant. J'ai alors entendu l'abattant de la boîte aux lettres s'ouvrir dans un cliquetis et la voix de Tiziana m'appeler.

— *Puttana Eva !* Ines, espèce de flemmarde… Ouvre ! Ce n'est que moi. Je sais que tu es là ! Viens ouvrir cette maudite porte !

Cela m'a fait plaisir d'entendre quelqu'un parler italien, même si elle disait beaucoup de gros mots. Tiziana se tenait là, sur le pas de la porte, vêtue de son nouveau manteau de vison, tapant du pied dans ses chaussures à la mode, dans le froid.

Elle m'avait un jour confié qu'elle avait rencontré son mari dans une maison close sur les berges du Tibre, à Rome.

« Ce n'était que provisoire, m'avait-elle dit quand elle m'avait vue en rester bouche bée, stupéfiée. Tu en aurais fait autant, *cara mia*, si tu t'étais retrouvée coincée à Rome sans rien à manger et avec des frères et sœurs affamés à la maison. Ça allait pour vous, à la campagne, bande de veinards, avec vos bons gros cochons et vos poules ! »

Il était inutile d'argumenter avec elle une fois qu'elle était lancée. Elle était dénuée de complexes quant à la façon dont elle avait dégoté son mari, Denis.

« Il lui manque quelque chose ici, disait-elle en se tapotant la tempe du bout du doigt, mais pas là, en bas ! » ajoutait-elle en ricanant.

Son mari anglais lent d'esprit avait été son passeport pour échapper à la pauvreté. Nous étions très différentes, Tiziana et moi, mais je l'aimais beaucoup quand même, principalement parce qu'elle était italienne.

— Brrr ! Il fait un froid glacial, ici, a-t-elle dit en entrant majestueusement. On ne mettrait pas un chien dehors par un temps aussi merdique. Fais-moi un café, veux-tu, mon chou ?

Elle m'a serrée dans ses bras. Les larmes me sont montées aux yeux et je n'ai pas pu les retenir.

— Eh ! Ines… Allons, ma chérie… C'est moi qui vais nous faire un café. Regarde ce que mes parents ont réussi à m'envoyer !

Elle a sorti un sachet en papier kraft de son sac à main et l'a agité sous mon nez.

J'ai eu un haut-le-cœur. Le café était l'une des nombreuses choses qui me donnaient la nausée en ce moment, et son arôme riche me soulevait l'estomac.

— Oups ! désolée, j'avais oublié que tu étais enceinte. Eh bien, ce sera du thé, alors ! Je garderai le café pour quand tes papilles se comporteront à nouveau normalement, car ça finira par arriver, Ines, je te le promets. Tu ne te sentiras pas aussi mal éternellement. Et, spécialement pour toi, je ne m'allumerai pas de cigarette ! Si ce n'est pas de l'amitié, ça… Je me rappelle quand ma frangine était en cloque, elle ne supportait pas l'odeur des clopes. Tu dois être comme elle.

Elle s'est affairée, a préparé le thé, à trouver des tasses.

— Va t'habiller, sois gentille… Je m'occuperai du feu, et ensuite, nous ferons un brin de causette, quand tu auras décidé d'arrêter de chouiner. Tu es seulement enceinte, *cara*. Tu n'es pas sur le point de mourir. Allez, dépêche-toi ! Je dois rentrer préparer le repas de Denis pour 13 heures, je ne peux pas rester longtemps.

Une demi-heure plus tard, assise devant un bon feu rougeoyant, je commençais à me sentir mieux.

— Je ne sais pas ce que je ferais sans toi, Tiziana.

— Ne raconte pas n'importe quoi. C'est réciproque, *carissima*. L'Angleterre, c'est bien beau, mais une Italienne a besoin d'un zeste d'Italie de temps en temps, et c'est ce que nous pouvons nous apporter mutuellement. Au fait, mes parents viennent pour Pâques ! En voiture. Mon oncle va les conduire en taxi. Ne me demande pas comment il a fait pour se procurer de l'essence – je ne lui pose jamais de questions. Il a des relations, et il arrive à nous trouver plein de bonnes choses. Alors, si tu as envie de quoi que ce soit, réfléchis-y et dis-le-moi. Des pâtes, de l'huile d'olive, du parmesan. La situation alimentaire est meilleure là-bas qu'ici, mais ce n'est pas toujours facile de se procurer les choses, même si cette maudite guerre est bel et bien finie. Ils vont à la campagne pour voir ce qu'ils peuvent y trouver, pour parler aux gens qu'ils connaissent… Tu vois ce que je veux dire.

Elle s'est touché le côté du nez d'un air entendu et m'a fait un clin d'œil. Je me suis remise à pleurer.

— Seigneur, tu es vraiment dans tous tes états, hein ? m'a-t-elle dit, s'accroupissant devant moi et me prenant la main, les sourcils froncés, un pli marquant son front poudré. Qu'y a-t-il en réalité, Ines ? Ce n'est pas seulement la grossesse, si ? Raconte tout à Tata Tiziana !

Je ne savais pas à quel point je voulais me confier à elle, mais j'avais besoin de parler à quelqu'un. Je me suis mouchée dans le mouchoir qu'elle m'avait fourré dans la main, j'ai essayé de sourire, et j'ai marmonné :

— Je suis trop gênée pour en parler…

— Il n'y a rien qui puisse m'embarrasser, moi, tu le sais bien. Bon Dieu, Ines, si tu avais grandi dans une famille comme la mienne, les uns sur les autres dans un appartement minuscule dans le Trastevere, tu saurais que rien ne peut me faire rougir. Mes parents dormaient dans la même chambre que nous, il n'y avait qu'un rideau qui séparait leur lit des nôtres pour leur donner un peu d'intimité. J'aime autant te dire que j'ai appris très tôt ce qu'étaient les choses de la vie.

— Je crois que Jim ne m'aime plus.

J'ai à nouveau fondu en larmes.

Tiziana a ri.

— Grosse nouille ! Tu es enceinte, non ? Tes hormones te jouent des tours et te font te sentir bizarre. Ma Mamma s'est même mise à mordre les meubles, quand elle était enceinte… Il y avait des traces de dents dans les chaises de la cuisine.

Elle a sorti un peigne de son sac à main.

— Regarde-moi l'état de cette meule de foin, *caruccia* ! Quand t'es-tu regardée dans le miroir pour la dernière fois ?

Elle a entrepris de démêler mes cheveux. C'était apaisant, délassant. Au bout d'un moment, elle s'est remise à me parler.

— Écoute, Ines, évidemment que Jim t'aime. S'il ne te touchait pas, s'il te négligeait, ou s'il ne rentrait jamais auprès de toi la nuit, alors peut-être que je commencerais à croire qu'il ne t'aime pas… mais tu es enceinte, ma fille. Ce n'est pas l'immaculée conception, comme pour la Madone, j'en suis sûre !

— Ne te moque pas de moi, Tizi…

— *Porca miseria !* Tu l'as vraiment mauvaise.

— Oui, je suis enceinte, mais je n'ai pas aimé tomber enceinte. Je n'aime pas quand nous sommes au lit. Ça fait mal, et j'ai toujours envie que ce soit fini.

J'ai dit tout cela précipitamment, mes joues devenant plus rouges que des tomates de San Marzano gorgées de soleil, mais me sentant soulagée d'avoir enfin mis des mots sur ce que j'éprouvais.

Tiziana s'est assise sur l'une des chaises dures de Freda, a croisé les jambes et tiré sur sa jupe. Elle avait des jambes solides gainées dans des bas de soie. C'était difficile d'évaluer son âge sous son épaisse couche de maquillage, mais elle avait lâché au fil de la conversation qu'elle avait dix ans de plus que moi. Elle semblait avoir beaucoup d'expérience.

— Eh bien, ma chérie, tous les hommes peuvent être un peu brutaux, parfois. Crois-en mon expérience, c'est tout à fait normal quand ils s'emballent. Mais si tu n'apprécies pas du tout le sexe, alors ce n'est pas ta faute. Pour moi, s'il n'arrive pas à te faire plaisir, c'est sa faute.

J'aurais peut-être dû me confier totalement à elle, lui montrer mes bleus, lui demander si ça aussi, c'était normal ; mais j'avais tellement honte, et peur que ce soit ma faute. Pourtant, j'avais besoin qu'elle me rassure.

— Mais à la maison… en Italie, me suis-je empressée de me reprendre, quand nous n'étions pas encore mariés, c'était toujours tellement agréable quand nous étions ensemble. Enfin, nous n'étions pas allés jusqu'au bout, ou quoi que ce soit… Je l'ai fait attendre jusqu'à ce que nous soyons mariés. Mais quand il est revenu, à la fin de la guerre, il avait changé. Il était plus froid, comme s'il n'en avait plus rien à faire. Ou peut-être que c'est moi qui ai changé.

J'ai essuyé mes yeux avec son mouchoir trempé et je l'ai regardée. Elle a soupiré et levé les bras au ciel, comme pour dire : « À quoi t'attendais-tu ? »

— Ce ne sera plus jamais comme au début, Ines. Le mariage n'est pas un conte de fées, et il faut que tu comprennes comment fonctionnent les hommes : une fois qu'ils ont eu ce qu'ils voulaient, ils sont paresseux, tu peux me croire. Tu dois te montrer un peu plus rusée, *bella*, les aguicher.

Je l'ai regardé, avec son joli visage et sa silhouette de matrone. Son pull-over en mohair était si moulant qu'il semblait peint sur sa poitrine, laissant peu de place à l'imagination. Nous n'étions pas du tout le même genre de femmes, mais c'était ma seule amie en Angleterre et je n'avais encore jamais parlé aussi ouvertement à personne de ces choses-là. Si nous nous étions rencontrées en Italie, nous ne nous serions probablement même pas dit bonjour ; et pourtant, seule comme je l'étais à Croydon, j'ai suivi ses conseils.

— Merci, Tizi. J'ai beaucoup à apprendre, je m'en rends bien compte. Je commence à penser que j'ai eu tort d'épouser Jim et de venir ici. J'aurais dû rester en Italie pour veiller sur mes parents et...

— Et vivre une vie de misère dans un village paumé, dans la montagne, devoir pisser dans un trou dans le sol et travailler du matin au soir pour mourir prématurément ? Non, merci bien ! Je suis bien plus heureuse ici, en Angleterre, et tu le seras bientôt, toi aussi, Ines. Tu es dans cet état parce que tu es enceinte, c'est tout. Ça affecte les femmes de différentes façons. Ma Nonna me parlait beaucoup, alors je sais comment se passent ces choses-là. Elle était experte dans ce domaine. C'était elle qui mettait au monde tous les bébés dans notre immeuble, et si elle avait su écrire, elle aurait pu en faire un manuel. Allez, maintenant, débarbouille-toi et prends ce rouge à lèvres.

Elle a fouillé dans son sac à main en imitation croco et en a sorti un bâton de rouge Ruby Lustre de chez Woolworth's.

— Il est presque fini, mais mets-en un peu, ce soir, quand Jim rentrera. Défais quelques boutons de ce vieux chemisier empesé et prépare-lui un délicieux repas. Le moyen le plus rapide de gagner le cœur d'un homme, c'est de s'occuper de son estomac en plus de sa bite. Tu me raconteras comment ça s'est passé, ma chérie… Il faut que je file, maintenant, mais je reviendrai te voir la semaine prochaine.
Après m'avoir déposé un gros baiser sur chaque joue, elle est sortie dans l'air froid du matin, vacillant légèrement sur ses talons hauts, dans l'allée.

Quand la clé de Jim a tourné dans la serrure, à 18 heures, ce soir-là, je me suis précipitée dans la cuisine. J'avais mis une couche du rouge à lèvres de Tizi, aussi épaisse que possible sans aller jusqu'à ressembler à un clown, et je m'étais entraînée à faire la moue dans le miroir. Elle m'avait suggéré d'ouvrir quelques boutons de mon chemisier, mais j'avais décidé d'aller plus loin. C'était une folle extravagance, mais j'avais allumé le chauffe-eau, cet après-midi-là, et tiré la baignoire en étain dans la cuisine pour prendre un long bain moussant. Je m'étais ensuite généreusement aspergée du Gala Affair que Jim m'avait offert pour Noël, et, vêtue de ma chemise de nuit la plus fine, je me tenais prête à l'accueillir. J'étais gelée, mais on m'avait prévenue que je devais faire des efforts pour garder mon homme, et je devais supporter le froid.
— Qu'est-ce qui brûle ? s'est écrié Jim en se ruant dans la cuisine.
Le feu était trop fort sous la soupe, et elle avait débordé. Je n'arrivais toujours pas à me servir de ma cuisinière à gaz moderne.
— Tu es encore malade ? m'a-t-il demandé, jetant son journal sur la table que j'avais soigneusement dressée et

aplatissant une serviette que j'avais mis un temps fou à plier en forme de lys, comme à la *trattoria*, à Badia. Pourquoi n'es-tu pas habillée, Ines ? Tu es restée comme ça toute la journée ?

Ma tentative de séduction n'avait pas l'air de fonctionner. Néanmoins, je n'allais pas abandonner. Laissant tomber ma robe de chambre à mes pieds, sur le sol, j'ai révélé ma chemise de nuit en Nylon transparente.

— Ines… Tu vas attraper la mort, comme ça.

Il a ramassé ma robe de chambre et me l'a tendue, ouverte, pour que j'y passe les bras.

— Pourquoi est-ce que tu ne m'aimes plus ? me suis-je écriée, me jetant sur lui et lui martelant la poitrine de coups de poing, désespérée. Qu'est-ce que j'ai fait de mal ?

Il a entrouvert la bouche, l'air totalement perplexe, et a reculé pour s'écarter de moi.

— Qu'est-ce qui te prend, Ines ?

— *Sono stufa*… J'en ai marre, voilà ce qui me prend – marre, marre, marre, et je veux rentrer en Italie !

Il s'est approché de moi et a commencé à me frictionner le dos.

— C'est ton état, voilà ce que c'est, a-t-il dit d'une voix calme qui n'a vraiment rien fait pour m'apaiser. Ça te fait raconter des bêtises. Viens t'asseoir, je vais servir la soupe.

— Elle a brûlé. Je ne veux pas de cette soupe *stupida*. Lâche-moi, *cretino* !

Je l'ai repoussé. Je m'étais promis de ne pas pleurer, mais mes larmes ont recommencé à couler à flots. J'avais honte d'avoir tenté de le séduire, et j'étais frustrée. Je ne savais plus quoi faire. D'un jour à l'autre, je ne savais pas de quelle humeur il allait être. J'ai essuyé mes larmes d'un revers de main, et j'ai changé de

tactique. J'allais me montrer ferme et raisonnable, avec lui. J'ai pris une profonde inspiration et je l'ai regardé droit dans les yeux.
— Est-ce que tu m'aimes encore ? lui ai-je demandé. Tu dois être honnête avec moi.
Maintenant, il était gêné. Il s'est assis à la table, évitant mon regard. J'ai répété ma question, d'une voix plus forte.
— Parle moins fort, a-t-il sifflé. Tu régales vraiment les voisins, ce soir, et tu dis n'importe quoi.
— Je me fous des voisins. Réponds-moi ! ai-je hurlé.
— Ne jure pas ! Tu as encore vu cette fille de Rome, c'est ça ? Elle jure comme un charretier. J'arrive toujours à deviner quand vous avez passé du temps ensemble. C'est une sale…
— C'est mon amie, et arrête de changer de sujet ! Je t'ai posé une question. Est-ce que tu m'aimes encore ? Comme tu m'aimais en Italie ?
Il a tripoté nerveusement le couteau et la fourchette sur la table, si soigneusement dressée pour notre souper spécial. Ses mains tremblaient, et j'avais le sentiment qu'il risquait de devenir violent d'un instant à l'autre ; mais quand Tiziana m'avait dit que c'était lui qui était à blâmer au sujet de nos rapports sexuels, cela m'avait donné la force de l'affronter. Il n'y aurait pas de coups, ce soir ; il a fini par relever les yeux vers moi, avec un mince sourire triste.
— Ça ne pouvait pas être pareil ici et en Italie, a-t-il marmonné. Nous sommes ici, maintenant, et la vie est différente.
— Mais tu restes Jim, et je reste Ines. Cela ne devrait pas être différent. Si tu me dis que tu ne m'aimes plus, je crois que je me tuerai.
— Et maintenant tu deviens mélodramatique, comme une vraie Ritale. Calme-toi. Pense au bébé.

— *Uffa !* Je ne pense qu'à ça ! Et tu as épousé une Ritale, comme tu le dis si gentiment, alors à quoi t'attendais-tu ? *Madonna buona !* Je ne veux pas que cet enfant naisse dans une famille où il n'y a pas d'amour.

— Je n'ai jamais dit que je ne t'aimais pas, Ines.

Il avait l'air fatigué, vaincu. Il s'est approché de la chaise sur laquelle j'étais affalée et m'a prise dans ses bras.

— Je ne peux pas tout le temps te le montrer comme tu aimerais que je le fasse. Allons, maintenant, sèche tes larmes, et mangeons.

Je voulais qu'il me déshabille, qu'il déchire ma chemise de nuit, me fasse l'amour, couvre mon corps de baisers tendres mais passionnés, qu'il me fasse ressentir ce que j'avais ressenti cet après-midi-là, au bord de la rivière. Je commençais à me demander si j'avais imaginé toute la scène, pour en faire un fantasme romantique.

Au lieu de faire l'amour sauvagement, fébrilement, nous avons mangé notre soupe brûlée, puis de la tarte aux pommes accompagnée de crème anglaise – il avait insisté pour que Freda m'apprenne à les faire, mais la tarte était bourrative et la crème pleine de grumeaux. Ensuite, il a allumé le poste de radio pour écouter les nouvelles du soir, et, après m'avoir déposé un baiser sur le sommet du crâne pour me dire bonne nuit, il est monté. Quand je suis montée à mon tour, dix minutes plus tard, il dormait profondément, sur le dos, et il ronflait. J'ai retiré ma chemise de nuit, fouillé dans le tiroir de la commode pour y prendre l'un de ses pyjamas bien chauds, et je me suis glissée dans notre lit glacé.

26

Août 1999

Il est 1 heure du matin passé quand Anna termine sa lecture. Les larmes ruissellent sur ses joues et détrempent son oreiller tandis qu'elle sombre dans un sommeil agité.

Le lendemain matin, elle se réveille de bonne heure ; les documents de sa mère sont éparpillés sur le sol, à côté de son lit. Elle se traîne jusqu'au rez-de-chaussée, se prépare un café fort à la place de son thé habituel. L'amertume du café reflète son humeur : elle songe à tout le malheur que sa mère a gardé pour elle, à la solitude qu'elle a endurée, plongée dans une culture qui n'était pas la sienne, se raccrochant désespérément à Tiziana, lien ténu avec l'Italie.

Francesco passe la voir à 7 heures, et Anna n'est toujours pas habillée. Les yeux bouffis, les cheveux ébouriffés, elle ouvre la porte.

— Qu'est-ce que je t'ai fait ? demande-t-il. Tu n'as pas réussi à dormir ?

— Ce n'est pas toi, répond-elle en s'avançant entre ses bras, c'est ma mère. Sa vie n'a fait qu'aller de mal en pis.

— Elle n'a pas eu la vie facile, hein ?

— À sa place, je ne l'aurais pas supporté, lui. Si un homme levait la main sur moi, je le jetterais dehors immédiatement.

— Les choses étaient différentes, à l'époque.

— Ce n'est pas une excuse. La pauvre !

Il l'embrasse, l'attire plus près de lui, et si Alba ne faisait pas son apparition pour lui dire que Teresa a servi le petit-déjeuner, il resterait plus longtemps.

— Je voudrais pouvoir annuler, dit-il, mais je dois aller à Bologne pour une réunion de deux jours. Il y a des problèmes d'emploi du temps, et tous les trucs habituels à mettre au point avant la rentrée.

Alba le tire par le bras pour l'entraîner. Il embrasse encore Anna, rapidement, cette fois, car sa fille met ses mains sur ses hanches et les regarde d'un air furibond, comme une surveillante d'école.

— J'ai laissé le reste du journal chez Teresa, ajoute-t-il. Il est en anglais, alors tu n'auras plus besoin de mon aide… mais j'aimerais beaucoup le lire en entier à tête reposée, si tu me le prêtes quand tu l'auras fini. Je me sens personnellement impliqué. Oh ! et je n'ai pas oublié la médaille. Je te tiendrai au courant dès que j'en saurai davantage.

Elle lui envoie un baiser pendant qu'il s'éloigne, ce qui fait rire Alba, puis elle monte s'habiller tout en repensant au fait que moins de vingt-quatre heures plus tôt, Francesco était en train de la déshabiller. Elle a hâte qu'il rentre de Bologne pour recommencer.

Sa mère a joint un autre petit mot aux pages suivantes.

En 1984, quand tu avais dix-huit ans, tu es partie pour l'université et la maison était vide et résonnait. Harry et Jane étaient pris par leurs propres familles, j'étais très seule, et j'avais trop de temps pour réfléchir.

Un après-midi, j'ai vu une annonce pour des cours de création littéraire, à la bibliothèque, et cela m'a tentée. Le cours s'intitulait : « Vous voulez écrire votre propre histoire ? »

J'ai pris mon courage à deux mains et je m'y suis inscrite. La prof était encourageante. C'était thérapeutique. Elle m'a aidée à rassembler les fils de ma vie – elle parlait de « perles de mémoire » – et l'une des premières consignes qu'elle nous ait données a été d'écrire quelque chose sur l'arrivée d'un étranger dans notre vie.
Je me suis surprise à décrire la naissance de ton frère. Nous devions commencer par les mots « Je me souviens… ». Elle m'a demandé de lire ce que j'avais écrit à haute voix, et comme je ne connaissais personne dans ce cours, cela ne m'a pas dérangée de dire que c'était ma propre histoire.

Je me souviens des premiers mots que mon mari a prononcés au sujet de notre nouveau-né, le 10 août 1947.
— On dirait un singe sur un orgue de Barbarie, a dit Jim en tenant notre fils à bout de bras. Tiens, reprends-le, Ines. Il risque de vomir sur mon costume.
Freda, ma belle-mère, a pris le bébé à ma place, resserrant d'une main experte le châle qui enveloppait son premier petit-fils.
— Tu devrais avoir honte, mon fils ! l'a-t-elle grondé. Donne-le-moi… Franchement, ce n'est pas une chose à dire pour un jeune papa !
J'ai observé ma belle-mère, émerveillée de son assurance, songeant que je n'arriverais jamais à m'occuper de ce nouveau-né. J'avais peur de le faire tomber, et je semblais ne pas pouvoir assouvir sa faim. Je venais à peine de le nourrir et de le changer que sa petite bouche s'ouvrait comme un bec et en réclamait davantage. Il pleurait tout le temps.
— Ce sera un grand gaillard, ça, c'est sûr ! m'avait dit la sage-femme juste après l'accouchement. Vous allez

peut-être avoir du mal à le nourrir, ce petit… Il faudra rapidement passer au biberon, je crois.

Freda, quant à elle, était dans son élément.

— Je lui ai tricoté quelque chose, m'avait-elle dit en me montrant fièrement un grand châle vert et orange, orné de glands rose et turquoise.

— C'est magnifique. Merci beaucoup, lui avais-je dit, soulagée qu'elle ne puisse pas entendre ma petite voix intérieure comme je me disais que cela aurait fait une excellente couverture pour chien – si nous avions eu un chien.

Ma mère me manquait. L'accouchement avait été long et douloureux, plus douloureux que je n'aurais pu l'imaginer. J'avais cru mourir et, apparemment, j'avais réclamé Mamma à cor et à cri, encore et encore. Puis, quand j'avais baissé les yeux pour la première fois vers mon fils, couvert de mucus et de sang, j'avais senti une vague de tristesse me submerger. Ce n'est qu'à ce moment-là que j'avais compris la nature du lien qui unit une mère à son enfant ; un lien que j'avais rompu entre ma mère et moi en allant vivre si loin d'elle. J'avais pleuré en prenant conscience de ce dont je l'avais privée.

Après l'accouchement, j'ai été très malade. Je me sens terriblement honteuse, maintenant, en écrivant ces mots, mais j'avoue que, certaines nuits, quand Harry pleurait pour être nourri encore une fois, je souhaitais qu'il s'endorme pour toujours, pour ne jamais se réveiller. Freda était formidable avec moi, alors que Jim était déconcerté et incapable. Je l'ai à peine vu, au cours des premiers jours de la vie de notre fils. Il travaillait tard, le soir, quittait la maison à l'aube, et découchait souvent.

Freda s'est installée dans notre chambre d'amis et s'est chargée de faire la cuisine et le ménage pendant que je me rétablissais. À la mi-septembre, elle m'a apporté ma tasse habituelle de café au lait, en milieu de matinée, puis, au lieu de se hâter de retourner à la cuisine, elle s'est assise un moment avec moi.

— Bon, Ines, ma chérie, cela fait près d'un mois que le bébé est né, et je crois qu'il est temps que je retourne auprès de mon John. Je pourrai passer de temps en temps, mais il faut que tu fasses un effort, maintenant. Le bébé a besoin de toi, et Jim a besoin de toi, alors, tiens, voilà un chiffon à poussière ! Tu t'y mets, moi, je vais terminer de laver les couches de Sa Seigneurie pendant qu'il fait sa sieste matinale, et cet après-midi, tu pourras aller retrouver ton amie au jardin public, je lui ai donné rendez-vous pour toi. Vous pourrez pousser vos landaus ensemble, et prendre un peu l'air te redonnera des couleurs, tu es toute pâlotte.

Tiziana, mon amie italienne, avait appris qu'elle était enceinte peu de temps après moi, et nous passions le plus de temps possible ensemble. Alors que je m'étais sentie très nauséeuse, elle avait eu une grossesse facile pendant huit mois, avant d'être obligée de rester à l'hôpital, les dernières semaines de sa grossesse, à cause de prééclampsie. Elle avait eu de la chance de survivre. Notre amitié m'était plus chère depuis que je m'étais rendu compte que j'avais failli la perdre.

Nous avions pris l'habitude de nous retrouver, l'après-midi, pour aller donner du pain aux canards, devant la mare du jardin public. Tiziana avait eu des jumeaux, nés quelques semaines après Harry, et elle trouvait la condition de mère difficile. Nous avons fait un pacte pour essayer de parler anglais, mais avoir recours à l'italien était très tentant.

— Ce pain n'est bon que pour les canards, de toute façon, a-t-elle grommelé en jetant une demi-miche

dans l'eau verte, déclenchant des coin-coin et les battements d'ailes des colverts, des oies et d'une mouette égarée là. Qu'est-ce que je ne donnerais pas pour une pagnotta fraîche sortie du *panificio*, au pays. Ce truc-ci, on dirait de la ouate, et c'est trop salé… Berk ! *Schifo !*
Elle a fait tomber les miettes de sa robe et a secoué doucement son landau pour endormir Luca et Giuseppe.
— Écoute-toi ! ai-je répondu. Qui est-ce qui rêve de l'Italie, maintenant ?
Elle m'avait grondée, par le passé, parce que j'évoquais constamment notre beau pays, que nous appelions toujours « *il bel paese* ».
— Essaie de t'occuper de ces deux-là toute seule, toi ! a-t-elle répliqué. Si nous étions à la maison, il y aurait Mamma pour m'aider, ou ma tante, ou ma sœur, ou même la voisine ! Ici, je dois me débrouiller toute seule. *Dio buono*, je te jure que je vais faire un nœud au zizi de Denis ! Je ne veux pas avoir d'autres bébés, et je lui ai dit qu'il ne m'approcherait plus tant qu'il ne m'agiterait pas un préservatif sous les yeux. J'ai fait ma part de boulot, maintenant. Nom de Dieu ! Deux, c'est plus qu'assez.
— Freda est très gentille, et maintenant que je donne le biberon à Harry, il fait ses nuits.
— Tu viens seulement de passer au biberon ? *Madonna buona*, les miens y ont eu droit tout de suite ! Il était hors de question que je les laisse me mâchouiller. Déjà que mon homme les tripote, ça me suffit !
Elle a tendu ses seins et les a tapotés comme pour vérifier qu'ils étaient toujours là.
— Je suis fière de ces deux-là, ce sont mes plus grands atouts.
J'ai ri.

— Qu'est-ce que tu racontes, Tizi ? Tu es une femme mariée.

— Et alors ? On ne sait jamais ce qui peut se produire, *amica mia*.

Elle a agité l'index dans ma direction.

— Il peut me quitter, je peux le quitter, on ne sait jamais !

Tizi était unique en son genre, et même si les propos qu'elle tenait me choquaient, je me sentais toujours mieux après avoir passé un moment en sa compagnie.

— Bon, eh bien, Ines, étant donné que le sujet a été mis sur le tapis, il faut que je te le dise. Je n'allais pas le faire, mais il vaut peut-être mieux que tu le saches.

Elle a baissé la voix comme si elle s'apprêtait à lui transmettre des commérages qu'elle voulait que personne d'autre n'entende.

— Que je sache quoi ?

Je ne l'écoutais qu'à moitié ; Harry pleurait, alors je l'ai sorti de son landau pour lui faire faire son rot tout en faisant les cent pas autour de notre banc habituel.

— Denis pense que ton Jim court le jupon.

— Court le jupon ? Comment ça ?

— Tu ne connais pas cette expression ? *Dio*, où as-tu été élevée ? Ah ! oui, à la campagne, j'avais oublié. Les vaches et les moutons ne portent pas de jupons, n'est-ce pas ?

Elle a ri puis, voyant mon air perplexe, a soupiré et s'est levée du banc pour bien remettre la couverture des jumeaux, marmonnant pour que je n'entende pas ce qu'elle disait.

— Que disais-tu à propos de Jim et de cette histoire de jupon ? lui ai-je demandé quand elle s'est rassise.

Tiziana a pris une profonde inspiration, puis, à sa manière abrupte, m'a dit ce qu'elle savait.

— Il n'y a pas de bonne façon de te le dire, *cara*, mais... Denis dit que ton Jim a une aventure avec Phyllis, qui travaille chez Boots. La blonde, je suis sûre que tu vois de qui je veux parler. Grande, une tête d'âne, et des seins énormes.

Harry continuait à pleurnicher, alors je l'ai pris dans mes bras et bercé pour essayer de le calmer. La tête me tournait tant j'étais bouleversée par ce que je venais d'entendre. Il s'est remis à pleurer à pleins poumons, et je n'arrivais plus à entendre ce que Tiziana, qui continuait à parler, me disait.

— Je ne savais vraiment pas si je devais te le dire ou pas, mais nous sommes amies, non ? Et tu te souviens de ce que tu m'as dit avant la naissance de Harry, que tu t'inquiétais parce que Jim ne faisait pas assez attention à toi ? Eh bien, est-ce que ça n'explique pas tout ? Il a une autre femme. Une poule, comme on appelle ça ici. Et, apparemment, ça fait un moment que ça dure.

Je n'avais encore rien dit. Je ne savais pas quoi dire. Finalement, en dépit des protestations sonores de Harry, je l'ai reposé vigoureusement dans son landau et j'ai repris le chemin de la maison, tandis que Tiziana me criait de revenir et de lui parler. Je l'ai ignorée.

J'ai traversé le jardin public à grandes enjambées, poussant vivement devant moi le landau dont les roues faisaient voler les feuilles mortes de l'allée. J'ai ignoré les regards curieux des gens qui se promenaient tranquillement et les ai dépassés à toute allure, comme une folle, ignorant aussi les cris de mon bébé affamé. J'ai franchi le portail du jardin public, poussé le landau cahotant sur le trottoir étroit, je suis passée devant les maisons et les jardins côté rue tous identiques.

Laissant le landau sur le seuil et hissant mon fils sur ma hanche, j'ai ouvert si brusquement la porte d'entrée qu'elle a écaillé la peinture verte du mur. Jim conservait une bouteille de cognac dans le buffet du salon et, tenant toujours Harry, je m'en suis servi une généreuse dose. J'ai toussoté et crachoté ; c'était fort et désagréable, mais cela m'a aidée à me calmer.

— Allons, Harry… Nous allons nous en sortir. Ne pleure pas, petit.

Le bébé sentait mon anxiété. Il a continué à pleurnicher pendant que je lui préparais un biberon, mesurant maladroitement le lait en poudre, comme hébétée, seulement à demi consciente de ce que je faisais.

Une demi-heure plus tard, avec Harry qui dormait sur le canapé à côté de moi, et après avoir bu près de la moitié de la bouteille de cognac, j'ai décidé d'affronter mon mari quand il rentrerait du voyage d'affaires qu'il avait noté sur notre calendrier, dans la cuisine. Je me demandais maintenant s'il était réellement en déplacement pour le travail, ou s'il était dans les bras de cette Phyllis, et je ravalais ma colère. J'en avais assez de pleurer ; jusque-là, les larmes ne m'avaient servi à rien.

Jim ne voulait pas de moi, mais je n'étais pas encore prête à renoncer à lui, et je n'allais pas le laisser faire s'il pensait m'avoir traînée jusqu'en Angleterre uniquement pour me planter là. Au fond, et même si cela pouvait paraître très étrange étant donné la façon dont il m'avait traitée, je croyais encore que je l'aimais. De plus, quand j'avais prononcé mes vœux de mariage dans la petite chapelle de Rofelle, j'étais sincère : nous nous aimerions pour le meilleur et pour le pire. Je ne pouvais pas accepter que l'homme dont j'étais tombée amoureuse en Italie soit devenu un tel monstre. Je devais me battre pour lui, et maintenant, il fallait aussi penser à Harry.

Le lendemain matin, j'avais mal à la tête, mais le bébé avait miraculeusement fait une nuit complète. J'ai mis des couches et des biberons supplémentaires dans son landau, et je me suis dépêchée d'aller chez mes beaux-parents. Freda et John, qui étaient en train de prendre le petit-déjeuner, ont été surpris de me voir arriver de si bonne heure.

— Maman, pourriez-vous vous occuper de Harry pour moi, aujourd'hui, s'il vous plaît ? J'ai oublié ma consultation postnatale à l'hôpital, et comme Jim est en déplacement, il serait beaucoup plus pratique pour moi de vous le confier, avec le trajet en bus, et tout ça.

J'ai prononcé ces mots tout en m'affairant à ranger les couches de rechange dans le panier métallique, sous le landau, sans jamais la regarder dans les yeux, au cas où elle aurait pu s'apercevoir que je mentais.

Freda s'est penchée pour prendre Harry, qui serrait les poings et ronchonnait pour avoir son biberon.

— Bien sûr que nous allons nous occuper de ce petit ! Ça ne te dérange pas de passer un moment avec mamie et papi, n'est-ce pas ? Nous allons t'emmener prendre le soleil, et tu pourras nous regarder ramasser les premiers fruits tombés par terre. Tu me feras penser à t'en donner un sac pour tes tartes, Ines… Allez, vas-y, maintenant ! Il ne faudrait pas que tu rates ce bus.

J'ai descendu la rue d'un pas décidé en direction de l'arrêt de bus, mais ma destination n'était pas l'hôpital. Quand je suis arrivée au centre de West Croydon et que j'ai trouvé le magasin Boots, il était près de midi. J'ai flâné dans les rayons et fait mine de regarder les produits de beauté, d'essayer du parfum en m'en aspergeant les poignets, et de regarder les paquets de bas de Nylon, jusqu'à ce qu'une vendeuse vienne me demander :

— Que puis-je faire pour vous, madame ?

Elle avait une cinquantaine d'années, les cheveux gris, était petite et corpulente.

— Je cherche un cadeau pour… pour ma mère.

— Pourquoi pas un ravissant nouveau rouge à lèvres ? On n'est jamais trop âgée pour du rouge à lèvres.

Elle a fouillé dans un tiroir sous le comptoir, en a sorti un échantillon, et a essayé la couleur sur le dos de ma main.

— Si votre mère vous ressemble, je crois qu'une teinte plus foncée lui conviendrait mieux.

Pendant qu'elle parlait sans discontinuer de maquillage que ma mère n'aurait jamais songé à porter, j'ai continué à regarder autour de moi pour voir si je parvenais à identifier Phyllis.

— Êtes-vous française, très chère ? m'a demandé la vendeuse. Vous avez cette allure d'Européenne continentale.

— Italienne, ai-je répondu.

J'ai pris le miroir qu'elle me tendait pour pouvoir appliquer l'échantillon sur mes lèvres. Mon reflet m'a rendu mon regard noir et mon air furibond. Derrière moi, dans le miroir, j'ai aperçu une autre femme vêtue d'un uniforme de chez Boots. Ce n'était pas une vraie blonde ; ses racines commençaient à se voir. Elle avait l'air d'être plus âgée que moi, et les coutures de son chemisier semblaient sur le point de craquer, les boutons prêts à sauter à tout moment. Elle n'était pas jolie, mais elle était sexy. J'étais sûre qu'il s'agissait de Phyllis, la femme dont Tizi m'avait parlé. J'ai laissé tomber le miroir par terre, et il s'est brisé.

— Oh là ! Vous ne vous êtes pas blessée, au moins ? m'a demandé la dame aux cheveux gris en se baissant pour ramasser les morceaux de verre. Est-ce que tout va bien, madame ? Vous êtes toute pâle…

— Désolée, ai-je dit en m'éloignant. J'ai changé d'avis.
J'avais besoin d'air frais et de temps pour réfléchir.
Dehors, il bruinait. Les gens couraient en tous sens, la tête rentrée dans les épaules, comme des tortues, essayant d'échapper à la pluie. Le crachin s'est changé en averse, et je me suis tenue dans l'embrasure d'une porte, à regarder les gens passer dans les flaques en faisant des éclaboussures, et à me demander ce qu'il fallait que je fasse. Dans le magasin, j'avais dû prendre sur moi pour garder mon sang-froid et ne pas me diriger droit vers Phyllis pour la gifler ; cela n'aurait rien résolu et, de toute façon, il fallait que je sois sûre que c'était bien elle.
Tandis que je traînais devant la vitrine d'une boutique, essayant de mettre de l'ordre dans mes pensées, j'ai vu Jim approcher, sur le trottoir d'en face, le col de son imperméable relevé pour se protéger de la pluie. Alors même que je le regardais entrer chez Boots, j'ai croisé les doigts dans la poche de mon manteau, priant pour que ce que Tizi m'avait dit ne soit pas vrai.
Quelques minutes plus tard, mes espoirs ont été anéantis quand je les ai vus sortir du magasin tous les deux, bras dessus, bras dessous. Je les ai suivis jusqu'au Wheatsheaf, un pub où Jim m'avait emmenée dîner un samedi soir, avant que je ne tombe enceinte. J'ai attendu pour leur laisser le temps de s'installer, puis j'ai fait mon entrée. Ils étaient assis à une table dans un coin de la salle, et il lui tenait les mains. Extérieurement, je paraissais calme, mais intérieurement, je bouillais comme une énorme marmite de pâtes. Je me suis avancée jusqu'à eux et je me suis assise à leur table.
— Je vais prendre un double cognac et un sandwich au rosbif, s'il te plaît, Jim, ai-je dit.
Il en est resté bouche bée de stupéfaction.

— As-tu l'intention de me présenter cette… personne ?
J'ai toisé la femme, balayant du regard ses vêtements de mauvaise qualité, ses chaussures bon marché aux talons bien trop hauts pour ses grosses jambes, et j'ai froncé le nez comme si j'inhalais une odeur de fumier de moutons. Je l'ai regardée fixement jusqu'à ce qu'elle baisse les yeux.
Elle a tourné la tête, embarrassée, a ramassé son sac à main par terre et s'est levée.
— Je vais y aller, Jim, a-t-elle dit, manquant de trébucher dans sa hâte.
Elle nous a jeté un regard inquiet par-dessus son épaule tout en s'éloignant d'un pas vacillant.
— Oui, je crois que vous feriez mieux de partir… Je dois parler à *mon mari* !
J'ai crié ces deux derniers mots, et les hommes assis à la table voisine de la nôtre se sont regardés en souriant. Je me suis tournée vers eux et, de la même voix forte, je leur ai dit :
— Oui, c'est très drôle, n'est-ce pas ? Drôle pour vous, et drôle pour mon mari, mais ce n'est pas si drôle pour moi et pour notre fils !
— Ines, les gens nous regardent, a marmonné Jim, jetant un coup d'œil aux clients du pub qui nous observaient, en émoi devant le spectacle gratuit que je leur offrais.
Le patron a contourné le bar pour s'approcher et s'est baissé vers Jim.
— Monsieur, vous feriez mieux d'aller régler vos problèmes ailleurs. Vous dérangez mes clients.
Tandis que Jim et moi nous dirigions vers la porte, il a essayé de me prendre le bras, mais je me suis dégagée. Les hommes à la table ont poussé des acclamations ; je me suis retournée, je suis revenue sur mes pas, j'ai pris un verre de bière et je le leur ai jeté à la tête.

— Si c'est du cirque que vous voulez, en voilà !

Une fois dans la rue, je me suis éloignée du pub d'un pas vif, suivie de Jim, à qui j'ai crié :

— Je rentre à la maison, maintenant, et je compte te voir pour le dîner. Si tu ne rentres pas à la maison pour m'expliquer qui est cette femme, je ferai mes valises et je repartirai en Italie en emmenant Harry.

— Ines, je t'en prie, discutons…

— Pas ici, dans la rue.

Je me suis tournée vers un couple de passants qui nous regardaient, bouche bée, et je leur ai crié dessus, à eux aussi :

— Mêlez-vous de vos oignons, bon sang ! Vous n'avez rien de mieux à faire ?

L'homme a eu la décence de se détourner, mais j'ai entendu la femme émettre un *tss-tss !* désapprobateur et marmonner :

— Maudits étrangers…

— C'est à toi de voir, Jim. C'est tout ce que j'ai à dire pour le moment. Soit je te verrai tout à l'heure, soit j'irai chez tes parents, pour leur expliquer pourquoi je repars pour l'Italie. Je me demande ce qu'ils penseront de leur fils chéri.

J'ai hélé un taxi, me moquant éperdument du coût que cela représentait. Manifestement, il avait dépensé notre argent pour entretenir cette poule de luxe, alors que je prenais soin de mettre de l'argent de côté pour notre voyage en Italie, l'été suivant. Assise sur la banquette arrière du taxi, j'ai regardé défiler les rues bordées de maisons monotones et les gens ternes avec leurs tristes mines. Je me suis mordu la lèvre pour me retenir de m'effondrer devant le chauffeur, mais une fois rentrée à la maison, je me suis remise à pleurer.

Je me suis servi un autre cognac, et j'ai été choquée de voir que j'en avais presque bu une bouteille entière, mais l'alcool me calmait, émoussait ma colère et ma tristesse ; c'est pourquoi, quand j'ai entendu la clé de Jim tourner dans la serrure, j'étais encore assise dans le salon, un verre vide à la main. J'étais épuisée.

— Ines, je suis désolé…

Il est venu s'asseoir à côté de moi, et je n'ai pas eu l'énergie de le repousser.

— Tu es un salaud, Jim. Tu m'as dit que tu allais en déplacement pour affaires, mais pendant tout ce temps, tu étais avec cette…

Je ne connaissais presque aucun gros mot en anglais, même si Tiziana m'avait appris quelques expressions grossières.

J'ai fini ma phrase sans conviction.

— … avec cette *puttana*.

— J'ai réellement dû aller en voyage d'affaires pour l'aéroport. C'était la première fois que je te mentais, Ines. Je te le jure.

— Alors ça excuse tout ? Comment pourrais-je croire un seul mot de ce que tu me racontes ? Pourquoi m'as-tu fait venir en Angleterre ? Tu as promis de prendre soin de moi… Devant un prêtre, tu as promis de prendre soin de moi. Qu'ai-je bien pu faire de mal pour mériter ça ?

Je me suis levée pour quitter la pièce, mais il m'a attrapé le bras.

— Ines, je t'en prie, parlons-en calmement.

— Si tu voulais une femme *calma e tranquilla* comme vos femmes anglaises, tu n'aurais pas dû te marier avec *un Italiana*. Pourquoi n'as-tu pas épousé cette sale pute ?

Je lui ai donné une claque sur la main pour qu'il me lâche le bras, et j'ai jeté mon verre vide dans la cheminée, où il a volé en éclats.

— Depuis le jour où nous nous sommes mariés, tu n'es plus le même. Pourquoi as-tu pris la peine de revenir à Rofelle ? Mes proches avaient raison. Ils m'avaient dit que je ne te connaissais pas assez bien, qu'aucun d'entre nous ne te connaissait réellement.
À ce moment-là, Freda est entrée en trombe dans la pièce.
— Enfin, mais que se passe-t-il ? Cela fait cinq minutes que je toque à votre porte…
S'apercevant soudain qu'elle avait fait irruption au beau milieu d'une dispute, elle a suggéré :
— Et si je nous préparais une bonne tasse de thé ?
— Oh, du thé, du thé, toujours du thé ! ai-je crié. La solution à tous les problèmes anglais ! Non, je ne veux pas d'une bonne tasse de thé, Freda, je déteste votre thé ! Je déteste l'Angleterre, et par-dessus tout, je déteste votre fils !
Je l'ai bousculée en passant à côté d'elle et, dans ma précipitation, j'ai heurté le landau que Freda avait laissé dans l'entrée. Sans y réfléchir à deux fois, je l'ai poussé devant moi et suis sortie de la maison en l'emmenant. Harry était encore endormi. J'ai entendu Jim me crier de revenir, mais je l'ai ignoré.
Le portail du jardin public était encore ouvert ; il fermerait à la nuit tombante. Les autres mères que j'y voyais d'habitude avec leurs enfants seraient déjà rentrées chez elles, occupées à donner le bain et à éplucher des pommes de terre pour le dîner.
Je me suis dirigée vers la mare aux canards et me suis assise. Dans ma hâte à m'enfuir, j'avais oublié mon manteau, alors j'ai mis sur mes épaules la couverture de bébé supplémentaire. Assise là, sur le banc, le regard perdu dans l'eau d'un vert glauque, j'ai pensé aux eaux froides et limpides du Marecchia qui coulaient sous

notre moulin, et les larmes ont coulé sur mes joues sans que je puisse les retenir.
Au bout d'une demi-heure, environ, Harry a commencé à s'agiter. Il serait bientôt l'heure de son biberon du soir. Sur le chemin du retour, je suis passée devant l'église Sainte-Marie-Madeleine, où il m'arrivait d'assister à la messe du dimanche. Laissant Harry dans son landau, sur le perron, je suis entrée, j'ai glissé une pièce dans le tronc et j'ai allumé un cierge. Les flammes vacillantes projetaient une douce lueur. M'agenouillant devant la statue de la sainte Vierge, j'ai courbé la tête pour prier.
Ave Maria, je vous en prie, venez-moi en aide, je me sens complètement perdue. Montrez-moi le chemin à emprunter pour aller de l'avant. Nous ne pouvons pas continuer ainsi. Bénissez ma famille, en Italie, et bénissez ma petite famille ici. Amen.
J'ai entendu Harry qui commençait à pleurer pour réclamer son lait. J'ai fait une génuflexion devant l'autel et, après avoir fait un signe de croix, je suis partie, poussant le landau le plus vite possible dans la pénombre du crépuscule.

*

Les membres de mon cours d'écriture ont applaudi quand j'ai fini ma lecture, et ils m'ont demandé si j'écrirais la suite de mon histoire, car ils voulaient savoir ce qui s'était passé.
J'ai bien continué à écrire, de temps en temps, mais juste pour moi, chaque fois que j'ai éprouvé le besoin de me libérer de la douleur, et je n'ai plus jamais partagé mes écrits.

27

Souvenirs de l'automne 1947

La première fois que je suis retournée au marché après cela, Jim m'a accompagnée. Je suppose qu'il se sentait coupable et qu'il essayait de s'amender. Il m'a dit qu'on n'avait pas besoin de lui au travail. Il s'est montré exceptionnellement enjoué avec Harry, et attentionné envers moi, m'offrant de porter mon panier à provisions.

—Je ne sais pas comment tu fais pour faire tout ça toute seule, m'a-t-il dit en soulevant le landau pour monter dans le bus.

Ce jour-là, pendant un petit moment, nous avons donné l'impression d'être une famille ordinaire, en train de faire les courses. Pourtant, nous n'avions rien d'ordinaire. Je ne pouvais plus supporter l'idée que Jim me touche, sachant qu'il avait été avec une autre femme ; et, de toute façon, ces derniers temps, il n'avait pas eu envie de me faire l'amour. Je m'en réjouissais mais, au fond, je savais que ce n'était pas normal. Nous vivions dans la même maison, mais nous ne vivions pas ensemble comme j'avais imaginé que nous le ferions une fois que nous serions mariés. N'étais-je qu'une paysanne italienne naïve ? Tous les couples étaient-ils comme le nôtre, en Angleterre ? Au cours de toutes les discussions au coin de la cheminée, chez moi, en Italie, je n'avais jamais entendu parler de femmes malheureuses. Oui, « chez moi ». Je ne me sentais pas du tout chez moi ici. Cela finirait-il par passer un jour ? Je ne voulais pas me tourner vers mon amie Tiziana chaque fois que Jim et moi nous disputions, pour ne pas devenir folle, je raisonnais avec moi-même. Mes arguments insensés tournaient en rond dans ma tête, encore et encore.

— *Il te bat, Ines, et il couche avec d'autres femmes. Quitte-le.*

— *Mais comment le pourrais-je,* disait l'autre voix, *comment pourrais-je bien le quitter ? J'ai prononcé mes vœux devant Dieu.*

— *Dieu ne voudrait pas que tu sois malheureuse. Fais tes valises, prends ton bébé et retourne en Italie. C'est simple.*

— *Mes proches auraient honte de moi. Comme on fait son lit, on se couche.*

— *Ton lit est un lit d'épines, pas un lit de roses. Tu mérites mieux.*

L'empoignade mentale continuait encore et encore. En fin de compte, j'ai décidé d'accepter la situation telle qu'elle était ; je devrais lui prouver que je valais mieux que Phyllis. « Pour le meilleur et pour le pire », c'était le vœu que j'avais prononcé le jour de mon mariage. C'était mon devoir.

Dans le bus, nous nous sommes assis à l'étage, tout devant. Il s'est souvenu que j'aimais voir le paysage. Il n'y avait pas d'autobus à impériale, en Italie.

Même si la guerre était finie depuis deux ans, il y avait encore des nids-de-poule dans la route, et le trajet a été cahoteux.

— Apprends-moi encore cette comptine, Jim, lui ai-je dit, celle sur le fermier, pour que je puisse l'apprendre à Harry.

Je tenais à apprendre et à m'adapter au mode de vie anglais. Si je ne pouvais pas être une bonne épouse, alors je serais une bonne mère, et j'élèverais mes enfants à la perfection.

— *This is the way the farmers ride*[1], a-t-il commencé à chanter en prenant Harry à califourchon sur ses genoux.

Le petit a poussé des cris de joie tandis que Jim le faisait sauter sur ses genoux au rythme des paroles ; mais, au bout d'un moment, Jim a soudain semblé avoir l'esprit ailleurs, et il a fait sauter Harry de plus en plus haut, sans se rendre compte qu'il lui faisait mal.

— *This is the way the soldiers die, the soldiers die, the soldiers die, this is the way the soldiers die on a crisp Italian morning*[2], a-t-il chantonné distraitement.

Quand il a arrêté, Harry a tendu les bras vers moi, le visage tout chiffonné, en pleurs. Je l'ai pris dans mes bras et il a enfoui la tête dans mon manteau.

Le regard de Jim était perdu dans le vague.

— Toutes ces mules décharnées, a-t-il dit, trottant sur ces sentiers pleins d'ornières, chargées de bâtons et de fusils.

J'ai essuyé la condensation sur la vitre de ma main gantée, et j'ai essayé de changer de sujet.

— Oh, regardez, tous les deux ! Il neige. Comment dit-on *nevischio* en anglais, Jim ?

— *Sleet.*

— *Slit*, ai-je dit.

— Non, *sleet*, Ines. Comme cette putain de neige fondue qui bloquait les chars. Les ornières boueuses. Les dégager dans ce froid glacial. Putain de temps !

---

1. C'est ainsi que les fermiers montent à cheval.
2. C'est ainsi que meurent les soldats, que meurent les soldats, que meurent les soldats, c'est ainsi que meurent les soldats par un frais matin italien.

J'ai jeté un coup d'œil aux autres passagers, derrière nous. Il y avait beaucoup de monde dans le bus, maintenant, car nous approchions du centre de Croydon et de Surrey Street, avec ses étals de marché.

— Ne jure pas, Jim, l'ai-je grondé. Tu dois donner le bon exemple à 'arry dès le début.

— Pourquoi ne peux-tu pas prononcer « Harry » correctement ? « Harry » est trop jeune pour comprendre, de toute façon, le veinard, a-t-il répliqué. Tu arrives à prononcer les *h* aspirés, je sais que tu y arrives, tu en rajoutes parfois quand il n'y en a pas… Il s'appelle « Harry », a-t-il ajouté, accentuant le *h* aspiré avec humeur.

— C'est horriblement dur, ai-je répondu, aspirant le *h*, me trompant volontairement pour essayer de le faire rire.

Je cherchais à le distraire, mais il était à nouveau ailleurs, continuant à agiter les jambes alors même qu'il ne jouait plus avec Harry.

— C'est dur, a-t-il dit, sacrément dur, avec la neige fondue qui recouvre les montagnes, se réveiller le matin, la glace qui craquelle sur les couvertures en toile à sac, souffler sur ses doigts, glacé jusqu'à l'os… Les os ! Les vieux os de Bob qui se voient à travers son pantalon, maigre comme un clou, des membres d'épouvantail.

Soudain, le bus a freiné brutalement, nous projetant tous en avant sur nos sièges. Je me suis cogné la tête contre la vitre. Harry s'est mis à pleurer, et j'ai poussé un cri quand Jim a plongé en avant en hurlant :

— Tout le monde à terre ! Tous aux abris !

— Relève-toi, Jim ! l'ai-je supplié. Le bébé a peur.

Harry hurlait, maintenant. Une dame d'âge mûr s'est approchée de nous, regardant Jim recroquevillé sur le sol. Il nous criait de nous abriter derrière les rochers et de nous baisser pour esquiver les balles.

— Tout va bien, madame ? m'a-t-elle demandé. Je ne veux pas me mêler de ce qui ne me regarde pas, mais mon fils était comme ça… C'est la guerre, n'est-ce pas ?

J'ai hoché la tête et elle a pris ma place, m'a pris Harry des bras et s'est adressée à Jim d'une voix douce :

— Tout va bien, mon grand. Nous allons tous descendre au prochain arrêt et prendre une tasse de thé ensemble. D'accord ? Les soldats ont disparu à l'horizon. Nous sommes en sécurité, maintenant, mon grand.

Jim a eu l'air de se calmer.

— Merci, ai-je murmuré à la dame.

Deux femmes assises derrière nous ont marmonné quelque chose derrière leurs mains, et ma nouvelle amie s'est penchée vers moi et m'a dit :

— Ne faites pas attention à elles, mon chou, concentrez-vous sur vous et votre famille.

Quand notre petit groupe est descendu du bus, à l'arrêt suivant, la dame a soulevé le landau de Harry pour que je puisse continuer à soutenir Jim. Il y avait un Lyons Corner House sur le trottoir d'en face, mais elle nous a guidés vers une gargote.

— Ce sera moins chichiteux ici, mon petit, m'a-t-elle expliqué, et il y a une table libre à côté de la fenêtre. Votre mari se sentira moins oppressé.

Notre ange gardien s'est présenté après que j'ai commandé nos boissons. Elle s'appelait Elsie. Elle a partagé une théière avec Jim, et j'ai essayé un café, mais il était loin d'être aussi fort que j'en avais besoin.

Elle nous a pris sous son aile.

— Nous ne pouvons pas beaucoup parler ici, mes enfants, nous a-t-elle dit, mais croyez-moi, c'est ce que vous devez faire, tous les deux, dans l'intimité de votre foyer. Parlez. Je n'ai eu personne pour me dire quoi que ce soit, et maintenant, j'aime me rendre utile quand je le peux.

Jim restait silencieux, l'air tourmenté. Elsie a pris ses deux mains dans les siennes.

— Vous avez sans aucun doute vu et fait bien trop de choses pendant cette guerre atroce, n'est-ce pas, mon chou ?

Il l'a regardée et, avec un hochement de tête presque imperceptible, a marmonné :

— Oui.

Puis elle s'est tournée vers moi.

— Et vous, mon petit, vous devez l'amener à se confier. C'est la seule chose qui ait marché pour mon Norman.

Je me suis apprêtée à répondre, mais elle a ajouté :

— Il n'a pas d'écriteau pendu autour du cou, vous indiquant ce qui le tracasse. Vous devez le lui soutirer, voyez-vous. Cela ne va pas être facile. Que Dieu ait pitié de nous, la vie conjugale n'est jamais facile, mais cette satanée guerre nous a tous remués. Vous devez faire preuve de patience.

J'avais envie de lui dire que j'avais essayé d'être patiente, qu'en récompense, il m'avait frappée, mais comment l'aurais-je pu ? Avec notre enfant devant nous, les gens qui mangeaient des œufs et du bacon à la table voisine… Cela aurait été trop choquant.

Elle a reporté son attention sur Harry, roucoulant et gazouillant avec lui, et j'ai posé ma main sur celle de Jim, me disant intérieurement que je ferais en sorte que cela fonctionne et que j'aiderais mon mari à redevenir l'homme dont j'étais tombée amoureuse en Italie.

Elsie a écrit son adresse sur un petit morceau de serviette en papier, qu'elle m'a tendu.

— Si jamais vous avez besoin de moi, je serai là.

J'ai plié le bout de papier et je l'ai glissé dans mon sac à

main, espérant que je n'aurais pas besoin de faire appel à elle, en dépit de sa gentillesse.
— Mon Norman se porte bien, maintenant, a-t-elle dit en reboutonnant son imperméable. Il a trouvé un emploi dans un garage, à astiquer des voitures. Il lui a fallu du temps, mais il a fini par y arriver.

De retour à la maison, j'ai fait asseoir Jim dans le salon et je lui ai demandé de veiller sur Harry le temps que je prépare le repas.
— Nous allons mettre le bébé au lit, et ensuite, nous mangerons ensemble, ai-je dit. Je crois que ta mère a laissé un autre de ses fameux ragoûts pour que je n'aie plus qu'à le réchauffer. Nous allons passer une bonne petite soirée tranquille.
Il m'a regardée d'un air angoissé et a pris Harry dans son landau.
Même si je m'étais dit que j'essaierais de rester calme et de montrer compréhensive, la tâche que j'avais devant moi me paraissait colossale. J'ai retiré mes chaussures et je me suis baissée avec lassitude pour masser mes orteils endoloris. J'avais envie de m'enfuir, mais les paroles d'Elsie résonnaient à mes oreilles, alors je me suis contentée d'emmener le bébé à l'étage pour changer sa couche, et j'ai demandé à Jim d'allumer la cuisinière pour faire chauffer le ragoût de sa mère.
Pendant le dîner, nous n'avons pratiquement pas parlé. Je n'ai pas arrêté de lui jeter des coups d'œil, me répétant intérieurement que c'était l'homme qui m'avait aimée en Italie et que je devais lui donner une autre chance. Je voulais que ce soit lui qui prenne l'initiative d'entamer la conversation, mais je savais qu'il ne le ferait pas – peut-être ne le pouvait-il pas – comme Elsie l'avait suggéré. C'était à moi de le faire.

Mettant nos assiettes de côté au lieu de me lever pour débarrasser et aller poser la vaisselle sale dans l'évier, je lui ai pris la main.

— Regarde-moi, ai-je dit sans hausser la voix. Regarde-moi, parle-moi de cette femme, et dis-moi ce que tu penses qui a mal tourné, entre nous.

Il a levé les yeux vers moi, les a plongés dans les miens. Il a froncé les sourcils, s'est mordu la lèvre. De toute évidence, il n'avait pas envie de parler, mais j'ai attendu, sans jamais lui lâcher la main.

— Je l'ai connue avant la guerre, a-t-il fini par dire. Nous nous fréquentions. Maman et papa n'ont jamais approuvé.

— Elle s'appelle Phyllis, n'est-ce pas ?

— Oh, Ines… À quoi bon ?

Il a retiré sa main de la mienne et s'est écarté de moi en se laissant aller en arrière sur sa chaise.

— Nous devons parler. Nous sommes tous les deux très malheureux.

— Je te jure qu'elle n'a aucune importance pour moi.

— Alors, pourquoi ? ai-je demandé. Pourquoi as-tu couché avec elle ? Et pourquoi es-tu aussi cruel avec moi ? Est-ce que tu la bats, elle aussi ? Tu crois que les femmes aiment ça ?

Je n'ai pas crié, me forçant à rester calme. Au fond, je savais que si je n'arrivais pas à atteindre mon mari ce soir-là, je n'y arriverais jamais.

— Elsie nous a dit que nous devions parler, ai-je continué. Te voir dans cet état, dans le bus… Cela m'a effrayée.

Il a tapé du poing sur la table.

— Elle s'est mêlée de ce qui ne la regardait pas !

— Elle a été très gentille. Je crois qu'elle avait raison. Il faut que tu me parles, Jim.

J'ai attendu un peu, puis je lui ai encore demandé pourquoi il éprouvait le besoin d'aller voir une autre femme.
— Je veux savoir ce que j'ai fait de mal. Dis-moi pourquoi je ne te suffis plus.
Il s'est passé les mains dans les cheveux. Ils commençaient à être clairsemés, sur le dessus. Je me suis rappelé à quel point ils étaient épais, autrefois, le mal que nous avions eu à les cacher pour rejoindre le camp, dans la montagne.
— Quand je suis avec Phyllis, tout paraît moins compliqué, je ne sais comment, a-t-il dit. Comme si la guerre n'avait jamais eu lieu. Comme si la vie était comme avant.
Entendre cela m'a fait l'effet d'un coup de couteau dans le cœur. Il disait plus ou moins qu'il aurait voulu ne jamais m'avoir rencontrée.
— Alors tu ne m'aimes plus, ai-je murmuré.
— Si, je t'aime. Bien sûr que je t'aime.
— Je n'en ai pas l'impression.
Je n'ai pas pu m'en empêcher : je me suis mise à pleurer, en silence.
— S'il te plaît, ne pleure pas, a-t-il dit, se levant et venant auprès de moi.
Il m'a prise dans ses bras et, tandis qu'il me berçait, j'ai sangloté.
— Je ne comprends pas… Tu dis que tu m'aimes, mais tu as l'air de dire que tu étais plus heureux avant la guerre. Ça n'a pas de sens.
— Je t'aime, a-t-il répété, mais cela n'a pas été facile, avec le bébé, un nouveau travail… et mes pensées…
Il s'est pris la tête entre les mains. Il avait l'air tellement misérable ! Je me suis répété d'être patiente.
— Nous pourrions peut-être retourner à Rofelle et tout recommencer, ai-je suggéré. Tu pourrais peut-

être trouver du travail là-bas. Nous étions heureux, en Italie.

— J'y ai pensé aussi... Les moments que nous avons partagés là-bas ont été les plus beaux de ma vie – c'est pour ça que je suis venu te retrouver à Rofelle. Mais que pourrais-je bien faire là-bas ? Il n'y a pas assez de travail, même pour les Italiens. Je pensais que je pourrais oublier la guerre quand je reviendrais en Angleterre, mais...

Il s'est interrompu.

Je lui ai pris le visage au creux des mains et lui ai dit de continuer.

— Je ne peux pas chasser de mon esprit ce que j'ai vu.

Sa voix n'était guère plus qu'un murmure.

— Parle-moi, Jim. Raconte-moi.

Je l'ai pris par la main et je l'ai emmené à l'étage, dans notre chambre. Nous nous sommes allongés sur l'édredon, et je me suis blottie dans ses bras. Au début, il était très hésitant, mais une fois qu'il a commencé à parler, il n'a plus réussi à s'arrêter. J'ai écouté les horreurs qu'il avait vues et qu'il avait dû faire au cours de la période pendant laquelle nous avions été séparés. C'était comme crever un abcès et laisser le poison s'en déverser. Comme il avait quelques notions d'italien, on l'avait envoyé, après l'Armistice, avec d'autres *D-Day dodgers*, comme on les appelait, pour prendre part à l'évacuation de prisonniers italiens retenus dans un camp appelé Bergen Belsen. Il y avait des milliers et des milliers d'hommes, de femmes et d'enfants de différentes nationalités dans le camp, dont la plupart étaient juifs.

— Aucun d'entre nous n'en a cru ses yeux quand nous sommes entrés dans cet endroit, a-t-il murmuré. Nous n'avions encore jamais rien vu de tel. Il y avait des corps entassés partout, des corps maigres comme des clous. Des hommes, des femmes, des petits enfants nus… Nous avons dû abattre les chiens pour les empêcher de manger les corps qui n'avaient pas été enterrés, laissés là depuis des semaines. Et l'odeur… Même quand on allumait une cigarette, on ne pouvait pas échapper à la puanteur. Il y avait des créatures qui avançaient en trébuchant – on ne pouvait les décrire que de cette façon, ils ne ressemblaient plus à des êtres humains, c'étaient des squelettes ambulants… Nous leur avons donné nos rations. Nous n'avions pas compris que cela les tuerait. Ils n'avaient pas mangé convenablement depuis des mois, et la nourriture que nous leur avons donnée était trop riche. Et le plus dur était de ne pas leur montrer notre effroi, le dégoût que nous inspiraient leur odeur, les poux, leurs yeux caves dans leurs crânes creux, de les traiter avec dignité alors que tout ce que nous avions envie de faire, c'était nous détourner et vomir…

Au bout d'un moment, il a arrêté de parler et son corps s'est mis à trembler. Je l'ai pris dans mes bras et je l'ai apaisé comme notre bébé, en lui donnant de petites tapes dans le dos.

— C'est tout, c'est tout…

Je lui ai parlé d'une voix douce tandis que nous nous cramponnions l'un à l'autre.

Au bout d'un long moment, il a levé la tête vers moi et m'a regardée.

— Ne me quitte pas, Ines. Je ne pourrais pas le supporter.

C'est alors que j'ai compris que je ne pouvais pas le faire. Il n'était pas responsable de son comportement. Comment aurais-je pu le quitter ?

C'est ce soir-là que j'ai commencé à me sentir vieille.

28

Pendant cette période, Tiziana et moi nous retrouvions de temps à autre. Je ne pouvais pas faire peser le fardeau de mes soucis sur Freda et John : je les aimais beaucoup, et je ne voulais pas qu'ils sachent comment leur fils chéri se comportait. Peut-être étais-je naïve : j'aurais dû l'emmener chez le médecin et demander de l'aide ; mais à cette époque-là, personne ne parlait ouvertement de ce genre de choses. Un jour, au bout du rouleau, j'ai craché le morceau et confié mes soucis à mon amie.

— Qu'est-ce que je vais bien pouvoir faire, Tizi ?

Nous étions assises dans son salon en désordre, et les enfants jouaient sur une couverture au crochet faite maison de couleur vive, devant la cheminée. Elle avait reçu un autre colis de Rome, contenant des biscuits et du café italiens, et elle avait ajouté une goutte de liqueur d'anis à son expresso.

— Je te l'ai déjà dit mille fois, *cara*, sois plus ferme avec lui !

— Mais comment le pourrais-je, quand il est comme ça ? Tu n'as jamais vu ça… Il est comme un enfant, quand cela se produit. J'ai l'impression de devoir m'occuper de deux enfants.

Tiziana a haussé les épaules et versé une autre petite goutte d'anis dans sa tasse de café.

— Moi, je l'aurais quitté il y a bien longtemps. Je n'ai pas ta patience.
Je connaissais d'avance les réponses qu'elle allait me faire, mais cela me faisait du bien de me confier.
— Ce dont tu as besoin, c'est l'oublier pendant quelque temps, a-t-elle ajouté en s'agenouillant pour séparer ses garçons, qui se disputaient un petit tracteur.
Elle leur a donné à chacun une grosse claque sur les fesses.
— *Basta così*, vous deux ! Ça suffit, et si je dois vous le répéter, vous en recevrez une autre !
Elle s'est rassise dans le canapé et s'est servi une autre tasse de café.
— Ça va me rendre encore plus *nervosa*, mais tant pis ! On n'a qu'une vie.
Elle a ajouté trois grosses cuillerées de précieux sucre et une généreuse dose de liqueur à son café.
— Tu sais quoi, Ines : la semaine prochaine, nous sortirons, nous irons au cinéma, ou quelque chose comme ça. Nous laisserons les *bambini* ici, et la petite sœur de Denis s'en occupera. Elle est toujours partante pour passer du temps seule avec son petit ami. Tu pourras bien économiser quelques shillings sur l'argent du ménage pour la payer.
J'ai fait ce qu'elle me suggérait. J'ai regardé *Brève rencontre* en pleurant à chaudes larmes, imaginant que Jim était Trevor Howard. C'était tellement romantique, tellement triste ! Je ne pleurais pas vraiment pour leur aventure vouée à l'échec, mais pour la mienne. Tizi s'est excusée, en sortant du cinéma, elle a dit que nous aurions dû aller voir quelque chose de drôle, comme *Dreaming*, avec Bud Flanagan, mais je crois que rien ne m'aurait aidée, à ce moment-là.
Jim avait dû prendre un congé, pour « se reposer », comme l'avait formulé son employeur, et il était dans mes jambes à longueur de journée. Il n'avait jamais

aimé Tiziana, et il était persuadé que nous étions sorties toutes les deux ce soir-là pour retrouver des hommes. J'avais eu beau lui promettre un nombre incalculable de fois que nous étions simplement allées au cinéma, il ne me croyait pas. Il a recommencé à me battre. Rofelle et les moments que nous avions partagés dans la montagne semblaient appartenir à une autre vie.

*

Quand tout m'épuisait, je notais mes pensées ou composais des fragments de poèmes. Je me souvenais d'un cours d'histoire, à l'école, au cours duquel nous avions appris que les femmes étrusques rangeaient leurs draps de mariage quand leurs maris mouraient. Elles n'en auraient plus besoin pour le lit conjugal, alors elles les mettaient de côté pour qu'ils leur servent de linceuls quand elles mourraient. À mes yeux, c'était comme si le Jim que j'avais connu en Italie était mort et que j'étais maintenant veuve. J'ai donc pris une belle taie d'oreiller que Mamma m'avait donnée pour que je l'emporte en Angleterre, et j'ai écrit dessus. J'ai écrit ce que j'avais sur le cœur, faisant des pâtés d'encre avec mes larmes. Jim l'a trouvée et nous avons eu une horrible dispute. Les coups ont continué à pleuvoir.

— Qui est-ce ? Qui est cet homme à qui tu écris ? a-t-il hurlé, me frappant au visage, cette fois, de sorte que je n'ai pas pu sortir de la maison pendant une semaine. Réponds-moi, sale garce cinglée ! Dis-le-moi, ou je te frappe encore ! J'ai toujours pensé que tu étais timbrée, et maintenant, j'en suis sûr !

Je n'avais pas de réponse à lui donner. Je ne savais pas moi-même qui était cet homme auquel je m'étais prise

à rêver. Je savais seulement que ce n'était pas Jim, et je me demandais si la vie se résumait à cela.
Jim m'a tirée par les cheveux, et j'ai vu une poignée de boucles brunes lui rester entre les doigts. Le lendemain, j'ai changé de coiffure pour cacher la zone dégarnie.

Anna sort la taie d'oreiller jaunie de son emballage de papier kraft et la déplie pour lire ce que sa mère a écrit dessus. Les mots sont partiellement effacés, par endroits.

Tes mains sont des mains douces, sur mon corps, de la soie sur de la soie.
Ce ne sont pas les serres d'un faucon, qui arrachent les entrailles de sa proie.
Tes yeux sont pleins de la lumière d'un soleil se couchant entre les replis des montagnes,
Ils m'inondent de chaleur et de promesses.
Tes yeux ne sont pas des étincelles, qui brûlent dans une odeur âcre nauséabonde, sautent du feu craché, font des trous dans ma robe du dimanche.
Mon jupon est accroché aux branches d'un saule,
Je suis allongée avec toi sous le chaud soleil d'août, à la mi-journée, dans les eaux peu profondes,
Ta bouche est douce, ta langue comme le ventre lisse d'une truite quand tu caresses mes seins.
Tu n'es pas le gel, les piquants acérés des églantiers ou des ronces
Ni les échardes du manche de ma binette,
Ni la vipère enroulée près de la corde à linge.
Tes mains sont des mains douces, sur mon corps, de la soie sur de la soie.

— Pourquoi, mais *pourquoi* n'est-elle pas partie quand il en était encore temps ?

Anna est au téléphone avec Francesco. Elle a besoin de lui parler de ce qu'elle vient de lire, pendant qu'il fait des courses avec Alba à Arezzo, en prévision de la rentrée scolaire.

Il lui répond aussitôt :

— C'est facile à dire de ton point de vue, maintenant, mais essaie de t'imaginer à cette époque-là. Il n'y avait pas la même liberté.

— Je sais que tu as raison, mais j'ai quand même envie de lui crier de le quitter.

— Eh, tu viens de parler de ce dont il avait été témoin à Belsen… Tu m'as dit que tu avais pitié de lui. De nos jours, les gens suivent une thérapie pour bien moins que ça. Manifestement, il souffrait de stress post-traumatique. Si *tu* es tiraillée, Anna, imagine ce que ça a dû être pour elle.

— Je sais, je sais… mais c'est tellement navrant de lire tout ça…

— Je comprends. Je te plains, et je la plains. Anna, avant que j'oublie encore une fois, à propos de la médaille… Je suis désolé ! Je voulais te le dire. Elle appartient à Danilo, elle lui a été attribuée pour services exceptionnels. Dieu sait ce qu'elle faisait au moulin ! Nous allons devoir la lui rendre. Il l'a peut-être égarée.

— C'est trop bizarre… On aurait pu s'attendre à ce qu'il en soit fier, et à ce qu'il la conserve en lieu sûr. Elle a peut-être été volée… Il m'a parlé de cambriolages dans son voisinage.

— Eh bien, nous pourrons lui demander de quoi il en retourne quand nous la lui rendrons.

— Tu m'accompagneras, la prochaine fois ? Il ne peut pas me voir, et… pour être honnête, je ne sais pas vraiment comment l'aborder.

— Bien sûr que je t'accompagnerai…

Il s'interrompt, et elle l'entend dire à Alba :

— C'est hors de questions… Elles sont affreuses.

— Comment se passe le shopping ? lui demande Anna.

Il baisse la voix.

— Je voudrais que tu sois là… Le petit ouistiti n'arrête pas de choisir les trucs les plus laids et d'essayer de me convaincre que c'est absolument ce qu'il lui faut pour aller à l'école. Que penses-tu de baskets roses ?

— Est-ce qu'elles lui vont ? Est-ce que ce sont des baskets pratiques ? Je n'ai rien contre le rose, personnellement. Ça me paraît toujours mieux que les chaussures à lacets marron que j'étais obligée de porter à l'école.

— Ah ! C'est une conspiration. Vous vous liguez contre moi !

— Profitez de votre journée tous les deux. Laisse-toi porter. On se voit plus tard… *Ciao !*

Après avoir raccroché, elle imagine Francesco en train d'écumer les boutiques avec sa fille, et elle se sent coupable de ne pas être là pour l'aider ; mais ce n'est pas son rôle, et il a besoin de passer du temps seul à seule avec Alba. La veille au soir, la fillette a piqué une crise quand il a écourté la lecture de l'histoire du soir. Elle avait compris que son papa avait l'intention de passer du temps avec Anna, et elle s'est cramponnée à lui, l'a obligé à rester et à lui lire deux histoires supplémentaires. Quand Francesco était venu frapper à la porte d'Anna, près de deux heures plus tard, ils avaient discuté de la façon de gérer les caprices d'Alba, et étaient arrivés à la conclusion qu'aller faire les magasins serait une bonne façon pour le père et la fille de passer un peu de temps en tête à tête.

Tout en rangeant les papiers de sa mère, Anna repense aux remarques de Francesco. Il a raison. C'est trop facile de juger de loin, et sa propre vie amoureuse, quoique n'ayant rien à voir avec celle de sa mère, n'a pas vraiment été sans heurts.

Comme Anna a toute la journée devant elle, elle décide de retourner voir Danilo. Elle ne peut pas remettre encore à plus tard. Elle s'en veut d'avoir pris la boîte contenant la médaille, maintenant qu'elle sait à qui elle appartient. C'est étrange qu'il ne l'ait pas conservée dans un endroit sûr. En général, les anciens combattants sont fiers des hommages qu'ils reçoivent. Peut-être que Danilo est modeste et qu'il n'aime pas faire étalage de sa décoration. Pourtant, il lui paraît plus arrogant que modeste. Elle a de plus en plus envie d'en apprendre davantage sur la vie de ses parents quand ils étaient jeunes, et de comprendre ce qui a bien pu se passer pour que leur histoire d'amour tourne aussi mal. Elle espère que Danilo sera plus affable, cette fois.

Tout en prenant la direction du hameau de Danilo, elle repense à un petit musée folklorique que Francesco lui a fait visiter dans le minuscule village de Casteldelci. Elle y a appris comment les gens vivaient au jour le jour : qu'ils se servaient des cendres de l'âtre pour laver leurs vêtements en faisant du savon de cendres de bois, qu'ils dormaient au premier étage de leurs maisons tandis que les animaux dormaient au rez-de-chaussée, pour que leur chaleur passe par les gros interstices entre les lattes du plancher. Au musée étaient exposées des photos horribles de résistants morts disposés sur le pont, en contrebas du village, par les Allemands, en guise d'avertissement pour décourager les gens de les soutenir.

Elle avait été frappée par ce qu'elle avait lu sur une banderole toute simple accrochée dans la salle principale de l'exposition : NOTRE PASSÉ EST LE CONTREPOIDS À NOTRE AVENIR. Ces mots avaient trouvé un écho en elle, et donné du sens à sa lecture des secrets d'Ines : en en apprenant davantage sur sa mère et sur son père, elle espère apprendre aussi à se connaître mieux elle-même.

Il fait encore chaud, mais cela n'a plus rien à voir avec la chaleur caniculaire de juillet et du début du mois d'août. Le vrombissement bruyant de tronçonneuses au loin, dans les bois, rappelle que l'hiver approche. Les bûcherons travaillent dur, coupant et empilant des bûches à entreposer comme bois de chauffage. Au-dessus d'elle, dans la montagne, le son métallique des lourdes cloches au cou des vaches compose une sorte de musique, tandis qu'elles broutent ce qu'il reste dans les pâturages d'été. Quand elle était montée jusqu'ici en juillet, Anna s'était arrêtée pour admirer les orchidées et les hellébores, mais depuis, elles avaient flétri. De la chicorée sauvage et des scabieuses agitaient leurs têtes bleues et violettes dans la brise, et en passant à côté d'un genévrier, elle en cueille une baie, l'écrase dans sa main et en respire le parfum.

Elle avance avec précaution sur les pierres laissées là par le dernier glissement de terrain, et quand elle arrive enfin sur la place du minuscule village, elle est surprise de voir des femmes laver des fruits et de la salade à la fontaine. La dernière fois qu'elle est venue ici, l'endroit était désert, il n'y avait personne à part un chat vagabond et solitaire. Elles lui font signe de la main et lui demandent si elle veut se joindre à elles pour un pique-nique, mais Anna décline l'invitation et continue son chemin, longe l'église et arrive devant la maison du vieil homme. La porte est fermée, mais elle entend une radio allumée à l'intérieur, alors elle frappe à la porte. Il n'y a pas de réponse. Elle frappe encore.

Vieux grognon, pense-t-elle. *Il se cache probablement pour m'éviter.*

Elle sort un carnet de son sac à dos et une photo de sa mère, qu'elle a pris soin d'emporter, et elle griffonne un petit mot, espérant qu'elle n'aura pas encore une fois fait tout ce chemin pour rien.

Cher *signor* Danilo,
Je ne connais pas votre nom de famille, alors veuillez m'excuser et veuillez excuser aussi mon mauvais italien. Je suis déjà venue vous voir, mais vous étiez trop occupé pour parler.

J'aimerais vous poser des questions au sujet de la guerre
et surtout au sujet de ma mère. Voici une photo d'elle.
Vous vous souviendrez peut-être d'elle. Elle s'appelait
Ines Santini avant d'épouser mon père, Jim Swilland.
Vous pouvez me contacter à la maison d'hôtes de Teresa
Starnucci, à San Patrignano.
Merci.
Anna Swilland
PS : Gardez précieusement la photo pour me la rendre,
s'il vous plaît, car c'est l'originale et j'y tiens beaucoup.
Merci !

Au moment même où elle glisse précautionneusement le petit mot et la photo sous la porte, celle-ci s'ouvre brusquement.

— Encore vous ! s'écrie Danilo. Je vous ai déjà dit de ne pas vous approcher d'ici !

— Je veux seulement vous poser quelques questions au sujet de la guerre.

— Et si je n'ai pas envie d'y répondre, hein ? La guerre, la guerre, toujours la guerre… Nous n'avons pas besoin qu'on nous rappelle cette époque. Je vous l'ai déjà dit. Vous n'avez pas le droit de venir ici remuer le passé.

Il la bouscule pour passer, manque de la faire tomber, et elle vacille en arrière, mais il ne s'excuse pas.

— Je vous ai vue, au moulin, dit-il en décrochant une chemise de la corde à linge. Je vous ai dit aussi de ne pas aller là-bas. C'est une propriété privée… et c'est dangereux. Le toit pourrait s'effondrer à tout moment.

— Je ne vous ai pas vu.

— Je pêchais. J'ai entendu des voix. Vous étiez avec le jeune Starnucci.

— Francesco ?

Il hoche la tête.

— Maintenant, fichez le camp. Je dois descendre à Badia, et je ne veux pas que vous furetiez autour de ma maison.

— Je vous ai laissé un petit mot… commence-t-elle.

— Ça ne m'intéresse pas.

Il lui claque la porte au nez, et elle se demande ce qui a bien pu se passer dans sa vie pour qu'il soit aussi amer.

Craignant qu'il ne détruise la précieuse photo de sa mère, elle frappe de plus belle à sa porte. En fonction de sa réaction, peut-être qu'elle avouera avoir trouvé la médaille, qu'elle lui proposera de la lui rendre. Il ne lui ouvre pas, et elle est à moitié soulagée. Toutefois, comme un chien avec un os à ronger, elle s'acharne à vouloir parler de la guerre à ce vieil homme. Elle est sûre qu'il lui cache quelque chose. Peut-être serait-il mieux disposé si elle revenait avec Francesco.

Bien décidée à ne pas laisser la colère lui gâcher l'après-midi, elle se détourne de la route normale pour retourner à San Patrignano et suit un panneau indiquant la direction des vestiges de la Ligne gothique. Le sentier est abrupt, jonché d'aiguilles de pin sèches qui le rendent glissant, et elle ramasse un bâton pour s'aider à garder l'équilibre.

Tout en haut, quelqu'un a érigé une éolienne rudimentaire faite de bouts de métal rouillé ; le son qu'elle émet quand ses pièces s'entrechoquent dans la brise légère est mélancolique. Elle lit ce qui est écrit au sujet de la Ligne gothique, sur un panneau cloué au tronc d'un chêne. Tout ce qu'il reste de ce nid de mitrailleuses allemand, ce sont la tranchée principale, maintenant pratiquement bouchée par des feuilles mortes et des éboulis, et un creux dans la roche, un peu plus loin, qui servait de cache. Un poirier, desséché et noueux, se penche presque à l'horizontale sur la pente, en contrebas, et Anna se demande s'il était déjà là quand les soldats montaient la garde à cet endroit.

Soudain, son téléphone portable se met à sonner, l'arrachant à sa rêverie.

— Où es-tu ? lui demande Francesco. Nous avons fini notre shopping, Dieu merci ! Nous nous demandions si nous n'allions pas aller dîner à la pizzeria… Veux-tu te joindre à nous ?

Elle rit.

— Avec plaisir ! Pour le moment, je suis au-dessus de Montebotolino, j'admire la vue la plus extraordinaire du monde. Ça n'a rien donné avec ce vieil homme acariâtre, malheureusement. Je ferais peut-être mieux de t'emmener, la prochaine fois !

— Oublie-le pour le moment, et viens manger une pizza avec nous, Anna.

— Génial ! À tout à l'heure…

Elle a envie d'ajouter « Je t'aime », mais ce serait prématuré, et elle sait qu'Alba pourrait l'entendre. Elle ne veut pas perturber la petite fille, même si, tôt ou tard, celle-ci devra bien accepter le fait que son papa et elle ont envie de passer du temps ensemble.

Francesco reconduit Anna chez elle après leur dîner à la pizzeria, et il lui dépose un baiser sur les lèvres pour lui dire au revoir.

— Berk ! C'est dégoûtant, dit Alba depuis la banquette arrière de la voiture.

Anna a le désagréable pressentiment que des complications se profilent à l'horizon.

Elle monte l'escalier avec un sentiment de solitude. Elle aimerait pouvoir partager son lit avec Francesco et accueillir Alba dans sa chambre d'amis, comme une famille. Comme elle n'est pas du tout fatiguée, elle sort les dernières pages des écrits de sa mère de la chemise posée sur sa table de chevet et, se laissant tomber sur le couvre-lit, elle retourne à sa lecture.

29

Juin 1949

En juin 1949, nous sommes enfin retournés à Rofelle. Cela avait pris plus longtemps que Jim ne l'avait estimé d'économiser pour acheter les billets, et nos deux bébés étaient nés entre-temps. Jane était un beau bébé placide, elle mangeait bien et faisait déjà ses nuits à trois mois. C'était un bébé bien plus facile que Harry, et son arrivée au sein de notre famille perturbée avait été un réconfort pour moi.

Dans le train, nous étions secoués, et Harry pleurait parce qu'il avait fait tomber sa petite voiture à la gare de Londres-Victoria. Je ne m'en étais pas rendu compte sur le coup tant j'étais préoccupée par Jane : elle faisait ses dents, la pauvre, et elle a pleurniché presque tout au long du trajet. Je voulais que nous la baptisions Assunta, comme ma mère, mais Jim avait insisté pour que nous lui donnions un prénom bien anglais, Jane, et je n'avais pas eu la force de lutter ; mais quand il n'était pas là, je l'appellerais Assunta et je lui parlerais en italien. Je lui chantais des chansons qui parlaient de la montagne, des biches, des baies de fusain dans la forêt et des champignons dans les prés. J'inventais ces chansons. Les mots franchissaient mes lèvres comme des oiseaux libérés.

— Chut, petite Assunta ! Mamma est là, murmurais-je en la berçant, plaçant sa petite joue toute douce contre la mienne pour qu'elle arrête de pleurer.

Le petit Harry criait alors :

— Pourquoi tu l'appelles Assunta, maman ? C'est Jane, Jane, Jane !

Il tapait des pieds en criant son prénom.

Harry était trop malin pour son âge. C'était un Jim miniature. Quand je le grondais, il détalait et me tirait la langue à distance respectueuse. Ou il me donnait un coup de pied dans les jambes, comme il l'avait vu faire.

Nous avons voyagé pendant deux jours et demi fatigants dans des trains sales, dans l'odeur d'urine qui s'élevait des couches et des vêtements souillés. On étouffait dans le wagon, mais je n'avais pas voulu ouvrir la fenêtre parce que Harry grimpait partout et que Jim n'arrêtait pas de disparaître dans le couloir pour aller fumer. Cela m'aurait aidée qu'il garde un œil sur son fils, mais à ce stade, j'avais pris l'habitude de tout faire toute seule, et plus rien n'importait réellement, car je rentrais chez moi, en Toscane. Les enfants avaient eu le mal de mer pendant la traversée de la Manche et j'avais fait de mon mieux pour les débarbouiller, mais nous étions tous un peu débraillés.

Le train a traversé la France et la Suisse en haletant, et nous nous sommes arrêtés à la frontière avant d'entrer en Italie. Jusqu'à ce stade du trajet, les gardes français et suisses, les marchands sur les quais, tous avaient l'air à moitié morts, faisant leur travail machinalement, très sérieusement, en silence. En revanche, dès que nous avons passé la frontière, j'ai été frappée par le brouhaha des cris et des bavardages animés sur le quai. J'ai ouvert la fenêtre et humé l'air comme un animal reconnaissant un territoire familier. Le nom de la ville indiqué sur le quai, CHIASSO, ce qui signifie « raffut » en italien, m'a fait rire aux éclats. Je l'ai trouvé particulièrement approprié ; la première ville que nous traversions en Italie avait un nom tout à fait honnête.

Les deux dernières heures avant d'arriver à Milan, au cours desquelles nous avons encore dû changer de train, ont semblé s'éterniser. Nous avons bu quelque chose au bar de la gare de Milan, et comme je me tenais là, je me suis sentie embarrassée en regardant passer mes compatriotes élégants. Même si cela ne faisait que cinq ans que la guerre était finie, ces Italiens étaient beaux et fiers. Ils étaient chics, portaient des vêtements bien coupés et avaient des coupes de cheveux à la mode, que je n'avais pas vus dans l'Angleterre d'après-guerre. J'avais l'impression d'être la mère d'une famille de bohémiens. Nous étions propres quand nous nous étions mis en route, mais maintenant, nous ressemblions à des ramoneurs, avec les traînées noirâtres laissées sur nos visages par la suie du train à vapeur. Même nos sandwiches avaient un goût de charbon, et les installations sanitaires n'étaient pas du tout adéquates à la toilette d'un bébé et d'un enfant en bas âge.

Lors de la dernière étape de notre long périple, j'ai fouillé dans notre valise pour en sortir les nouveaux vêtements d'été que j'avais achetés pour Harry et Jane. J'étais si fière de mes bébés ! Je voulais les faire admirer par tout le monde au village, quand nous arriverions. Juste avant que le train n'entre enfin en gare de Rimini, j'ai montré la mer à Harry. L'eau scintillait de manière engageante et venait lécher doucement la plage, quelques personnes, déjà, étaient étendues sur le sable, pour prendre le soleil. C'était un spectacle très différent de celui qu'offraient la plage de galets et les tourbillons d'eau grisâtre à Hastings, où Jim nous avait emmenés par un dimanche bruineux, au printemps dernier.

Papà nous attendait sur le quai. Je me suis soudain sentie prise de timidité, mais dès qu'il nous a vus descendre du train, il a retiré sa casquette, l'a agitée pour attirer notre attention, a couru vers nous, bras tendus, et je suis aussitôt redevenue sa petite fille. Il a pris Harry dans ses bras, l'a lancé dans les airs, et l'a embrassé avec tant de ferveur que le petit s'est mis à pleurer, ce qui a fait pleurer Jane, à son tour. Je pleurais aussi, maintenant, mais mes larmes étaient des larmes de joie.

— Où est Mamma ? ai-je demandé en la cherchant des yeux, sur le quai.

Il m'a répondu qu'elle nous attendait à la maison, que le taxi était trop petit pour nous emmener tous sur la route du Marecchia avec nos bagages, et qu'elle était donc restée à la maison pour nous préparer un bon bouillon de poule.

— Nous avons tué une des poules spécialement pour ça, a-t-il ajouté, et elle a aussi préparé des *tagliatelle*.

Il s'est baissé pour essuyer les joues sillonnées de larmes de Harry, qui a levé un regard timide vers son grand-père, le pouce dans la bouche.

Alberto, le fils du cafetier de Badia, travaillait à temps partiel comme chauffeur de taxi, et Papà nous a guidés jusqu'à son Aprilia noire rutilante, que Jim a beaucoup admirée. Papà a insisté pour que Jim monte à l'avant, et lui est monté à l'arrière avec moi et les enfants, et il a pris Harry sur ses genoux.

— Comment Nonno peut-il espérer parler à son petit-fils si ce petit ne parle pas italien ? m'a-t-il fait remarquer en secouant la tête d'un air réprobateur. Hein, Ines ? Comment allons-nous faire ?

Tout au long du trajet en voiture jusque dans la montagne, il a essayé d'apprendre à Harry quelques mots simples en italien, et j'ai espéré que Jim ne fasse pas d'histoires.

— *Motocicleta*, a prononcé mon père distinctement, montrant du doigt l'une des nombreuses motocyclettes qui passaient à côté de nous en crachotant, sur la route. Il y en avait beaucoup plus ici, en Italie, et cela amusait Harry d'imiter leur vrombissement. Jane dormait dans mes bras tandis que je regardais, à travers la vitre, les maisons nouvellement construites, les prairies parfaitement entretenues, et mes belles montagnes, en les voyant avec un œil neuf. Quand j'étais partie, le paysage était ravagé par la guerre, désolé. J'étais fière de constater la force morale de mon peuple, sa capacité à faire renaître la vie à partir de rien.

— Nous allons nous arrêter ici un moment pour boire quelque chose, et les enfants et toi pourrez vous rafraîchir, a dit Papà au bout d'une heure de trajet.

Tout ce que je voulais, c'était aller au moulin le plus vite possible pour revoir Mamma, la prendre dans mes bras et lui présenter mes enfants, je ne voulais pas que le trajet ne dure ne serait-ce qu'un instant de plus que nécessaire ; mais Papà connaissait le propriétaire du bar sur la route en contrebas de Pennabilli, et il voulait nous présenter, présenter ses petits-enfants et son beau-fils anglais, qui avaient parcouru tant de kilomètres pour cette visite. Il était tellement fier de nous ! La femme du patron du café s'est écriée que Harry était un très beau jeune homme et que le bébé était un beau bébé bien dodu.

— Mais, *signora*, a-t-elle ajouté, levant les bras au ciel d'un air horrifié, elle va attraper la mort dans l'air froid de la montagne ! Où sont ses chaussettes ? Où est son

gilet ? Couvrez-la ! Prenez ce châle et enveloppez-la dedans pour la réchauffer.
Ce n'était sûrement pas son intention, mais elle m'a donné la sensation d'être une mauvaise mère. En Angleterre, je laissais toujours Jane agiter ses petites jambes potelées nues dans son landau, dans notre petit jardin de derrière, dans l'air frais ; mais les montagnards se méfiaient du printemps et attendaient juillet et août pour abandonner leurs vêtements d'hiver.
Une demi-heure plus tard, nous étions remontés dans la voiture, et j'ai commencé à reconnaître les lieux de prédilection de mon enfance. Mon cœur s'est mis à battre plus vite quand nous avons traversé Ponte Presale, où le marché du vendredi avait lieu. Puis j'ai aperçu l'énorme rocher incrusté de fossiles dans le pré où nos vaches allaient paître ; ensuite, la boulangerie, le cimetière de Badia et la nouvelle salle municipale avec le drapeau italien battant fièrement dans la brise, ses marches flanquées de géraniums débordant d'urnes énormes. Enfin, nous avons pris un virage et nous nous sommes engagés sur la petite route qui conduisait au moulin.
Cette partie du trajet m'a semblé interminable, chaque tournant était un supplice ; enfin, la voiture a tourné à droite, sur le chemin de terre battue menant au moulin. Il se dressait là, dans le soleil de l'après-midi, perché sur son rocher, au-dessus de la rivière. Je mourais d'impatience. Dès que la voiture s'est arrêtée, j'ai ouvert la portière à toute volée, saisi mes enfants, et couru vers les marches du moulin. Avec Jane dans mes bras et Harry accroché à ma jupe, j'ai monté les marches.
Je n'oublierai jamais ce moment où j'ai revu ma pauvre mère pour la première fois. Elle se tenait là, l'ombre

d'elle-même, fatiguée et terne. Dans ma stupeur, j'ai failli lâcher le bébé.

— Mamma, Mammina !

J'ai fondu en larmes comme je l'embrassais, et intérieurement, je me disais : *Qu'est-ce que je t'ai fait ? C'est ma faute, n'est-ce pas ? Parce que je suis partie et que j'ai traversé la mer. Pardonne-moi, ma très chère Mammina, pardonne-moi !*

Plus tard, alors que nous étions assis à la table de la cuisine, après avoir mangé son excellent bouillon de poule et que Jim et Papà étaient sortis pour aller boire plus de vin à l'*osteria*, à Rofelle, j'ai demandé à Mamma si c'était à cause de moi qu'elle avait l'air tellement malade.

— Ne sois pas ridicule, Ines. Le docteur dit que j'ai des problèmes de thyroïde, c'est tout. Tout rentrera dans l'ordre quand j'aurai fini de prendre les médicaments qu'il m'a prescrits.

Elle m'a pris Jane des bras et l'a serrée contre elle, puis elle s'est penchée pour toucher les boucles toutes douces de Harry, et elle a dit qu'elle ne voulait plus en parler, qu'elle voulait passer du bon temps avec moi et ses petits-enfants. *Le docteur ment. C'est ma faute, c'est ma faute* ! Loin, très loin par-delà les mers, une petite voix chuchotait dans ma tête, me tourmentant avec ce que je croyais être la vérité.

Au cours des premiers jours de ces vacances, j'ai remarqué que la réaction de mes anciens voisins et amis était toujours la même quand ils me retrouvaient ; j'avais vu la même expression sur le visage de mes parents. « Mais tu es tellement mince, Ines ! » disaient-ils.

Cette réflexion arrivait toujours après les premières étreintes, quand les gens m'avaient lâchée et qu'ils faisaient un pas en arrière pour me regarder de haut en bas. Leur expression trahissait le choc qu'ils avaient en voyant mon état. Je savais qu'ils se disaient que j'étais devenue trop maigre, que mes cheveux étaient ternes, que ma beauté était partie pour l'Angleterre par le train, avec moi, et qu'elle n'était pas revenue.

— Ils ne te donnent pas à manger, en Angleterre, Ines ? m'a demandé Lucia, de la ferme au bout de la route, où nous avions été invités à dîner, un soir. Viens t'asseoir avec moi, je vais te remplir ton assiette ! Nous avons fait de la pizza avec une garniture de fleurs de courgette et de *stracchino*, et du rôti de lièvre et de sanglier. Mange, Ines ! Donne-moi le bébé. Assieds-toi, et mange.

Quant à Ida, de San Patrignano, elle déposait des paniers pleins d'œufs, de grappes de tomates et de pots de confiture de prunes sur le pas de la porte du moulin, comme elle l'avait fait les jours précédant notre mariage.

Maintenant, c'était au tour de Jim d'être l'étranger, et je regardais les miens l'accueillir, le mêler à leur cercle chaleureux regorgeant de nourriture, de vin et d'amour. Oui, d'amour. C'était cela. C'était ce dont j'avais manqué, en Angleterre.

*

Nous sommes restés deux semaines. Le temps a filé, et le jour où nous avons dû repartir est arrivé. C'était tellement dur ! J'avais envie de rester, mais comment l'aurais-je pu ? C'était moi qui avais pris la décision de partir pour l'Angleterre avec Jim. Comment aurais-je pu seulement songer à le quitter maintenant et à rester à Rofelle ? À cette époque-là, le divorce était considéré comme extrêmement scandaleux. Si les jeunes avaient la sagesse des vieux, alors j'aurais écouté ce que me dictait mon cœur et je serais restée à Rofelle. Au fil des ans, j'ai appris que les réponses à toutes les questions que nous nous posons sont déjà en nous. Il nous suffit de nous taire, et d'écouter.

Le second dimanche de nos vacances, j'ai assisté à la messe dans la petite église en pierre où j'avais fait ma première communion et où j'avais, plus tard, épousé Jim. J'ai levé les yeux vers la croix, et prié tout bas, implorant un miracle qui me permettrait de rester. Tout ce que j'ai vu en guise de réponse, c'étaient les clous dans les mains de Jésus et le sang qui dégoulinait sur son visage, de sa couronne d'épines. Il semblait me dire ce que je savais déjà : que la vie était dure, que tout le monde devait souffrir d'une façon ou d'une autre. Mon épreuve était Jim, et je devais rester fidèle à mes vœux de mariage.

Je me suis cramponnée à ma mère quand nous nous sommes embrassées pour nous dire au revoir, comme si elle était un morceau d'épave et que je me noyais dans la Manche glaciale.

— Tu auras toujours une place ici, m'a-t-elle dit en me serrant dans ses bras, contre son cœur.

Oui, cela avait été merveilleux d'arriver, mais c'était atroce de repartir, et beaucoup de larmes ont été versées. Cette fois encore, le train qui m'a emmenée à des kilomètres de là m'a bercée au rythme de refrains imaginaires :

« Je le ferais si je le pouvais, mais je ne peux pas.
Je le ferais si je le pouvais, mais je ne peux pas.
Je ne peux pas, je ne peux pas, je ne peux pas, je ne peux pas. »

De retour en Angleterre, je suis tombée malade, et je n'ai pas réussi à me défaire de ma tristesse. J'étais constamment épuisée. Mes grossesses avaient été rapprochées, et les deux accouchements avaient été longs et douloureux. Quand j'ai fini par me traîner jusqu'au cabinet médical, je n'ai pas été surprise que l'on me diagnostique des problèmes de thyroïde. D'une certaine façon, j'avais le sentiment que c'était normal que je souffre de la même chose que ma mère. Cela a été une période très sombre pour moi, mais mon médecin était une femme bienveillante et elle m'a vivement encouragée à continuer à mettre mes sentiments par écrit.

Et écrire m'aidait effectivement un peu. Parler à Jim, non. Combien de promesses m'avait-il faites lors de nos conversations ? Combien de fois avait-il manqué à ses promesses ?

Beaucoup plus de fois qu'il ne les avait tenues.

30

Août 1999

À 2 heures du matin, Anna s'assied dans son lit ; elle voudrait que sa mère soit là, assise à côté d'elle, pour pouvoir lui dire à quel point elle l'aime.

Il ne reste que quelques pages à son récit, mais elle peine à garder les yeux ouverts. Elle éteint la lampe de chevet, et s'endort aussitôt.

Le lendemain matin, sans même prendre la peine de se préparer sa tasse de thé habituelle, elle reprend sa lecture. La date sur la page suivante indique un bond de près de vingt ans en avant, et elle se demande comment elle va bien pouvoir combler les vides.

Peut-être ne le pourra-t-elle jamais.

30 septembre 1966

Sur les étagères du garde-manger, il y a un régiment de pots de confiture de mûres. Il n'y a presque plus de place. Nous n'allons jamais manger tout ça en une année, mais quand le soleil de septembre brille, comme ça, je dois absolument être dehors.

J'ai fait mes tâches ménagères matinales à la hâte, j'ai vidé la grille du foyer, disposé le petit bois, et frotté le lino de l'entrée, qui ressemble tant à du salami italien. Il n'est pas 10 heures quand je quitte la maison. La journée m'appartient jusqu'à ce que Jane revienne du lycée. Les rideaux bougent légèrement au numéro 23, de l'autre côté de la rue. La vieille bique doit se demander où je vais, encore. « Cette sale étrangère mariée à Jim », l'ai-je entendue m'appeler. Elle s'est aussi plainte auprès de lui de l'odeur d'ail qui émanait de ma cuisine. Qu'elle se plaigne ! Chez nous, les gens aussi auraient probablement grommelé si une Anglaise avait épousé l'un de nos garçons.

Ce matin, il fait un peu plus frais qu'hier, et je boutonne mon gilet tout en remontant l'allée d'un pas rapide. C'est l'un des vieux gilets en laine d'Aran de Freda – il est un peu distendu, maintenant, mais j'aime bien le porter. C'était une femme gentille, que Dieu ait son âme. Elle était comme une mère pour moi, elle m'a réconfortée quand j'ai appris la mort de Mamma et a pris soin de moi quand j'ai traversé mes moments sombres. Je resserre le gilet de laine rugueuse autour de moi.

Il ne me faut que cinq minutes pour m'échapper de la rangée de maisons toutes identiques, comme des clapiers à lapins, et quand j'atteins la lisière du champ de blé, je m'arrête et inspire profondément, avide de sentir le parfum de l'air. Si je ferme les yeux, je pourrais presque me croire à Rofelle. Les meilleures mûres se trouvent au bout de ce champ, et tandis que j'avance dans les chaumes qui craquent sous mes pieds, je fais semblant d'être en Toscane. J'arrive à y croire. Surtout quand la brise danse dans les arbres qui bordent le champ et fait bruire leurs feuilles, et que je lève les yeux vers les nuages moutonneux et que j'imagine que ce sont les Apennins qui se dressent au-dessus de moi et m'enveloppent.

Le soleil est plus pâle que le soleil dont nous avons profité au mois d'août. Jim nous a tous emmenés en

Italie avec une partie de l'argent que Freda nous a légué. Il n'a pas pu faire autrement, car elle avait spécifié dans son testament qu'il « devait impérativement emmener Ines dans son village natal pour des vacances attendues depuis longtemps ». Dans ce coin abrité du champ, le soleil fait de son mieux pour répandre sa chaleur, et je retire le gilet de Freda.

La brise joue avec mes boucles. J'ai de la chance, je n'ai pas de cheveux gris. Papà a eu une chevelure fournie de boucles noires jusqu'au jour de sa mort, et je tiens peut-être de lui. Je me pique le doigt à une épine de ronce et, retenant mon souffle, je suce la plaie. Le sang qui s'en échappe se mélange au jus de mûre violet qui me tache les mains. Il est de la même couleur que le vin que nous avons bu à la *festa*, au village, le mois dernier. Les hommes étaient rassemblés autour de grosses bonbonnes de vin rouge fort, assis sur la charrette du fermier Amedeo, à se donner de grandes tapes dans le dos et à parler avec les mains comme nous autres, Italiens, le faisons. Jim a beaucoup bu. C'était gratuit, alors il a bu goulûment et n'a eu aucune idée de ce qui s'est passé ce soir-là, étant donné l'état dans lequel il était.

L'extrémité de la place, devant la mairie, avait été dégagée pour que nous puissions danser, des chaises et des tables à tréteaux avaient été disposées sous la loggia au cas où il pleuvrait. Franco, le boucher, surveillait, découpait et servait la succulente *porchetta*. Rien qu'en y repensant, j'ai l'eau à la bouche au souvenir de la viande parfumée au romarin et à l'ail. Toutes les femmes de Rofelle s'étaient affairées pendant des jours, à couper des rubans de pâte jaune qui seraient accompagnés de lièvre et de sanglier en sauce. Elles m'avaient laissée les aider, et avaient ri de ma maladresse.

« Tu as oublié, Ines, tu as oublié comment préparer les *tagliatelle* ! Qu'est-ce que tu fais à manger, en Angleterre ? Des sandwiches ? »
Et c'était vrai, j'avais oublié. Jim préférait la cuisine anglaise, les assiettes chargées d'une montagne de pommes de terre et de viande, baignant dans une sauce au jus de viande. Mes amies italiennes m'ont quand même laissée les aider, et j'ai pris part à leurs rires et à leurs potins, ce soir-là. Pendant ce laps de temps, je me suis de nouveau sentie à ma place.
Après avoir fini de cuisiner, nous nous sommes assises ensemble sur des balles de foin, à attendre que l'on nous invite à danser la polka et la valse sur la place du village. Les jeunes filles étaient assises, les yeux baissés modestement, regardant leurs petits amis à la dérobée, de temps en temps.
Mon petit hameau ne figurerait jamais dans un guide touristique aux pages de papier glacé, mais, ce soir-là, Rofelle était un endroit magique. Des bougies et des lampes à huile brûlaient dans chaque recoin, imprégnant les vieilles pierres d'une lueur chaude et dorée. Je repensais à celle que j'étais quand j'étais plus jeune, au fait que je faisais alors la dégoûtée devant ce genre de fêtes, devant la petitesse du lieu, la bonté et la générosité simples des gens ; et je me demandais comment j'avais un jour pu dédaigner tout cela.
Capriolo m'a invitée à danser. Le passage des ans avait été clément envers lui. Il était encore mince, mais ses cheveux étaient parsemés de mèches argentées, ce qui lui donnait un air distingué. Les femmes m'avaient raconté ce qui s'était passé depuis mon départ : il avait été marié pendant un temps à une citadine de Florence, mais elle n'avait pas tardé à se lasser de la vie au village, et il avait refusé de quitter son lieu de naissance pour

aller vivre avec elle en ville. Il participait encore activement à la politique locale, mais travaillait principalement à la terre.

J'ai jeté un coup d'œil en direction de Jim, qui continuait à boire, descendant les verres de vin les uns après les autres, entouré d'autres hommes, son long visage blanc brillant au clair de lune. Il m'avait oubliée. Jane était déjà sur la piste de danse, avec un jeune homme qui la guidait patiemment au rythme de la musique. Harry était allé voir ce que faisait son père, et je l'ai vu se servir un godet de vin. *Grand bien lui fasse !* ai-je pensé. Il a presque dix-neuf ans ; bientôt, ce sera un homme et il partira pour aller à l'université.

J'ai pris ma place entre les bras de Capriolo tandis qu'il m'entraînait dans une valse sur un air de l'accordéon de Beppe. C'était de la musique populaire démodée. La musique pop des Beatles et d'autres groupes n'avait pas encore atteint cette région de l'Italie. Les paroles de la chanson me revenaient. Je les ai fredonnées tandis qu'il me faisait tourner sur la piste, et c'était comme si je n'étais jamais partie. La nuit était douce et il avait retroussé les manches de sa chemise. Je sentais ses muscles se contracter sous mes doigts. Nous avons continué à tournoyer, les yeux dans les yeux, et le reste du monde s'est estompé.

C'est à ce moment précis que j'ai compris que j'avais fait la plus grosse erreur de ma vie, toutes ces années plus tôt. Alors que nous dansions, une mèche de ses cheveux indisciplinés est tombée sur son œil droit, comme cela arrivait toujours quand il se penchait sur ses livres de classe, à l'école. Mes doigts brûlaient de la remettre en arrière, mais je savais que les yeux des villageois, et peut-être de Jim et des enfants, devaient être posés sur nous.

À la fin de la danse, je l'ai remercié et je suis retournée m'asseoir sur une balle de foin. J'ai regardé les ombres des danseurs glisser sur les murs des vieilles maisons de pierre et, soudain, je n'ai plus pu supporter de les regarder, je suis partie en courant et j'ai couru, couru, encore et encore.
La route qui conduisait au moulin où j'avais passé mon enfance était éclairée par la lune, mais même dans le noir j'aurais retrouvé mon chemin sans difficulté. À mesure que je m'en suis approchée, le bruit de l'eau clapotant et gargouillant contre les pierres s'est amplifié. Je me suis adossée à un rocher, j'ai regardé dans la direction du moulin, en aval, et j'ai regretté de tout mon cœur d'être partie.
Des pas. La voix de Capriolo.
— Ines ?
Soudain, ses bras m'ont enlacée, nous nous sommes embrassés, et la sensation de ses lèvres sur les miennes était comme de rentrer à la maison.
— Quelqu'un va arriver et nous surprendre, ai-je dit.
Je me suis écartée de lui. Là où nous nous tenions, nous étions éclairés comme en plein jour par la pleine lune, et n'importe qui aurait pu nous voir du pont.
— Viens, a-t-il dit en m'entraînant sur le sentier en direction du moulin.
Nous dérapions sur les pierres dans notre précipitation. Il a poussé la porte de la grange et, main dans la main, nous sommes entrés. Là, il m'a à nouveau prise dans ses bras, et nos baisers se sont faits plus profonds, plus enfiévrés. Nous nous sommes couchés dans le foin et, pour la première fois de ma vie, j'ai fait l'amour. Nous avons fait l'amour par terre, dans une grange, et pendant ces quelques moments tristes et beaux, j'étais

au paradis. Tout en moi chantait et, après coup, j'ai pleuré dans ses bras.

— Je n'aurais jamais dû te laisser partir, Ines. Peut-être que si nous avions fait ça avant que tu partes en Angleterre, tu ne serais pas partie.

Je l'ai fait taire en l'embrassant, et il a resserré son étreinte autour de moi. Nous avons gardé les yeux grands ouverts, et n'avons jamais cessé de nous regarder l'un l'autre, même au plus fort de nos ébats. Je ne m'étais jamais sentie aussi épanouie de toute ma vie.

— Pourquoi ne le quittes-tu pas ? Reviens vivre ici, où tu as ta place, m'a-t-il dit comme nous étions allongés dans les bras l'un de l'autre.

— Comment le pourrais-je ? Comment pourrais-je abandonner mes enfants ?

— Mais nous nous aimons. Tu sais, même quand j'étais au lit avec ma femme, je pensais à toi.

Je me suis sentie jalouse en entendant cela. Je savais que je n'en avais pas le droit, mais je n'ai pas pu m'en empêcher.

— On m'a parlé d'elle. Comment s'appelait-elle ?

— Rita, a-t-il répondu en se redressant, s'appuyant sur ses coudes et baissant les yeux sur moi, qui étais encore étendue dans le foin, mais elle n'est rien pour moi.

— Vous n'avez pas eu d'enfants, n'est-ce pas ? Une fois qu'il y a des enfants, tout change.

Il a secoué la tête.

— Je n'aurais pas dû te laisser partir, a-t-il dit, s'asseyant brusquement, dos à moi, mais je me sentais tellement coupable, j'avais tellement honte. Je ne te méritais pas, Ines.

— Coupable ? Comment ça ?

— Ton frère était trop jeune pour mourir.

— Je sais.

— C'était ma faute…
Il s'est tourné vers moi pour me regarder.
— Que veux-tu dire, Capriolo ?
Sa voix n'était plus qu'un murmure.
— J'aurais dû emmener Davide, ce jour-là. Au lieu de lui dire de rester au camp. Il était en colère contre moi.
— En quoi est-ce que cela signifie que tu es responsable de sa mort ?
Je me suis assise, moi aussi, et je lui ai posé une main sur le bras.
— Je ne comprends pas.
— Il voulait me prouver qu'il était un homme. Si je l'avais gardé avec moi, il serait encore en vie, il ne serait pas parti imprudemment en mission tout seul. C'était du suicide.
Je l'ai attiré vers moi et j'ai écarté avec douceur la boucle tombée sur son visage. Il se reprochait quelque chose qui s'était passé des années plus tôt, pendant la guerre, alors que la mort et la destruction faisaient rage tout autour de nous. Comment aurait-il pu être responsable de la mort de Davide ?
— S'il ne plaît, ne gâche pas cette nuit… Prends-moi simplement dans tes bras, ai-je chuchoté. La guerre nous a déjà pris bien trop de choses. C'est fini.
Hélas, nous avons dû partir. Il était bientôt minuit. La fête touchait à sa fin, et on allait remarquer notre absence. Nous nous sommes rhabillés, il a retiré des brins de foin de mes cheveux et m'a aidée à refermer les boutons dans le dos de ma robe.
Puis il a souri, a sorti un canif de sa poche, et a gravé nos initiales à l'intérieur d'un cœur dans le mur, tout en bas, près de l'endroit où nous avions fait l'amour.
— Tu es un gamin, ai-je dit, un gamin complètement fou… Et si quelqu'un voit ça ?

— Les seules créatures qui le verront seront les vaches, quand elles baisseront la tête pour manger leur foin, et à qui le diront-elles, Ines ?
J'ai ri et je lui ai ébouriffé les cheveux tandis qu'il m'attirait à nouveau dans ses bras.
— Tu es encore tellement belle, même après tout ce temps, a-t-il murmuré.
Si les cloches de l'église au-dessus de Rofelle n'avaient pas sonné les premiers coups de minuit, nous nous serions recouchés dans le foin.
Nous sommes partis chacun de notre côté.
Quand je suis arrivée sur la place, les fils du propriétaire de la petite pension de famille où nous logions aidaient Jim à tenir debout.
— Il va se réveiller comme un ours sortant d'hibernation, demain matin… J'espère que tu as du café fort pour lui, Ines !
Ils m'ont aidée à lui faire monter l'escalier étroit et, dès qu'ils sont repartis, je l'ai déshabillé et je me suis glissée à côté de lui dans le lit.
Je suis restée éveillée toute la nuit.

Une semaine plus tard, nous sommes repartis pour l'Angleterre. La vie a repris son cours. L'automne approchait, et je me suis lancée dans ma confection frénétique de confiture de mûres pour m'occuper. Je me suis dit que je devenais encore une fois un peu folle, comme après la naissance de Jane ; mais cette fois, qui prendrait soin de moi ?

Dans le champ, le soleil se cache derrière les nuages et je frissonne, reboutonnant le gilet de Freda. Encore une branche de mûres, et je rentrerai à la maison pour mettre la bassine à confiture sur la cuisinière. Je cueille d'autres fruits sans me soucier des épines, voulant simplement que la tristesse s'envole. Je n'irai plus jamais à Rofelle. C'est impossible. Cela affecterait trop de personnes, entre autres mes propres enfants.

Ma seule consolation, c'est que je suis sûre que mon amour pour Capriolo n'est pas seulement un rêve. Grâce aux nausées qui m'ont assaillie, je suis maintenant assurée de la vie que nous avons créée dans la grange. Je dirai à Jim que c'est arrivé la nuit où il était complètement soûl ; mais moi, je connaîtrai la vérité.

Au fond de moi-même, j'ai très envie d'un fils. Je l'imagine, quand il sera plus grand, penché sur ses livres d'école, une boucle de cheveux noir corbeau lui tombant devant les yeux. Je me vois l'écarter avec douceur de son petit front, et lui murmurer en italien qu'il est mon don du ciel.

31

Anna compte sur ses doigts d'août 1966 à mai 1967 : neuf mois. Ines n'a pas eu un fils ; elle a eu une petite fille, et la date de naissance d'Anna est le 15 mai 1967.

Tu es une bonne petite fille. Mon don du ciel.

Combien de fois sa mère lui a-t-elle dit ces mots, à la maison de retraite ?

Les pensées, les questions se bousculent dans sa tête.

Jim n'était pas mon père. Capriolo était mon père… mais qui était ce Capriolo ? Je suis le bébé qui a été conçu dans cette grange. Que m'a écrit Mamma, déjà ? « C'est l'héritage que je te laisse. Fais-en ce que tu voudras. »

Elle a la tête qui tourne. Il faut qu'elle sorte, même s'il pleut. Elle enfile un jean, un sweat-shirt, une veste imperméable et des chaussures de randonnée, et, claquant la porte derrière elle, elle remonte à grandes enjambées le sentier qui mène à la rivière. Le sol est spongieux sous ses pieds. La rivière est grosse, mais elle continue à avancer ; puis elle se rappelle le jour de l'orage et l'endroit où elle s'est abritée, avec Alba.

Elle accélère le pas. Une fois arrivée à la grange, elle retire le bout de fil de fer rouillé qui maintient fermée la porte délabrée, et elle entre. La pluie tombe entre les tuiles manquantes du toit et l'endroit sent le moisi, en dépit du soleil de la semaine passée. Elle s'agenouille dans le coin, près de la table de fortune de son pique-nique avec Alba, et trouve le cœur gravé dans le plâtre qui s'effrite, sous la mangeoire pourrie.

DS & IS, août 1966

Elle suit les lettres du bout du doigt, imagine sa mère assise là, cheveux dénoués, des brins de foin enchevêtrés dans ses boucles, regardant avec intensité son amant tandis qu'il grave leurs initiales. Elle les voit dans le foin, entend leurs soupirs, leurs gémissements de passion. Elle sort, referme la porte derrière elle, et continue à marcher, sans savoir elle-même où elle va, suivant simplement le lit de la rivière, de plus en plus haute avec la pluie qui tombe sans discontinuer.

Tout en marchant, elle essaie d'identifier ce Capriolo – ou *DS*. Elle fronce les sourcils, concentrée, se creusant la cervelle pour trouver un homme dont les initiales correspondent à celles-là.

Il ne pleut plus quand elle arrive à la chute d'eau. Elle s'assied un moment, s'efforçant de se calmer. L'eau tombe en cascade par-dessus l'écluse dans un grondement sonore, crachant de l'écume blanche dans le bassin, en dessous. Elle regarde quelques poissons sauter pour essayer de remonter dans la cascade. Un héron cendré aux pattes grêles s'apprête à se poser sur un rondin pour pêcher mais, s'apercevant de sa présence, il change de cap. Ses grandes ailes semblent le gêner tandis qu'il dévie de sa trajectoire. Il s'élève au-dessus d'elle, et elle entend le sifflement de l'air dans ses ailes.

Dario Starnucci.

Ce nom s'impose à elle, retentissant dans sa tête. Son cœur fait un bond dans sa poitrine, le sang reflue de son visage.

Dario Starnucci. Francesco m'a parlé de son père plus d'une fois. Il était résistant, lui aussi. Ce DS doit être Dario Starnucci. Le père de Francesco et de Teresa est aussi mon père !

Elle a envie de vomir.

Elle a couché avec son demi-frère. L'homme qu'elle aime est son demi-frère.

« Fais-en ce que tu voudras », avait écrit sa mère.

Qu'était-elle censée faire ? Abasourdie, elle reprend la direction de sa maison. Seulement, ce n'est même pas *sa* maison. C'est la maison que sa demi-sœur lui a prêtée pour qu'elle puisse rester en Italie et être heureuse ; et elle a bel et bien été heureuse, *très* heureuse, mais maintenant, rien ne va plus.

Une fois rentrée, elle tire sa valise de dessous le lit, jette dedans diverses choses : des sous-vêtements, un jean propre, une veste – il fera plus froid en Angleterre. Elle vérifie que son passeport et sa carte de crédit sont dans son sac à main. Tout ce qu'elle veut, maintenant, c'est quitter cet endroit, appeler un taxi et prendre le premier vol disponible pour Londres.

Elle déchire une page dans l'un des cahiers d'exercices d'enfants sur la table, griffonne un petit mot dans lequel elle dit qu'elle retourne en Angleterre pour des raisons familiales.

Puis elle est prise de nausée. Elle court aux toilettes, vomit encore et encore, jusqu'à n'avoir plus que de la bile amère à cracher. Elle se sent vieille et lessivée, et elle a besoin de se reposer un moment, alors elle s'allonge sur le lit.

Elle se réveille des heures plus tard, quand les oiseaux se mettent à chanter. Dans premières lueurs de l'aube, elle regarde ses quelques affaires éparses : des cailloux en forme de cœur ramassés par Alba dans le lit de la rivière, les dessins de la petite fille, la nappe de couleurs vives achetée au marché ; et elle songe qu'il vaut mieux qu'elle laisse ces souvenirs derrière elle. Elle se dit avec amertume qu'au moins, Alba sera contente de la voir partir : elle est tellement jalouse du temps de son *babbo.*

L'aéroport de Rimini grouille de touristes russes venus faire du shopping, leurs bagages débordent de vêtements de haute couture et de chaussures de luxe. Anna boit un cappuccino tiède au bar en attendant de passer la sécurité. Les Russes grandes et fortes en jeans moulants sortent des chemisiers vaporeux et des sandales de couleurs vives qu'elles se montrent les unes aux autres. Elles ne se doutent pas qu'elles ont parcouru tous ces kilomètres en avion pour acheter des vêtements conçus spécialement pour elles, et non pour le marché italien, qu'elles ont fait leurs achats dans des boutiques où les Italiennes ne mettraient jamais les pieds. Anna trouve leur langue dure et gutturale comparée à l'italien mélodieux.

À une table non loin de la sienne, couverte de tout un attirail de voyage pour bébé, une jeune mère anglaise visiblement épuisée donne le sein à un très jeune bébé, tout en essayant de moucher le nez d'un enfant en bas âge. Anna ramasse un jouet par terre pour le petit garçon aux cheveux bruns, et la mère la remercie, lui expliquant qu'ils vont en Angleterre pour voir leur grand-père qui est malade.

La climatisation ne fonctionne pas, et il fait chaud dans le coin salon. Anna regarde deux *carabinieri* qui se tiennent un peu plus loin, en grande conversation, assez beaux pour donner l'impression qu'ils sortent tout droit des pages glacées d'un prestigieux magazine de mode. En temps ordinaire, elle aime observer les gens. Sur la place principale de Sansepolcro, la Piazza Torre di Berta, elle s'est souvent attardée en prenant un café pour regarder les scènes qui se déroulaient sous ses yeux, des personnages issus de tous les milieux sortant des coulisses pour s'avancer sur une scène grandeur nature. Pourtant, aujourd'hui, elle veut quitter l'Italie, elle veut que cette journée se termine pour pouvoir échapper à ce cauchemar.

Levant les yeux vers l'écran pour voir si son vol a été annoncé, elle constate que l'avion en provenance de Stansted n'a même pas encore atterri. Il lui reste encore une heure à attendre avant de pouvoir aller dans le hall des départs. Elle sait qu'elle devrait manger quelque chose, mais elle n'a pas faim. Des images de Francesco et elle au lit s'imposent à elle. Un jour, elle a regardé un documentaire sur l'inceste, tard dans la nuit, sur Channel 5. Un garçon et une fille, adoptés à des moments différents par la même famille d'accueil, avaient fini en couple. Ils avaient justifié leur amour en expliquant que personne ne leur avait jamais dit qu'ils étaient frère et sœur. Maintenant, elle est coupable de la même chose. Elle secoue la tête pour chasser ces images de son esprit, et se penche pour parler au petit garçon, qui pleure pour attirer l'attention de sa mère.

— Tu veux que je te lise une histoire ? lui demande-t-elle.

Au moins, cela lui occupera l'esprit et l'empêchera de penser à Francesco.

La jeune mère fouille dans son bagage à main, en sort un livre en mauvais état, et remercie Anna d'un sourire. Anna commence à faire la lecture à l'enfant, qui met son pouce dans sa bouche et se laisse aller contre elle pour regarder les images.

— Anna ?

Soudain, Francesco se penche vers elle et lui touche le bras. Elle se lève d'un bond pour partir, s'excuse auprès de la jeune maman, et le petit garçon se remet aussitôt à pleurer.

Francesco la suit, lui attrape le bras, et lui demande, d'une voix empreinte d'inquiétude :

— Que se passe-t-il ? Attends une minute, parle-moi ! Est-il arrivé quelque chose à ton frère ou à ta sœur ?

Elle secoue la tête. Elle devrait mentir, prétendre que Harry est dans le coma, en soins intensifs, mais au lieu de cela, elle balbutie :

— Laisse-moi tranquille.

— C'est toi, alors ? Est-ce que tu es malade ?

Elle se met à pleurer.

Il la prend dans ses bras et, en dépit de tout, elle se laisse aller à cette étreinte, sanglotant si fort qu'une policière s'approche d'eux.

— *C'è qualche problema*[1] ?

Francesco dit non et la remercie poliment, puis il entraîne Anna hors de l'aéroport étouffant et la fait asseoir sur un banc, à l'ombre d'un pin parasol. Elle suit du bout du doigt le tracé d'un graffiti obscène creusé dans le bois, évitant son regard.

— Nous ne devrions pas être tout seuls tous les deux, comme ça, parvient-elle à dire.

— Peux-tu me dire ce que j'ai fait de mal ?

— Ce n'est pas toi. C'est nous.

Elle le regarde, déplorant qu'il soit aussi extraordinaire.

— Je ne comprends rien à ce que tu dis.

Il essaie de lui prendre la main, mais elle la retire vivement de la sienne et dit :

— J'ai découvert que toi et moi étions… parents.

Elle marque un temps d'arrêt tandis qu'il fait la grimace.

— Tu es mon frère, reprend-elle. Mon demi-frère.

---

1. Y a-t-il un problème ?

Il rit.

— Mais qu'est-ce que tu racontes ?

— C'est dans le journal. Jim n'était pas mon père. Ton père était mon père.

Il rit de plus belle.

— Est-ce que tu as bu de la *grappa*[1] ?

Elle hausse la voix, lui dit de ne pas prendre ce qu'elle lui dit à la légère. Un couple, en train de parfaire son bronzage sur un coin d'herbe sale non loin de là, les regarde fixement et ricane.

— Ton père s'appelait bien Dario, n'est-ce pas ? lui demande-t-elle. Ton nom de famille est Starnucci ?

— Et alors ? Qu'est-ce que ça prouve ?

Elle lui dit ce qu'elle a lu au sujet de l'amant de sa mère, lui parle des initiales, dans la grange.

— Tu ne comprends pas ? Ton père, Dario, était ce Capriolo, et c'était aussi mon père !

Se levant pour retourner dans l'aéroport, elle ajoute :

— Ce que nous avons fait est épouvantable. Je dois retourner en Angleterre, Francesco. Je ne peux pas rester ici, avec toi.

— Anna, attends !

Il lui saisit le bras, mais elle se crispe.

— D'accord, d'accord, fait-il en la lâchant et en faisant un pas en arrière, mais je pense que tu te trompes.

— J'aimerais que ce soit vrai.

Elle se remet à pleurer. Elle en a assez d'être triste – en pensant à l'existence misérable de sa mère et, maintenant, à sa propre infortune.

— Je t'en prie, reviens à Rofelle avec moi, insiste-t-il. Donne-moi juste vingt-quatre heures pour te prouver que tu as tort. Je te promets que je ne te toucherai pas… mais tu

1. Eau-de-vie de marc de raisin.

ne peux pas disparaître comme ça de nos vies à tous. S'il te plaît, Anna.

Elle hésite, n'arrive pas à se décider. Ne serait-ce pas prolonger l'angoisse que rester ? Devrait-elle le laisser essayer d'arranger les choses ? Le cauchemar n'est pas encore fini.

Complètement démoralisée, elle finit par le suivre en direction de sa voiture.

Ils font le trajet en silence, laissent derrière eux les banlieues très fréquentées et délabrées de Rimini, et prennent la direction de la vallée du Marecchia sans dire un mot. Le coucher de soleil est d'une beauté poignante, ce soir-là ; les roses, les pourpres et les rouges se mêlent sur une toile de fond soyeuse, derrière les montagnes. Francesco dépose Anna à la porte de la maison qu'elle croyait ne jamais revoir, sur la petite place.

— Je viendrai te chercher un peu avant 10 heures, demain matin. D'ici là, essaie de te reposer, dit-il en attendant qu'elle rentre.

Une fois seule, elle se déshabille et, sans même prendre la peine de se doucher, elle se couche dans son lit défait, s'enfonce dans le matelas moelleux, remonte les couvertures et, bien qu'il soit tôt, sombre immédiatement dans un sommeil profond.

32

Le lendemain matin, il pleut à nouveau, une fine bruine qui laisse des traînées poussiéreuses sur les feuilles de la vigne vierge ombrageant la pergola. Un orage d'été spectaculaire éclate soudain. Un éclair déchire le ciel, suivi d'une pluie torrentielle qui dure une demi-heure.

Vers 10 heures, Francesco arrive à sa porte.

— *Buongiorno.* Tu es prête ? lui demande-t-il.

— Où allons-nous ?

Il se tapote le côté du nez avec l'index.

— Tout sera révélé en temps voulu, répond-il de manière énigmatique.

— J'ai eu assez de surprises.

Elle prend son parapluie comme ils s'apprêtent à partir, mais il lui dit qu'elle n'en aura pas besoin et, ouvrant la porte, lui montre le ciel bleu qui a remplacé les nuages noirs. Cette fois encore, elle s'étonne des extrêmes de ce pays. Elle suit Francesco dehors, jusqu'à sa Fiat Panda, et il ouvre la portière pour elle. *Comme au bon vieux temps,* pense-t-elle, *sauf que rien n'est plus pareil.*

La voiture est secouée sur le chemin cahoteux qui mène à Montebotolino et dérape par endroits, là où de l'eau coule encore sur la route après l'orage. Au soleil, les gouttes de pluie accrochées en grappes aux branches des genêts, sur le bas-côté de la route, scintillent comme des joyaux. De la vapeur s'élève de la terre chaude, comme un effet scénique, et les Alpes de la Lune paraissent violettes dans la brume.

Francesco se gare à proximité des maisons.

— Viens, dit-il. Fais-moi confiance ! ajoute-t-il en voyant qu'elle hésite.

Elle le suit sur un sentier balisé par l'habituelle marque rouge et blanche sur le pignon d'un bâtiment. L'herbe est humide, et ses chaussures de ville inadaptées sont vite trempées, mais il ne fait pas froid. La pluie a rafraîchi l'air et libéré le parfum des fleurs et de l'herbe. Ils s'arrêtent devant un potager bien entretenu en terrasses sur le flanc de la montagne. Une demi-douzaine de ruches de couleurs vives sont placées contre la clôture. Dans le coin le plus éloigné du jardin, un vieil homme travaille, il met des tuteurs à des plants de tomates rétifs. C'est Danilo. Francesco met son pouce et son index dans sa bouche et siffle. Le vieil homme se retourne, leur fait un signe de la main.

— Que faisons-nous ici ? demande Anna.

— Tu m'as dit que tu voulais lui parler. Eh bien, c'est le moment.

— C'est trop tard, maintenant.

Elle tourne les talons pour s'en aller, mais il lui barre le passage, le sourire aux lèvres.

— Parle-lui. Je vais t'attendre dans la voiture.

Le vieil homme lui fait signe d'approcher et de s'asseoir. Sous un pommier, une vieille planche en chêne posée sur deux grosses pierres constitue un banc rudimentaire.

— Asseyez-vous ici, *signorina.* Nous avons à parler.

Il est nerveux. Ses doigts sont tachés du vert des tiges de tomates, et, pour la première fois, comme il se frotte le menton, elle remarque que ses doigts sont déformés.

— Je suis déjà venue pour vous parler. Deux fois. Vous n'avez pas voulu m'écouter.

— Francesco me l'a dit. Je vous écoute, maintenant.

— Que pouvez-vous me dire au sujet de Dario Starnucci ? demande-t-elle.

— C'était un bon ami. Il était aussi résistant. Je peux vous dire qu'il me manque maintenant qu'il n'est plus…

— Et qu'il aimait ma mère, dit-elle, finissant sa phrase pour lui et le regardant.

Il secoue la tête.

— Il y avait beaucoup de garçons qui étaient amoureux de votre mère. Francesco m'a dit que vous croyez que Dario était votre père.

— Oui…

— Eh bien, vous vous trompez.

En proie au doute, elle attend qu'il s'explique, mais le vieil homme regarde au loin, les yeux perdus dans le vague. Il sort de la poche de sa chemise la photo qu'Anna a glissée sous sa porte la dernière fois qu'elle est venue à Montebotolino. Le portrait en noir et blanc de sa mère semble lui rendre son regard, et Anna songe qu'il aurait mieux valu qu'elle ne prenne jamais la peine de tenir son journal.

— Votre mère était très belle. Mais très têtue, aussi.

Il effleure la photo de ses doigts rêches et calleux.

— J'ai toujours été amoureux d'elle. Je l'aimais déjà quand nous étions petits et que nous empruntions le chemin de l'école ensemble. Je l'aimais quand nous jouions dans les champs, et plus tard aussi, quand je m'occupais des *partigiani* et qu'elle est venue nous rejoindre au camp, dans la montagne. Je l'ai toujours aimée.

Il tend la photographie à Anna.

— Je savais qu'elle n'éprouvait pas la même chose pour moi. Les femmes m'intimidaient. Peut-être que si j'avais trouvé le courage de lui dire ce que j'avais sur le cœur, à l'époque, la vie aurait été bien différente.

— Je ne comprends pas.

Danilo pose une main sur la sienne, la serre doucement.

— Votre mère était éperdument amoureuse de l'*Inglese*. Elle était bien décidée à partir et à commencer une nouvelle vie. C'était dur, ici, pendant la guerre. Les *Tedeschi* étaient envahissants, il y avait des espions partout. Il n'y avait pas assez de nourriture. Il n'y avait rien à faire pour s'amuser. C'était une période désespérante… Je crois que l'*Inglese* est arrivé au bon moment, Ines était mûre pour une histoire d'amour. J'ai essayé de la faire réfléchir un peu plus à ce qu'elle s'apprêtait à faire – quitter ses parents, alors que Davide venait de mourir…

— Je sais tout ça.

— Ah, alors, dans ce cas, vous devez aussi savoir ce que je suis sur le point de vous dire.

Elle répond lentement, sans conviction, commençant à comprendre.

— Ce que j'ai déjà dit… que l'*Inglese* n'était pas mon père, que Dario était mon père.

Danilo secoue la tête.

— Non, Dario n'était pas votre père.

Il lui pose une main sur la joue et, d'une voix chargée d'émotion, ajoute :

— *Je* suis votre père.

Elle regarde le vieil homme assis à côté d'elle, avec la sensation que le monde entier est devenu fou.

— Aujourd'hui, tout le monde m'appelle par mon vrai nom : Starnucci Danilo, continue-t-il, donnant d'abord son nom de famille, comme le veut la tradition italienne. Mais pendant la guerre, on m'appelait Capriolo.

— Alors, vous devez être le frère de Dario, parvient-elle à répondre. Mais pourquoi Francesco ne m'a-t-il pas dit tout ça ?

— Non, nous ne sommes pas parents, et il n'en savait rien.

Il sourit devant son air perplexe et explique :

— Du moins, nous ne sommes pas de proches parents. Il y a très peu de noms de famille dans les campagnes, par ici, car les gens se mariaient entre cousins, autrefois. Il n'y avait pas beaucoup de choix.

Elle regarde attentivement son visage, essayant de retrouver en lui un peu d'elle-même, mais elle ne voit que les traits burinés d'un vieil homme.

— Pourquoi me dites-vous ça maintenant ? Pourquoi ne pas me l'avoir dit quand nous nous sommes rencontrés pour la première fois ?

Il hausse les épaules.

— C'est délicat. Cela m'a fait un choc, ce jour-là, quand vous êtes arrivée sur la place. Sur le coup, j'ai cru voir un fantôme. Vous lui ressemblez beaucoup.

— Mais j'aurais pu ne jamais découvrir…

— J'avais honte. D'une certaine manière, je comprenais qu'elle ne veuille pas revenir auprès de moi. Je suis allé la chercher en Angleterre, vous savez.

— Je ne comprends toujours pas… Quand y êtes-vous allé ?

— Il y a très longtemps, peut-être plus de trente ans… Elle m'a dit qu'elle ne voulait pas faire davantage d'erreurs et humilier encore plus sa famille. Il y avait trois enfants à prendre en compte, et elle ne pouvait pas leur faire quitter l'Angleterre. Elle m'a dit de l'oublier ; et, contrairement à ce que mon cœur me dictait, j'ai jugé préférable de faire ce qu'elle me disait.

— Étiez-vous au courant de mon existence ?

— Quand je suis allé en Angleterre, elle n'a pas voulu que j'aille chez elle, alors nous nous sommes donné rendez-vous au milieu d'une ville. Elle est arrivée avec un bébé dans une poussette. J'ai fait le rapprochement, mais je ne pouvais pas en être sûr. En fait, Ines m'a dit que l'enfant était de Jim, et cela m'a mis encore plus en colère contre elle.

— Alors qu'est-ce qui vous a décidé à tout me dire, en fin de compte ?

— Francesco est venu me voir, hier soir. Il était perturbé et contrarié. Il m'a fait part de ce que vous aviez découvert dans le journal de votre mère et voulait savoir s'il avait pu y avoir quoi que ce soit entre son père et Ines. Je suis peut-être un vieil homme aigri, mais je n'aurais jamais pu le laisser croire quelque chose de faux. Je devais bien cela à son père, et à vous. Francesco et moi avons discuté tard dans la nuit. Et maintenant, je vais vous raconter ce qui s'est passé. Je l'ai gardé pour moi pendant toutes ces années parce que j'ai terriblement honte. C'est à cause de moi que votre oncle Davide est mort si jeune. Mais écoutez-moi bien et n'oubliez pas ce que je vais vous dire, car je ne raconterai pas mon histoire une seconde fois.

Il lui prend à nouveau la main.

— Je n'ai aucune expérience en tant que père. Il était trop tard pour Rita et moi. J'espère qu'il n'est pas trop tard pour commencer maintenant.

Anna se penche en avant, les mains jointes, tandis qu'elle boit les paroles de son père, des paroles qui comblent les lacunes du journal de sa mère, des paroles qu'elle brûle d'entendre depuis qu'elle a lu ces premières lignes énigmatiques.

33

— Nous avions pour habitude, au camp dans la montagne, de nous asseoir autour du feu, le soir, et de discuter tranquillement de notre campagne du lendemain. L'un des Slaves de notre groupe nous avait dit qu'il avait entendu parler d'un bunker sur la crête où les *Tedeschi* entreposaient des munitions. Je devais décider qui j'emmènerais pour aller le faire exploser, l'itinéraire à prendre, l'heure à laquelle partir. En temps normal, je réglais ces détails juste avant de m'endormir, mais là, toutes mes pensées étaient tournées vers Davide. Où pouvait-il bien être ?

» Si seulement je ne l'avais pas consigné au camp pour qu'il monte la garde ! Je l'avais laissé, renfrogné et plein de ressentiment, affalé contre un rocher comme un adolescent morose. *C'était* un adolescent, *Porca Madonna* ! Il était facile de l'oublier en ces temps troublés, mais il n'avait que dix-sept ans, il était bien trop jeune pour prendre part au bain de sang de ces années-là. Il aurait dû être occupé à danser avec sa petite amie, Carla, à chasser le sanglier dans les bois avec moi, son père et ses cousins, et non à faire la guerre. Il aurait dû avoir la vie d'un adolescent ordinaire. Il n'y avait rien à faire. Je n'arrivais pas à dormir ; avant l'aube, je me suis glissé hors de ma couverture, au coin du feu, et j'ai enfilé mes bottes. Il fallait que quelqu'un découvre où était

Davide ; je ne pensais pas qu'il se soit aventuré bien loin. Peut-être était-il avec Carla, à Montebotolino. Les *Tedeschi* occupaient son village, alors pourquoi auraient-ils pris la peine d'y fouiller les maisons ? J'espérais qu'il était entre les bras de sa petite amie, ou bien sur la crête, au-dessus, peut-être caché dans la grotte où lui et moi campions, avant la guerre, la veille des jours où nous partions chasser de bon matin.

» Le clair de lune faisait scintiller le quartz dont était incrusté le chemin que je suivais. Un oiseau a lancé un trille, au fond des bois. Ce n'était pas un rossignol, car les rossignols chantent aux mois de mai et de juin. Je me suis immobilisé et j'ai tendu l'oreille, me demandant si c'était en fait un garde qui avait entendu mes pas et envoyait un message codé ; mais le chant était trop beau pour cela. J'ai donc continué mon chemin. J'étais tellement nerveux que lorsqu'à l'approche du village un renard est passé devant moi en courant avec une poule dans la gueule, j'ai dû retenir un cri. Plus loin, j'ai trébuché sur un cadavre, à demi enfoui dans les feuilles. Le cœur au bord des lèvres, je l'ai retourné, et j'ai été soulagé de constater que ce n'était pas Davide.

» Dans la pénombre, j'ai aperçu le toit de la maison du charpentier, à l'orée du village. Elle servait désormais de poste de garde. Je me suis accroupi derrière la fontaine du village le temps de mettre au point un plan. Si j'allais frapper à la porte du prêtre, il me renseignerait. C'était un homme bien, il avait accueilli l'un de mes partisans dans sa crypte et nous l'avait envoyé une fois que le danger avait été écarté. On ne pouvait pas compter sur tous les prêtres, mais le père Luca était digne de confiance.

» Dix mètres plus loin, une allumette a craqué, éclairant le visage et les mains de deux Allemands en manteau, le col relevé pour lutter contre le froid. Ils ont tiré une bouffée de leurs cigarettes, riant d'une plaisanterie ou d'une autre. Ma mère disait que ces jeunes gens étaient les fils d'autres mères, mais j'avais très rapidement arrêté de voir les choses de cette façon. Quand on a été témoin de massacres, du ventre passé à la baïonnette d'un bébé, du corps d'une jeune fille violée, la jupe au-dessus de la tête, on passe à l'action et on tue. L'ennemi est l'ennemi.

» C'est alors que j'ai entendu un hurlement. J'ai d'abord cru que c'était un chien sauvage, ou un loup marquant son territoire, mais ce cri donnait la chair de poule.

» — Arrêtez, arrêtez, je vous l'ai dit, je ne sais pas…

» J'ai reconnu la voix de Davide qui criait.

» De la lumière se répandait des fenêtres de l'école, d'où provenaient les hurlements atroces. Les gardes se sont éloignés, et j'ai détalé comme un rat dans l'ombre des maisons, en direction de l'école.

» J'ai grimpé sur un seau pour regarder à l'intérieur, mais mon pied a glissé sur sa surface gelée, et le seau en métal a roulé avec fracas sur les pavés. Des chiens se sont mis à aboyer, des lumières se sont allumées dans d'autres bâtiments, et les gardes m'ont attrapé par-derrière et traîné dans l'école.

» L'image de Davide restera à jamais gravée dans ma mémoire. Je n'en décrirai pas l'horreur. Je ne peux pas en parler. Comment pourrais-je décrire ce qu'ils lui avaient fait, Anna ? La guerre est insensée. Elle rend les hommes fous, et il y a certaines choses que tu n'as pas besoin de savoir. Ceux d'entre nous qui y ont survécu savent ce qui nous a été fait, et ce que nous avons ou n'avons pas fait. Tout ce que je peux te dire, c'est que je me sentirai toujours coupable de sa mort, car même si j'ai essayé d'aller à son secours, je suis arrivé trop tard.

» L'homme qui nous a torturés était Toni. Toni, qui s'était battu à nos côtés, qui avait vécu au camp avec nous, qui nous avait parlé de sa jeunesse à Londres et des massacres nazis dont il avait été témoin en Italie. Dès le début, il nous avait raconté un tissu de mensonges pour pouvoir infiltrer notre groupe. Il n'était même pas le fils d'un coiffeur pour hommes ; il avait massacré les cheveux de Davide. Le pauvre garçon avait l'air d'un détenu rasé après que Toni s'était occupé de ses cheveux. Cela aurait dû tirer la sonnette d'alarme, j'ai été stupide. Son père était anglais, sa mère, italienne, et, certes, il parlait anglais, mais l'esprit de Toni avait été corrompu par son fasciste de père, qui faisait partie des Chemises noires, et il était venu en Toscane pour travailler pour la milice.

» J'ai encore des cicatrices sur les mains, mais elles ne sont rien comparées aux cicatrices sur mon cœur. Je n'arrivais pas à croire que Toni ait pu nous trahir, et je me sentais, je me sens responsable de ça : j'avais accueilli une vipère au sein de notre groupe, je ne m'en étais jamais rendu compte, et j'avais mis de nombreuses vies en danger. Ezio était l'un de ses acolytes. J'avais toujours su que c'était un faible, une sale fouine, mais c'est Toni qui m'a surpris. Il m'a raillé tout en me torturant, il s'est moqué de ma stupidité, a déprécié la valeur des efforts que nous faisions alors que, pendant tout ce temps, il transmettait des informations aux nazis. J'ai essayé de prétendre qu'il n'existait pas, j'ai gardé les yeux tournés vers la fenêtre. La cime de deux cyprès, d'un noir argenté dans la lueur de l'aube, oscillaient dans la brise comme Ines et moi quand nous dansions. Je devais à tout prix m'enfuir pour aller la retrouver, pour avoir un avenir avec celle que j'aimais. C'est ce qui m'a permis de tenir.

» Au lever du jour, Toni nous a abandonnés, à moitié morts, avec l'un des gardes. Celui-ci s'est endormi. Je connaissais bien cette salle de classe. Les barreaux aux fenêtres n'étaient pas solides, ils étaient plus décoratifs qu'autre chose. À cette époque-là, j'étais très maigre, et le temps que j'avais passé à me battre dans la montagne m'avait rendu sec et nerveux. Pendant que le garde ronflait, je me suis déshabillé et je me suis glissé entre le chambranle et le dernier barreau, à l'endroit où l'espace était plus grand. J'ai bien cru que j'allais m'arracher les oreilles, mais une fois que j'ai eu réussi à passer la tête, le reste a suivi facilement. Mes mains me faisaient atrocement souffrir, mais Toni n'avait pas commencé à s'occuper du reste de mon corps, et quand on est mû par la peur, la douleur passe au second plan.

» Le village était encore assoupi, et je me suis empressé de regagner le camp pour prévenir les autres. Nous devions quitter cet endroit maintenant que nous savions que Toni était un traître, mais nous étions toujours en mouvement, de toute façon, et je connaissais un refuge de berger abandonné que nous n'avions pas encore utilisé, près de Montelabreve. Là, nous avons soigneusement planifié notre mission de sauvetage, et nous avons attendu plus d'une semaine, supposant qu'ils nous attendraient plus tôt. Mais c'était une autre erreur de jugement, car lorsque nous sommes retournés à l'école, ils l'avaient réduite en cendres et avaient abattu des villageois. Les corps de vieillards, de femmes et d'enfants étaient entassés, les uns sur les autres. Nous étions arrivés trop tard.

» Tu veux savoir ce qui s'est passé pendant la guerre, Anna. Tu te demandes pourquoi nous ne parlons que des choses quotidiennes, des détails, comme ce que nous mangions ou ce que nous portions, des choses qui nous faisaient rire… mais pourquoi voudrions-nous parler de tout le reste ? De ces événements qui nous ont tant meurtris ?

» Ceux d'entre nous qui ont vécu ces années-là savent ce qui s'est produit. Nous nous tenons face à nous-mêmes. Ceux qui n'étaient pas là ne peuvent pas nous juger.

» Moi seul peux me juger, et je dois vivre avec cela.

*

Anna ne trouve pas les mots justes à dire à son père, mais elle passe les bras autour de lui et ils restent cramponnés l'un à l'autre. Quand il arrête de trembler, elle se lève et fait signe à Francesco de les rejoindre. Ils marchent tous les trois en silence jusqu'à la maison du vieil homme. Il pousse la porte et, d'un geste, les invite à s'asseoir autour de la table de la cuisine.

Anna est la première à parler ; visiblement, Danilo est encore très ému. Elle voit bien qu'il doit faire un effort considérable pour maîtriser ses émotions, et elle s'approche de lui pour lui prendre la main tout en murmurant à Francesco :

— Alors tu as entendu tout ça hier ?

Francesco hoche la tête.

— *Babbo*, dit-elle d'une voix douce, pour la première fois.

Son père lui caresse la joue.

— Je te promets de ne plus jamais te demander de me parler de ces choses-là. Je sais que cela doit être douloureux, mais… je me pose encore des questions.

Danilo lui serre tendrement la main, et elle prend cela pour une invitation à continuer.

— Tu n'as pas à te sentir coupable de ce qui est arrivé à Davide. Est-ce pour cette raison que tu n'as pas cherché à convaincre ma mère de te rejoindre, que tu as refusé de me parler quand je suis venue te voir ?

Il hoche la tête.

— Davide occupe toujours mes pensées.

— Je crois que tu n'aurais rien pu faire de plus que ce que tu as fait. Davide n'était pas un enfant, tu ne pouvais pas le garder auprès de toi à longueur de temps. Et tu as fait tout ce que tu as pu pour le sauver. Je n'ai pas la moindre idée de ce que c'est que vivre en temps de guerre, mais rien ne peut être normal en des temps aussi troublés…

Elle se tourne vers Francesco.

— … n'est-ce pas, Francesco ?

— Absolument. Vous devriez arrêter de vous punir, *signor* Danilo. Vous devez essayer de trouver en vous la sérénité, et mettre un terme aux répercussions de la guerre. Quant à Toni… C'est fini. Il ne mérite pas une once de plus de votre énergie.

— Ce n'est pas facile d'oublier, répond le vieil homme, avant de porter la main d'Anna à ses lèvres pour y déposer un baiser, mais maintenant, poursuit-il, j'ai une raison d'aller de l'avant.

Il lui lâche la main et se lève ; les pieds de sa chaise raclent le sol de pierre.

— *Su, coraggio !* s'exclame-t-il. Ne parlons plus de choses tristes, *cara mia*, dit-il à Anna.

Il sort une bouteille de vin pétillant d'un placard. Tous trois boivent à la santé les uns des autres, puis ils portent un toast à Davide. L'ambiance reste solennelle, mais il y a de l'espoir dans l'air.

La conversation se tourne vers les nouvelles locales, et Anna apprend qu'un loup a tué le veau d'un ami de Danilo, et que les autorités d'Arezzo ne comprennent rien au mode de vie des habitants de la campagne. Elle regarde le vieil homme avec une tendresse et une admiration nouvelles tandis qu'il plaisante avec Francesco et rit en tapant du poing sur la table. Elle sent que, même s'il éprouve de la joie à l'avoir retrouvée, il fait bonne figure et prend sur lui pour essayer de tourner une page de sa vie. Elle va avoir besoin de temps pour prendre pleinement conscience que Danilo est son père, et elle espère pouvoir passer plus de temps avec lui pour nouer des liens, mais ils ont fait un premier pas.

Quand ils repartent, Francesco et Anna reprennent la voiture, et ils se garent devant le cimetière du village, où les tombes sont protégées par de grands murs et ombragés par de grands sapins.

— Tout va bien, *tesoro* ? lui demande-t-il en la serrant dans ses bras. Tu as traversé tant de choses en l'espace de quelques heures !

Elle hoche la tête.

— Mon pauvre père aussi… Quelle matinée incroyable ! J'ai encore des questions restées sans réponse, mais je ne peux pas insister. Je ne saurai peut-être jamais exactement ce qui s'est passé.

— Il y a peut-être certaines choses qu'il ne nous appartient pas de connaître.

Il l'embrasse tendrement, et elle se dit qu'elle a beaucoup de chance. Au bout d'un moment, il s'écarte d'elle.

— Je t'ai amenée ici pour une raison bien précise. Je veux te montrer pourquoi tu pouvais facilement croire que nous étions parents. Viens !

Il tourne la clé dans le portail métallique, qui s'ouvre dans un grincement. Sur les murs, des plaques en émail portent le nom des morts. Sur certaines, il y a des photographies, à côté des inscriptions. Il y a des images de jeunes gens en uniforme militaire de la Première et de la Seconde Guerres mondiales, des hommes et des femmes, jeunes et vieux, endimanchés, des bébés et des enfants en bas âge. La flamme de bougies votives rouges tremblote devant certaines des plaques commémoratives ; des bocaux contenant des fleurs artificielles décolorées et de vraies fleurs sont disposés çà et là. Deux croix en métal rouillées dépassent de petites buttes, dans l'herbe.

— Regarde les noms de famille, dit Francesco en prenant Anna par la main pour l'emmener devant un autre mur.

Les noms de famille qui reviennent le plus souvent sont Gori, Valentini, Santini, Starnucci et Butteri.

— Dans les villages comme le nôtre, isolé et coupé du monde pendant tant de mois, en hiver, les mariages consanguins étaient inévitables.

— Alors nous pourrions très bien être parents, dit-elle.

— Nos familles l'étaient peut-être dans un très lointain passé. Anna, viens t'asseoir ici avec moi, dit-il en l'entraînant vers un banc devant le mur du cimetière.

— Danilo m'a beaucoup parlé de Toni, hier. De sa traîtrise. Nous avons parlé pendant des heures, hier soir, et il m'a demandé de te mettre au courant de certains détails.

— Au sujet de Toni ? C'est tellement horrible... Je comprends ce que j'ai lu dans le journal de Mamma, maintenant : les gens étaient divisés et c'était difficile de savoir à qui l'on pouvait faire confiance. Quand la guerre a été finie, comment ont-ils bien pu vivre les uns avec les autres après avoir été de tels ennemis ? Enfin, quand même, Ezio qui est allé au mariage... Comment a-t-il pu oser se montrer, comme ça, sachant que Dan...

Elle marque une pause.

— Oh, Francesco, il va me falloir un moment pour m'habituer à l'appeler *Babbo* !

— Chaque chose en son temps, *tesoro*. Il y a encore des répercussions, même maintenant. Certaines familles ne se côtoient pas à cause de ce qui s'est passé pendant la guerre... mais au fil des ans, il y aura de moins en moins d'amertume. La jeune génération est trop loin de tout cela pour nourrir de la rancœur.

— Tant de cruauté ! dit-elle en se levant pour s'avancer entre les tombes, regardant les photos des défunts jusqu'à ce qu'elle trouve le coin où sont enterrés les Santini.

Sur l'une des tombes, il y a la photographie d'un jeune homme qui adresse un grand sourire à l'appareil, et elle suit les traits de son visage du bout du doigt.

— Francesco, viens voir...

C'est la photo de Davide, son oncle.

Francesco la rejoint et, venant se tenir derrière elle, l'enlace. Il lui dépose un baiser sur le sommet du crâne.

— J'ai rendu la médaille à ton père, hier. Je savais que cela ne te dérangerait pas, Anna. Quand je la lui ai remise, il m'a dit qu'il ne la méritait pas, et il l'a tout de suite fourrée dans la poche de son pantalon. Puis il m'a raconté quelque chose que j'ai pris pour une confession.

— Quoi donc ?

— Il m'a dit qu'il avait traqué Toni, après la guerre. Il est allé jusqu'à Rome. Apparemment, Toni est mort dans un accident de la route. Il a été renversé de sa moto par un homme au volant d'un camion. Danilo m'a dit qu'il me laissait le soin d'imaginer qui était cet homme. Il m'a regardé d'un air vraiment bizarre et m'a averti qu'il ne voulait plus jamais en parler.

— Et nous devrions respecter sa volonté, répond Anna. Je n'en soufflerai pas un mot.

Une image fugace de sa mère s'impose à elle : elle est agenouillée à ses côtés, en train de s'occuper de la tombe de son frère, ses cheveux bruns encadrent son visage, elle dispose des feuillages dans un bocal à confiture. L'espace d'un instant saisissant de vivacité, elle sent sa présence, entend Ines lui murmurer qu'elle doit faire ce que lui dicte son cœur ; puis la sensation s'estompe, et elle ne voit plus que des motifs qui jouent sur l'herbe, dans les ombres dansantes projetées par les grands sapins.

— *Andiamo !* Allons-y ! dit-elle à Francesco en lui prenant la main.

34

Octobre 1999

À la sortie de l'église, Anna et Francesco s'avancent sous une allée de platanes, sous les applaudissements de leurs amis et de leurs familles, qui font pleuvoir sur eux des poignées de grains de riz. Alba court en avant, sa robe de demoiselle d'honneur se gonflant derrière elle, riant aux éclats et lançant des pétales de rose en l'air, au-dessus des jeunes mariés.

Francesco serre Anna contre lui tandis qu'ils attendent que Danilo les rattrape. Les gens du village arrêtent continuellement le père d'Anna pour le féliciter de sa fille récemment découverte – *Bravo, Danilo, bravissimo ! Auguri*[1] *!* – et il affiche un sourire rayonnant, heureux et fier.

Teresa escorte consciencieusement le frère et la sœur d'Anna jusqu'au pick-up de l'*agriturismo*. Cédant à la curiosité, la famille anglaise d'Anna a décidé à la dernière minute de venir. Cela ne la dérange pas : elle a assez de bonheur à partager, et elle met quiconque au défi de ne pas être sous le charme de son mariage italien.

Elle rit, cachée derrière son bouquet, quand elle voit un villageois aider Jane à grimper dans le pick-up de Teresa en posant les mains sur son généreux derrière afin de la

1. Tous nos vœux !

hisser. Le véhicule a été orné de guirlandes de verdure et de rubans blancs. Cynthia se cramponne au bras de Harry, dans ses chaussures à talons hauts totalement inadaptées au chemin pavé ; sa robe en mousseline rose cache à peine son ventre, car elle est maintenant enceinte de six mois. Harry affiche un immense sourire.

Les jeunes mariés prennent la route de l'*agriturismo* dans la Fiat de Francesco, que Harry a tenu à décorer « façon mariage à l'anglaise », tard, la veille au soir, en accrochant au pare-chocs de vieilles boîtes de conserve, des ballons et une botte en caoutchouc. Attirés par le joyeux brouhaha, les gens sortent de chez eux pour agiter leurs mouchoirs, applaudir et pousser des hourras. *Auguri, Francesco ed Anna ! Complimenti*[1] *!*

Les rambardes de l'escalier d'Il Casalone sont ornées de branches de laurier, de guirlandes de roses blanches et de longues branches de lierre. Teresa et ses amies ont passé des jours en cuisine, bannissant Anna des préparatifs culinaires. Le repas de mariage, avec le partage de la nourriture, est un rituel tout aussi important que la messe.

Les tables sont chargées d'un festin de mets colorés et appétissants présentés sur des nappes de lin Busatti fraîchement repassées. Sur une table ronde séparée, sur la terrasse, il y a une meule entière de parmesan, coupée en carrés. Le fromage est servi accompagné de prosecco pétillant à chaque invité au moment de son arrivée. Teresa et son équipe ont préparé, en guise d'entrées, des poivrons grillés, des courgettes et des aubergines, des feuilletés au fromage, à l'asperge et à l'artichaut, des *cappelletti* – de petits raviolis en forme de chapeaux fourrés au poulet, au bœuf, au zeste de citron et à la noix de muscade – et des

1. Félicitations !

tagliatelle, accompagnées de la sauce préférée d'Anna, à la tomate et au basilic.

En guise de plat principal, Teresa apporte un plat contenant un cochon de lait rôti, servi avec de petites pommes de terre, récoltées plus tôt dans l'année à l'*orto*[1], grillées avec de l'huile d'olive et du romarin. Ensuite, il y a une salade composée de jeunes pousses de pissenlit, de roquette et d'oseille sauvage, agrémentée de capucines, de fleurs de bourrache et de pétales de soucis, le tout cueilli par Teresa et ses amies dans les prés autour du village. Tout cela est accompagné d'un sangiovese corsé et de Chianti clássico.

Jane a insisté pour apporter sa contribution au mariage en y incluant une tradition anglaise : au pied levé, le mariage ayant été organisé dans un délai assez court, elle a préparé un gâteau, avant de quitter l'Angleterre, avec trois étages, des colonnes et un glaçage qui ont stupéfié les invitées italiennes. Elle a confié à Anna que pendant la traversée de la Manche, elle s'est glissée sur le pont-garage pour aller vérifier que le gâteau était en bon état, et qu'elle s'était fait sévèrement réprimander par un membre de l'équipage.

Avant qu'Anna et Francesco ne coupent le gâteau élaboré, Danilo fait un discours. Il repousse sa chaise, se lève lentement, et fait tinter son verre pour attirer l'attention.

— Il n'est pas d'usage de faire des discours à nos mariages, commence-t-il, dénouant un peu sa cravate autour de son col de chemise amidonné, mais nous savons tous que ce mariage n'est pas un mariage ordinaire. Nous sommes ici pour célébrer l'union de ces deux jeunes gens adorables qui veulent passer le restant de leurs jours ensemble, mais j'aimerais aussi célébrer les retrouvailles avec ma fille. J'espère que vous me permettrez tous ce plaisir égoïste…

1. Potager.

Il s'interrompt comme les invités applaudissent. Quelques-uns tapent des pieds, et il lève les mains, attendant qu'ils se calment.

Enfin, il reprend :

— Certains d'entre vous connaissent déjà un peu mon histoire. Mes plus vieux amis se souviendront aussi d'Ines. Ines Santini.

Des murmures parcourent la foule, certains invités se tournant pour expliquer les choses à leurs voisins. Danilo continue, et plusieurs personnes sifflent pour réclamer le silence afin que tous puissent l'entendre.

— Regardez ma fille, qui est si belle, et je suis sûr que vous verrez la ressemblance entre elle et Ines.

D'autres commentaires et exclamations s'élèvent parmi les invités, et Anna sent ses joues s'empourprer comme tout le monde tend le cou pour la dévisager. Francesco lui dépose un baiser sur les lèvres, et d'autres acclamations retentissent, dont le traditionnel et paillard *Tanti figli maschi* : Puissiez-vous avoir de nombreux enfants mâles !

— La guerre est finie depuis plus de cinquante ans, maintenant, poursuit Danilo. Certains d'entre vous ont connu cette époque, même si vous préféreriez sans doute qu'on ne vous le rappelle pas. Pour ma part, je veux oublier. À l'école du village, les élèves travaillent à un projet, et certains des enfants vont poser des questions à leurs grands-parents sur leurs souvenirs de la guerre ; et je vous exhorte tous à être généreux de votre temps.

Il regarde Francesco et, après s'être éclairci la voix, reprend :

— Nous ne devrions pas enfouir tous nos souvenirs. Certains sont trop douloureux pour être partagés, qu'à cela ne tienne ; mais nous avons fait des erreurs, à cette époque-là, qui ont causé maints tourments…

Il s'interrompt et déglutit.

— … et nous devons apprendre de ces erreurs. Nous nous sommes battus avec acharnement pour notre liberté, et pour la liberté de nos enfants.

Il y a d'autres murmures parmi les invités. Puis, quelqu'un crie :

— *Evviva l'Italia !*

Et quelques personnes lui font écho.

— Quelqu'un d'autre crie :

— *Evviva l'Inghilterra !*

D'autres applaudissements enthousiastes s'ensuivent.

Cette fois encore, Danilo lève les mains pour obtenir le silence.

— Je n'avais pas l'intention de me tenir ici pour parler du passé, ou pour faire de la politique, alors levons nos verres pour porter un *brindisi*[1] à Anna et Francesco et souhaitons-leur à tous deux beaucoup de bonheur ! Puissent-ils conserver ce bonheur, le garder précieusement au fond d'eux-mêmes, et ne jamais le laisser décliner. J'ai la sensation d'être le vieil homme le plus heureux du monde, aujourd'hui, car d'une certaine façon, j'ai retrouvé ma chère Ines. Levez vos verres, maintenant, tout le monde… À Anna et Francesco !

Les acclamations retentissent :

— *Bravo !*

— *Auguri !*

— *Cin-cin !*

Anna se penche en avant et, prenant la main de son père pour la poser sur sa propre joue, elle couvre ses doigts des siens. Il lui chuchote :

— J'ai un cadeau pour vous deux, mais vous devez attendre après le mariage. Ce n'est pas le bon moment, aujourd'hui. Venez me voir bientôt à Montebotolino.

---

1. Toast.

Alba grimpe sur ses genoux. Le vieil homme lui pince doucement la joue entre l'index et le majeur et lui caresse la tête. Plus tard, quand les tables ont été repoussées contre les murs et que l'accordéoniste commence à jouer, la petite fille parvient même à le convaincre de danser une polka avec elle.

*

Cette nuit-là, au lit, dans la chambre sous les combles, Francesco caresse les cheveux d'Anna et essuie une larme qui coule sur sa joue.

— Tu pleures parce que tu penses à Ines, n'est-ce pas ?

Elle hoche la tête.

— Et à mon père. Et à mon pauvre oncle Davide. Je suis tellement heureuse… Ça ne me paraît pas juste.

— La vie n'est pas toujours juste… mais Ines nous a conduits l'un à l'autre. Nous ne nous serions peut-être jamais rencontrés si elle avait eu une vie différente.

Anna embrasse son mari. Demain, elle s'achètera un cahier et commencera un journal.

Un journal à remplir de ses propres perles de mémoire.

Épilogue

Danilo est mort quatre ans plus tard, peu après son quatre-vingtième anniversaire, mais il a eu le plaisir de connaître tous ses petits-enfants. Davide Danilo Jonathan Starnucci est né en juin 2000, à l'aube d'un nouveau millénaire, huit mois après le mariage d'Anna et de Francesco. Alba a été enchantée de la naissance de son petit frère, et elle s'est montrée tout aussi enthousiaste à la naissance de ses sœurs jumelles, Rosanna et Emilia, deux ans plus tard.

Le cadeau de mariage de Danilo était le moulin en ruines au bord du Marecchia – *il mulino.*

Ayant le cœur brisé parce que leur fille avait mis au monde un autre enfant en Angleterre, et étant en mauvaise santé, les parents d'Ines avaient failli vendre le vieux moulin à un homme d'affaires de la région. Celui-ci avait l'intention de détruire le bâtiment vieux de plusieurs siècles pour construire à sa place un lieu de villégiature, mais ses projets avaient été contrecarrés par Danilo. Ce dernier avait réussi à convaincre le *comune* de faire avorter le projet, en soulignant le fait que le bâtiment était classé, et qu'il y avait un réel danger d'inondation dans cette zone.

Il avait fini par acheter le vieux moulin lui-même, mais ne l'avait jamais fait restaurer, et il était en piteux état quand Anna et Francesco s'étaient lancés dans les travaux de rénovation.

Aujourd'hui, après de nombreuses visites des architectes et urbanistes locaux, après des études géologiques et des études de faisabilité concluantes, Anna et Francesco ont entièrement restauré leur vieux moulin à eau. La meule d'origine est à nouveau fonctionnelle et, une fois par semaine, Francesco moud juste assez de grain pour vendre aux touristes de la farine pour fabriquer leur propre pain.

C'est aussi un lieu de vacances unique en son genre, où l'on peut goûter à l'Italie authentique. Quand Anna n'est pas prise par sa famille nombreuse, elle organise des cours de cuisine, de dessin et de langues. Francesco adore accompagner les touristes en randonnée en montagne, et leur faire découvrir la faune et la flore, si riches, de la région. Il s'apprête à publier un guide pratique sur les papillons et les oiseaux de la vallée du Marecchia.

Le petit Davide parle couramment l'italien et l'anglais, tout comme le feront ses sœurs, encouragées à être fières de leurs deux cultures.

Une lettre d'Angela

Chers lecteurs,

Je veux vous remercier chaleureusement d'avoir choisi de lire *The Tuscan Secret.* Bien qu'il s'agisse d'une fiction, une grande partie de l'histoire repose sur des faits réels, et je trouvais important de rendre hommage aux si nombreuses personnes courageuses qui ont tant enduré pendant la Seconde Guerre mondiale, dans le coin d'Italie que je connais.

Si vous souhaitez vous tenir au courant de mes dernières parutions et vous joindre à nouveau à moi pour d'autres aventures en Toscane, merci de bien vouloir vous inscrire en vous rendant à l'adresse suivante.

Votre adresse électronique ne sera jamais divulguée, et vous pourrez vous désabonner à tout moment.

www.bookouture.com/angela-petch

J'espère sincèrement que vous avez aimé *The Tuscan Secret.* Si tel est le cas, je serais vraiment ravie si vous pouviez me donner votre avis. J'aimerais beaucoup savoir ce que vous en avez pensé, et cela aiderait aussi de nouveaux lecteurs à découvrir mes livres. Ou peut-être pourriez-vous le conseiller à votre famille et à vos amis.

Cela me fait vraiment plaisir de connaître le point de vue de mes lecteurs.

Vous pouvez me contacter sur ma page Facebook, sur Twitter, Goodreads ou sur mon site Internet.

Merci infiniment pour votre soutien.

Angela Petch

AngelaJaneClarePetch
@Angela_Petch
angelapetchsblogsite.wordpress.com
Angela Petch Author Page

Remerciements

Cette histoire s'est inspirée en grande partie de ma merveilleuse belle-mère italienne, Giuseppina Micheli, qui est tombée amoureuse du capitaine Horace Petch du Régiment royal d'artillerie de la VIIIe Armée, lorsqu'ils se sont rencontrés à Urbino le 13 octobre 1944 ; mais nos amis italiens de Badia Tedalda, en Toscane, m'ont aussi raconté de nombreuses anecdotes. Cette campagne d'une beauté époustouflante, où j'habite la moitié de l'année, se trouve le long de la Ligne gothique, et l'histoire me murmure des choses sur les chemins muletiers que j'emprunte et sur les cols que je traverse lors de nos randonnées régulières. Toutefois, *The Tuscan Secret* est une œuvre de fiction. Toute ressemblance avec des personnes réelles ne serait que pure coïncidence. Je n'aimerais pas du tout penser que mon imagination puisse blesser qui que ce soit. Je suis seule responsable de toute erreur que pourrait contenir mon récit des événements historiques dont je me suis inspirée.

Merci, charmante Pina, d'avoir partagé avec moi tes histoires et tes lettres. *Grazie* à Fulvio Pieghai de l'office de tourisme de Badia Tedalda, pour le temps que vous m'avez consacré et la générosité dont vous avez fait preuve en me prêtant des photos et des mémoires écrites par des gens de la région. Merci à mon adorable éditrice chez Bookouture, Ellen Gleeson, et à toute la brillante équipe. Vous m'avez aidée à peaufiner mon scénario original, et j'ai adoré le défi que cela a représenté. J'aimerais aussi remercier tous mes amis écrivains, au sein des différents groupes dont je fais partie : Liz Minister, de Holbrook, qui m'a entraînée dans cette aventure romanesque, The Felixstowe Scribblers, Arun Scribes, Sea Scribes, et les CHINDI Authors. Sans vous… Maman et papa – Kenneth et Maureen Sutor (qui nous avez quittés beaucoup trop tôt) –, vous me manquez chaque jour. Vous avez emmené votre jeune famille vivre à Rome au début des années 1960, et vous avez fait naître en moi une véritable passion pour l'Italie. Je vous aime.

Il va sans dire que j'adresse mon amour et des remerciements tout particuliers à ma merveilleuse famille et à mon mari, Fagiolino, sans qui je serais bel et bien perdue.

Achevé d'imprimer en mai 2022
sur les presses de la Nouvelle Imprimerie Laballery
58500 Clamecy
Numéro d'impression : 204723

Imprimé en France

La Nouvelle Imprimerie Laballery est titulaire de la marque Imprim'Vert®